모옌 기담집

莫言的奇奇怪怪故事集
Copyright ⓒ 2023 by Mo Yan
Korean Translation Copyright ⓒ 2026 by Geulhangari Publishing Co.
This translation is published by arrangement with Oxford World Ltd
through SilkRoad Agency, Seoul, Korea.
All rights reserved.

이 책의 한국어판 저작권은 실크로드 에이전시를 통해 Oxford World Ltd와 독점 계약한 ㈜글항
아리에 있습니다. 저작권법에 의해 한국 내에서 보호를 받는 저작물이므로 무단 전재와 복제를 금
합니다.

모옌 지음
김택규 옮김

모옌 기담집

기기괴괴한 열한 가지 이야기

모옌 지음
김택규 옮김

글항아리

두려움과 희망

　어린 시절 내게 무엇이 깊은 인상을 남겼는지 생각해보면, 배고픔과 외로움을 빼고는 바로 두려움이었다.

　나는 외지고 낙후된 시골에서 태어나 스물한 살까지 거기에서 살다가 떠났다. 그곳은 1980년대가 돼서야 전기가 들어왔고 전기가 들어오기 전에는 등잔과 양초로 불을 밝혀야 했다. 양초는 사치품이어서 설날처럼 큰 명절에만 켤 수 있었다. 또 아주 오랫동안 등유가 배급품이고 값이 비쌌기에 등불도 마음대로 켜지 못했다. 언젠가 저녁을 먹을 때 등불을 켜달라고 하자 할머니가 화를 내며 말씀하셨다.

　"불을 안 켜면 넌 밥이 코로 들어가니?"

　그 말이 맞았다. 불을 안 켜도 우리는 밥을 정확히 입에 넣었다. 코에 넣는 법은 없었다.

　그 시절, 저녁만 되면 마을은 온통 칠흑처럼 어두워서 손을 뻗어도 다섯 손가락이 안 보였다. 기나긴 밤을 보내기 위해 노인들은 아이들에게 요정과 귀신 이야기를 해주었다. 그 이야기들 속에 등장하는 식물과 동물은 모두 사람으로 변하거나 사람을 통제하는 의지와 능력을 갖고 있었다. 노인들은 대단히 그럴싸하게 얘기했고 우리도 진짜라고 믿었다. 우리는 그 이야기들을 무서워하면서도 흥분을 느꼈다. 들을수록 무섭고 무서울수록 듣고 싶었다. 수많은 작가가 할아버지, 할머니의 이야기에서 문학적 영감을 얻었고 당연히 나도 예외는 아니다. 덴마크에서 안데르센 같은 위대한 동화 작가가 탄생할 수 있었던 건 그 시대에 전기가 없었고 덴마크는 밤이 유난히 긴 나라이기 때문이라고 생각한다. 불이 환한 방에서는 아름다운 동화도 무시무시한 귀신 이야기도 나오지 않는다. 최근 고향에 돌아갔다가 그곳의 아이들이 도시의 아이들처럼 불이 환한 방에서 텔레비전을 보며 밤을 보내는 걸 보았다. 난 동화와 귀신 이야기의 밤이 끝났다는 걸 알게 되었다. 내가 어린 시절 체험한 그 두려움을 요즘 아이들은 더 이상 체험할 수 없다. 그들의 마음속에도 두려움이 있긴 하지만 그건 우리의 두려움과는 크게 다를 것이다.

할아버지, 할머니가 해주신 이야기 속에서 여우는 미녀로 변해 가난한 남자와 결혼했고, 큰 나무는 노인으로 변해 거리를 어슬렁거렸고, 강물 속 자라는 건장한 사내로 변해 시장에서 술과 고기를 즐겼고, 수탉은 잘생긴 젊은이로 변해 주인집 딸과 사랑에 빠졌다. 수탉이 젊은이로 변한 이야기는 할머니가 해주신 이야기 중 가장 아름답고 또 가장 무서웠다. 어느 집에 예쁜 외동딸이 있었는데 결혼할 나이가 되어 부모가 매파를 동원해 짝을 찾아주려 했다. 그런데 그녀는 돈 많은 사람도, 똑똑한 젊은이도 모두 거절했다. 이에 그녀의 어머니는 의심이 생겨 신경을 곤두세웠고, 아니나 다를까 어느 깊은 밤 딸의 방에서 남녀가 사랑을 나누는 소리를 들었다. 어머니는 딸에게 따져 물었고 딸은 어쩔 수 없이 자백했다. 매일 밤 사방이 고요해지면 잘생긴 젊은이가 찾아와 밀회를 가진다고 했다. 그 젊은이는 화려한 광채가 나는 옷을 입었는데 비단보다 더 반들거린다고도 했다. 어머니는 몰래 딸에게 한 가지 계책을 일러주었다. 다음 날 밤 잘생긴 젊은이가 왔을 때 딸은 그의 옷을 옷장에 숨겼다. 동틀 무렵 젊은이가 일어나서 가려는데 아무리 찾아도 옷이 보이지 않자 간절히 애원했지만 딸은 내주지 않았다. 젊은이는 할 수 없이 원망하며 문을 나섰다. 그때 밖에는 큰 눈이 펄펄 내리고 북풍이 쌩쌩 불었다. 아침에 닭장 문을 열자 발가벗은 수탉 한 마리가 뛰어나왔다. 그리고 엄마가 딸에게 옷장을 열게 했을 때 그 안에는 온통 닭털이 가득했다. 지금 생각하면 이 이야기는 사실 대단히 아름다우며 한 쌍의 청춘남녀가 결혼의 자유를 쟁취하는 연극으로 각색하기에 딱 알맞다. 그런데 어릴 적 이 이야기를 듣고 나서는 닭장 안의 수탉이 무서워졌다. 거리에서 잘생긴 젊은이와 마주칠 때마다 혹시 수탉이 변한 것은 아닌가 의심이 들기도 했다. 할머니는 또 이런 얘기도 해주셨다. 사람의 말을 잘 흉내 내는 조그만 동물이 있었는데 생김새가 족제비를 닮았으며 달빛이 하얀 밤이면 붉은 저고리를 입고 담벼락 위를 달리면서 노래를 불렀다고 한다. 그래서 난 달밤에 감히 담벼락 쪽을 쳐다보지 못했다. 또 할아버지는 우리 마을 뒤에 있는 작은 돌다리 위에 '헤헤'

귀신이 산다고 하셨다. 그 귀신은 밤에 누가 혼자 다리를 건너면 뒤에서 툭툭 어깨를 두드리며 '헤헤' 하고 비웃는 소리를 낸다는 것이었다. 그 귀신의 구체적인 모습은 누구도 본 적 없지만 그게 가장 무시무시한 귀신인 것 같았다. 1970년대에 나는 면화가공 공장에서 일한 적이 있고 야간 작업을 마치고 귀가할 때면 반드시 그 돌다리를 건너야 했다. 달이 뜬 밤이면 그나마 괜찮지만 달이 안 뜬 밤에는 매번 다리에 가까워질 때부터 큰 소리로 노래 부르며 쏜살같이 다리를 건넜다. 집에 도착하면 항상 숨이 턱에 닿았고 식은땀으로 옷이 축축했다. 그 돌다리에서 우리 집까지는 2리가 조금 넘었다. 어머니는 내가 마을로 들어오기도 전에 내 목소리를 들었다고 말씀하셨다. 그때 나는 마침 변성기라 목이 쉬고 갈라져서 귀신이 우는 소리와 별반 다를 게 없었다.

"넌 한밤중에 오면서 왜 소리를 지르는 거니?"

어머니의 물음에 난 무서워서 그런다고 했다. 그러자 어머니는 뭐가 무섭냐고 하셨고 난 '헤헤'가 무섭다고 했다. 이에 어머니가 말씀하셨다.

"세상에서 제일 무서운 건 사람이야."

어머니 말씀이 옳다는 걸 모르지는 않았다. 하지만 그 후로도 그 돌다리를 건널 때마다 난 나도 모르게 뛰고 소리를 질렀다.

나는 이토록 귀신을 두려워했다. 하지만 귀신을 만난 적은 없고 귀신에게 피해를 입은 적도 없다. 사실 청소년기의 귀신에 대한 두려움 속에는 약간의 기대도 담겨 있었다. 예컨대 나는 여우가 변한 미녀를 만났으면 했고 또 달밤에 담벼락 위에서 노래 부르는 작은 동물을 보았으면 했다. 지난 수십 년간 실제로 내게 해를 끼친 건 역시 사람이었고, 실제로 나를 두렵게 한 것도 사람이었다. 물론 나도 사람이므로 틀림없이 남에게 해를 끼친 적이 있고 또 남을 두렵게 했을 것이다. 지금에 와서야 세상의 어떤 맹수나 귀신도 이성과 양심을 잃은 사람만큼 무섭지는 않다는 걸 알겠다. 세상에는 확실히 호랑이나 늑대에게 다친 사람이 있고 또 확실히 귀신이 사람을 다치게 하는 전설도 있다. 하지만 수많은 사람을 비명횡사하게 하는 건 사람이며 수많은 사람을 학대하는 것도 사람이다.

문화대혁명이 끝난 지 이미 오래지만 나처럼 그 시대를 살았던 사람에게는 여전히 두려움이 남아 있다. 고향에 돌아가 그때의 사람들을 만나면 그들이 한껏 아첨하는 미소를 지어 보이는데도 난 여전히 가슴이 두근거린다.

옛날을 돌아보면 난 확실히 배고픔과 외로움과 두려움 속에서 자랐으며 수많은 고난을 겪고 참아내야 했다. 하지만 결국 미치지도 타락하지도 않았고 소설 쓰는 사람이 되기까지 했다. 대체 무엇이 그 기나긴 세월을 지탱해줬을까? 그건 바로 희망이었다.

배고프고 헐벗었던 시절, 나는 먹을 것과 입을 것을 얻길 희망했고 또 사람들의 우정과 관심을 얻기를 희망했다. 두려움은 내가 노래 부르며 달리게 했고 또 어떻게든 봉건적이고 낙후된 고향을 떠날 수 있는 힘을 내게 주었다. 우리는 인류가 영원히 두려움에서 벗어나기를 희망하지만 두려움은 항상 벗어나기 힘들다. 두려움 속에서 희망은 어둠 속의 불빛처럼 우리 앞의 길을 비추고 우리에게 두려움과 싸워 이길 용기를 준다. 난 미래에는 악인이 주는 두려움은 줄고 귀신 이야기와 동화가 주는 두려움은 사라지지 않기를 희망한다. 왜냐하면 귀신 이야기와 동화에는 미지의 세계에 대한 인류의 경외와 아름다운 삶에 대한 동경이 가득하고 또 문학과 예술의 씨앗이 포함되어 있기 때문이다.

차례

보
물
지
도

이 이야기는 처음부터 끝까지 진실한 말이 딱 한마디뿐이다. 그건 바로 이 이야기에 처음부터 끝까지 진실한 말이 한마디도 없다는 것이다.

일요일, 거리에는 차들이 북새통을 이뤘다. 소형 버스는 좌충우돌했고 택시는 틈만 보이면 끼어들었으며 자전거는 택시 앞을 마구 가로질렀다. 나는 멍하니 인도 위를 거닐고 있었다. 오가는 행인들이 나를 스치고 지나갔는데 모두 낯선 이여서 나를 무시했고 나도 그들을 무시했다. 그러다 누가 어깨를 탁 치는 바람에 몸이 휘청했다. 귓가에 어이, 하는 소리가 들렸다. 돌아보니 오래 못 본 초등학교 동창 마커가 트레이드마크인 큰 입을 벌린 채 나를 비웃고 있었다.

나는 말했다. "너 이 녀석, 왜 여기 있는 거야? 언제 온 거야? 무슨 일로 온 거고?" 그가 말했다. "멀리서도 너를 알아봤지. 몇 년 못 본 사이에 살이 찌긴 했지만 그 오리걸음은 여전하구나." "네 큰 입도 그

대로인데 내 걸음걸이가 변할 리 없지." "온 지 열흘쯤 됐어. 여기 온 첫 번째 목적은 동물원에 가서 호랑이를 보는 거였고 두 번째 목적은 너를 만나는 거였어. 두 번째 목적이 첫 번째 목적보다 중요했지. 온 첫날에 호랑이를 보러 갔는데 간 김에 기린, 코끼리, 원숭이, 판다도 봤지. 다 별로더라고. 제일 별로인 건 호랑이였고. 여기 호랑이는 너무 끔찍하던데. 바위 밑에 엎드려서 청경채나 뜯어 먹고 말이야. 배추랑 오이까지 먹더라고. 빳빳한 수염도 안 보여서 호랑이다운 구석이 전혀 없었어. 사육사가 산 토끼를 던져주니까 혼비백산해서 동굴에 쏙 들어가는 걸 보니 호랑이가 토끼 같고 토끼가 호랑이 같았어. 호랑이 굴 안에는 솜이불이 깔려 있고 벽에 걸린 텔레비전에서는 보고 발정 나라고 포르노를 틀어놨더군. 여기 호랑이는 짝짓기 능력도 잃어버렸다고 하더라고. 호랑이를 다 보자마자 너를 찾아 나섰어. 네 장인어른 댁에서 받은 주소를 갖고 너희 집에 찾아갔지. 한참 문을 두드리니까 문 틈새로 송곳니가 두 개 난 건장한 여자가 머리를 내밀더군. 네 아내는 아니었어. 누구를 찾냐고 사납게 묻길래 너를 찾는다고 했지. 그랬더니 집을 잘못 찾았다면서 문을 닫는 거야. 또 문을 두드렸고 다시 문이 열렸어. 이번에는 한 남자가 세모꼴 자라 머리를 내밀더군. 너는 아니었어. 그 여자보다 더 사납게 왜 이러냐고, 계속 이러면 경찰을 부르겠다고 했어. 그제야 네가 장인한테 가짜 주소를 줬다는 걸 알게 됐어. 내가 찾아간 그 집은 아예 너희 집이 아니었던 거야. 본래는 곧장 차표를 끊어 집으로 돌아가려 했어. 그런데 소매치기한테 지갑을 털렸지 뭐야. 할 수 없이 거리를 떠도는 신세가 되었지. 낮에 식당에서 남은 밥을 얻어먹는데 조금 더럽기는 해도 영양가는 풍부하더군. 밤에는 저 앞 다리 밑에서 자는데 조금 춥기는 해도 공기는 신선하고. 지금 또 배가 고파서 완휘위안 식당에 얻어먹으러 가려는데 멀리서 네가 보이는 거야. 이렇게 운이 좋을 수도 있나 싶더군. 그렇게 찾아다녀도 못 찾았는데 길거리에서 이렇게 마주치다니! 처음에는 사람 잘못 보고 화를 당할까 싶어 조금 망설였는데 걸음걸이를 보니까 딱 너인 거야. 그래도 만일을 위해 족히 2리는 네 뒤를 밟았어. 겨우 한 걸음 뒤에서 입냄새를 네 목에 뿜는데도 넌 안 돌아보더구나. 하지만 네가 안 돌아봐도 나는 너를 알아보았지. 네 목, 네 귀, 네 뺨 그리고 네가 기침하고 가래 뱉는 소리까지 네가 너라는 걸 증명하더군. 그런 특징에다 오리걸음까지 합쳐져서 결국 뒤에서 너를 한 방 때리기로 마음먹었지. 너한테는 이게 피할 수 없는 화가 아니라 복이야. 나한테는 신발이 닳도록 찾아다녔는데 못 찾은 너를 손쉽게 찾았으니 횡재인 셈이고. 제발 나한테 왜 호랑이를 보러 베이징까지 왔냐고 묻지 말아줘. 당장은 아무것도 묻지 마, 물어도 대답 못 하니까. 지금은 너무 배가 고프니 우선 내가 비굴해질 필요 없는 식당에 가서 밥이나 사줘. 나는 한 푼도 없으니까 당연히 네가 사야 해. 밥 먹고 나서 차비도 좀 빌려주고. 차표 사서 집에 돌아가야 하니까. 돈 안 빌려주면 난 너희 집에 가서 잘 거야. 지금 몸이 근질근질한데 이가 옮은 게 틀림없어. 다리 밑에서 거지 여남은 명이랑 같이 잤는데 그 사람들 몸에 이가 득실득실하더라고. 근묵자흑近墨者黑이라고 거지랑 가까이 있으면 이가 옮는 게 당연하잖아. 내가 이런 몸으로 너희 집에 가서 잔다고 하면 너는 좋다고 해도 네 아내나 네 애는 싫어할 거야. 억지로 좋다고 해도 속마음은 싫을 텐데, 세상에 겉으로만 좋은 표정을 짓는 것만큼 고통스러운 게 또 어디 있냐. 그러니까 네가 똑똑한 놈이면 나한테 밥 사주고 돈 좀 쥐어서 그냥 보내버려. 그리고 내가 입으로는 돈을 빌려달라고 하지만 갚을 생각은 털끝만큼도 없다는 걸 알아둬. 네가 얼마를 빌려주든 개한테 고기만두를 던져주는 격이니 돌려받을 기약은 없어. 요즘 제일 유행하는 게 돈 빌려놓고 안 갚는 것 아니냐. 돈을 돌려받고 싶으면 나한테 밥도 사고 선물도 해야 할걸. 난 이 도시에 아는 사람 하나 없는데 가까스로 너를 만났으니 절대 너를 안 놓칠 거야. 도망치고 싶어도 못 도망칠걸? 또 그 짧은 다리로 도망치면 얼마나 가겠어. 그래도 감히 도망치면 뒤에서 천천히 쫓아가며 도둑이야 하고 소리칠 거야. 그렇게 너를 잿더미 속에 떨어진 호빵 꼴로 만들어버릴 거야. 호호 불 수도 없고 씻을래야 씻을 수도 없게 말이야. 그러면 지각 있는 사람들이 나 대신 너를 막고는 주먹질과 발길질로 네 얼굴을 떡으로 만들어버리겠지. 지금 상황이 이러니까 잘 생각해보라고. 시간은 3분 줄게. 그리고 어제 길에서 어떤 여자가 그러던데, 이가 온갖 질병을 옮긴다더라. 장티푸스, 이질, 콜레라, 홍역, 심지어 에이즈까지 말이야. 잘 생각해 보라고, 이제 겨우 2분 남았어. 에이즈에 걸리면 거의 저승행 표를 받은 거나 다름없어. 이제 1분 남았다. 너는 고작 마흔 줄인데 죽으면 얼마나 억울하겠냐. 30초 남았다. 그러니까 작은 걸 탐내다 큰 걸 잃지 않았으면 해. 시간 다 됐다. 결정했냐?"

사실 나는 잘 생각하고 말고가 없었다. 최선의 선택은 당장 그를 가까운 식당에 데려가 이것저것 한 상 가득 주문해서 배 터지게 먹인 후 돈을 쥐어 보내는 것이었다. 얼마 전 혁명 시기의 인기 소설 『청춘의 노래青春之歌』*를 읽었던 게 떠올랐다. 거기서 젊은 신혼부부인 위융쩌와 린다오징이 베이징의 작은 집에서 행복하게 설 준비를 하는 광경이 그려진다. 화로에 불이 이글거리고 촛불이 깜박이는 가운데 솥 안의 고기에서는 먹음직스러운 냄새가 나고 유리잔 속에서는 붉은 포도주가 반짝이는 기막힌 분위기였다. 그런데 갑자기 위융쩌의 고향집에서 머슴으로 일했던 노인이 크고 작은 보따리들을 메고 진흙투성이로 집에 들이닥쳤다. 위융쩌는 그에게 10위안을 주고 보내려 했지만 그는 가기는커녕 듣기 싫은 소리를 잔뜩 늘어놓았다. 이 때문에 린다오징과 위융쩌는 한바탕 말다툼을 벌인다. 그 대목을 보고 나는 위융쩌가 기본적으로 처신을 잘했고 린다오징은 좀 가식적이라고 느꼈다. 그리고 그 노인은 눈치가 좀 없는 걸 넘어 짜증스럽다는 생각이 들었다. 사람이 자존심이 없어도 유분수지, 상대방이 싫어하는 걸 뻔히 알면서도 계속 구시렁댔기 때문이다. 물론 위융쩌가 준 돈이 좀 적어서 그러기는 했겠지만 말이다. 이때 나는 내 계급적 감수성에 심각한 문제가 생겼음을 깨닫고 일부러 책 몇 권을 열심히 읽으며 의식을 한껏 끌어올렸다. 그런데 오늘 온몸에 이가 득실거리는, 1000리 길을 마다 않고 호랑이를 보러 온 초등학교 동창을 만나자마자 가까스로 끌어올린 내 의식은 단번에 수준이 바닥까지 곤두박질쳐서 『청춘의 노래』를 읽을 때보다 더 낮아졌다. 난 그를 집에 데

---

* 1958년 출판된 양모楊沫의 장편소설. 혁명 시기의 다오징을 대표로 하는 젊은 지식인들의 성장과 분투를 그린 작품.

려가느니 차라리 비행기 표를 사주고 싶었다. 귀신을 부르기는 쉽지만 보내는 건 어렵다는 말이 있듯이 그를 집에 데려가서 집 번지수라도 알게 하는 날엔 내 집이 바로 그의 집이 될 수도 있기 때문이었다.

본래는 그를 베이라이순에 데려가 양고기 샤브샤브를 사줄 생각이었지만 마침 만둣가게를 지나게 되어 그에게 말했다. "이봐, 누워 있는 것만큼 편한 게 없고 만두만큼 맛있는 게 없다던데 만두를 먹는 게 어때?" 그는 말했다. "그러지 뭐. 얻어먹는 사람이 찬밥 더운밥 가리면 쓰나. 네가 오리구이를 사주길 바라긴 했지만 말이야." 그러더니 오리구이에 대한 갈망을 청산유수처럼 쏟아내면서 미국의 닉슨 전 대통령이 했다는 말까지 인용했다. "베이징에 가지 않으면 중국에 가본 게 아니고 오리구이를 먹지 않으면 베이징에 가본 게 아니라서, 고로 오리구이를 먹지 않으면 중국에 가본 게 아니라던데?" 나는 못 들은 척 아예 대답을 안 하면서 속으로 '닥쳐, 인마. 네가 오리구이 먹을 주제나 되냐?'라고 생각했다. 그는 말했다. "다음에 베이징에 왔을 때는 지갑만 안 털리면 내가 꼭 오리구이를 사주마. 너 말고 네 아내랑 애까지 사줄게. 식당에서 사주고 또 집에 가서 먹으라고 몇 마리 포장도 해줄게." 그는 사실 오리구이는 별로 좋은 게 아니라면서 요즘 진짜 신분 높은 사람들은 그런 기름 많은 고기는 안 먹는다고, 베이징과 전국 각지의 상류 계층은 채식과 친환경 식품을 챙겨 먹는다고 했다. 섬유질이 많은 사이잘삼, 갈대, 선인장이야말로 최고급 식품인데, 고향의 유지들은 여전히 낙타 족발, 곰 발바닥, 해삼, 전복 같은 거나 게걸스레 처먹어서 죄다 고혈압에 손이 차다는 것이었다. 차라리 그들의 머리에 문제가 생겨야 서민들 살림살이가 나아질 거라고 도 했다. "어떻게 그런 걸 다 알지? 어디서 그런 잡다한 과학 지식을 배운 거야?" 내가 묻자 그는 말했다. "농민은 다 바보인 줄 알아?" 내 가 "농민이 바보가 아니라 나야말로 바보지"라고 답하자 그는 경멸조 로 말했다. "니는 농민이 아닌 것 같아? 베이징에 두 칸짜리 방 있고 벽에 이삭 좀 걸어놓고• 바닥에 타일이나 마루 좀 깔았다고 네가 농 민이 아닌 것 같냐고? 넌 죽을 때까지 농민이야. 소금물에 3년 절이 고, 핏물에 3년 삶고, 생수로 3년을 씻어도 말리면 여전히 농민이라 고!" 나는 맞장구를 치며 "맞아, 맞아. 난 죽을 때까지 농민이야. 그래 서 너한테 만두밖에 못 사주네"라고 말하면서 그를 만둣가게 안으로 끌고 들어갔다.

만둣가게는 무척 작았다. 탁자 3개에 의자가 9개뿐이었다. 가게 주인인 노부부 중 할아버지는 머리가 온통 하얘서 나이가 백 살은 돼 보였고 할머니도 얼굴이 다 쪼글쪼글해서 역시 백 살은 돼 보였 다. 우리가 들어갈 때 노부부는 바깥에서 담배를 피우고 있었다. 할 아버지는 곰방대로 피웠고 할머니는 필터담배를 피웠다. 우리가 가게 에 들어가는 걸 봤는데도 그들은 냉담했다. 할머니가 담배를 문 채 나이에 안 맞게 낭랑한 목소리로 물었다. "두 분, 만두 드시려고? 무 슨 만두로 얼마나 드실라우? 다른 요리는 뭘 드시고? 맥주는 또 몇 병?" 나는 마커를 힐끗 보며 직접 시키라고 했다. 그는 시키라면 시키 겠지만 딱히 먹을 만한 게 있을지 모르겠다고 했다. 그러더니 할머니 한테 물었다. "여기 무슨 만두가 있는데요?" "배추 만두도 있고, 당근

만두도 있고, 회향尚香 만두하고 삼선 만두도 있지.” “다 먹을게요. 각각 반 근씩만 먼저 줘요. 먹고 모자라면 더 시킬게요”라고 한 뒤, 곧바로 그는 물었다. “상어고기 만두는 없어요? 악어고기 만두나 호랑이고기 만두, 여우고기 만두는요?” “없어, 없어!” 할머니는 연신 고개를 흔들면서 입가에 비웃음을 띤 채 말했다. “우리는 나이가 많아서 어딜 가야 그런 고기를 살 수 있는지 모른다우.” 이에 그가 말했다. “없을 줄 알았어요. 그냥 당신들한테 알려주고 싶은 게 있어 물어봤을 뿐이에요. 당신들한테 없는 게 남들한테 있을 수 있고 당신들이 못 먹어본 걸 남들이 먹어봤을 수도 있다는 걸 말이에요. 당신네 베이징 사람들은 자기네가 황궁 근처에 살아서 견문이 넓다고 착각하는데 사실은 세상 제일가는 우물 안 개구리들이에요.” 그러고서 옌타이*의 군대 친구 집에서 상어고기 만두를 먹어봤고, 광둥의 군대 친구 집에서 악어고기 만두를 먹어봤고, 다싱안링**의 군대 친구 집에서 호랑이고기 만두를 먹어봤고, 자기 집에서 여우고기 만두를 먹어봤다면서 상어고기는 선홍빛에 두께가 50센티미터나 되고 그걸로 만두를 빚으면 맛이 정말 황홀하다고 말했다. “당시 상어고기 1킬로그램에 겨우 8마오밖에 안 했는데도 사람들은 비싸다고 잘 안 사 먹었지. 악어고기는 냥兩*** 단위로 팔았는데 1냥에 20위안이나 했고. 좀 비싸긴 했지만 내 군대 친구 같은 부자들한테 20위안은 돈도 아니었어. 그리고 악어고기로 만든 만두가 얼마나 맛있는지는 내 지식수준으로는 도저히 설명하기 힘드네. 나도 인문계 방송통신대학을 졸업

---

* 산둥성 동북부의 해안 도시.
** 헤이룽장성 북쪽에 위치한 중국 최북단 지역.
*** 약 37.5그램.

해서 유엔이 인정하는 학력인데도 말이야. 그리고 여우고기 만두는 노린내가 조금 나긴 해도 누구는 그 노린내 때문에 그걸 먹지. 우리 고향의 여자 서기가 돼지 대창을 제일 좋아하는 것과 마찬가지야. 처음에 아첨꾼들이 그 서기한테 환심 사려고 대창을 잿물에 세 번, 소금물에 세 번, 맑은 물에 세 번 씻어 노린내를 말끔히 뺐지. 그랬더니 서기가 화를 내며 쟁반을 던지고 욕했지 뭐야, '이 개새끼들, 내 노린내 어디 갔어?'라면서 말이야. 욕 먹은 사람들이 앙심을 품고 그다음에는 대창을 씻기는커녕 돼지 똥을 섞어서 가져갔어. 그랬더니 그걸 먹고 서기 입이 귀에 걸려서는 '동지들, 비판을 받지 않으면 발전이 없는 법이야'라고 했지. 그러고 나서는 솥에 돼지 똥을 넣은 사람을 사무실 부주임에서 주임으로 승진시켜줬고. 사실 여우고기를 먹고 방귀를 뀌면 냄새가 말도 못 하게 독해. 어느 날 여우고기 만두를 먹고 시내 들어가는 버스를 탔는데 표 파는 어린 놈이 막무가내로 내 돈을 갈취하려는 거야. 그때 초조해하다가 방귀를 뀌었는데 차 안에 있던 사람들이 그 냄새에 전부 정신을 잃었지. 그나마 매일 휘발유 냄새를 맡아 냄새에 조금 강한 운전사가 차를 세우고 도망쳐서 겨우 큰 사고를 면할 수 있었어. 그런데 매번 얘기하지만 제일 맛있는 만두는 역시 호랑이고기 만두야. 다싱안링 밀림 깊은 곳에 내 친한 친구가 사는데 우리는 결의형제를 맺은 사이야. 향로에 향 세 대를 피우고 땅바닥에 머리를 쿵쿵 찧었지. 명사수인 그 친구는 나를 환영하기 위해 목숨 걸고 호랑이 굴에 가서 줄무늬 맹호 한 마리를 잡아왔어. 수호랑이였는데 발라낸 성기 길이가 1미터는 넘었지. 말린 뒤에도 80센

티미터나 됐고. 친구는 몇 번이나 호랑이고기 만두를 빚어준 것도 모자라 그 성기까지 내주며 집에 가서 그걸로 술을 담가 먹으라고 하더라. 비아그라가 꽈배기라고 하면 그 창바이산 호랑이의 성기는 쇠몽둥이라면서 말이야. 나는 여자를 아끼는 사람이라 혹시 술을 담가 먹고 천인공노할 짓을 저지를까봐 그걸로 허리띠를 만들어 맸어. 본래는 그걸 허리에 차고 베이징에 와서 네게 보여주고 사람들의 견문을 넓혀주고 싶었는데, 재수 없게 수고양이가 냉큼 먹어버렸지 뭐야. 그게 말린 생선인 줄 알았나봐. 그 뒤로 한바탕 난리가 났지. 마을 암고양이들이 죄다 도망쳐 자취를 감췄고 나중에는 암캐들까지 도망을 쳤어. 사방 100킬로미터 안에 발정 난 그 수고양이만 남아 울어대는 통에 마을 사람들이 밤에 잠을 설쳤어. 호랑이고기 만두는 당연히 세상에서 가장 맛있고 영양가가 풍부한 만두야. 의지가 약한 남자가 그걸 먹으면 백이면 백, 사고를 치게 돼 있어. 난 사고는 안 쳤지만 온몸이 증기기관처럼 달아올라 참을 수가 없더라. 할 수 없이 친구가 하라는 대로 헤이룽강의 1미터 두께 얼음층을 깨고 그 속에 뛰어들었어. 당연히 알몸으로 뛰어들었지. 호랑이고기를 안 먹고 그랬으면 3분도 안 돼 꽁꽁 얼어붙었겠지만 나는 그 속이 너무 편했어. 그때 강 위로 수증기가 모락모락 피어올라서 누가 멀리서 봤으면 아마 물을 끓이고 있는 줄 알았을 거야. 남녀노소 할 것 없이 수많은 사람이 구경하러 왔고 강 건너 러시아 아주머니들까지 몰려왔어. 누구는 오토바이를 타고 왔고, 누구는 커다란 서양 말을 타고 왔고, 대부분은 썰매를 타고 왔지. 말 썰매, 개 썰매, 사슴 썰매까지 있더라. 하지만 그런 건 새로울 게 없었고 신기할 것도 없었어. 가장 새롭고 신기했던 건 어떤 러시아 아가씨가 호랑이를 타고 구경 온 거였어. 그 호랑이는 아가씨 밑에서 새끼 고양이처럼 온순하더라고. 목에 구리 방울 목걸이를 차서 뛸 때마다 딸랑딸랑 아주 듣기 좋은 소리가 났고 말이야." 그는 계속 말했다. "나는 견문이 넓은 사람이라 호랑이를 탄 소녀를 보고 조금 놀라긴 했지만 그게 무슨 굉장한 일이라고 생각하진 않았어. 그런데 다른 사람들은 그렇지 않았지. 처음엔 넋이 나가 도망치더니 아무 일 없는 걸 보고는 전전긍긍하며 돌아와 멀리서 구경했어. 호랑이는 인간 같지 않게 아름다운 러시아 소녀를 태운 채 내 앞에 서 있었고 그녀와 호랑이의 콧구멍에서 쌕쌕 흰 김이 뿜어져 나와 그녀의 눈썹과 호랑이의 수염에 작디작은 얼음 알갱이를 만들었어. 소녀는 내게 중얼중얼 많은 말을 하더군. 반은 노래 같고 반은 주문 같았는데 안타깝게도 난 러시아어를 모르잖아. 안 그랬으면 그녀와 아주 흥미로운 대화를 나눴을 텐데 말이야. 하지만 러시아어를 몰라도 그녀를 무안하게 할 수는 없었어. 그건 중국과 러시아, 두 나라 사람의 깊은 우정이 달린 일이기 때문이었지. 어쩔 수 없이 그녀와 그녀의 호랑이에게 미소를 지어 보였어. 너도 알다시피 나는 웬만하면 크게 안 웃잖아. 크게 웃으면 개구멍처럼 입이 커져서 상대방이 보기만 해도 무서워하거든. 미소만 지어도 보기에 안 좋고 또 그게 내 마음의 영원한 상처이기는 하지만 큰일 앞에서 개인적인 체면 따위는 따질 수 없었지. 나는 그녀와 호랑이를 향해 웃었고 그녀도 나를 향해 웃었어. 그녀의 웃는 얼굴을 뭐라 표현하기 힘드네. 비유할 수밖에 없는데 무엇에 비유해야 할지 모르겠어. 아무래도 호랑이고기 만두로 비유할 수밖에 없겠네. 그녀의 웃는 얼굴은 내가 먹은 호랑이고기 만두처럼 신선하고 아름다웠어! 우리 둘이 마주 보며 웃을 때 호랑이는 조용히 개울처럼 눈물을 흘렸어. 눈물이 입가의 털까지 흐르자 자줏빛 큰 혀를 내밀어 쉴 새 없이 핥더군. 호랑이 혀에는 날카로운 돌기가 가득했어. 그 혀로 쓱 핥으면 얼굴 반쪽 살이 홀라당 벗겨져 하얀 뼈가 드러날 것 같았지. 우리 마을에도 곰이 핥아서 얼굴 반쪽이 날아간 쉬싼이라는 사람이 있잖아. 그러고 보니 그 사람, 너희 집안하고도 먼 친척뻘이야. 호랑이 혀는 곰 혀보다 훨씬 더 예리해서 한 번 핥기만 해도 장난이 아니야. 그리고 난 호랑이가 왜 눈물을 흘리는지 알았어. 내 입에서 나는 호랑이고기 냄새를 맡았던 거야. 처음에는 그 호랑이가 우리가 만두로 만들어 먹은 호랑이와 친척이 아닌가 싶었어. 하지만 아주 똑같이 생기지는 않았거든. 또 우리가 먹은 호랑이는 수컷이고 소녀가 타고 있던 호랑이는 암컷이었어. 암호랑이의 표정을 보다가 문득 우리가 먹은 호랑이가 녀석의 남편이었을 가능성이 크다는 생각이 들었어. 그러니까 국제 커플이었던 거지. 그런 생각이 드니까 덜컥 겁이 나더라고. 그 암호랑이가 남편과 별거 중이었든 이혼을 했든, 부부로 단 하루를 살아도 그 정은 평생 가는 법이잖아. 호랑이의 감정이 인간의 감정과 진배없다는 걸 감안하면 내가 녀석 남편의 고기를 먹었으니 녀석이 나를 잡아먹는 건 너무 당연한 일인 거야……"

마커는 땅콩 한 접시, 돼지 껍데기 한 접시, 맥주 두 병을 시켰다.

할머니는 맥주와 음식을 내온 후 두 걸음 물러나 문틀에 기대서는 고개를 비스듬히 기울인 채 뻐끔뻐끔 담배를 피웠다. 그 모습이 마치 생각에 잠긴 한 마리 늙은 매 같았다. 마커가 말했다. "할머니, 조금만 떨어져 있어주실래요? 우리 두 친구가 오랜만에 만나 중요한 얘기를 하려는데, 거기 간수처럼 떡하니 서 계셔서 하려던 말을 다 까먹었잖아요." 할머니가 물었다. "나 말하는 거유?" "당연히 할머니지, 누구겠어요?" 할머니는 입을 삐죽이고는 휑하니 내실로 들어갔다. 내실에서 도마 소리가 들리는 걸로 봐서는 할아버지가 만두소를 만들고 있는 듯했다. 도마 소리에 섞여 할머니의 새된 소리가 들렸다. "꾀죄죄해갖고는 나 원. 자기가 뭐라도 되는 줄 아나." 나와 마커는 서로 쳐다보았고 그는 소리 없이 웃었다. 나는 목소리를 낮춰 그를 나무랐다. "밥 먹기 전에는 요리사 눈 밖에 나면 안 되고 잠자기 전에는 마누라 눈 밖에 나면 안 된다고 하잖아. 그렇게 유세를 떨어놨는데 만두가 맛있겠냐?" "염려 마. 고기를 좀 줄이고 채소를 더 넣겠지. 그건 우리 취향에 딱이잖아." "독초나 벌레 같은 걸 넣으면 어쩔 건데?" "사람을 그렇게 나쁘게 보면 쓰나. 세상에는 착한 사람이 나쁜 사람보다 더 많다고." 그는 마치 주인이나 되는 양 내 어깨를 눌러 자리에 앉혔다. 그리고 내가 "너 먼저 앉아"라고 하자 "네가 안 앉았는데 내가 어떻게 감히 앉겠어?"라고 했다. "우리 사이에 뭐 어때"라고 하며 내가 앉자 그도 앉았다. 걸상이 작은데 내 엉덩이는 커서 느낌이 불편했다. 하지만 엉덩이가 불편하다는 말은 감히 하지 못했다. 그런 말을 하면 그가 다른 식당에 가자고 할지 몰랐기 때문이다. 앞쪽 100미터도 안 되는 곳에 난강위자라는, 끝내주게 편한 등받이 가죽 의자가 있는 식당이 있긴 했지만, 거기는 음식 값이 너무 살인적이어서 손님의 대부분은 공금을 쓰러 오거나, 개인 돈을 쓰더라도 뭔가 대어를 낚으려는 사람이었다.

그는 능숙하게 내 앞의 잔에 맥주를 따르며 말했다. "요령을 말해줄게. 맥주를 따를 때는 안쪽 벽을 타고 흘러내리게 해야 해. 안 그러면 거품이 넘치거든." 그런 얘기는 8000번도 더 들어보았기에 그가 뽐내는 꼴이 꼭 공자 앞에서 풍월을 읊는 것처럼 천박해 보였다. 하지만 혐오감을 감추고 잔을 들며 말했다. "자, 우리 동창, 건배!" "그래, 건배! 오랜만에 만났으니 오늘 아주 끝까지 마시고 취해보자!" 나는 끝까지 마시고 취하자는 말을 듣자마자 가슴이 덜컥 내려앉았다. 이 녀석이 취하기만 하면 대책 없다는 말을 익히 들은 적이 있었다. 그렇게 되면 그를 빨리 보내려던 내 계획은 십중팔구 어그러질 것이다. 그래서 얼른 말을 보탰다. "취하도록 마시면 몸에 안 좋아. 마실 수 있는 만큼만 마셔." 그는 궁금하다는 듯이 나를 보며 말했다. "이봐 친구, 내가 남방에서 북방까지, 난징에서 베이징까지, 그리고 외국에서 국내까지 안 다녀본 데가 없지만 맥주 많이 마셔서 몸 상했다는 소리는 들어본 적이 없거든. 맥주가 뭔데? 액체로 된 빵이라 우리 고향의 찐빵이랑 진배없는데 뭐가 몸에 안 좋다는 거야? 그건 순 궤변이야. 돈이 아까워서 그러나본데 맥주 몇 병 마셔봤자 몇 푼이나 된다고 그래? 내가 배 터지게 마셔도 열 병이나 마실까 말까이고 그거 얼마 안 하잖아! 그 정도 돈은 너한테 새 발의 피일 텐데? 자, 건배

나 해. 잔 안 비우면 넌 돈 많다고 가난한 친구 무시하는 못된 놈 되는 거야. 고향 어르신들 싹 까먹은 놈이고 조강지처 버린 천스메이陳世美*에 타락하고 변질된 류제메이劉介梅**라고!" 내가 "천스메이는 아는데 류제메이는 누구야?"라고 묻자 그는 식탁을 탁 쳤다. "이것 보라고, 내 말이 맞지? 류세메이가 누군지도 모르다니 문제가 아주 심각하네." 그가 막 류제메이에 관해 설명하려는데 파리 한 마리가 그의 콧구멍 속으로 날아들었다. "에, 에, 에취!" 하고 재채기를 하고 나자 그는 류제메이에 관해 싹 까먹었다.

그는 일회용 젓가락을 반으로 쪼개며 말했다. "먹어, 먹어, 사양하지 말고. 이런 작은 식당은 샥스핀이나 제비집 요리는 없어도 간단한 요리는 잘하지. 노부부가 운영하는 식당은 보통 문제가 안 생겨. 호랑이도 늙으면 사람을 안 잡아먹고 사람도 늙으면 남을 안 해치는 법이니까. 하지만 젊은 부부가 운영하는 식당은 절대 들어가면 안 돼. 절대, 절대로 안 돼. 꼭 들어가야겠으면 서서 들어갔다가 누워서 나올 준비를 해두라고. 베이징은 수도니까 좀 나을지도 모르지만 우리 고향이나 베이징 이외의 지역은 젊은 부부가 운영하는 식당 중 3분의 1은 일본군 731부대 같고, 3분의 1은 손이낭孫二娘***의 만둣가게 같고, 나머지 3분의 1은 우리 고향의 현립병원 같지. 안에 들어가면 전부 목숨이 위태로우니까. 너도 현립병원 알지? 현 정부 청사 앞 대로의 그 빨갛고 네모난 건물 말이야. 멀리서 보면 거대한 상어고기 덩

• 고대 희곡 『찰미안鍘美案』의 등장인물로 장원급제 후 조강지처를 버렸다. 출세 후 변심한 남편의 대명사.

•• 빈농으로 태어나 힘들게 살다가 중화인민공화국 건국 후 토지개혁으로 생활이 윤택해졌는데도 1950년대 후반 공산당의 집단 생산 방침에 반기를 들어 변절자로 낙인찍힌 인물.

••• 『수호전』의 등장인물로 남편 장청張靑과 함께 술집을 열고 인육 만두를 판다.

어리처럼 생겼지. 거기 있는 의사니 간호사니 하는 것들은 대부분 거시기 털에 붙은 이 같은 놈들이야. 제일 유명한 외과 의사 자오싼펑은 벌써 부원장이 됐는데 현 공산당위원회 서기의 처남이지. 부원장이긴 해도 원장보다 입김이 세서 원장도 그놈 눈치만 본다니까. 그놈은 덩치가 크고 수염이 가슴털을 지나 거시기 털과 다리털에까지 이어져 있지. 그렇게 온몸이 털투성이인데 또 머리에는 털이 한 가닥도 없어. 털이 나야 할 데는 안 나고 나지 말아야 할 데는 난 꼴이지. 그놈은 산적 역할을 하든, 노지심魯智深˙ 역할을 하든, 백정 역할을 하든 간에 분장할 필요가 없어. 그놈은 본래 우리 마을 동물병원의 수의사였잖아. 장기는 새끼 돼지 불알 까는 거였고. 말하다보니 생각나는데, 너도 아마 기억날 거야. 맞아, 바로 그놈이야. 우리가 농업학교 다닐 때 실습 나가서 그놈한테 새끼 돼지 불알 까는 법을 배웠잖아. 개혁개방 이후에 그놈 매형이 격식을 안 따지고 인재를 등용한다면서 그놈을 현립병원 외과 주치의로 발탁했지. 그놈도 참 배짱 하나는 기가 막혔어. 현립병원에 들어가기도 전에 사람 수술을 시작했으니까. 첫 번째 수술이 자기 아버지 맹장을 떼어내는 거였는데 마취 주사도 안 놓고 몽둥이로 때려 기절시켰다지 뭐야. 집에 옥도정기도 없어서 고량주로 소독하고 돼지 불알 까는 칼로 아버지 맹장을 잘랐지. 게다가 깨어나면 도망칠까봐 밧줄로 돼지 잡는 긴 의자에 아버지를 묶어놓고는 검은 천으로 눈을 가리고 흰 천으로는 입을 막았어. 그때 누가 창밖에서 그 광경을 보고 그놈 아버지가 고문이라도 당하는 줄 알았다고 하더라고. 그놈 아버지는 완쾌된 후 여기저기 돌아다니며

˙『수호전』에 등장하는 양산박 108 영웅 중에서 가장 용맹한 인물.

뱃가죽의 칼자국을 두드리면서 아들 광고를 했지. 자기 아버지 수술을 성공적으로 마치고 나서 녀석이 꿈에서 깬 듯 그랬다고 하더라고. 사람 맹장 자르는 게 돼지 불알 까는 것보다 훨씬 더 쉽다고 말이야. 정말 그렇다면 누구나 존경하는 사람 의사를 하지, 왜 비웃음당하는 돼지 의사를 하겠어? 그래서 낭장 매형을 찾아가 직업을 바꾼 거지. 그 매형은 고위 간부라 의식도 있고 정책에도 충실해서 이렇게 말했대. '처남, 자네가 장인어른 맹장을 잘 떼긴 했지만 병원 외과 의사로 일하려면 학교도 다니고 연수도 받아서 의사 자격을 따야 해. 안 그러면 내가 자네 따라 오류를 범하게 되고 내가 오류를 범하면 자네도 끝장이야'라고 말이야. 그놈은 '알겠습니다, 매형' 하고 말하고는 외과 의사 연수반에 들어가 반년 동안 공부해 석사 학위랑 졸업장을 땄고 그런 다음에 당당하게 현립병원 의사가 된 거지. 그놈이 현립병원 의사가 된 후로 그 병원 환자 중에 살아서 나온 사람은 별로 없어. 가족계획위원회 주임이 그러더라고. 우리 현에 자오싼핑 같은 외과의가 10명만 있으면 무조건 인구가 마이너스 성장을 할 거라고. 그 현립병원에는 눈 하나 깜짝 안 하고 사람을 죽이는 자오싼핑 외에 간 큰 돌팔이 간호사도 몇 명 있지. 그중 가장 유명한 돌팔이 간호사는 부현장 여동생인 뉴샤오차오야. 의사가 아이한테 수액을 놓으라고 했는데 글쎄 알코올 한 병을 주입했지 뭐야. 그래서 보호자가 찾아가 '간호원……' 하고 부르니까 버럭 화를 냈고. 현립병원 사람들은 체면을 엄청 따지거든. 접수원이든, 수납원이든, 청소원이든, 물 끓이는 사람이든 다 마찬가지야. 그 병원에 들어가면 흰 가운을 걸친 사람한테는 모두 선생님이라고 불러야지, 안 그러면 톡톡히 무시당한다고. 그러니 뉴샤오차오가 간호원이라 불리는 걸 어떻게 참을 수 있었겠어? 하던 뜨개질을 계속하며 눈을 흘기고는 들은 척도 안 했지. 보호자는 애 상태가 급하니까 그런 병원 규칙은 싹 까먹고 계속 간호원이라고 불러댔어. 결국 뉴샤오차오는 성가셔서 직접 호칭을 바로잡아줄 수밖에 없었어. '저기요, 간호원이라고 부르면 안 돼요. 선생님이라고 부르세요, 선생님. 알아들었어요?'라고 했지. 보호자는 그제야 알아듣고 허둥지둥 '선생님, 우리 애 몸이 빨갛게 달아올랐어요. 왜 그런 거죠?'라고 했어. 뉴샤오차오는 '빨개지면 낫는 거잖아요'라고 했고. 하지만 보호자가 '그래도 정상이 아닌 것 같으니까 와서 좀 봐주세요'라고 하니까 뉴샤오차오는 '농민들은 참 손이 많이 간다니까'라고 투덜대며 병실에 갔어. 그런데 아이가 무슨 당근처럼 새빨개진 것뿐만 아니라 거품을 문 채 부들부들 떨고 있는 거야. 뉴샤오차오는 '어라, 왜 이런 거지?'라고 의아해하다가 갑자기 피식 웃으며 '맞다, 내가 너무 바빠서 알코올을 식염수로 착각했네'라고 말했어. 그래서 보호자가 '그럼 어쩌죠?'라고 물으니까 뉴샤오차오가 뭐라고 했는지 알아? '괜찮아요. 알코올은 독을 없애니까 이번 기회에 아이 몸속 바이러스가 싹 죽었을 거예요. 내가 장담하는데 이 애는 평생 병치레를 안 할 거예요. 그러니까 어서 수납처에 가서 알코올 값이나 내고 오세요'라고 했다니까."

나는 그의 말을 끊었다. "이봐, 그런 끔찍한 얘기 말고 기분 좋은 얘기 좀 하면 안 돼?" 그는 눈살을 찌푸리며 말했다. "생각나는 게 다 그런 이야기뿐인데 어쩌라는 거야?” “그러면 입 다물고 먹고 마시기나 해.” 그는 돼지 껍데기를 한 점, 또 한 점 집어 꿀꺽 삼켰다. “이거 괜찮네, 씹는 맛도 있고. 그런데 맛이 좀 묘한 게 아교를 섞은 것 같아. 우리 고향의 작은 식당은 십중팔구 아교를 섞거든.” “됐어. 우리 둘 다 고구마나 먹고 자라고 데이크론 바지나 입는 처지인데 뭘 그리 따져.” “네 말이 맞네. 사람은 근본을 잊으면 안 되고 나무는 뿌리를 잊으면 안 되지. 그런데 지금 고구마가 고급 식품이 됐잖아. 사과보다 훨씬 더 비싸다니까. 데이크론 바지도 지금이야 헐값이지만 30년 전에는 누가 그걸 입으면 아주 야단이 났잖아. 그때는 데이크론 바지는 말할 것도 없고 혼방 인조면 바지도 호랑이 가죽만큼 귀했지.” 그는 또 말했다. “너 생각나지? 네가 처음 처가댁에 인사드리러 갈 때 내 검은색 인조면 바지를 빌려 입고 갔잖아. 너 이 자식, 그때 담배 피우다가 그 바지에 구멍을 냈고.” “그런 일이 있었다고? 난 기억 안 나는데.” “그런 일을 당연히 기억할 리 없지. 너는 기억 안 나도 난 기억나. 내 바지를 그렇게 만들고 직접 돌려줄 용기가 없어서 네 누나를 보내 돌려줬잖아. 네 누나가 사죄의 말을 한 보따리 하고 우리 집에 달걀 세 개를 놓고 갔지. 까놓고 말해서 그때 내 인조면 바지가 없었다면 네 아내는 네가 마음에 들었을 리 없어. 설령 들었더라도 네 장모는 네가 마음에 들었을 리 없고. 사람은 옷이 중요하고 말은 안장이 중요하다는 말도 있잖아. 나중에 얘기를 들어보니 네가 간 뒤에 네 장모가 동네방네 돌아다니면서 자랑했다더라. 자기 예비 사위가 검은 인조면 바지를 입고 걷는 품이 꼭 신선 같았다고! 그때 내가 빌려준 바지 덕분에 네가 그렇게 아내와 인연이 맺어진 거니까 나한테 해물 요리 한 상 거하게 사도 지나친 게 아니라고.” “와, 눈 딱 감고 마구 거짓말을 하네. 하지만 나한테 해물 요리 얻어먹는 건 아예 꿈도 꾸지 마.” “쩨쩨한 녀석 같으니. 네가 사준다고 해도 사양할 테니 염려 마. 너 같은 말단 공무원들, 푼돈이나 빼돌리고 몰래 뇌물 챙기면서 전전긍긍하는 거 다 아는데 어떻게 해물 요리를 얻어먹겠냐? 전에 내가 그랬지? 닭 머리가 될지언정 봉황 꼬리는 되지 말라고. 너, 현급 간부 수준은 되는 거야? 꼴을 보아 하니 현급 간부는커녕 향급* 간부도 못 되는 것 같은데. 우리 향의 당서기만 해도 아우디 타고, 휴대폰 쓰고, 고향과 현에 각기 한 명씩 마누라가 있는데도 향에서는 또 여자 주임과 한 이불을 덮고 자지. 중혼 아니냐고? 그렇게 아이큐가 딸려서야 쓰겠어? 고향의 마누라는 이혼하고도 집에 있는 거고 향의 마누라는 잠은 자도 결혼은 안 한 거지. 불법적인 일은 절대 안 한다고. 피우는 담배는 선물 받은 거고 마시는 술은 상납받은 거라 자기 월급을 쓸 필요 없고 마누라가 월급에 손댈 일도 없지. 그렇게 3년만 향장, 진장鎭長**을 하면 눈먼 돈을 긁어모으는데 넌 여기서 뭘 하고 있는 거냐? 내가 너라면 진작에 고향에 내려갔다. 아, 그런데 다시 돌아가봤자 진장은커녕 촌 서기 자리도 너한테는 안 돌아가겠다. 아주 잘돼봤자 문화국 부국장이 고작일 텐데 그것도 현 서기 마누라한테 2만 위안은 찔러줘야 해(우리 현 서기 마누라는 낙태 수술 한 번에 뇌물 80만 위안을 거두지. 매년 두 번 낙태 수술을 하고). 안 그러면 기껏해야 파산 직전 공장의 노조 부주석이나 하게 될걸? 우리 현에 은행 대출이 2억8000만 위안

---

* 중국의 행정 구역은 성省급, 지地급, 현급, 향鄕급, 촌村급으로 나뉘며 향鄕은 현 밑의 하위 지방 행정 구역이다.

** 진鎭은 향 밑의 행정 구역.

이고 앙골라와 합작한 앙고라토끼 가죽 공장이 있었잖아. 거기에 전역한 영관급 장교가 네 명이나 발령 났었지. 대령 셋은 노조 부주석이 됐고 중령 한 명은 접수실 주임 겸 보안팀장이 됐어. 그 중령은 군에 있을 때 사격, 폭탄 투척, 총검술의 달인이었는데, 요새는 전쟁이 다 전자전이라 적의 그림자도 보기 전에 끝나니까 그 뛰어난 전투 기술도 쓸모없어진 거야. 그 사람은 접수 업무에는 관심 없었어. 그건 퇴직한 노인네가 하는 일이라서 오직 보안팀에만 관심 있었지. 그래서 에너지의 1프로만 접수 업무에 쓰고 나머지 99프로는 몽땅 보안팀 훈련에 썼지. 그는 직접 나무총 20자루를 깎아 젊은 애들에게 한 자루씩 나눠준 뒤, 공장 본관 앞에서 구르고 기게 했어. 조용하던 공장이 순식간에 시끌벅적해졌지. 막대기로 전갈 집을 들쑤셔놓은 것처럼 말이야. 검은 유니폼을 입은 젊은 보안요원들이 나무총을 들고서 본관 앞에 줄줄이 세워놓은 허수아비를 향해 눈을 부라리고 '죽어라, 죽어!' 하고 목청껏 소리 질렀지. 그 중령은 계급장만 없을 뿐이지 빈틈없이 군복을 차려입고 옆에 꼿꼿하게 서 있었어. 정말 때를 잘못 타고난 사람이더군. 그는 눈부신 햇빛 아래, 모자 밑으로 차가운 눈빛을 번뜩이며 쇠구슬 같은 구령을 토해냈어. '토끼, 찔러! 토끼, 찔러!'라고 말이야. 그 소리를 듣고 공장 간부들과 지나가던 행인들은 모두 어리둥절해서 입을 모아 말했지. 저 중령은 왜 욕을 해대는 거냐고 말이야.[*] 아무리 거기가 토끼 가죽 공장이라고 해도 부하들한테 토끼라고 욕하면 안 되는 것 아닌가? 그때 한 보안요원이 대열에서 빠져나와 나무총을 내던지며 말했어. '팀장님, 저 안 할래요. 이거 해

---

[*] 중국에서 '토끼'는 남창을 뜻하는 욕이다.

봤자 돈도 얼마 안 되고, 죽어라 힘들기만 하고, 땀에 옷도 마를 날이 없는데 토끼라고 욕까지 얻어먹어야 하나요?' 그러자 중령이 버럭 호통을 쳤지. '총 주워! 무기를 버리다니 네가 간이 부었구나.' 그 보안요원은 중령의 기세에 눌려 조용히 구시렁거렸어. '주우면 그만이지 화는 왜 내는 거야?' 중령이 또 큰 소리로 말했어. '모두 잘 들어. 토끼, 찔러가 아니라 돌격, 찔러야!'• 보안요원들은 비로소 안도의 숨을 내쉬며 '아, 원래 토끼, 찔러가 아니라 돌격, 찔러였구나' 하며 마음을 놓았어. 너 그 중령이 누군지 알아? 바로 네 아내의 외삼촌이야. 네 아내의 외삼촌이면 우리 외삼촌이나 다름없잖아, 안 그래? 우리 외삼촌은 그 훈련을 하면서 '너희는 누가 가장 밉지?'라고 물었어. 그러니까 한 보안요원이 '저는 우리 마을 서기가 가장 미워요. 그놈이 돈을 빼돌리고 전기료를 1도에 3위안으로 올렸거든요. 우리 아버지가 전기료를 안 낸다고 하니까 주먹으로 아버지 코뼈를 부러뜨리고 밑의 똘마니들을 시켜서 우리 집 전선을 끊은 것도 모자라 소까지 끌고 갔어요!'라고 말했지. 그리고 또 다른 요원은 자기 마을 촌장이 가장 밉다고 했어. '그놈이 우리 집 지계석••을 몰래 2미터 옮겨놨길래 우리 형이 따지러 갔거든요. 그랬더니 향 사무소에서 방범대원으로 일하는 자기 아들을 전화로 불러내서 밧줄로 꽁꽁 묶어 데려가게 했어요. 그놈들은 혁명 간부를 구타하고 사회 치안을 어지럽혔다면서 형의 코를 때려 시퍼렇게 만들어놓았죠. 아버지한테 1000위안을 내야 형을 풀어준다고 했고요'라고 했지. 젊은 보안요원들이 앞다퉈 자기네 원수의 죄상을 고발하는데 누구는 얼굴이 빨갛고, 누구는 얼굴이 하얗

• 토끼와 돌격은 중국어 발음으로 각기 '투쯔'와 '투츠'여서 착각하기 쉽다.

•• 땅의 경계를 표시하는 돌.

고, 누구는 얼굴이 파랗고, 누구는 얼굴이 누런 게 전부 원한이 뼛속까지 사무친 것 같았어. 우리 삼촌은 속으로 놀라서 얼른 말을 끊고는 '알았다, 알았어. 너희 마음속에 원수가 있으면 이 훈련은 성공할 수 있다. 이제부터 눈앞의 허수아비를 너희가 가장 미워하는 사람이라고 상상하면서 대검으로 찌르는 거다. 자, 시작하자!'라고 말했어. 그리고 마치 집행관처럼 명령을 내렸어. '돌격, 찔러!' 그 보안요원들은 흥분제 주사라도 맞은 것처럼 눈이 시뻘게져서 허수아비를 향해 달려들었어. 누구는 찌르면서 욕을 퍼부어대서 공장 안의 분위기가 살벌해지고 지나가던 행인들은 걸음을 멈췄지. 누가 '여기 왜 이래요?'라고 묻자 또 누가 '영화 찍나봐요'라고 답하더군.

그는 땅콩 한 알을 집어 입에 넣으며 말했다. "그 일로 아주 시끌벅적했지. 토끼 가죽 공장이 민병 훈련 선진 기업으로 평가받아 신문과 라디오에 다 보도됐고 시의 TV 방송국에서도 사흘 동안 촬영을 해갔어. 한 가지를 잘하면 백 가지 흠집이 다 가려진다더니, 그 소동 하나로 악명 높던 토끼 가죽 공장은 본모습이 가려졌고 우리 삼촌은 명사가 됐으며 공장장은 성 인민대표가 됐지. 망하기 직전이었던 현의 다른 공장들도 앞다퉈 토끼 가죽 공장을 본받아 높은 몸값에 전역 군인들을 데려다 경비와 보안팀을 훈련시켰고. 하지만 그 사람들 훈련이 다 끝나기도 전에 토끼 가죽 공장은 망해서 문을 닫았지. 그런데 너, 토끼 가죽 공장의 공장장이 누구였는지 알아? 바로 우리 초등학교 동창 샤오마쮜안_{小馬圈}이었어!" "아, 생각났다, 생각났어. 샤오멍쥐안_{肖夢娟} 말이지? 걔 별명이 샤오마쮜안이었잖아.˙ 맞아, 걔 별명이 샤오마쥐안이었어." "내 기억이 틀리지 않는다면 그 별명은 네가 지어준 거야. 그때 너 인마, 개한테 홀딱 반해서 맨날 집에서 고구마를 가져다줬잖아. 초봄 고구마는 사과보다도 단데, 넌 작은 칼로 얇게 고구마를 저며 개한테 먹으라고 했지. 우리가 한 조각만 달라고 사정하면 절대 안 주고 그 칼을 흔들어댔고 말이야. 그런데 샤오마쥐안은 그걸 먹고도 고마워하기는커녕 선생님한테 가서 너를 꼬질렀지. 네가 개 앞에서 학교는 감옥이고 선생님은 노예주라고 했다고 말이야. 선생님은 헐레벌떡 교장한테 가서 네 말을 보고했고 교장은 이 일을 엄히 받아들여 너를 밧줄로 묶어 공안국에 넘겼지. 공안국에서는 조사 후 네가 일반적인 오류를 범했으므로 인민 내부의 모순에 따라 처리해야 한다고 했어. 그래서 교장은 너를 데리고 돌아와 비판 대회를 열고 네게 전교생 앞에서 자아비판을 하게 했지. 그때 너는 눈물 콧물이 쏙 빠지게 울었는데 태도도 괜찮고 잘못도 깊이 뉘우쳐서 퇴학은 당하지 않았어. 또 나이가 너무 어려서 경고 정도의 가벼운 처분을 내리는 데 그쳤지. 그렇게 해서 너는 비로소 정신을 차리고 홧김에 샤오마쥐안한테 별명을 지어준 거잖아. 샤오마쥐안은 나중에 크게 출세했지. 초등학교 졸업 후 바로 공사公社** 선전대에 들어가 독창 배우가 됐으니까. 개가 가장 잘 부른 노래가 산시陝西 북부 민요, 「하늘나리꽃이 새빨갛게 피었네山丹丹开花红艳艳」였잖아. 개는 목청이 꼭 작은 나팔 같고 목소리도 박하사탕처럼 청량했지. 너 그 노래 기억나?"

• 발음이 유사한 걸 이용해 샤오밍쥐안의 별명을 샤오마쥐안으로 지은 것이고 '마쥐안'은 마구간이라는 뜻이다.

•• 인민공사의 준말로 대약진 운동 당시의 기층 농촌 조직.

나는 고개를 저었다. 내가 고개를 저은 건 그 노래를 까먹어서가 아니라 옛일을 떠올리니 감회가 새로워서였는데 그는 내가 노래를 까먹었다고 여겼다. 그래서 맥주를 한 모금 마셔 목청을 가다듬은 후 말했다. "그 노래를 까먹다니, 그건 근본을 잊은 거나 다름없어. 내가 좀 불러주지." 그는 바로 콧노래를 흥얼거렸다. 처음에는 목소리가 낮았고 심지어 조금 서정적이어서 꽤 그럴듯했다. 그런데 몇 소절 흥얼거리다가 그만 흥분해서 돼지 멱 따는 소리를 질러대기 시작했다. 할아버지와 할머니가 손에 밀가루를 묻힌 채 뛰쳐나와 무슨 일이냐고 물었다. "아무 일도 아니에요. 이 친구가 옛날 생각이 나서 노래 부르고 있었어요"라고 내가 말하자 할머니는 "조용히 좀 불러요, 경찰이 들이닥치면 골치 아프니까"라고 했다.

그는 술 한 잔을 쭉 들이켠 후 입술에 거품을 묻힌 채 말했다. "성현께서 말씀하시길, 사기꾼은 고향 사람을 제일 무서워한다고 했지. 너만 해도 그래. 지금은 허세 부리면서 쭈글쭈글한 낡은 양복을 입고, 개 혓바닥 모양의 붉은 넥타이를 매고, 거시기 같은 대머리를 까닥거리며 거리에서 원로 간부인 척 행세하고 다니잖아. 하지만 내 앞에서는 못 그러지. 너, 3학년 때까지 개구멍바지 입고 다니다가 선생님이 한마디 하니까 오줌을 지려서 바지에서 지린내가 진동했잖아. 그래서 여학생도, 남학생도 너 옆에 안 앉으려고 했지. 그런 네가 노래를 만들 거라고는 선생님도 상상 못 했을 거야. 너는 아주 멋진 노래를 한 곡 만들었지. 설마 그걸 잊지는 않았겠지?" 그는 짐짓 분위기를 잡고 흥얼거렸다. "샤오마쥐안, 땋은 머리는 길고, 바짓가랑이에서 양 한 마리가 나오지. 샤오마쥐안, 입은 크고, 입 벌리면 두꺼비 한 마리가 나오지……" 나는 옛일이 떠올라 나도 모르게 쓴웃음을 지었다. 그가 말했다. "생각나지? 샤오마쥐안, 걔 선전대에 있으면서 공사 간부랑 잘 지내서 전문대에 추천받아 들어갔잖아. 2년 후에 졸업하고 현 위원회 타자수가 됐고. 그다음에는 현 위원회 조직부장 아들이랑 결혼하더니 시골 내려가 향장이 됐고 또 현성으로 돌아와 국장을 거쳐 그 토끼 가죽 공장의 일인자가 된 거지. 몇 년 전만 해도 걔는 아주 잘나갔어. 서유럽에서 동남아까지 마실 다니듯 돌아다녔지. 우리 현 사람들은 모두 걔를 욕했어. 누구는 걔네 집 돈에 곰팡이가 슬어서 여름마다 사람을 사서 햇빛에 말린다고 했어. 그러다 공장이 망했고 노동자들이 연일 고통을 호소하다가 현 정부까지 가서 연좌시위를 했거든. 어떤 덜렁이는 하마터면 분신자살을 할 뻔했고. 샤오마쥐안은 상황이 심상치 않은 걸 보고 달러 한 자루를 짊어지고 훌쩍 캐나다로 날아가서 지금까지 안 돌아왔어. 듣기로는 캐나다에 간 지 반년도 안 돼서 인신매매범한테 걸려 이누이트족한테 팔려갔다던데? 그 달러 한 자루도 인신매매범이 꿀꺽하고. 샤오마쥐안은 북극해로 가 이글루에 살면서 가죽을 씹고 물개 고기를 날로 먹는 걸 배우며 애를 넷이나 낳았다고 해. 한 애는 먹물보다 검고, 한 애는 돼지 피보다 빨갛고, 한 애는 나뭇잎보다 푸르고, 한 애는 해바라기보다 노랗고, 또 한 애는 바닷물보다 파랗다더라고." "파란 애는 어디서 온 거야? 애가 네 명이라며?" 내가 묻자 그는 웃으며 말했다. "원래는 네 명인데 가만 생각하니 그건 쓰시완쯔四喜丸子* 같잖아. 아예 하나를 더

---

* 잘게 이긴 삶은 감자를 둥글게 네 개로 빚어 기름에 지진 후 삶은 완자 요리.

없어 다섯을 만들었지. 너무 적은 것 같으면 몇 명 더 낳은 걸로 해줄 게." "다섯이면 충분해. 더 낳을 필요 없어." "어쨌든 개도 우리 동창인 데 그런 지경이 됐다고 하니 마음이 좀 안 좋더라고. 이런 얘기는 관 두자. 말해봤자 괴롭고, 화나고, 만감이 교차하기만 하지 아무 쓸모 도 없으니까. 도와주고 싶어도 힘이 안 닿으니 그냥 북극에서 이누이 트족을 위해 애들이나 잘 낳아 키우게 내버려두자. 우린 그냥 먹고 마시면서 눈앞의 이득 되는 일이나 하는 게 장땡이야."

그는 돼지 껍데기 한 점을 또 집었다. 그런데 껍데기 위에 돼지털 한 가닥이 아주 빳빳하게 곤두서 있었다. 그는 큰 소리로 "사장님! 사 장님!" 하고 불렀고 할머니가 손에 밀가루를 묻힌 채 또 내실에서 나 와 "왜 불렀수?" 하고 물었다. 그는 젓가락으로 그 돼지털을 가리키며 말했다. "이것 좀 봐요. 이게 뭐죠?" 할머니는 눈을 동그랗게 뜨고 힐 끗 보고는 말했다. "돼지털이네. 근데 뭘 그렇게 호들갑이유?" "아니, 모르세요? 돼지털이 사람 뱃속에 들어가면 생명이 위험해질 수도 있 어요." "10년 전에 영감이랑 싸우다가 홧김에 돼지털 솔을 꿀꺽 삼킨 적이 있수. 틀림없이 죽겠구나 싶었는데 웬걸, 죽기는커녕 위궤양이 싹 나았지." 할머니 말에 나는 웃음이 터졌고 그도 따라 웃었다. 그는 젓가락으로 그 돼지털을 건드리며 또 말했다. "문제는 이게 돼지털이 아니라는 거예요." "돼지털이 아니면 무슨 털인데?" "보면 볼수록 사람 털 같아요." "여기서 계속 먹고 갈 거면 그 더러운 입 좀 다물어! 먹고 싶지 않으면 당장 꺼지고! 내가 올해 150살이 넘었는데 서태후가 수 렴청정하던 청나라 때부터 이 가게를 했어도 너 같은 망나니는 처음이야." 할머니가 화를 내자 그는 즉시 꼬리를 내리고 만면에 미소를 띠었다. "아이고, 어르신. 까마득히 어린 제가 장난을 좀 친 것뿐인데 뭐 그렇게 정색하고 화를 내세요? 저는 딱 보자마자 어르신이 보통 분이 아니란 걸 알았습니다. 제 추측이 틀리지 않는다면 어르신이 빚은 만두는 옛날에 궁궐로 들어가 태후 마마께 진상됐을 거예요. 태후 마마는 드시고 연신 맛있다며 칭찬한 후 남은 두 개를 차마 아까워 못 버리고 이련영李蓮英•에게 주며 말했을 거예요. '이 만두 두 개를 황상께 가져다드리고 뜨거울 때 속히 드시게 해라. 호랑이고기로 만든 만두라 먹으면 양기가 세지니까 드시고 양기를 보충해 속히 우리 대청 황조의 태자를 생산하시라고 해라'라고 말이에요. 그러자 이련영이 허리를 숙이고 '예, 마마'라고 한 뒤 얼른 그 호랑이고기 만두두 개를 들고 금란전金鑾殿으로 달려갔을 거예요." 그가 이렇게 치켜세워주자 할머니는 얼굴이 확 펴졌다. "얘가 참 똑똑하네. 우리 집안 내력을 어쩌면 이렇게 꿰뚫고 있지?" "다른 사람한테는 몰라도 저한테는 못 숨기죠. 옷차림이 남루하고 몸에 이가 들끓기는 해도 제가 아는 건 많답니다. 어르신 댁 앞에서 석 달을 서성였으니 모르는 게 있을 리 없죠. 생각해보세요, 제가 내막도 모르면서 어떻게 들어오자마자 어르신께 호랑이고기 만두를 달라 했겠어요? 호랑이고기 만두를 파는 데는 여기뿐이니까 그런 거예요!" 그는 젓가락으로 돼지 껍데기에 붙은 그 털을 만지작거리며 말했다. "이것 보라고요. 이게 뭐죠? 소털인가요? 아니에요. 이건 100퍼센트 호랑이 수염이에요!" 이어서 그는 호랑이 수염의 신비에 관해 내게 떠들기 시작했다.

• 서태후를 보필하던 유명한 환관.

“호랑이 수염의 신비에 대해 말하려면 그해 겨울 친구네 집에서 호
랑이고기 만두를 먹었던 대목으로 돌아가야 해. 호랑이고기를 먹고
나서 온몸에 열이 나고 야수성이 뻗쳐서 범죄를 저지르지 않기 위해
어쩔 수 없이 얼음을 깨고 헤이룽강의 얼음구덩이 속에 뛰어들었지.
많은 사람이 그 기적을 보러 몰려왔어. 그중에는 암호랑이를 탄 러시
아 아가씨도 있었고. 그 아가씨는 너무나 아름다웠어. 하늘과 땅을
다 뒤져도 그녀의 미모에 견줄 만한 사람은 찾을 수 없었지. 내 몸에
서 나오는 열기가 얼마나 대단한지 얼음이 녹아 부글부글 끓어오르
면서 증기가 파란 하늘로 솟구쳤어. 이 소식을 듣고 TV 방송국 기자
들이 달려와 비디오카메라를 메고 나를 찍어댔어. 신문사 기자들도
떼로 몰려와 플래시를 터뜨리는데, 안 찍고 싶어도 어쩔 수가 없어서
마음대로 하게 내버려뒀지. 플래시 때문에 눈이 시려서 그들의 렌즈
를 보지 않고 러시아 아가씨와 호랑이를 봤어. 그 호랑이는 아주 온
순하더군. 처음에는 물릴까봐 겁났는데 금세 나를 물 리 없다는 걸
알게 되었지. 녀석은 큰 혀로 수염을 핥으며 눈물을 뚝뚝 흘렸어. 그
리고 혀를 뻗어 내 얼굴도 핥았지. 나는 이제 끝났다고, 뺨이 날아가
겠다고 생각했는데 실제로는 아무 일도 없었어. 호랑이는 내게 애정
표시를 했던 거야. 나는 한참 생각한 끝에 그 호랑이가 원래 장님이
며 내 몸에서 호랑이 냄새를 맡고 나를 자기 남편으로 착각했다는 걸
알게 되었어. 처음에는 무서워 죽는 줄 알았지만 나중에는 너무 감동
해서 호랑이의 머리를 쓰다듬으며 말해줬어. ‘호랑이야, 울지 마라. 네
남편은 진작에 널 배신했어. 우리가 호랑이 굴에 갔을 때 녀석은 거

기서 다른 암호랑이와 사랑을 나누고 있었어. 안 그랬으면 우리도 녀석을 쏴 죽이지 못했을 거야. 녀석은 진작에 너를 잊었으니까 너는 녀석 때문에 그렇게 눈이 멀도록 울 필요 없어.' 호랑이는 내 말을 듣더니 말라리아에 걸린 것처럼 온몸을 부들부들 떨었어. 호랑이를 타고 있던 러시아 아가씨는 놀라서 엉엉 울었고. 하지만 그녀가 울어도 소용없었어. 그 호랑이는 어흥, 크게 울고는 3미터나 솟구쳐 올랐다가 얼음 위에 곤두박질치더니 몇 번 다리를 떤 후 죽어버렸지. 그때 사람들은 나한테는 아예 관심도 없었어. 모든 렌즈가 일제히 호랑이에게 향했지. 그때 호랑이 입가에서 가장 길고, 굵고, 뻣뻣한 수염이 툭하고 내 눈앞의 얼음 위로 떨어졌어. 그런데 달궈진 금괴라도 되는 양 얼음 속으로 파고드는 거야. 나는 궁금해서 그걸 주워 손가락 사이에 끼워뒀는데, 알몸이라 숨길 데가 마땅찮아서 결국 입에 넣고 물고 있었어. 그런데 그때 놀라운 일이 벌어졌어. 나는 세상에서 가장 신기한 광경을 봤지. 그 광경은 고금을 막론하고 누구도 본 적이 없을 거라고 확신해. 자, 내가 뭘 본 것 같아?"

그때 할아버지가 내실에서 김이 모락모락 나는 만두 한 접시를 들고 나왔다. 나는 만두가 나왔으니 뜨거울 때 먹자고 했다. 우리는 젓가락을 쥐고 만두 먹을 준비를 했다. 만두는 하얗고 통통했으며 가운데가 볼록했다. 달콤한 밀가루 냄새와 향기로운 고기 냄새를 풍겨 우리의 식욕을 강하게 자극했다. 그런데 그 할아버지가 만두를 우리 식탁에 놓지 않고 빈 식탁에 놓았다. 내가 여기에 놓으라고, 우리가 여기 앉아 있는 게 안 보이냐고 했는데도 그는 실눈을 뜨고 우리를 보며 이해가 안 간다는 표정을 지었다. 우리는 그가 빈 식탁 옆에 앉아 입가의 수염을 양쪽으로 가른 뒤, 젓가락도 안 쓰고 손가락으로 만두를 집어 먹기 시작하는 걸 지켜보았다. "대체 왜 이러는 거예요? 손님이 시킨 만두를 자기가 먼저 먹는 법이 어디 있어요?"라고 내가 말하자 할머니가 만두 삶은 국물을 한 대접 가져와서 말했다. "급할 것도 없는데 이 국물이나 먹고 있다가 영감이 먹고 나서 드시구려." 우리는 불쾌해서 할머니에게 따지기 시작했다. 마커가 입을 열었다. "세상에 이런 법이 어디 있어요? 당신들은 만둣가게를 하고 우리는 만두를 먹으러 왔는데, 만두를 쪄왔으면 우리한테 줘야지 왜 당신들이 먼저 먹는 거죠? 또 만두를 먹으려면 안에서 몰래 먹어야지 밖으로 가져 나와 우리 앞에서 먹으면 안 되는 거잖아요!" "뭘 그렇게 시끄럽게 떠들어? 이게 우리 가게의 규칙이야. 당신들 같은 보통 사람뿐만 아니라, 옛날 원세개袁世凱* 대총통도 여기 만두를 먹으러 와서 순순히 우리 가게 규칙을 따랐다고. 그게 싫으면 그냥 꺼져. 우리 부부의 나이를 합치면 300살인데 안 겪어본 일이 있을 것 같아? 안 만나본 인물은 또 있을 것 같고? 우리 나이가 되면 세상 무서울 게 없어." 할머니는 만두 삶은 국물을 우리 앞에 탕, 내려놓으며 말했다. "이 국물을 먹을 수 있는 것만 해도 너희, 짐승 같은 놈들에게는 축복이라고!" 그녀는 고목나무 가지 같은 손을 들어 보였다. "잘 봐, 이게 바로 서태후를 모셨던 손이야." 우리는 그 손을 올려다보며 마치 심각한 잘못을 저지른 것처럼 부끄러움을 느꼈고 저도 모르게 마음이 가라앉았다. 눈앞의 국물에서 코를 찌르는 맑은 향기가 풍겼다. 우리는

---

* 1859~1916, 중국 청나라 말기의 무관. 군벌로 1911년 우창 봉기로 청나라가 무너지고 중화민국이 세워졌을 때 임시 대총통으로 선출되었다.

작은 국자로 국물을 떠서 후후 불어가며 한 모금 마셨다. 과연 황궁의 만두 국물이어서 맛이 남달랐다. 우리는 국자로 먹는 게 성에 안 차서 아예 대접째 들고 꿀꺽꿀꺽 들이켰다. 서로 자기가 더 먹겠다고 다투는 통에 눈 깜짝할 사이에 만두 국물 한 대접이 바닥났다. 만두 국물을 다 먹고 나서 우리는 할아버지가 만두를 먹는 모습을 구경했다. 우리 둘은 나이를 합쳐봤자 겨우 80여 세라 그렇게 만두 먹는 걸 보는 건 난생처음이었다. 산전수전 다 겪은 듯한 그 노인은 두 손가락으로 만두를 집고 고개를 들어 입을 뾰족하게 내민 후 조심스레 만두 귀퉁이를 물어뜯어 식탁 위에 뱉은 후 다시 고개를 들어 만두 속의 기름을 쪽 빨아 먹었다. 그렇게 해서 만두 속의 기름이 다 빠지자, 만두를 접시 위에 내려놓고 다음 만두를 집어 똑같이 귀퉁이를 물어뜯고, 기름을 빨아먹고, 접시 위에 내려놓았다. 이렇게 기상천외하게 만두를 먹는 방법은 본 적도 들은 적도 없었다. 그는 이렇게 만두 한 접시를 다 망치면서 곁눈으로 우리를 보았다. 그의 얼굴에는 차가운 미소가 걸려 있었는데 우리를 멸시하는 것도 같고 일부러 화를 돋우는 것도 같았다. 만두의 근사한 냄새가 손톱으로 우리를 마구 긁어 대는 것 같았다. 우리는 화를 내고 싶었지만 마치 구멍 난 타이어처럼 도무지 기운이 나지 않았다. 내력을 알 수 없는 그 노부부에게 경외심을 느낀 나머지 목소리도 잦아들었다.

마커가 낮은 목소리로 말했다. "내가 그 호랑이 수염만 안 잃어버렸으면 저 사람들의 본모습을 봤을 텐데. 저들이 본래 무슨 짐승이 변해서 저렇게 된 건지 알았을 거라고. 저 영감탱이는 십중팔구 늑대

였을 거고 저 할망구는 암곰이었던 게 분명해. 자세히 좀 뜯어봐. 먹는 모습과 표정 깊은 곳에서 곰과 늑대의 특징이 보일 거야. 자세히 좀 뜯어보라니까.” 그의 말을 듣고 먼저 할아버지를 뚫어지게 보니 과연 먹는 모습에서 뾰족한 늑대 얼굴이 흐릿하게 보였다. 그러고 나서 할머니의 모습을 보니 역시 곰 같았다. 마커가 말했다. “내가 전에 가졌던 호랑이 수염이 너한테 있으면 모든 사람의 본모습을 볼 수 있을 거야.” 이어서 그는 내게 그 호랑이 수염 이야기를 들려주었다. 목소리가 컸고 말할 때 할아버지와 할머니의 얼굴을 꼬나보고 있어서 일부러 그들에게 들으라고 하는 것 같았다.

“헤이룽강의 얼음구덩이 속에서 그 호랑이 수염을 입에 문 순간, 머릿속에서 웅, 하는 소리가 나고 귓속에 물이 꽉 찬 것 같더니 눈앞에 기이한 광경이 펼쳐졌어. 아까 말했잖아, 수많은 사람이 내가 추위를 견디는 걸 보러 왔다고. 방송국 기자는 비디오카메라를 메고 왔고, 신문사 기자는 카메라를 들고 왔고, 강 양쪽에 사는 사람들은 썰매를 타고 왔지. 그런데 호랑이 수염을 입에 물고 보니까 눈앞에 사람이 한 명도 없는 거야. 눈앞에 전부 짐승뿐이었어! 우선 호랑이 옆의 그 아름다운 러시아 소녀는 표범으로 변해 있었어. 그녀의 옷도 그녀의 몸에 박힌 반점들을 가리지는 못했지. 그녀의 울음소리와 옷이 아니었다면 나는 때려죽여도 그 아름다운 여자가 한 마리 표범이란 걸 믿지 못했을 거야. 비디오카메라를 멘 그 방송국 기자는 하얀 수말이었고 옆에서 그를 보조하던 여자는 사실 어린 암캐였어. 두 앞발로 전선을 들고 수말 뒤를 깡충깡충 따라다니는 그녀의 모습은 정말 가

관이었지. 신문사 기자들은 토끼도 있었고, 당나귀도 있었고 둥글둥
글한 새끼 돼지도 있었어. 구경꾼들은 소, 말, 양에 맷돌보다 큰 거북
이도 있더군. 나는 놀라서 거의 기절할 지경이었어. 내 신경에 문제가
생겼거나 꿈을 꾸고 있는 게 아닌가 싶었지. 호랑이고기를 먹고 얼음
구덩이 속에 뛰어든 것도 꿈의 일부 같았어. 그래서 허벅지를 꼬집어
봤는데 몹시 아프더라고. 꿈을 꾸는 건 아니었던 거야. 하지만 허벅
지를 꼬집어 아픈 것도 꿈일 수 있잖아? 이번에는 가운뎃손가락을 피
가 나도록 꽉 깨물었어. 왜냐하면 우리 할아버지가 예전에 말씀해주
신 적이 있거든. 무슨 귀신이나 요괴 같은 걸 만나 궁지에 몰리면 가
운뎃손가락을 깨물면 된다고 말이야. 남자의 가운뎃손가락 속 피는
악을 퇴치하는 효능이 있고 그건 검은 개의 피보다 힘이 훨씬 더 강
하다고 하셨지. 하지만 가운뎃손가락의 피가 얼음 위에 뿌려졌는데
도 눈앞의 광경은 전혀 변하지 않았어. 러시아 소녀가 변한 그 표범
이 울음을 그치고 내 앞에 엎드려 내 손에 묻은 피를 할짝할짝 핥더
라고. 그녀의 혀에 돌기가 빽빽하게 돋아 있어서 그녀가 핥을 때마다
몸에 전기가 오르는 것 같았어. 혼비백산한 나는 얼른 호랑이 수염을
뽑고 얼음구덩이에서 뛰쳐나와 냅다 도망쳤어. 벌거벗고 강변까지 달
려가 뒤를 돌아보니 그 짐승들은 안 보이고 강 위에 있던 사람들이
깔깔 웃고 있는 거 있지? 그제야 내 꼴을 확인한 나는 부끄러워 죽을
것 같았어. 다시 강 위로 돌아가 옷을 챙겨 입을 용기가 없어서 마침
강변에 있던 낡은 비료 포대를 주워 수치스러운 데를 가리고 쌓인 눈
을 맨발로 밟으며 군대 친구의 움막으로 돌아갔어. 강에서 생긴 그

희한한 일을 말했더니 친구가 "그 호랑이 수염은 어딨어?"라고 묻더군. 내가 뱉어버렸다고 했더니 그는 화를 내며 "이 멍청이, 손에 들어온 보물을 뱉어버렸다고?" 하더라고. 그의 말에 따르면 그런 호랑이 수염은 사냥꾼들이 얻고 싶어해도 꿈에서조차 얻지 못하는 보물이라는 거야. 깊은 산, 오래된 숲속의 사람 모습으로 변하는 산삼 동자나 바닷속 야명주에 버금가는 값진 물건이라서 그런 호랑이 수염 한 가닥만 있으면 자기랑 나 모두 한평생 놀고먹으며 살 수 있다고도 했어. "가서 찾아오면 되잖아, 어디 뱉었는지 알고 있다고"라고 내가 말하니까 친구는 고개를 흔들었어. "네가 뱉고 나서 그건 바로 땅속으로 뚫고 들어갔을 거야. 절대 찾을 수 없어." 친구는 내게 호랑이 수염에 관한 전설과 지식을 말해주었어. 알고 보니 그런 영험한 호랑이 수염은 오래된 영물 산삼을 먹은 호랑이에게만 딱 한 가닥 나는데, 그런 호랑이는 천 마리 중에 한 마리 있을까 말까라고 하더군. 그런 호랑이가 죽기 전에 그 영험한 호랑이 수염은 알아서 빠져 땅에 떨어지고 땅에 떨어지고 나서는 눈 깜짝할 사이에 황천까지 가라앉아 누구도 손에 넣을 수 없다고 했어. 그날 내가 그걸 손에 넣었던 건 그 호랑이가 빙판 위에서 죽었기 때문이지. 호랑이 수염은 빙판 위에서는 늦게 가라앉지만 지금쯤이면 벌써 강바닥 깊숙이 가라앉았을 거라고 친구는 말했어. 내가 아쉬워하며 스스로 뺨을 후려치자 그는 차라리 잘된 일이라고, 정말로 그걸 손에 넣었더라도 골치가 아팠을 거라고 했어. "오래전에 어떤 산둥 사람이 그런 호랑이 수염을 구한 적이 있고 네가 두 번째야. 그 산둥 사람은 호랑이 수염을 유리병에 담아 고향에 돌아갔고 문 앞에 이르러 유리병에서 호랑이 수염을 꺼내 입에 문 채 집으로 들어갔어. 그런데 못 보던 늙은 개 한 마리가 솥을 핥고 있는 게 아니겠어? 그는 그제야 자기 어머니가 그 개가 변한 거란 걸 알게 되었지. 이윽고 말 한 마리가 괭이를 메고 집에 들어오는 걸 보고서는 그게 자기 아버지란 걸 알았고. 그 사람은 즉시 깨달음을 얻어 호랑이 수염을 뱉으며 '어머니, 당신은 개고 아버지, 당신은 말이에요'라고 말했어. 이에 화가 난 그의 부모는 현성에 가서 불효막심하다며 아들을 고발했지. 그래서 관리가 아들을 데려와 문초하려고 사람을 보냈는데, 가보니 아들은 이미 대들보에 목을 매달아 죽어 있었어. 죽기 전에 그는 이런 시를 남겼다더군. '어머니는 늙은 개고 아버지는 말이며/관아에는 늑대와 여우가 앉아 있네/단지 호랑이 수염을 얻고 나서/인간사 모두 거짓인 걸 알았네.'"

할아버지와 할머니는 서로 신비한 눈빛을 교환했고 이어서 할머니가 말했다. "네가 그 어린 나이에 그런 기이한 경험을 했는지 정말 몰랐네. 우리 부부는 합치면 나이가 300살인데도 호랑이 수염에 관해서는 전설만 들었는데, 너는 어린 나이에 직접 겪어보았다니 참 대단하군." 그녀는 또 말했다. "청나라 전성기에 강희 황제가 둥베이 지역의 사냥꾼들에게 호랑이 수염을 진상하라고 여러 차례 명을 내렸지. 그런 호랑이 수염만 있으면 관리를 살피고 임명하기가 훨씬 더 편하니까. 누가 무엇이 변한 건지 훤히 알 수 있을 테니까 말이야. 무관을 임명할 때는 호랑이와 표범이 변한 사람을 고르고, 문관을 임명할 때는 말과 소가 변한 사람을 고르고, 치수 담당 관리를 임명할 때는 물에 사는 동물이 변한 사람을 고르면 되잖아. 하지만 영험한 호랑이 수염을 구하기가 너무 어려워서 얼마나 많은 둥베이의 사냥꾼들이 호랑이에게 희생당하고, 또 관리들의 곤장에 엉덩이가 너덜너덜해졌는지 몰라. 그들은 매년 호랑이 수염을 수십 가닥씩 진상했지만 그중에는 영험한 호랑이 수염이 한 가닥도 없었지. 결국 황제는 믿음을 잃고 그게 아름다운 전설일 뿐이라고 생각하게 되었어. 하지만 그런 호랑이 수염은 확실히 존재하거든. 다만 세상에 쉽게 나타나지 않을 뿐. 네가 방금 말한, 그런 호랑이 수염을 구했다는 산둥 사람은 사실 우리 집안의 먼 친척이야." 할머니는 계속해서 말했다. "사실 공자님의 후손들은 호랑이 수염이 없어도 사람의 출신을 꿰뚫어보거든. 다만 그 방법을 함부로 쓰지 않을 뿐이지. 원세개가 산둥 순무*였을 때 하늘 무서운 줄 모르고 연성공부衍聖公府**에 세를 거두려고 했거든? 이에 연성공이 화가 나 하인에게 마차를 몰고 가서 친한 친구인 장 도사를 모셔오게 했어. 연성공부에 가서 원세개의 어처구니없는 행각에 관해 연성공에게서 듣고 난 후 장 도사는 펄펄 뛰며 말했지. '그놈이 표범 간이라도 삶아 먹었나보죠? 연성공께 세금을 징수하다니, 완전히 죽음을 자초하는 것 아닙니까? 연성공, 말씀만 하십시오. 빈도貧道가 어떻게 녀석을 혼내줄까요? 죽이라 하시면 당장 죽여버리겠습니다.' 연성공은 선량한 사람이라 이렇게 말했어. '그자도 어쨌든 조정에서 임명한 지방 장관이 아닌가. 산둥에 와서 의화단과 반란 세력을 소탕해 공도 조금 세웠고 우리 가문을 능멸하긴 했지만 그게 죽일

---

* '순무巡撫'는 청대의 최고 지방 행정 장관을 뜻함.
** '연성공'은 공자의 직계 후손에게 대대로 내려진 호칭이고 '연성공부'는 그들이 살았던 산둥성 취푸曲阜의 공부孔府를 뜻한다.

죄까지는 아니니, 그자의 본신本身을 잡아와 대체 뭐가 그자로 변한 것인지 내게 좀 보여주게나. 그런 다음 조금 고생을 시켜 위세를 눌러 주고.' '알겠습니다. 빈도가 술법을 펼쳐보지요.' 장 도사는 도포를 입고 산발을 하고서 부적 몇 장을 태운 뒤, 복숭아나무 칼을 쥐고 술법을 행하기 시작했어. 그리고 잠시 후 연성공에게 말했어. '빈도가 이미 원세개를 잡아왔으니 저와 함께 가서 살펴보시지요.' 장 도사는 연성공을 안내해 커다란 물항아리 앞에 가서 '이것 좀 보십시오. 원세개가 항아리 안에 있습니다'라고 말했어. 연성공이 항아리 속을 들여다보니 그 안에 멍청하게 생긴 큼직한 자라 한 마리가 들어 있었지. 연성공은 껄껄 웃었어. '그 당당한 순무가 자라일 줄은 몰랐군.' 장 도사가 '정신 좀 차리게 해줄까요?'라고 물었고 연성공은 '그러게나. 고통을 좀 겪어야 나중에 발전이 있을 테니'라고 말했어. 장 도사는 품속에서 은침 하나를 꺼내 그 자라의 머리에 꽂고 나서 말했어. '연성공, 우리는 술이나 마시러 가지요. 우리 원 순무는 천천히 즐기라고 하고요.' 연성공과 장 도사가 연회장에서 술잔을 부딪치고 배불리 먹고 있을 때, 관아에서 공문을 보던 원세개 대인은 갑자기 머리가 찌르는 듯이 아프기 시작했어. 부랴부랴 의원을 불러 약을 먹고, 침을 맞고, 안마를 받았지만 그 통증은 전혀 줄어들지 않았지. 급기야 원 대인은 당나귀처럼 땅바닥을 데굴데굴 구르며 비명을 질렀고 그 바람에 순무의 위엄 같은 건 구만리 저편으로 달아나버렸지. 나중에는 정말 너무 아파서 책사를 불러 유언을 남기려 했고. 그런데 책사는 대부분 이것저것 아는 게 많잖아? '대인, 소인이 보기에 대인의 병은 병이 아니라 누구에게 미움을 사셨기 때문인 듯합니다'라고 말했지. 원세개는 통증을 참으며 잠시 생각한 후 말했어. '본관은 산둥에 와서 한마음 한뜻으로 조정을 위해 일했으니, 누구에게 미움을 샀다면 저 의화단과 반란 세력뿐인데 설마 그들이 사술을 부린 건가?' '그런 자들이 사람 축에나 듭니까? 많이 죽일수록 대인의 음덕만 쌓일 뿐입니다. 제가 대인께 여쭤본 건 어떤 명사에게 미움을 사셨느냐는 겁니다.' 원세개는 한참을 생각했지만 어떤 명사에게 미움을 샀는지 도무지 생각이 안 났다. '여보게, 내가 산둥에 온 지 1년도 안 됐고 또 그간 무슨 일을 했는지 자네도 다 알지 않는가. 자네가 나 대신 생각을 좀 해주게.' '소인이 감히 아뢰건대 대인이 연성공부에 징세를 강행한 게 문제였던 것 같습니다.' '모두 천자의 신민臣民이거늘 어찌 그 가문만 세금을 안 낸단 말인가? 만약 천하 사람들이 그 가문을 따라한다면 우리 같은 관리들은 뭘 먹고 살아야 하는가? 그리고 본관의 두통과 성인 가문의 납세가 무슨 관계가 있지?' 이 말을 마치자마자 원세개는 또 두통이 밀려와 두 손으로 머리를 부여잡고 땅바닥을 구르며 비명을 질렀다. '아이고 어머니, 아파 죽겠어요!' 책사가 말했다. '대인, 성인 가문이 세금을 안 내는 건 예부터 내려온 법도입니다. 그냥 전례를 따르면 되지, 굳이 나서서 대장부인 척할 필요는 없지 않습니까?' '맘대로 하게, 맘대로 해. 내 머리만 안 아프게 해주면 뭘 해도 상관없네.' '그리 말씀하시니 소인이 알아서 처리하겠습니다.' '빨리빨리 처리하게. 어떻게 해도 괜찮으니까.' 책사는 즉시 사람들을 시켜 금은보화와 비단, 돼지와 닭, 소와 양, 배추와 당면 등을 잔뜩 선물로 준비시킨 후 큰 마차 열 대에 그것들을 싣고서 징을 치고, 북을 울리고, 나팔을 불며 호호탕탕 제남齊南에서 곡부曲阜로 향했어. 그들이 연성공부에 도착해 소식을 전하자 연성공과 장 도사는 마주 보며 껄껄 웃었지. 연성공이 '노형, 그만 술법을 거두게나'라고 하자, 장 도사는 '좀 더 혼나야 정신이 바짝 들 텐데요'라고 말했어. 이에 연성공은 말했지. '이 정도면 됐네. 그자도 보기 드문 인재이고 앞으로 청나라를 위해 일해야 하는데 정말 죽기라도 하면 우리가 윗분들을 뵐 면목이 없지 않나.' 장 도사는 즉시 물항아리 속에서 몸부림치고 있는 자라에게 '이 요물아, 연성공의 체면을 봐서 목숨은 살려주마'라고 말한 뒤, 주문을 외우며 머리의 은침을 뽑아주었어. 그 자라는 물항아리 속에서 장 도사와 연성공을 향해 연신 머리를 끄덕였고. 책사가 제남으로 돌아왔을 때 원세개는 이미 다 나은 상태였어. 그는 책사를 내실로 오게 한 후 깊이 허리를 숙이며 '목숨을 구해주신 은혜에 감사드리오'라고 말했지. 책사는 얼른 답례하며 '대인, 이러지 마십시오. 소인은 박복하여 이런 예우를 감당하지 못합니다. 감사를 하시려면 연성공에게 하셔야죠'라고 말했고. 원세개가 탄식하며 말했어. '내가 막강한 군대를 거느려 천하에 거스를 게 없다고 여겼는데 이렇게 산둥에서 엎어져 코가 깨질 줄이야.' 이에 책사는 조언했지. '성덕이 하해와 같은 강희 황제께서도 공자 묘 앞에서는 말에서 내려 세 번 절하셨습니다. 그러니 연성공에게 조금 수모를 당하신 걸 갖고 너무 괘념치는 마십시오. 그리고 연성공과 관계를 잘 맺으시면 이득만 있지 손해는 없을 겁니다.' 너희도 원세개가 얼마나 똑똑한 인물인지 잘 알지? 그 후로 순무의 창고에서는 사흘이 멀다 하고 연성공부를 향해 선물 수레가 출발했어. 그리고 2년도 안 돼서 원세개는 중앙의 요직으로 발탁돼 베이징으로 떠났지."

할머니의 애기는 우리의 호랑이 수염 애기와 갈수록 멀어졌지만 듣고 있자니 꽤 재미있었다. 어릴 적 노인들이 옛날이야기를 해줄 때도 원세개는 큰 자라가 변해서 된 사람이라는 애기를 들은 적이 있다. 그의 관아에는 거대한 물항아리가 있고 그 속에는 맑은 물이 가득했는데, 원 대인은 일하는 중간중간 꼭 물항아리 속에 들어갔다 나와야 했다고 한다. 사람으로 변신하긴 했어도 자라의 본성을 고치기는 어려웠던 것이다. 그때는 수돗물이 없어서 관아에서 쓰는 물은 전적으로 사람이 길어 날랐는데, 원세개의 관아는 다른 관아보다 물 긴는 사람이 몇 배나 많았다고 한다. 나중에 커서 역사를 배우다가 나는 한 가지 사실을 알게 되었다. 산둥을 다스릴 때 원세개는 미친 듯이 의화단을 탄압해 백성의 불만을 샀다. 그래서 그때 누군가 관아의 가림벽에 큰 자라를 그리고 옆에 시 한 수를 적었다. "둥그런 자라를 죽여야/우리 명절을 잘 보내지/둥근 자라 알까지 죽여야/우리 밥을 잘 먹지." 이 일 때문에 원세개는 상당히 겁을 먹었다고 한다. 경비가 삼엄한 관아에 들어와 그런 그림과 글씨를 남길 수 있는 자라면 분명 무공과 배짱이 뛰어날 테고 원세개의 목을 가져가는 것도 그리 어렵지 않을 것이기 때문이었다. 훗날 나는 태호太湖에 갔다가 원두저黿頭渚에서 문득 사람들이 왜 그렇게 원세개를 큰 자라가 변한 사람이라고 말했는지 깨달았다. 원세개의 '원袁'은 자라를 뜻하는 '원黿'과 발음이 일치한다.

그사이 할아버지는 만두 국물을 다 빨아 먹었다. 그는 물고기 비늘이 뒤덮인 듯한 손으로 식탁 위의 만두 귀퉁이를 전부 접시에 놓아 자기가 귀퉁이를 물어뜯은 만두들과 섞어버렸다. 그래서 그 만두들은 국물이 없는 점 빼고는 다시 완벽해졌다. 그는 자상한 미소를 지으며 우리 앞에 접시를 놓았다. 계속 딸꾹질하는 걸 보니 배가 부른 듯했다. 나는 속에서 열불이 났다. 엄청난 모욕을 당한 느낌이었다. 두 손으로 식탁 가장자리를 잡고 벌떡 일어나 더듬대며 "이게 무슨 짓이죠? 우리가 거지인 줄 아세요?"라고 소리쳤다. 그러자 할머니가 냉소를 지으며 "젊은이, 앉아, 앉으라고. 왜 그렇게 화를 내는 거야?"라고 말했다. 그녀의 눈빛이 무슨 독약이라도 섞인 듯 사나워서 나는 저도 모르게 다시 자리에 앉았다. 화가 사그라지면서 왠지 모르게 내가 잘못했고 그들에게 빚을 진 것 같다는 생각이 들었다. 할머니가 말했다. "너희가 무슨 대단한 인물이라도 되는 것 같아? 네 출신이 광서光緖 황제•보다 고귀하기나 해? 광서 황제가 드신 만두도 우리 영감이 먼저 입을 댄 거였다고. 당당하신 황제 폐하도 싫다 하지 않고 드셨거늘 네가 뭔데 여기 와서 유세를 떨어? 똑똑히 들어. 먹고 싶으면 어서 처먹고, 먹기 싫으면 당장 계산하고 나가. 더 이상 내 속 긁지 말고." 내가 또 따지려는데 마커가 내 옷자락을 당기며 말했다. "야, 그만하고 먹자. 처마 밑에 있으면 고개를 숙일 수밖에 없고 때를 아는 자가 호걸이라고들 하잖아." 그는 즉시 터진 만두 하나를 젓가락으로 집어 입에 넣었다. 만두가 그의 입에 들어가는 순간, 나는 그의 표정

• 청나라의 제11대 황제로 서태후의 조카이며 청나라의 멸망을 막으려 무술변법을 시도하는 등 분투했지만 1908년 독살당했다.

이 확 변하는 걸 보았다. 그것은 의심할 여지 없는 환희, 더할 것도 뺄 것도 없는 환희 그 자체였다. 나는 신경도 쓰지 않고 그는 첫 번째 터진 만두를 삼키기도 전에 두 번째 만두를 입안에 쑤셔넣었다. 쥐고 있던 젓가락도 내려놓고 손으로 집어 쑤셔넣었다. 나는 의아해서 "맛있냐?"라고 물었지만 그는 대답하기는커녕 내게 눈길도 주지 않았다. 하나, 또 하나, 양 볼이 터져라 만두를 입안에 쑤셔넣었다. 5분만 지나면 접시 위의 만두가 몽땅 없어질 기세였다. 게다가 기막히게 향기로운 냄새가 내 코와 목구멍으로 파고들었다. 나도 더 망설일 이유가 없었다. 나와 마커는 둘 다 농민의 자식이고 그가 더럽다고 마다하지 않는데 내가 왜 그래야만 하는가? 그가 저렇게 물불 안 가리고 먹는데 나만 왜 깔끔을 떨어야 하느냐 이 말이다. 저 빌어먹을 만두를 먹자. 안 먹으면 나만 손해다. 나는 만두 하나를 쥐고 입에 쑤셔넣었다. 첫 번째 만두를 먹자마자 허영심 같은 건 온데간데없이 사라졌다. 사람들이 세상에서 만두만큼 맛있는 건 없다고들 하는 말이 전혀 이상하지 않았다. "이건 소가 뭐죠?" 나는 솔직하게 말했다. "내 평생 이렇게 맛있는 만두는 정말 처음 먹어봐요." 할머니가 말했다. "네 친구가 호랑이고기를 먹고 싶다 하지 않았나? 호랑이고기는 구할 수 없지만 우리가 어젯밤에 쥐 한 마리를 잡아서 가죽을 벗기고 고기를 다져 소를 만들었지. 어때? 맛이 괜찮아?" "헉, 구역질 나! 공상국工商局에 가서 신고할 거예요!" 할머니가 웃으며 말했다. "가, 가서 신고해. 우리도 네가 신고해줬으면 해. 공상국 국장이 내 증손자거든."

할머니와 할아버지가 앞서거니 뒤서거니 내실로 들어갔고 다시 안에서 소 만드는 소리가 났다. 내가 화가 나서 씩씩거리고 있는데 마커가 우물우물 씹으면서 말했다. "야, 참아. 공상국 국장이 자기 증손자라는데 우리가 가서 고발한들 좋은 결과가 있겠어? 혹 떼려다 혹 붙이는 꼴이 될 거야. 게다가 이 만두는 맛이 보통이 아니잖아. 맛만 있으면 그게 무슨 고기인 게 뭐가 중요해? 쥐고기도 독약은 아니야. 광둥 사람들은 쥐만 보면 혈안이 돼서 생으로 잡아먹는다고 하더라." "이 만두는 확실히 맛이 좋긴 하지만 우리는 쥐고기 만두를 시키지 않았잖아. 저 사람들은 우리 허락도 없이 쥐고기 만두를 내왔어. 이건 불법이라고!" "너, 도시에서 몇 년 살더니 성격이 많이 까칠해졌구나. 맛만 있으면 되지 그게 쥐고기면 어때? 검은 고양이든 흰 고양이든 쥐만 잡으면 좋은 고양이라고 하잖아. 같은 이치로 무슨 소를 썼든 간에 맛있기만 하면 좋은 만두 아니냐고!" "아니야, 그래도 난 화를 못 참겠어." "야, 야, 여기 앉아서 내 이야기나 들어. 이 이야기는 내가 지어낸 게 아니야. 정말 실제로 있었던 일이지. 이 이야기를 다 듣고도 여전히 화가 안 풀리면 고발하러 가도 좋아. 나도 절대 안 말릴게. 하지만 지금은 어쨌든 앉아서 내 이야기를 들어야 해."

마커가 들려준 이야기는 나도 누군가에게 들은 적이 있었다. 하지만 너무 오래돼서 자세히는 기억나지 않았다. "민국民國* 초기, 그러니까 1912년쯤이었을 거야. '육십六十'이라는 이름의 열다섯 살 소년이 살았어. 아버지가 60세일 때 태어나 그런 이름을 갖게 된 것 같아. 육십은 우리 이웃 마을 사커우쯔 사람이고 죽은 지 몇 년 안 돼서 너도 아마 기억할 거야. 육십은 어렸을 때 아버지를 여의고 어머

---

* 1911년 신해혁명으로 청나라가 망하고 세워진 중국 최초의 공화제 국가, 중화민국을 뜻한다.

니와 둘이 의지하고 살아서 생활이 무척 어려웠어. 가난한 집 아이가 일찍 철든다고, 육십은 열네 살 때 마을 사람을 따라 남산南山 지역에 가서 물건을 팔았고 열다섯 살 때부터는 봇짐 장사를 다녔지. 어느 날 그는 작은 수레에 무명천을 싣고 남산에 장사를 하러 갔다가 집으로 돌아오고 있었어. 그런네 도중에 볼일이 급했고 마침 길가에 작은 산 모양의 묘지가 있었어. 묘지 앞에는 커다란 비석이 세워져 있었고 비석 앞에는 돌로 만든 사람과 말이 있었지. 또 묘지 뒤에는 소나무 10여 그루가 꽤 울창했는데 왠지 분위기가 좀 으스스했어. 하지만 그는 너무 급해서 더 생각할 여유가 없었어. 수레를 팽개치고 묘지 뒤로 달려가 즉시 볼일을 봤지. 그런데 막 바지를 올리고 가려는데 한 남자가 덥석 그를 붙잡았어. '네 이놈, 표범 간이라도 삶아 먹은 게냐? 여기는 거인 어르신의 조상 묘이고 풍수가 기가 막힌 곳인데 네가 여기서 똥을 싸 풍수를 더럽혔으니 이 죄를 어찌 감당할 테냐?' 이 말에 육십은 소스라치게 놀라 다시는 안 그럴 테니 용서해달라고 애걸복걸했지만 그 남자는 '쓸데없는 소리 관두고 나랑 함께 어르신을 뵈러 가자'라고 했어. 육십은 발버둥쳤지만 남자의 힘이 워낙 세서 아무 소용이 없었지. 남자는 육십을 끌고 묘지 주인에게 갔어. 묘지 주인은 그 지역 최고의 부자로 풍채가 당당하고 기세가 남달랐지. 우리 마을 노인들도 그를 많이 봤을 거야. 부자는 남자의 얘기를 듣고 화가 나서 하인에게 총을 챙기게 한 후 육십을 다시 묘지로 끌고 갔어. 그리고 육십에게 말했지. '본래는 총으로 쏴 죽여야 마땅하지만 네가 아직 어리니 목숨은 살려주마. 대신 네가 싼 똥을 먹어야 해.' 육십은 먹고 싶지 않았지만 안 먹으니까 하인이 총신으로 옆구리를 쑤시고 개머리판으로 엉덩이를 찧어서 너무 아파 견딜 수가 없었어. 할 수 없이 모질게 마음먹고 먹어치웠어. 그 치욕은 그의 뼛속 깊이 새겨졌지만 그는 자기 어머니한테 얘기하지 않았어. 그 얘기를 들으면 어머니가 속상해할 게 뻔했기 때문이지. 그 후로 그는 남산 대신 북산北山으로 장사를 다녔는데, 북산에서 나오는 예리한 비수를 한 자루 사서 복수를 다짐했어. 산과 산은 마주칠 리 없지만 사람과 산은 마주칠 수 있다고 굳게 믿었지. 그리고 정말 그날이 왔어. 너도 알다시피 우리 마을에서 오일장이 열렸잖아. 어느 날, 육십이 장터에 와서 새우젓을 팔고 있는데 그 부자가 사람들을 몰고 다니는 게 보였어. 원수를 보니 눈이 벌게지고 몸이 부들부들 떨리면서 뜨거운 피가 연달아 머리로 솟구쳤지. 그는 곧장 달려들어 원수의 목줄을 물어뜯고 싶었지만 부자 옆에 사나워 보이는 호위가 네 명이나 있어서 그러기가 어려웠어. 결국 집에 돌아와 그 비수를 찾아 숫돌에 갈고 있는데 어머니가 '왜 칼을 갈고 있니?'라고 물었어. 육십은 자초지종을 고했고 어머니는 한참 생각하다가 그에게 다시 물었지. '어쩔 셈이니, 얘야?' '이런 치욕을 못 갚으면 사내자식이 아니죠.' '기어이 가겠다면 먼저 나를 죽이고 가거라.' '어머니, 왜 그런 말씀을 하세요?' '얘야, 생각 좀 해보렴. 그런 부잣집 호위들은 보통 무술의 고수란다. 겉으로는 빈손인 것 같아도 반드시 몸에 칼 아니면 총을 갖고 있고, 설령 진짜로 빈손이어도 너 같은 어린아이는 상대가 안 된단다. 네가 용케 원수를 죽여도 너 역시 죽은 목숨이고. 만약 네가 죽으면 이 어미가 사는 게 무슨 의미가 있겠니? 그러니까 네가 떠나기 전에 이 어미는 먼저 죽는 게 낫다. 그러면 네 염려를 덜어줄 수도 있고.' 육십은 어머니의 말을 듣고 그야말로 진퇴양난이라 결정을 내릴 수가 없었지. 그의 어머니가 또 말했어. '애야, 네가 이 어미가 하라는 대로 할지, 안 할지 모르겠구나.' '어머니가 하라는 대로 할게요.' '그렇다면 그 칼을 내게 넘기고 새옷으로 갈아입은 다음, 장터에 가서 그 부자를 만나 식사 초대를 하렴. 만약 네가 누구냐고 물으면 어머니의 명을 받아 초대하러 온 거라고 해라. 네가 그를 데려오기만 하면 나머지는 내가 알아서 하마.' '알겠어요. 똥도 먹었는데 무슨 치욕인들 못 참겠어요? 어머니, 기다리고 계셔요. 당장 그자를 초대하러 갈게요.' 육십은 장터에 가서 부자를 만나자마자 넙죽 엎드리고 은공恩公이라 부르며 말했어. '소인은 어머니의 명을 받아 은공을 집에 초대하러 왔습니다. 오셔서 잠시 앉았다 가시지요.' 부자는 눈을 굴리며 한참을 생각했지만 이 예의 바른 젊은이가 누군지 생각이 안 나 물었어. '너는 누구냐? 난 너를 모른다.' '은공은 저를 모르시지만 저는 은공을 압니다. 부디 제 누추한 집에 오셔서 차나 한잔 하고 가시지요.' 많은 사람 앞에서 은공이라 불리는 건 꽤 자랑스러운 일이라 부자는 저도 모르게 기분이 좋아져서 말했다. '알았다. 앞장서서 길을 안내해라.' 육십은 부자를 데리고 집으로 갔어. 호위 네 명은 대문가에서 두 명, 마당에서 두 명이 한가로이 서성였지. 육십의 어머니는 부자에게 무릎 꿇고 땅바닥에 이마를 찧으며 말했어. '제 아들의 목숨을 살려주신 은혜를 감사드립니다. 부디 이 늙은 몸의 절을 받아주십시오.' 부자는 어리둥절해서 그녀를 일으키며 물었어. '이보게, 나는 자네 집안을 전혀 모르는 데 이유 없이 이런 인사를 받으니 마음이 편치 않구먼. 도대체 무슨 사연이 있어 이러는지 좀 말해주게나.' '급할 게 뭐가 있습니까? 우선 방에 들어가셔서 잠시만 앉아 계시면 제가 주안상을 마련해 올리겠습니다.' '속 시원히 말을 안 해주면 내가 어떻게 방에 들어가겠나?' '정 그러시다면 얘야, 은공이 네게 베푼 은덕을 소상히 아뢰거라.' 육십은 입을 열기도 전에 먼저 눈에서 불꽃이 튀었지만 겨우 화를 누르고 일부러 유쾌한 어조로 말했어. '은공, 설마 잊으셨습니까? 5년 전 봄, 사월 초파일에 15세였던 저는 남산에 무명천을 팔러 갔다가 은공 댁 조상 묘 앞을 지나갔고 볼일이 너무 급해 거기에 똥을 쌌죠……' 부자가 안색이 변해 도망치려고 하자 육십의 어머니가 말했어. '은공께서는 두려워하실 필요 없습니다. 지난 5년간 제 아들은 천하를 돌며 스승을 찾아 무술을 배웠고 결국 비도飛刀 기술을 완성했답니다. 하늘을 나는 제비도 손만 척 들면 떨어뜨릴 정도죠. 이 애가 은공의 목숨을 빼앗으려 했다면 은공은 벌써 두 시진 전에 장터에서 숨졌을 겁니다.' 육십의 어머니는 그 번쩍이는 비수를 품에서 꺼내들었고 부자는 식은땀을 뻘뻘 흘렸어. 그녀가 휙 손을 들자 비수가 들보에 날아가 박혔지. 그녀의 동작은 힘이 넘쳐 나이와 영 안 어울렸어. 척 봐도 고수인 걸 알 수 있었지. 그녀의 동작에 놀란 건 부자만이 아니었어. 육십도 깜짝 놀랐지. 그는 훗날 자기 자식에게 '진짜 대단한 사람은 자신을 과시하지 않고 자신을 과시하는 사람은 대단한 사람이 아니다. 나는 네 할머니와 수십 년을 살았지만 할머니가 그런 능력을 가진 줄 몰랐다'라고 말했다더라. 부자는 본래 요행을 바라며 암호로 바깥의 호위들을 부를 생각이었지만 육십 어머니의 솜씨를 보자마자 자기가 어떻게 해야 할지 깨달았어. 소매를 떨치며 육십과 그의 어머니 앞에 무릎 꿇고 말했지. '노부인, 그리고 공자님, 제가 잠시 정신이 나가 용서받지 못할 죄를 저질렀습니다. 오늘 이렇게 두 분의 수중에 떨어졌으니 죽이든 살리든 마음대로 하십시오!' 육십의 어머니는 부자를 일으키며 말했어. '은공, 어서 일어나세요. 지나간 일을 굳이 다시 거론할 필요가 있나요?' 부자는 두 손을 마주 잡고 말했어. '살려주셔서 감사합니다. 그러면 이만 물러가도 되겠습니까?' 이에 육십은 다급히 어머니를 보며 '그냥 보내주면 안 돼요!'라고 했지만 그녀는 '애야, 은공을 그냥 보내드려라'라고 말했어. 부자는 마당까지 가서 '두 분, 나중에 다시 뵙겠습니다'라고 했고. 부자가 가고 나서 육십은 어머니가 마음에 안 들었고 부자는 더더욱 마음에 안 들었어. 하지만 그의 어머니는 웃으면서 '애야, 그 사람은 열흘도 안 돼 또 올 거란다'라고 말했지. 과연 육십의 어머니가 말한 대로 겨우 닷새 후 그다음 장이 열렸을 때 부자가 직접 큰 마차를 몰고 친딸과 함께 왔어. 그의 마차 뒤로는 혼수를 실은 수레가 반 리나 줄을 이어 서 있었지. 그렇게 육십은 부자의 사위가 됐고 또 마을 최고의 부자가 됐지."

그때 할아버지와 할머니가 각기 만두 한 접시를 들고 내실에서 나왔다. 할머니가 활짝 웃으며 마커에게 말했다. "네 이야기가 아주 훌륭하네. 네 이야기는 적어도 두 가지 교훈을 알려주는데 하나는 사람이 너그러워야지, 서로 복수를 하면 안 된다는 것이고 다른 하나는 참는 자에게 복이 온다는 거야. 영감이 귀퉁이를 물어뜯은 만두를 먹어치운 걸 보니 너희 둘은 영웅 기질이 있는 데다 꽤 선량하고 너그러운 것 같아. 우리 부부는 평생 만두를 빚으면서 풍부한 경험을 쌓았고 반죽에도, 소의 배합에도 나름 비법이 있지. 방금 먹은 만두 맛이 어땠지?" 나와 마커는 서로 눈빛을 교환했고 비록 할아버지가 국물을 다 빨아 먹긴 했어도 방금 먹은 것이 우리가 평생 먹어본 만두 중에 최고라는 걸 인정했다. 할머니가 또 말했다. "내가 아까 이 만두의 소가 쥐고기라고 한 건 사실 거짓말이었어. 생각해보라고, 우리가 어디 가서 쥐고기를 구하겠어? 우리가 소로 만든 건 고기가 아니라 두부였어. 우리는 두부로 고기 맛을 내는 비법을 알고 있지. 당근으로 새우 맛을 낼 수도 있고 무로 생선 맛을 낼 수도 있어. 다가올 세기의 사람들은 갈수록 고기를 더 먹고 싶어하겠지만 역시 갈수록 고기를 감히 못 먹게 될 거야. 전 세계가 채식과 다이어트를 외치면서 사람들의 육식 욕구와 건강의 이상이 첨예하게 대립될 거야. 이 대립은 세계대전만큼 격렬하지는 않겠지만 그래도 모든 사람에게 깊이 파고들어 수억 명을 고통스럽게 만들 거야. 우리 부부는 이 세계적 난제를 해결할 열쇠를 쥐고 있지만 우리 비법을 계승할 만한 사람을 찾는 데 어려움을 겪어왔어. 우리 둘의 나이는 합치면 300살이 넘어. 어제 손가락으로 세보았는데 오늘이 바로 우리가 좌화坐化*하는 날이더라고. 그래서 비법을 무덤으로 가져가야 하나 싶었는데 하느님이 너희처럼 훌륭한 사람들을 우리 앞에 데려다주셨네." 할머니는 할아버지 품에 손을 넣어 화선지 다발에 구멍을 뚫어 끈으로 묶은 커

---

* 앉은 채로 입적함.

다란 책을 꺼내며 말했다. "우리 평생의 심혈이 이 비급에 모두 담겨 있어. 부디 너희가 우리 기대를 저버리지 않았으면 해."

마커는 나를 보았고 나도 마커를 보았다. 이 상황이 좀 낯익은 듯한 느낌이 들었지만 식견이 넓은 마커가 무슨 생각을 하는지는 알 길이 없었다. 할머니가 고개를 저으며 말했다. "보아하니 별로 관심이 없는 것 같네. 괜찮아, 억지로 권할 생각은 없으니까. 혼인도 자유, 연애도 자유인 세상이잖아. 우리도 나이가 많긴 하지만 요즘 돌아가는 사정은 잘 알고 있어. 머리가 굳지는 않았다는 거지. 요즘처럼 돈 벌 수단이 많은 시대에 조금이라도 능력 있는 사람이라면 만둣집 같은 걸 차릴 리 없지. 너희가 거지가 돼서 구걸을 해도 만두 빚는 것보다는 돈을 더 벌 거야. 스님이 돼서 시주를 받으러 다녀도 그럴 테고. 혹시 말단 관직이라도 얻으면 더더욱 만둣가게 같은 건 열 필요가 없겠지." 그녀는 길게 탄식하며 "영감, 그냥 태워버립시다"라고 말했다. 할아버지는 슬픈 눈빛으로 우리를 힐끗 보고는 품에서 성냥을 꺼내 비급에 불을 붙이려 했다. 그런데 습기를 먹었는지 여러 번 성냥을 그어도 좀처럼 불이 안 붙다가 겨우 불꽃이 일었다. 조그만 노란 불꽃이 그 비급의 가장자리에 닿아 금방이라도 타오를 것만 같았다. 그 순간, 왜 그랬는지는 몰라도 나는 자리에서 벌떡 일어나 누렇게 바랜 그 비급을 할머니 손에서 빼앗았다. 그리고 거의 동시에 마커가 할머니 앞에 무릎 꿇고 바닥에 이마를 찧으며 말했다. "사부님, 사모님, 제자의 절을 받으십시오!"

나는 할머니에게 비급을 돌려주었고 할머니는 할아버지에게 그것을 건넨 후 마커를 일으켜 세우며 말했다. "애야, 일어나 앉거라. 네게 이 비급의 내력을 말해주마. 이 비급은 황궁의 태감이 우리에게 전해준 거란다. 그 태감은 어선방御膳房에서 일했는데 실수로 황제의 유리그릇을 깨고 죽을죄인 걸 알고서 한밤중에 하수구를 통해 도망쳤지. 당시 우리는 아직 만둣가게를 열기 전이었고 두부를 만들어 생계를 꾸리고 있었어. 태감은 우리 집으로 숨어들어 무릎 꿇고 살려달라고 빌었지. 그는 우리와 동향이었고 얘기해보니 먼 친척뻘이라 목이 달아날 각오를 하고 그를 구해주기로 했어. 우리는 아교로 그에게 수염을 붙여주고 헌 옷을 입게 했으며 두부 장수 지게도 내주었지. 고춧물을 입에 한 사발 들이부어 목소리를 걸걸하게 만들기도 했고. 그는 감동해서 이 비급을 품에서 꺼내며 말했지. '형님, 형수님, 목숨을 구해주신 은혜를 갚을 길이 없지만, 이 비급에는 어선방 만두의 서른여덟 가지 비방이 담겨 있습니다. 이게 두 분께 쓸모가 있을지 없을지 모르지만, 쓸모가 있다면 몇 년 후 만둣가게를 여십시오. 쓸모가 없다면 아궁이에 넣어 태우셔도 무방합니다.' 우리는 남의 귀한 물건을 덥석 받을 수가 없어서 그냥 가져가라고 권했지만 그는 말을 안 들었지. '저는 안전하게 도망쳐도 만둣가게를 열 생각은 없습니다. 조용한 곳에 가서 이름을 숨기고 남은 생을 보낼 겁니다'라고 했어." 할머니가 이야기를 마치자마자 할아버지가 말했다. "어서들 먹고 다 먹으면 떠나게. 우리는 신경 쓰지 말고. 우리는 기공을 익혀서 좌화한 후에도 시신이 썩지 않을 거야. 때가 되면 누가 우리 시신을 거둘 테니 두 사람은 절대 끼어들지 마." 그는 마치 양말짝을 던지듯 비급을 우리 앞에 툭 던졌다. 그러고는 할머니와 함께 내실로 들어갔다.

나는 식탁 위에서 그 비급을 집어 조심스레 펼쳐보았다. 종이들이 서로 심하게 들러붙어 있어서 마치 국물에 푹 담갔다가 말린 전병 같았다. 그리고 곰팡이 핀 종이 위에는 도사의 부적 같은 괴상한 기호들이 그려져 있었다. 나는 기본적으로 이 노부부가 허풍을 떨고 있다고 생각했다. 요즘에는 무슨 비급이나 경전을 발견했다고 허풍을 떠는 자들이 갈수록 많아지는데 그중 대다수는 사기꾼에 불과하다. 나는 물론 그런 속마음을 내비치지는 않았다. 그저 마커, 이 멍청이가 환상을 품고 어서 떠나기만을 바랐다. 어쨌든 비급을 손에 넣은 사람은 아무도 없는 곳에 가서 자세히 보물을 감상하고 싶어하게 마련이니 말이다. 나는 비급을 마커에게 건넨 후 짐짓 엄숙한 표정을 지으며 잘 챙겨두라고 말했다. 하지만 그는 거드름을 피우며 말했다. "만두소 만드는 책도 비급이면 이 세상에 비급 아닌 게 어딨겠어?" "내가 보기엔 이건 절대 만두소 만드는 책이 아니야. 보물 지도 같은 책일 수도 있으니까 가져가서 잘 연구해봐." "내가 갖고 있으면 무슨 소용이야. 너도 알다시피 난 가방끈이 짧잖아. 가방끈 긴 네가 갖고 있는 게 낫겠어. 네가 연구해서 뭔가 대박이 나면 나한테도 몇 푼 떼어줘." "그건 안 돼. 방금 노인장한테 절하고 사부로 모시겠다고 한 사람은 너잖아. 네가 안 받으면 도리가 아냐." "정말 그렇게 좋은 거면 네가 순순히 나한테 줄 리가 있겠어? 쩨쩨한 놈, 감히 나를 속이려 하다니. 너는 내가 여기서 고개 처박고 만두만 먹고 있었는 줄 알지? 사실 난 계속 곁눈질로 네 얼굴을 살피고 있었어. 네 양쪽 입가의 주름이 네가 뭘 생각하고 있는지 전부 내게 알려주더라. 너희 도시 놈들은 죄다 잔머리에 밝아. 영악한 놈은 똑똑하지 않고, 똑똑한 놈은 현명하지 않고, 현명한 놈은 비범하지 않고, 비범한 놈은 바보인 척 못한다니까. 하지만 우리는 다 알면서도 바보인 척하지. 요즘 높으신 분들이 벽에 정판교鄭板橋*의 '바보인 척하기는 어렵다難得糊塗'라는 글귀를 걸어두는 걸 좋아한다지? 하지만 넌 본래부터 바보면서 왜 또 바보인 척하는 건데? 사실 우리 조상 할아버지가 유현濰縣에서 개고깃집을 한 적이 있거든. 정판교는 거기 현령으로 있을 때 사흘이 멀다 하고 우리 개고깃집에 와서 개고기를 먹었어. 엄동설한에 눈이 내려 길이 막히면 아예 우리 개고깃집을 자기 집으로 삼고서 황주를 마시며 그림을 그리고 글씨를 썼지. 그의 삐뚤빼뚤한 글씨체는 바로 우리 개고깃집에서 탄생한 거야. 또 그는 본래 대나무를 제일 못 그렸거든. 대나무 잎은 더더욱 못 그렸고. 그런데도 나중에 대나무 그림의 대가가 된 것 역시 우리 개고깃집에서 익힌 덕분이야. 그러니까 눈이 조금 내린 뒤의 아침이었어. 우리 닭 몇 마리가 마당을 돌아다니다 눈밭 위에 선명하게 발자국을 남겼지. 그때 마침 대나무 잎이 안 그려져 끙끙대던 정판교는 마당을 거닐다가 그 발자국을 보고 돌연 깨달음을 얻었어. 그는 땅바닥에 쪼그리고 앉아 열심히 살피다가 얼른 방으로 돌아가 우리 조상 할아버지의 젊은 첩을 불렀고 빨리 일꾼을 시켜 닭 한 마리를 잡아오라고 했지. 일꾼이 닭을 잡아오자 그는 닭 발을 벼루 위에 누른 뒤, 펼쳐놓은 화선지 위에서 닭이 마구 뛰어놀게 했어. 그런 다음, 대나무 마디를 그려 닭 발자국과 서로 이어놓았

---

* 청나라 때의 화가이자 문인.

고. 이렇게 해서 생생하면서도 추상적인 묵죽화墨竹畵가 탄생했고 그 후로 정판교는 대나무 그림의 대가가 되었지. 이와 관련해 그는 시도 한 수 남겼어. '40년간 대나무를 그렸건만/밤낮으로 그려도 고민이 깊었는데/갑자기 깨달음을 얻은 건/전부 눈밭의 닭들 덕분이네'라고 말이야. 그리고 당시 우리 조상 할아버지한테는 개고깃집에서 술과 고기를 파는 예쁜 첩이 있었는데 정판교와 눈이 맞아 남녀관계로 발전했지 뭐야. 그 사실을 가게 일꾼들은 다 알았고 우리 조상 할아버지만 몰랐지. 나중에 첩은 남자아이를 낳았고 그 아이는 날이 갈수록 정판교를 닮아서 누가 조상 할아버지에게 뭐라고 했나봐. 그런데 조상 할아버지는 '모르는 일은 모르는 척 넘어가야 해'라고 말했지. 이 말을 전해 듣고 감탄한 정판교는 즉석에서 '난득호도難得糊塗' 네 글자를 썼고 그걸 도금한 액자로 만들어 우리 개고깃집에 걸어두게 했어. 지금까지 나는 이 일을 누구한테도 얘기하지 않았어. 왜냐하면 우리 집안이 바로 그 첩과 정판교가 낳은 남자아이의 후손이거든. 그러니까 난 사실 정판교의 10대손이지. 우리는 진짜 양반 가문이고 명사의 후예야. 지금 내가 이렇게 꾀죄죄한 몰골이어도 우리 조상들은 한때 부자였고 또 내가 가방끈이 짧긴 해도 우리 조상들은 학식이 풍부해서 강희제 때 거인도 나오고 건륭제 때 진사도 나왔어. 그러니까 찐빵인 나를 건빵 취급하면 안 돼."

나는 그를 건빵 취급한 적 없다고, 이제 그가 정판교 선생의 10대손인 걸 알았으니 더더욱 그럴 수 없다고 맞장구를 쳤다. "너는 찐빵이라고도 할 수 없어. 적어도 다빙• 정도는 된다고. 어쩌면 하나만 먹

• 밀가루를 반죽해 크고 둥글게 구운 떡.

어도 사흘은 배가 안 고픈 압축 비스킷일지도 몰라. 어쨌든 네가 이 비급이 필요 없다면 내가 챙길게." "아냐, 아냐. 내가 절하고 사부를 모셨으니 이건 당연히 내 거긴 하지. 내 거야, 내 거라고. 네가 챙기는 건 옳지 않아." 나는 그 낡은 책을 그의 손에 쥐어주며 말했다. "자, 잘 간수해, 무슨 무림의 고수가 와서 빼앗아가지 않게. 그리고 비급을 빼앗기는 건 오히려 작은 일이야. 그러다 네 목숨을 뺏기면 난 정말 슬플 거야." 그가 눈시울을 붉히며 말했다. "내가 죽으면 슬플 거라고? 정말이야? 거짓말하는 거 아니지? 그런데 넌 왜 내 죽음이 슬플 거라는 거야? 사람들은 강아지나 고양이가 죽으면 슬퍼해도 사람이 죽는다고 슬퍼하지는 않아. 물론 죽은 사람이 가족이면 슬퍼할 수도 있겠지. 하지만 그렇다고 해서 반드시 슬퍼하는 것도 아니야. 넌 아마 모를 텐데 최근 몇 년 사이 우리 고향에서 살인 사건이 많이 일어났어. 아들이 부모를 죽이고, 부모가 자식을 죽이고, 아내와 남편이 서로를 죽였어. 또 형제끼리도, 매제와 처남끼리도 눈이 뒤집혀 마구 죽였지. 그 살인자와 피살자가 다 무지몽매한 사람 같아? 오히려 그 반대야. 그 사람들이 왜 그렇게 서로를 난도질했는지 너는 상상도 못 할 거야. 감히 내 목을 걸고 내기를 할 수도 있어. 만약 네가 알아맞히면 내 목을 뎅강 잘라줄게. 그걸 돼지머리처럼 삶아 먹든, 요강 대신 쓰든, 축구공처럼 차고 놀든 너 알아서 해." "난 못 알아맞히니까 뜸 들이지 말고 빨리 말해. 설령 알아맞혀도 내가 어떻게 네 머리를 자르겠냐? 그러니까 정답을 말해줘." "알았어, 말해주지. 하지만 다른 사람한테 말하면 안 돼. 네 아내한테도 말하지 마. 얼마나 많은 영웅호걸이 자기 아내한테 비밀을 말했다가 목숨을 잃었는 줄 알아? 너, 류흑호劉黑虎 이야기 들어봤지? 멍청한 표정을 보니 못 들어봤나 보군. 그러면 먼저 류흑호 이야기부터 해야겠다. 네게 비밀을 말해주기 전에 일종의 보안 교육을 하는 거라고 생각해." 그의 말에 따르면 류흑호는 그의 먼 집안 친척인데 일찍이 위소보韋小寶* 대원수를 따라 러시아 원정에 참가해 혁혁한 공을 세웠고 강희제로부터 첩을 하사받았다고 한다. 그 첩은 황제가 상으로 내린 여자이므로 당연히 미모가 빼어났고 류흑호도 그녀를 끔찍이 여겨 어디든 데리고 다녔다. 심지어 싸우러 전쟁터에 갈 때도 데려갔다. "류흑호는 쇠채찍을 아주 잘 다뤘는데 하나는 크고 하나는 작았어. 작은 쇠채찍은 전에 시 박물관에 전시된 적이 있어. 굵기가 팔뚝만 하고 길이는 사람 키만 한데 무게가 130근이더라고. 그러니 큰 쇠채찍은 도대체 얼마나 컸을까? 류흑호는 싸울 때 한 가지 버릇이 있었다고 해. 처음에는 작은 쇠채찍을 쓰다가 100합 정도 지나서 적들이 지쳐 헉헉거리면 오히려 기운을 내 말을 몰고 돌아가 큰 쇠채찍을 갖고 나왔지. 그런데 큰 쇠채찍을 작은 쇠채찍보다 더 빠르게 휘둘러서 적들은 그가 하늘의 도움을 받는다고 생각해 대부분 놀라서 도망쳤어. 그는 이런 방법으로 숱하게 승리를 거뒀지. 그런데 러시아군 진영에 머리가 아주 좋은 장군이 있었어. 그는 과학만 믿고 미신은 믿지 않아서 큰돈으로 류흑호의 첩을 매수해 류흑호가 싸울수록 힘이 세지는 비밀을 알아내달라고 했지. 어느 날 밤, 그녀는 먼저 류흑호와 관계를 갖고 나서 술을 먹여 알딸딸하게 만든 후 물었어. '여보, 당신은 왜 처음에는 작은 채찍을

---

* 진융의 무협소설 『녹정기』의 주인공. 창기의 아들로 태어나 우연히 강희제와 친구가 되고 청나라 관직을 받았지만 동시에 한족의 독립 운동 단체인 천지회 간부로도 활동하는 지략가이자 협잡꾼 유형의 인물.

쓰고 나중에 큰 채찍을 쓰는 거죠?' 류흑호가 목소리를 낮춰 말했어. '내 사랑, 나는 적들을 속이는 거야. 큰 쇠채찍을 들 때 사실 나도 힘이 빠진 상태지만 그 큰 쇠채찍은 사실 속이 비었거든. 작은 쇠채찍과 비교해 무게가 절반도 안 된다고. 이 일은 누구한테도 말하면 안 돼. 만약 당신이 다른 사람한테 말해서 적의 귀에까지 흘러들어가면 나는 죽은 목숨이니까.' 첩은 속으로 한참을 고민했지만 결국 그 일을 발설해버렸어. 다음 전투에서 류흑호는 힘이 빠지자 평소처럼 허세를 부리며 외쳤어. '여봐라, 내 큰 채찍을 가져와라.' 그런데 그가 큰 채찍을 들자마자 적들이 한꺼번에 몰려와 손쉽게 그의 목을 베었어. 자, 이제 알겠지? 아무리 자기 아내라도 여자한테는 네 비밀을 말하면 안 돼."

그는 또 말했다. "보안 교육도 마쳤으니 이제 비밀을 얘기해줄게. 우리 현에서는 수십 건의 살인 사건이 연달아 터졌고 그 대부분이 친족 간 살인이었어. 그 원인은 어떤 비급을 서로 차지하기 위해서였고. 그 비급은 만둣가게를 하는 어느 노부부가 남긴 건데 그 두 사람의 나이는 합쳐서 약 300살이었어. 그들은 옛날에 황궁에서 탈출한 태감을 구해준 적이 있었고 그 태감은 감사의 표시로 그 비급을 그들에게 선물했지. 그 비급은 화선지를 끈으로 묶은 거였고 안에 이상한 선들이 그려져 있었어. 문외한은 봐도 뭐가 뭔지 알 수 없었지. 사실 그건 보물 지도였어. 지도 속 장소에 무슨 보물이 숨겨져 있는지 궁금하지?" 그는 목소리를 낮추고서 내 귀에 자기 입을 대고 말했다. "그 보물은 네 개의 상자에 겹겹이 담겨 있어. 가장 바깥쪽에 있는 건

단향목 상자고 두 번째는 청동 상자, 세 번째는 은 상자, 네 번째는
황금 상자지. 황금 상자 안에는 유리병이 있는데 그 안에는 영험한
호랑이 수염 한 가닥이 들어 있다네."

살구나무에 거꾸로 매달린 늑대

원나라 때 우리 고장은 사람이 살지 않는 황무지였다. 숲이 빽빽하고 야생동물이 많았는데 늑대, 표범, 스라소니에 호랑이까지 살았다고 한다. 명나라가 들어선 후, 주원장은 이곳에 백성을 이주시키라고 명하고 죄지은 사람들까지 끌고 왔다. 이곳은 사람이 점차 많아지면서 숲이 베이고 땅이 개간됐으며 야생동물의 서식지가 줄어들었다. 그래서 청나라 초기에 우리 고장은 상당히 부유한 곳이 되었고 숲은 더 줄었으며 야생동물도 당연히 더 줄었다. 청나라 말기에서 중화민국 초기에는 독일인들이 이곳에 철도를 놓으면서 나무를 죄다 베어버렸다. 그 바람에 야생동물들은 숨을 곳이 다 사라져, 눈물을 머금고 고향을 떠나서 둥베이東北[•]의 대삼림으로 옮겨가야 했다. 그리고 최근 들어서는 국가가 인구 통제를 망각해, 이 고장은 사람이 많은 게 우환거리가 되었다. 마을이 비 온 뒤의 독버섯처럼 빽빽이 늘어나면서 1000리의 대평원이 전부 인간의 영역이 되고 야생동물은 자취를

• 중국 동북부의 랴오닝성, 지린성, 헤이룽장성, 내몽골자치구의 동쪽 지역을 가리킨다.

감췄다. 늑대와 호랑이는 말할 것도 없고 산토끼조차 보기 힘들어졌다. 어른들은 아이들을 겁주면서 여전히 "늑대가 왔다!"라고 말했지만, 아이들은 겁을 안 먹었다. 늑대? 늑대가 뭐지? 머리 굵은 애들은 만화에서 봤을 수도 있지만 안 그런 애들은 머릿속이 온통 안개처럼 뿌옇기만 했다. 바로 이런 상태에서 갑자기 늑대 한 마리가 한밤중에 우리 마을에 들어왔다. 우리가 녀석을 보았을 때, 녀석은 이미 뒷다리 하나가 묶인 채 살구나무 가지에 매달려 있었다. 우리 반 친구 쉬바오의 집 마당에 있는 그 나무는 가지가 무성하고 줄기에 혹이 가득한 고목이었다. 우리는 그 나무 위에 앉아 살구를 따 먹곤 했는데, 지금 우리가 앉았던 나뭇가지에 늑대가 매달려 있었다. 올해의 살구꽃은 이미 지고 연노란 이파리 사이로 작고 솜털이 보송보송한 살구들이 빽빽하게 자라는 중이었다.

늑대 소식을 들었을 때, 나는 학교에 가는 길이었다. 같은 반의 쑤웨이가 학교 쪽에서 나를 향해 미친 듯이 달려오고 있었다. 나는 그 애를 가로막고 물었다.

"어디를 그렇게 달려가는 거야? 엄마가 죽기라도 했어?"

"네 엄마가 죽었겠지!"

쑤웨이가 헉헉대며 말했다.

"이 바보야, 지금 학교는 뭐하러 가?"

"수업 들으러 가지. 설마 오늘 수업 안 해?"

"지금 수업이 문제야? 다들 쉬바오네 집에 늑대를 보러 갔어. 전부 갔다고."

쑤웨이는 더 이상 나와 말을 섞지 않고 쉬바오네 집 쪽으로 달려 갔다. 그 애는 믿을 수 없는 아이여서 전에 우리한테 이런 말을 한 적도 있었다.

"빨리빨리 생산대* 축사에 가봐. 거기서 몽골 암소가 괴물을 낳았대. 꼬리가 두 개에 다리가 다섯 개래!"

우리는 벌떼처럼 축사로 달려갔고 거기에 도착하고 나서야 걔 말이 사기란 걸 알았다. 그 바람에 지각을 했고 모두 선생님에게 꾸중을 들었다. 선생님은 우리한테서 쑤웨이의 거짓말을 전해 듣고는 그 애의 귀를 잡고 교실 밖으로 끌고 가 벌로 한참을 서 있게 했다. 우리가 교실에서 지루한 산수 수업을 듣고 있을 때, 녀석은 문밖에서 우리를 향해 혀를 삐죽 내밀었다. 나는 그 애 뒤를 쫓아가며 소리쳤다.

"쑤웨이, 너 또 거짓말하는 거지?"

"네 맘대로 생각해!"

그 애는 뒤도 안 돌아보고 쉬바오네 집 쪽으로 달려갔다. 어떡해야 하나 망설이고 있는데, 학교 쪽에서 수많은 사람이 몰려왔다. 선생님도 있고, 학생도 있고, 마을 간부도 있었다.

"다들 어디 가는 거야?"

내가 묻자, 우리 반 체육부장 왕진메이가 나를 툭 밀며 말했다.

"가자, 가자. 늑대 보러 가자!"

그 여자애는 두 다리가 학처럼 길어서 달리기도 잘하고 높이뛰기도 잘했다. 남학생들도 그 애의 상대가 되지 못했다. 나는 그 애 뒤를 바짝 쫓아갔다. 그 애의 보폭이 워낙 커서 그 애가 한 걸음 뛸 때, 난

• 과거 농촌에서 20, 30가구를 한데 묶어 운영했던 기층 노동 조직.

두 걸음을 뛰어야 했다. 그 애는 친절하게 내 손을 잡아주었고 나는 말 꼬리를 쫓는 당나귀처럼 짧은 다리를 바삐 움직였다.

나와 왕진메이는 쉬바오와 아주 친했다. 우리 셋이 친해진 건 다 만화책을 좋아했기 때문이다. 내게는 만화 『삼국지』 전집이 있었고 왕진메이에게는 만화 『철도유격대』 전집이 있었다. 쉬바오는 아무것도 없긴 했지만 도장을 잘 새겼고 소름 끼치는 귀신 이야기를 잘했다. 그리고 조숙해서 이마에 주름이 있고 기침을 하면 꼭 늙은이 같았다. 『삼국지』를 열심히 보고 나서는 이마의 주름살이 더 깊어졌으며 음모와 계략을 입에 달고 살았다. 그 애가 그러는 게 마음에 안 들어 우리는 욕을 하곤 했다.

"제갈량 흉내 좀 그만 내, 쉬바오!"

나와 왕진메이는 그 애를 쉬 형이라 불렀고 그 애는 그 호칭을 좋아했다. 일요일만 되면 우리는 그 애 집 살구나무 위에 앉아서 그 두 만화책 전집을 보거나 그 애에게 귀신 이야기를 들었다.

쉬바오는 아빠가 돌아가셔서 엄마와 둘이 살았다. 우리는 쉬바오의 엄마를 알았고 쉬바오의 엄마도 우리를 알았다. 우리는 쉬바오네 집 처마 밑의 제비 두 마리를 알았고 그 제비 두 마리도 우리를 알았다. 우리가 나뭇가지 위에서 정신없이 책을 보고 있을 때면 그 제비 두 마리는 빨랫줄 삼아 마당에 걸어놓은 철사 위에 앉아 우리를 지켜보고 있었다. 우리는 쉬바오네 집에 자주 놀러 오는 땜장이 장추도 알았다. 장추는 얼굴빛이 새파래서 별명이 쿠바인이었고 그래서 장쿠바라고도 불렸다. 산전수전 다 겪은 사람인 그는 둥베이 지역까지 돌아다녀봤고 솥과 대야를 땜질하는 솜씨가 뛰어났다. 누구는 그가 전구 안쪽도 땜질할 수 있다고 했다. 우리는 살구나무 가지 위에서 그가 쉬바오네 집 구들장에 앉아 쉬바오 엄마와 이야기하는 걸 구경하곤 했다.

우리가 쉬바오네 집 흙담 밖에 도착했을 때, 마당에는 이미 사람들이 가득했다. 늦게 온 사람들도 비집고 들어가려 해서 허술한 대문이 삐걱삐걱 소리를 냈고 작은 문루도 계속 흔들렸다. 마당 안은 사람들이 떠드는 소리로 시끌벅적했지만 뭐라고들 하는 건지 잘 들리지 않았고 쉬바오의 외침만 귀에 들어왔다.

"모두 나가, 나가라고! 뭐 볼 게 있다고 이러는 거야? 정 보고 싶으면 집에 가서 기다려, 오늘 밤 늑대가 너희 집에 찾아갈지도 모르니까!"

친구의 목소리를 듣고 우리는 흥분해서 소리쳤다.

"쉬 형! 쉬 형!"

쉬 형은 우리에게 답하지 않았다. 그 애가 마당에서 사람들을 내모는 소리만 계속 들렸다.

"꺼져, 모두 꺼지라고! 대문이 부서지려고 하잖아!"

왕진메이가 운동신경을 발휘해 흙담 위를 붙잡고 훌쩍 그 위로 올라갔다. 나도 흉내를 내보았지만 올라가지 못해 안달이 났다. 야, 나 좀 올려줘! 이 바보야, 남자가 왜 그 모양이니? 그녀는 손을 뻗어 나를 끌어올려주었다.

담 밖에 있던 사람들이 우리를 본받아 담 위로 뛰어오르자, 쉬바오가 대나무 빗자루를 들고 달려와 그들을 연거푸 찔러대며 욕했다.

"이놈들, 어서 내려가! 내려가라고!"

담 위에 올라왔던 사람들은 우리 둘만 빼고 내려가야 했다.

"쉬 형."

"쉬 형."

"쉬형은 무슨 얼어죽을."

그 애는 우리를 담 위에서 끌어내리며 말했다.

"너희 때문에 저놈들이 담을 뛰어넘으려 했잖아!"

"미안해, 쉬 형."

"미안해, 쉬 형."

"됐어, 따라와."

우리는 쉬 형을 따라 사람들 사이를 비집고 살구나무 아래로 갔다.

"비켜, 비키라고!"

쉬 형은 앞장서서 길을 열며 빗자루 손잡이로 사람들의 허리와 엉덩이를 마구 찔렀다.

"비켜, 비키라니까!"

살구나무 아래에 이르러 우리는 눈이 번쩍 뜨였다. 그 신비한 늑대가 눈앞에 있었다.

우리 눈에 띄었을 때 늑대는 이미 뒷다리 하나가 묶인 채 살구나무 가지에 매달려 있었다. 녀석의 머리는 내 얼굴과 거의 같은 높이에 있었는데, 뒤쪽에서 사람들이 미는 바람에 내 코끝이 녀석의 이마에 닿았다. 나는 녀석의 머리에서 불에 그을린 냄새를 맡았다. 녀석의 몸길이는 1미터가 훨씬 넘었고 온몸의 털은 죄다 잿빛이었다. 묶인 뒷다리는 온몸의 무게를 지탱하고 있어서인지 유난히 길어 보였다. 그리고 꼬리는 묶이지 않은 뒷다리와 함께 아래로 축 늘어져 있었고 또 꼬리의 뿌리 부분이 정확히 항문을 가려서 녀석이 수컷인지 암컷인지 분간이 안 됐다. 이상한 점은 녀석의 꼬리가 반토막인 것이었다. 잘린 부분이 가지런한 걸 봐서는 누가 삽으로 찍거나 칼로 벤 것 같았다. 이 늑대는 너무 말라서 양쪽 갈비뼈가 도드라지고 배가 홀쭉했다. 보아하니 뱃속에 먹은 게 전혀 없는 듯했다. 물론 녀석은 이미 죽은 상태였다. 안 그랬으면 내가 어떻게 감히 녀석과 얼굴을 맞댔겠는가? 이때 뒤에서 사람들이 파도처럼 필사적으로 밀고 들어오는 바람에 나는 늑대 머리와 머리를 부딪친 뒤, 늑대 머리와 함께 살구나무 줄기에 바짝 붙었다. 늑대 머리는 무쇠처럼 단단했다. 왕진메이는 늑대 배와 얼굴이 닿는 바람에 한입 가득 늑대 털을 머금었다. 늑대는 마침 털갈이 중이었는지 살짝 쥐기만 해도 뭉텅이로 털이 빠졌다. 왕진메이는 퉤퉤, 늑대 털을 뱉으며 소리쳤다.

"왜 미는 거야, 왜?"

쉬 형이 나를 툭 밀며 말했다.

"야, 나무에 올라가자."

우리 셋은 평소처럼 수월하게 살구나무 가지 위로 올라가, 각자 익숙한 자리에 앉아서 안도의 한숨을 내쉬었다. 우리는 거꾸로 매달린 늑대와, 늑대를 보러 몰려든 사람들을 내려다보았다. 당연히 질투

어린 눈으로 우리를 바라보는 사람도 있었다. 쑤웨이가 인파 속에서 까치발을 하고 소리쳤다.

"쉬 형, 나도 거기 올라가게 해줘!"

"나무에 올라오고 싶어?"

쉬 형이 비웃으며 말했다.

"그러면 너도 한쪽 다리를 묶어 거꾸로 매달아줄게."

사람들이 깔깔거렸다. 그들 중 늑대가 보이는 사람은 늑대를 보았고 늑대가 안 보이는 사람은 우리를 올려다보았다. 누구는 무슨 비밀이라도 엿보듯 쉬바오네 집 창턱에 기대어 집 안을 들여다보았다. 그들 속에서 우리 반 담임, 천쩡서우가 언뜻 보였다. 그는 키가 크고 목이 길며 삼각형 얼굴에 여드름이 가득했다. 그를 보자마자 나는 가슴이 덜컥 내려앉았다. 그는 엄격한 걸로 학교에서 유명했다. 아무리 개구진 학생도 그의 반에 들어가기만 하면 얌전해졌다. 그 자식은 꼭 조련사처럼 야생동물 같은 학생들을 길들이는 방법을 알고 있었고 우리는 은밀히 그에게 늑대라는 별명을 선사했다.

나는 목소리를 낮춰 쉬 형에게 말했다.

"큰일 났네, 늑대가 왔어."

"난 이미 늑대를 상대해봐서 늑대가 전혀 안 무서워!"

쉬 형이 꼭 늑대 들으라고 그러는 것처럼 큰 소리로 말했다.

"쉬바오, 사람들한테 좀 얘기해줘. 이게 대체 무슨 일이야?"

'늑대'가 사람들 속에서 한 손을 들고 나무 위의 우리를 향해 흔들었다. 나무 밑의 사람들은 힘들게 고개를 틀어 천쩡서우를 본 뒤, 다시 나무 위를 보며 떠들어댔다.

"그래, 그래, 쉬바오, 어서 좀 얘기해줘."

쉬바오는 아직도 자기가 덜 높다고 느꼈는지 나뭇가지를 붙잡고 벌떡 일어섰다. 하지만 그 바람에 위쪽 가지에 머리를 부딪혀, 살구나무 잎들이 흔들리고 영양 부족인 어린 살구들이 비처럼 우수수 떨어졌다. 상처 자국이 가득한 쉬바오의 다리가 바들바들 떨리는 게 보였다. 나무 밑의 사람들이 또 말했다.

"앉아, 앉아서 말해. 우리는 네가 다 보여."

그래서 그 애는 다시 자리에 앉아서 목청을 가다듬고 입을 열었다.

"어젯밤, 동쪽 방에서 왕진메이에게 줄 도장을 새기고 있었어요. 그런데 창밖에서 바람이 불어 등잔불이 꺼져버렸어요. 성냥을 그어 다시 불을 켜는데 엄마가 서쪽 방에서 그러셨어요. '바오야, 밤이 늦었는데 왜 아직도 안 자고 불을 켜는 거니?'라고요. '친구 도장을 파주고 있어요'라고 했더니 '등유 한 근이 얼만지나 알아? 빨리 자!'라고 하셨죠. 아빠가 일찍 돌아가시고 엄마 혼자 저를 어렵게 키우고 계셔서 감히 엄마 기분을 거스르진 못하겠더라고요. 얼른 불을 끄고 구들장에 올라가 잠을 청했어요. 그래서 가물가물 잠이 들려는데 엄마가 서쪽 방에서 비명을 지르셨어요. 전 옷도 못 입고 부리나케 달려갔어요. '엄마, 무슨 일이에요?'라고 하니까 '바오야, 빨리 불을 켜!'라고 하셨죠. 급히 성냥을 그어 등잔불을 켜보니 엄마가 이불을 뒤집어쓰고 구들장에 앉아 계셨어요. 얼굴색이 꼭 노란 살구 같았어요.

'엄마, 왜 그래요?'라고 물으니까, 엄마는 머리를 벽에 기대며 '아이고, 놀라 죽는 줄 알았네'라고 하셨어요. 제가 계속 무슨 일이냐고 물으니까 엄마는 '어서 등불을 들고 아랫목이랑 부엌을 비춰봐. 뭐가 있는 것 같아'라고 하셨어요. 저는 엄마 말을 따랐지만 아무것도 없었죠. 제가 아무것도 없다고 하니까 엄마는 초조한 표정으로 '분명히 뭔가 있어. 털이 북슬북슬하고 커다란 놈이 내 몸 위에 올라타서 큼직한 혀로 내 얼굴을 핥았단 말이야'라고 하셨죠. 저는 등불을 들고 방 구석구석을 더 자세히 비췄지만 역시 아무것도 없었어요. '악몽을 꾼 게 분명해요'라고 하니까 엄마는 '자지도 않았는데 악몽은 무슨 악몽?'이라고 하셨어요. 그러고는 자기 얼굴을 만지면서 '너도 만져봐, 얼굴이 아직도 끈적끈적하단 말이야'라고 하셨지만 저는 '자면서 흘린 침일 거예요'라고 했죠. 엄마는 '무슨 헛소리야, 내가 이런 침을 흘린다고?'라며 역정을 내셨죠."

쉬바오는 이야기를 이어갔다.

"저는 동쪽 방으로 돌아와, 창살 사이로 쏟아지는 달빛을 보면서 그 커다란 털북숭이가 큼직한 혀로 엄마 얼굴을 핥는 모습을 상상하다가 어렴풋이 잠들었어요. 그런데 엄마가 또 꽥, 비명을 지르는 거예요. 아까보다 더 무서운 소리로 말이죠. 저는 또 옷도 안 입고 구들장에서 뛰어내려 서쪽 방으로 달려갔어요. 엄마는 울면서 '바오야, 어서 불을 켜'라고 하셨고 저는 허둥지둥 불을 켰어요. 엄마가 뒤통수를 손으로 누르며 '아파 죽겠네, 아파 죽겠어……'라고 신음하셨어요. 엄마 손을 치우고 머리에 등불을 갖다 댔는데 맙소사, 콩알만 한 구멍이 네 개나 뚫려 있었어요. 위에 두 개, 아래에 두 개였는데 구멍에서 검은 피가 흘러나왔어요. 구멍이 무척 깊어 보였어요. 엄마는 방 구석에서 몸을 웅크리고 벌벌 떨면서 '바오야, 그 큰 놈이야, 털이 북슬북슬한 그놈이라고…… 내가 털이 북슬북슬하고 커다란 놈이 있다고 했는데 너는 없다고 했잖아'라고 하셨어요. 엄마는 완전히 겁에 질려 있었고 저도 무서워 죽을 지경이었어요. 하지만 생각해보니 저는 남자잖아요. 저까지 무서워하면 누가 엄마를 지키겠어요? '엄마, 무서워하지 마세요. 제가 복수해드릴게요!' 하고서 방문에서 빗장을 뽑아 오른손으로 꽉 움켜쥐었어요. 그리고 왼손으로는 등불을 들고 오른손으로는 빗장을 든 채 집 안을 뒤졌죠. 방 세 칸을 구석구석 다 뒤지고 벽 모서리의 쥐구멍에까지 빗장을 찔러넣어봤어요. 하지만 역시 아무것도 나오지 않았어요. 대청 문이 잠겨 있어서 정말 털이 북슬북슬하고 커다란 놈이 있다 해도 방에 있을 수밖에 없었거든요. 그런데 방 안에는 아무것도 없었어요. 내가 '엄마, 아무것도 없어요'라고 했지만 엄마는 '있다니까, 털이 북슬북슬하고 커다란 놈이. 입에서는 축축한 악취가 났다고'라고 하셨어요. 저는 너무 답답했어요. 방 안에 털이 북슬북슬하고 커다란 놈이 있는 건 분명했어요. 엄마 뒤통수에 난 구멍 네 개가 그 증거였어요. 하지만 그 털이 북슬북슬하고 커다란 놈이 도대체 어디에 있는지 알 수가 없었죠. 저는 너무나 무서웠어요. 녀석이 아무리 커도 눈에 보이기만 했으면 그렇게까지 무섭지는 않았을 거예요. 진짜 무서운 건 녀석이 보이지도 않는데 분명히 존재하는 거였어요. '이 개같은 놈!' 하고 저는 소리쳤어요. 그런데 엄마가 방구석에서 웅크린 채 '개가 아니야, 개가 아니라고!'라며 말했어요. 저는 등불을 들고 방 안을 왔다갔다하며 큰 소리로 욕을 했어요. 겉으로는 용감해 보였겠지만 사실 저는 그런 식으로 저 자신에게 용기를 불어넣고 있었어요. 왜냐하면 전에 쿠바 아저씨가 어떤 맹수라도 어쨌든 사람을 두려워한다고 했기 때문이에요. 그래서 먼저 겁을 먹으면 맹수에게 잡아먹히지만, 두려워하지 않고 정면으로 맞서면 맹수가 기가 죽어 도망친다고 그랬어요."

나는 왕진메이와 눈빛을 주고받았다. 맞다, 장 쿠바 아저씨는 확실히 그런 말을 한 적이 있었다. 그것도 우리 세 명 앞에서 그렇게 말했다. 그때는 작년에 살구가 노랗게 익을 무렵이었다. 우리 셋은 나뭇가지 위에 앉아 살구를 먹고 있었고 장 쿠바 아저씨는 나무 밑에서 담배를 피우고 있었으며 쉬바오 엄마는 빨랫돌 앞에 쪼그리고 앉아서 자줏빛 빨랫방망이로 흰 천을 두드리고 있었다. 멀리서 뻐꾸기 우는 소리가 계속 뻐꾹, 뻐꾹, 뻐꾹, 뻐꾹 들려왔고 가까이서는 쉬바오 엄마가 느긋하게 빨래 두드리는 소리가 퍽, 퍽, 퍽, 퍽 들려왔다. 또 공기 속 가득한 향긋한 밀꽃 냄새에는 다디단 살구 냄새와 매캐한 담배 냄새가 섞여 있었다. 문득 장 쿠바 아저씨가 우리를 올려다보며 말했다.

"저 세 아이는 정말 사이가 좋네요."

쉬바오 엄마가 말했다.

"우리 바오는 외동인데 친구도 없으면 되겠어요? 그래서 내가 아무리 가난해도 저 나무의 살구는 하나도 안 팔고 애들이 먹게 놔뒀어

요. 저 두 애가 커서 우리 바오의 왼팔, 오른팔이 돼줄지도 모르잖아
요."

장 쿠바 아저씨는 다시 우리를 올려다보며 단호한 어조로 "반드시
그럴 겁니다!"라고 말했다. 바로 그날, 장 쿠바 아저씨는 우리에게 둥
베이 대산림에 관해 이야기해주었고 인간과 야생동물의 관계에 대해
서도 이야기해주었다. 그리고 늑대 이야기도 해주었다.

"늑대는 흉악하지만 온몸이 다 보물이지. 둥베이에서도 늑대 한
마리만 잡으면 적당히 한몫 잡을 수 있단다."

쉬바오가 물었다.

"여기서는요? 늑대를 잡으면 어떻게 돼요?"

쿠바 아저씨가 나무 위의 쉬바오를 올려다보며 말했다.

"여기서 늑대를 잡으면 큰돈을 벌고 유명해질 수 있지."

"와, 그러면 늑대를 잡게 해주세요!"

"늑대가 정말로 나타나면 무서워서 바지에 오줌을 지릴걸? 늑대가
뭔지 알아? 늑대는 산신령의 집 지키는 개야. 이건 농담이 아니야!"

쉬바오 엄마가 쉬바오를 나무랐다.

"바오야, 그런 정신 나간 소리는 하면 안 돼!"

쿠바 아저씨가 말했다.

"괜찮다, 괜찮아. 사실 늑대는 이런 평야에 오면 개가 돼버리거든.
하지만 어쨌든 늑대는 개가 아니지. 개는 아무 짝에도 쓸모가 없지만
늑대는 온몸이 보물이니까. 심지어 늑대 똥도 귀한 보물이지. 옛날
사람들은 봉화대에서 불을 피워 적군의 침입을 알릴 때 꼭 늑대 똥

을 썼단다. 늑대 똥에서 나는 연기는 소나무처럼 똑바로 올라가고 강풍에도 안 흩어지거든. 옛날 책에 '늑대 연기가 사방에서 치솟는다狼煙四起'는 말이 나오는 건 다 그런 이유에서지……."

나는 계속 쉬바오의 이야기에 귀를 기울였다.

"조금 지쳐서 문틀에 등불을 걸고 문지방 위에 주저앉았어요. 바로 그때 비스듬히 옆을 봤는데 맙소사, 녹색 눈 두 개가 부뚜막 안에서 반짝이지 뭐예요! 저도 모르게 '엄마, 나 봤어요!' 하고 소리친 후, 부뚜막 앞에 서서 빗장을 흔들며 워워, 하고 을러댔어요. 그때 엄마도 구들장에서 내려와 '어딨냐, 어딨어?' 하고 물으셨어요. 부뚜막 안에 있다고 하니까 엄마는 반죽판을 부뚜막 위에 올리고 몸으로 꽉 누르셨죠. 그놈이 못 나오게 말이죠. 엄마가 '어떡하냐, 바오야?'라고 물으셨을 때 저는 『삼국지』에서 제갈량이 걸핏하면 화공火攻을 써서 적을 태워 죽이든가, 질식시켜 죽이든가 했던 게 생각났어요. 그래서 짚 한 단에 불을 붙이고 엄마에게 반죽판을 휙 치우게 한 뒤, 그 활활 타는 짚단을 부뚜막에 쑤셔넣었어요. 그리고 엄마가 빨래 두드릴 때 쓰는 커다란 방망이를 찾아 손에 쥐고 아궁이 앞에서 기다리고 있었죠. 녀석이 밖으로 나오기만 하면 한 방에 머리를 작살낼 생각이었어요. 엄마는 불이 꺼지면 안 된다면서 통증을 참으며 계속 부뚜막 속에 짚을 집어넣으셨어요. 전에 쿠바 아저씨가 야생동물은 불을 가장 무서워한다고 하셨어요. 늑대만 무서워하는 게 아니라 호랑이도 무서워한다고 하셨죠. 집 안의 땔감이 다 떨어지자, 엄마는 부리나케 마당으로 나가 짚을 들여오셨어요. 그렇게 계속 불을 때는

데 솥 위의 뚜껑 받침에서 하얀 연기가 솟아올랐어요. 그래서 솥뚜
껑을 열어보니 솥 전체가 벌겋게 달궈져 있는 거예요. 불만 신경 쓰
느라 솥 안에 물 붓는 걸 까먹은 탓이죠. 저는 얼른 물항아리에서 물
한 바가지를 퍼서 솥에 부었어요. 그러자 치익, 이상한 소리와 함께
하얀 김이 천장까지 치솟았고 그 바람에 벽에 붙어 있던 도마뱀이 솥
안에 떨어져 죽었어요. 그다음에는 펑, 하고 우리 집 솥이 폭발해버
렸죠. 엄마는 '바오야, 솥이 터졌으니 앞으로 우리는 뭘 갖고 밥을 해
먹니?'라면서 우셨어요. 저는 그놈에 대한 분노가 가슴에 가득했죠.
그때는 아직 그놈이 늑대란 걸 몰랐어요. '엄마, 우리 갈 데까지 가봐
요. 솥까지 부서졌으니 이 개같은 놈을 가만둬서는 안 돼요. 구워 죽
이지 못하면 질식시켜서라도 죽이자고요'라고 하니까 엄마는 그러자
고 하셨어요. 엄마와 저는 솜뭉치와 장작까지 죄다 태웠어요. 나중에
는 재가 쌓여 부뚜막이 다 막혀버렸죠. 우리는 반년 치 땔감을 다 태
웠고 타다 만 뚜껑 받침까지 밟아서 부뚜막에 쑤셔넣었어요. 솥도 녹
아버리고 집 안 가득 연기가 자욱해서 숨을 쉴 수 없을 지경이었죠.
제가 '엄마, 거의 다 된 것 같아요'라고 하자, 엄마는 부채를 들고 부뚜
막 속을 향해 힘껏 바람을 부쳤어요. 그러니까 아직 덜 탄 짚에서 파
랗고 흰 불꽃이 튀었어요. 저는 그런 불이 대단히 뜨겁다는 걸 알았
어요. 그것도 전에 장 쿠바 아저씨가 저한테 얘기해준 적이 있었죠.
나중에 짚이 다 탄 뒤, 저는 삽으로 부뚜막 속을 마구 파냈어요. 부
뚜막 바닥에 삽날이 파고들자, 뜨거운 재가 밖으로 날아올랐지만 그
놈은 거기에 없었어요. '엄마, 그 개같은 놈이 방고래 속에 들어갔나

봐요. 틀림없이 연기에 숨이 막혀 죽었을 거예요'라고 말하니까 엄마는 '네가 그걸 어떻게 아니? 만일 안 죽었으면 어떡해?'라고 하셨어요. 저는 '죽은 게 분명하다니까요. 저는 맨날 『삼국지』를 연구해서 이런 화공이 얼마나 무서운지 알아요'라고 말했죠. 저는 반죽판으로 부뚜막 입구를 막고 거기에다 또 빨랫돌을 받쳐놓았어요. 마당에서 집 안으로 불어오는 바람이 무척 시원했어요. 우리 집은 막 불이 꺼진 벽돌 가마 같았죠. 대청도 뜨겁고 엄마의 서쪽 방도 뜨거웠어요. 엄마방의 구들장은 뜨거운 프라이팬 같아서 그 위에서 부침개도 부칠 수 있을 정도였어요. 구들장 위의 돗자리는 누렇게 변했고 그 밑에 깐 거적도 타서 엉망이 되었죠. 저는 엄마한테 구들장 좀 만져보라고, 이렇게 뜨거우니 그놈은 설사 몸이 쇳덩이여도 살아남지 못했을 거라고 그랬어요. 그리고 마당에 나가 잠시 바람을 쐬고 계시면 방고래를 열어 그놈이 대체 어떤 놈인지 살펴보겠다고도 했죠. 엄마는 그래도 마음을 못 놓고 식칼을 쥐고서 부뚜막 옆을 지켰어요. 만일 그놈이 손오공처럼 불과 연기를 피하는 술법을 알고 있어서 후다닥 바깥으로 뛰쳐나가기라도 하면 그 식칼을 몸에 쑤셔넣을 셈이었죠. 저는 엄마 방의 이불과 돗자리를 치웠어요. 거적도 치우려고 했는데 손을 대자마자 부서져 가루가 됐어요. 이어서 갈퀴를 가져와 구들장 위의 흙을 긁어내고 벽돌을 들춰올렸죠. 그러자 코를 찌르는 연기가 천장까지 치솟았어요. 엄마는 식칼을 꼭 쥐고 두 다리를 사시나무 흔들리듯 떨고 있었어요. 벽돌을 들췄는데도 그놈은 보이지 않았어요. 벽돌하나를 더 들췄지만 마찬가지였어요. 저는 가슴이 쿵쾅거렸어요. 내가 귀신을 보았나? 설마 연기로 변해 굴뚝을 통해 날아간 건가? 벽돌 하나를 더 들췄고 드디어 그놈의 꼬리가 보였어요. 저는 갈퀴를 치켜 들고 기다리고 있었어요. 그놈이 움직이기만 하면 사정없이 내리칠 생각이었죠. 하지만 그놈이 꼼짝도 하지 않아서 그럴 일은 없었고 비로소 그놈이 이미 죽었다는 걸 알았어요. 제가 '엄마, 녀석은 이미 죽었어요'라고 말하자, 엄마는 식칼을 쥔 채 비틀비틀 방에 들어와 '어딨냐? 어딨어?'라고 물으셨어요. 저는 그놈의 꼬리를 잡고 바깥으로 끌어당겼어요. 엄마는 그놈을 보자마자 꽥 소리를 지르고는 두 다리가 풀려 부뚜막 앞에 주저앉았어요. 그리고 잠시 후 '바오야, 저게 뭐니?'라고 하시길래 저는 잠깐 생각한 후, '엄마, 늑대인 것 같아요'라고 했어요."

쉬 형이 늑대 잡은 이야기를 마치자 잠시 아무도 입을 열지 못했다. 사람들의 눈이 잠깐 살구나무를 응시하다가, 다시 늑대에게로 내려왔다. 쉬 형은 정말 만만치 않았다. 사람을 무는 흉악한 늑대를 지혜와 용기로 제압해 최후의 승리를 거뒀다. 문득 그 애가 하룻밤 사이에 어른이 돼서 우리와 거리가 확 벌어진 듯했다.

"쉬바오, 넌 용감한 소년이다. 돌아가면 네가 늑대와 싸운 영웅담을 꼭 위에 보고해줄게."

우리 반 담임선생님, 천쩡서우가 말했다.

"쉬바오는 집에서 쉬어도 되고 나머지는 돌아가서 수업하자."

천 선생님이 밖으로 빠져나가자, 말 잘 듣는 학생 몇 명도 뒤따라 나갔다. 나는 왕진메이를 보았고 그 애가 쉬바오를 보고 있는 걸 보고서 덩달아 쉬바오를 보았다. 쉬바오가 말했다.

"너희는 가지 마. 전에 우리끼리 맹세했잖아. 같은 해, 같은 달, 같은 날에 태어나지는 않았어도 같은 해, 같은 달, 같은 날에 죽기를 바란다고."

왕진메이가 말했다.

"우리는 안 가, 쉬 형. 우리는 네 옆에 꼭 붙어 있을게."

이때 살구나무 밑에서 누군가 물었다.

"쉬바오, 방금 너만 혼자 떠들던데 네 엄마는 어딨어?"

"장 쿠바 아저씨 댁에 치료받으러 가셨어요."

"그래, 네 엄마 상처는 장 쿠바가 아니면 치료할 수 없을 거야……."

"엄마다!"

갑자기 쉬바오가 흥분해서 외쳤다.

"우리 엄마랑 장 쿠바 아저씨가 오셨어요!"

흙담 밖을 보니 과연 쉬바오 엄마와 장 쿠바가 함께 구불구불한 좁은 골목에서 걸어 나오고 있었다. 쉬바오 엄마는 얼굴이 하얗고 키가 큰 중년 부인이었다. 두통 탓에 미간에 새겨진 짙은 붉은색 자국이 여러 해 지워지지 않아 커다란 연지를 찍은 듯했다. 그녀는 목소리가 조곤조곤하고 우리에게 늘 다정했는데, 우리는 그녀를 쉬 아줌마라고 불렀다.

장 쿠바 아저씨는 사실 이가 별로 희지 않은데도 워낙 얼굴색이 거무튀튀해서 이가 유난히 하얘 보였다. 그와 쉬 아줌마가 나란히 서 있으면 서로 확연히 대비되었다. 검은 사람은 더 검고 하얀 사람은 더 하얬다.

사람들은 두 사람이 살구나무 밑으로 갈 수 있게 알아서 길을 터 주었다.

“엄마.”

“쉬 아줌마.”

“쉬 아줌마.”

“너희는 왜 나무에 올라가 있니?”

쉬 아줌마가 우리를 올려다보며 조용히 물었다. 그녀는 미간의 붉은색 자국이 꼭 포도 껍질 같고 두 볼이 조금 발그레해서 방금 술 마신 사람처럼 보였다. 어떤 여자가 물었다.

“쉬 아줌마, 심하게 물렸어요?”

그녀는 한숨을 쉬고는 눈에 눈물이 그렁그렁 맺힌 채 말했다.

“늑대까지 의지할 데 없는 우리 모자를 괴롭히네요…….”

“쉬 아줌마, 어디 다친 데 좀 보여줘요.”

“엄마 보여줘요, 내가 거짓말하고 있다고 생각하나봐요.”

“이게 무슨 자랑이라고…….”

쉬 아줌마가 고개를 들고 나무 위의 우리를 보고는 다시 마당의 사람들을 향해 돌아섰다.

“우리 바오가 용감하지 않았다면 저는 그놈에게 화를 당했을 거예요.”

그녀는 뒤통수의 쪽진 머리를 풀어 상처 자국을 드러냈다. 거기에는 본래 깊디깊은 이빨 자국이 네 개 있었지만, 지금 그 자국들은 새까만 고약에 덮여 있었다.

"아파요?"

"아파요. 부끄러운 말이지만 너무 아파서 엉엉 울었어요. 땀이 줄줄 나서 물에 빠진 것처럼 옷은 다 젖었고요…… 그래도 장씨 아저씨 약을 바르니까 시원한 느낌이 드네요. 아직 아프긴 하지만 약을 안 발랐을 때보다 훨씬 나아요."

"장 쿠바, 도대체 무슨 영약을 쓴 거예요?"

"그걸 알려주면 당신이 내 밥그릇을 뺏어갈 거 아니야?"

장 쿠바가 해죽 웃으며 말했다.

"이건 우리 가문의 비방이야. 알고 싶으면 무릎 꿇고 나를 사부로 모시라고."

장 쿠바 아저씨는 허리춤에서 가위와 작은 헝겊 주머니를 꺼냈다. 그리고 가위로 조심스레 늑대의 털을 잘라 한 움큼씩 헝겊 주머니에 넣었다.

"늑대 털은 잘라 뭐 하려고요?"

"원래 당신 같은 욕심쟁이한테는 말해주면 안 되지만, 마을 사람들한테는 말해주지 않을 수 없지."

장 쿠바는 사람들을 쓱 둘러본 후 큰 소리로 말했다.

"여러분, 바오 엄마는 아이처럼 엉엉 울며 나를 찾아왔습니다. 내가 약을 꺼내 발라주고 나서 어떻게 됐는지는 여러분이 지금 보고 있으니 굳이 나나 바오 엄마가 말할 필요는 없겠죠. 이 약은 내가 관둥關東*을 떠돌 때 여러 재료를 섞어 만든 겁니다. 지난 10여 년간 이 근처 10여 개 마을에서 개한테 물린 사람이나 고양이 발톱에 긁힌 사람은 전부 나를 찾아와서 이 약을 발라 효과를 보았죠. 그러다가 이 약이 거의 바닥나서 더는 이 약으로 여러분을 돕지 못하나보다 싶었습니다. 그런데 하늘이 기회를 줘서 다시 재료가 생겼어요. 그 재료가 뭔지 압니까?"

그는 늑대 털을 또 한 움큼 잘라 치켜들며 말했다.

"바로 이 늑대 털입니다! 여러분, 친하든 친하지 않든 우리 모두 한 마을 사람 아닙니까? 오늘 이 약의 비방을 남김없이 여러분에게 공개하겠습니다. 그러면 나도 음덕을 쌓는 셈이 되겠죠. 우선 늑대 털 한 냥을 태워 재로 만들고 거기에 꿀 한 냥, 참기름 두 냥을 섞어야 합니다. 섞을 때는 새 대나무 젓가락을 써서 둥글게 왼쪽으로 360번, 오른쪽으로 360번을 저어야 해요. 그렇게 쭉 젓다가 젓가락을 들면 거미줄처럼 투명한 실이 딸려 올라오는데, 그걸 불투명한 병에 담아 서늘한 곳에 보관하면 됩니다. 여러분, 나의 이 비방은 병원에 팔면 적어도 300에서 500위안은 받을 수 있지만 오늘 여러분에게 이렇게 공짜로 알려드렸습니다!"

장 쿠바는 헝겊 주머니에 늑대 털을 다 채운 뒤, 쉬 아줌마에게 말했다.

"여기 대평야는 말할 것도 없고 지금은 둥베이 대삼림 지역에서도 늑대 한 마리 잡는 게 쉬운 일이 아니에요. 이 늑대 털 한 주머니를 잘라가는 걸로 아주머니 상처 치료비를 받은 셈 칠게요. 남은 늑대

---

* 허난성과 산둥성을 가리키는 말.

털은 직접 잘라 약을 만들어서 병원에 팔아보세요. 아주머니랑 바오랑 꽤 큰돈을 벌 수 있을지도 몰라요.”

“약 파는 사람은 덕을 못 쌓고 덕 쌓는 사람은 약을 안 팔죠.”

쉬 아줌마가 말했다.

“여러분, 약 만들고 싶은 사람은 와서 늑대 털을 잘라가세요!”

장 쿠바가 흠칫 놀라며 말했다.

“아주머니, 생각이 정말 남다르네요. 여러분, 늑대 털 필요한 사람 없나요? 내가 오늘 여러분을 위해 직접 잘라드리죠.”

“나 좀 줘!”

“나도!”

“조금만 잘라주세요!”

“저도 좀 주세요!”

……

한참 싹둑싹둑 털이 잘린 후, 늑대는 훨씬 더 홀쭉해졌다. 만약 전후 사정을 모르는 사람이 위에서 아래로 내려다보았다면, 분명 그놈을 늑대가 아니라 비루먹은 들개로 여겼을 것이다.

남자 아기를 안은 젊은 여자도 앞으로 비집고 나와 늑대 털을 달라고 했다. 그녀 품의 아기는 누런 콧물을 흘리며 옹알이를 하다가 포동포동한 손가락으로 늑대를 가리키며 “강아지…… 강아지……” 하고 어물어물 말했다.

장 쿠바 아저씨는 털을 자르던 가위를 멈추고 형형한 눈빛으로 그 아기를 응시했다. 아기 엄마는 몹시 난처해하며 아기 엉덩이를 찰싹 때렸다.

"이 바보야, 저건 개가 아니라 늑대야!"

하지만 아기는 입에 넣었던 손가락을 다시 꺼내 살구나무에 매달린 늑대를 가리키며 또 "강아지…… 강아지……" 하고 말했다.

아기 엄마는 부끄러워서 얼굴이 벌게진 채 미안한 눈빛으로 장 쿠바와 쉬 아줌마를 번갈아 보았다.

장 쿠바는 한숨을 쉬고는 늑대 털 한 움큼을 그 젊은 여자의 손에 쥐여주며 말했다.

"젖먹이는 물론이고 이 마당에 가득한 어른들도 나 빼고는 늑대를 본 적이 없을 거요."

"이봐, 장추. 늑대와 개를 어떻게 구분하는지 좀 이야기해주겠나. 이 애 말을 듣고 보니 나도 저놈이 개로 보이는군."

수염이 하얀 자오 할아버지가 지팡이를 짚고 떨리는 목소리로 말했다.

"애들은 늑대를 개로 착각할 만하지만 어르신처럼 경험 많은 분이 그러면 눈썰미가 모자란 거지요."

장 쿠바가 자오 할아버지를 보며 말했다.

"물론 늑대가 개를 안 닮았다고 하면 거짓말이에요. 늑대는 개의 조상이니까요. 그래도 개와 늑대는 명확한 차이가 있어서 조금만 관찰하면 구분할 수 있습니다."

그는 가위로 늑대의 머리를 두드렸다. 텅, 텅, 소리가 났다.

"들으셨죠? 꼭 작은 북을 칠 때 나는 소리 같죠. 한번 개 머리를 직접 두드려보세요, 이런 소리가 나나. 왜 그럴까요? 예로부터 괜히 늑대 머리를 구리 머리라고 한 게 아니에요."

그는 가위를 품속에 집어넣고 늑대 머리를 들어 사람들에게 보여주었다.

"잘 보세요. 개가 어떻게 생겼는지는 다 알죠? 하지만 늑대는 이렇게 생겼습니다."

그는 늑대 입을 벌려 두 줄로 난 하얀 이빨을 드러냈다.

"보이죠? 늑대 이빨은 이렇다니까요. 하지만 개 이빨은 이렇지 않아요."

그는 또 늑대 귀를 붙잡고 말했다.

"개 귀는 축 늘어졌지만 늑대 귀는 쫑긋 서 있죠."

그다음은 늑대 눈이었다. 늑대의 한쪽 눈을 열어서 보여주었다.

"늑대 눈은 녹색입니다. 개 눈은 어떻죠? 개 눈이 무슨 색인지 말해줄 사람 있나요?"

그는 고개를 들어 우리를 보며 물었다.

"어이, 모범생들! 개 눈이 무슨 색이지?"

나와 왕진메이는 쉬 형을 보면서 그 애가 낮은 어조로 노란색이라고 말하는 걸 들었다. 그래서 우리는 선생님의 질문에 답하듯이 큰 소리로 "노란색이요!"라고 말했다.

"맞다, 개 눈은 노란색이지."

장 쿠바 아저씨가 신나하며 말했다.

"이제 다들 늑대와 개를 구분할 수 있을 겁니다."

그는 늑대 머리를 홱 내려놓고는 힘껏 늑대를 밀었다. 늑대의 몸이 살구나무 아래에서 왔다갔다 흔들렸다. 이때 얼굴에 온통 주근깨가 난 젊은이가 앞으로 비집고 나와서 늑대 꼬리를 가리키며 물었다.

"장 아저씨, 조금 이해가 안 가는 게 있는데요, 이놈은 늑대라 하셨고 제가 봐도 늑대 같긴 한데 왜 꼬리가 반 도막이죠?"

장 아저씨가 반 토막 난 늑대의 크고 굵은 꼬리를 만지작거리며 말했다.

"궁금해할 만한 문제긴 하지. 하지만 늑대 꼬리의 기능을 알면 이 문제는 문제가 아니게 될 거야."

그는 사방을 둘러보고 사람들의 초조해하는 눈빛을 보고서 의기양양해하며 말했다.

"내 인생에서 가장 가치 있었던 시절은 둥베이에서 보낸 때죠. 나머지는 다 허송세월이었고. 둥베이에서는 늑대를 늑대라고 안 하고 뭐라고 하는지 압니까?"

우리가 살구나무 위에서 크게 외쳤다.

"장삼章三이요!"

"맞습니다. 둥베이에서는 늑대를 장삼이라고 부르죠. 왜 그러는지는 좀 복잡해요. 둥베이에 살 때 수염이 허연 노인들에게 왜 그렇게 부르느냐고 묻곤 했는데, 다들 조상 대대로 그렇게 불러왔을 뿐이라면서 이유는 잘 모르더군요. 둥베이에 간 첫해에 난 쑨씨 가문의 대저택에서 마부로 일했죠. 그런데 어느 깊은 밤, 나와 함께 자던 마차꾼 마 아저씨가 우리에서 돼지들이 이상하게 꽥꽥거리는 걸 듣고 벌떡 일어나는 거예요. 그리고 내게 '장삼이야, 장삼! 빨리 일어나, 장삼이 돼지를 훔치러 왔어!'라고 말했죠. 난 부리나케 솜옷을 걸치고 삽을 찾아 들고서 마 아저씨를 따라 주인집 돼지우리 쪽으로 뛰어갔습니다. 마 아저씨가 붉은 술이 달린 채찍을 든 채 앞에서 달렸고 나는 삽을 들고 그 뒤를 따랐죠. 그날 밤은 음력 보름 아니면 열엿새여서 달이 커다란 은쟁반처럼 하늘에 걸려 있었어요. 눈밭을 비추는 그 빛이 워낙 환해서 눈 위에 찍힌 쥐 발자국까지 또렷이 다 보일 정도였죠. 우리는 아주 멀리서 늑대 한 마리가 쑨씨 어르신의 크고 살찐 흰 돼지의 귀를 물고서 그 빗자루 같은 꼬리로 돼지 엉덩이를 퍽퍽, 후려치는 걸 보았어요. 그 돼지는 꾸엑꾸엑, 죽어라 비명을 지르며 장삼을 따라 자작나무 숲 쪽으로 달렸죠. 그 광경은 참으로 놀라웠습니다. 보름달이 흰 눈 위를 밝게 비추는데 장삼의 큰 꼬리가 돼지 엉덩이를 퍽퍽, 때릴 때마다 눈가루가 휘몰아쳤죠. 장관이었어요, 정말로 장관이었습니다…… 내가 멍하니 보고 있을 때 마씨 아저씨가 휘두른 채찍이 장삼은 못 맞히고 돼지 엉덩이를 맞혔어요. 장삼을 도와준 거나 마찬가지였죠. 마씨 아저씨가 '지금 넋을 잃고 뭐 하는 거야? 공격해!'라고 소리쳤어요. 나는 삽을 들고 달려들어 장삼의 꼬리를, 그러니까 이놈의 꼬리를 내리쳤어요."

사람들은 장 쿠바가 늑대 꼬리를 자르고 돼지를 구하는 장면을 직접 보고 있기라도 한 듯 거친 숨을 몰아쉬었다.

"이제 이놈의 꼬리가 왜 반 토막인지 알겠지?"

장 쿠바가 그 주근깨투성이 젊은이에게 말했다. 젊은이는 고개를 끄덕였다. 흥분해서 붉은 송화단처럼 얼굴이 벌게져 있었다.

"그런데 우리 마을은 창바이산長白山에서 수천 리나 떨어져 있잖아요. 이 녀석은 왜 여기 온 거죠? 또 어떻게 온 거죠?"

젊은이는 우물쭈물하면서도 다시 질문을 던졌다. 사람들은 모두 맞장구를 치며 기대 어린 눈빛으로 장 쿠바를 보았다.

"그건 말이야……."

그는 말을 길게 끌었다. 새로운 질문에 궁지에 몰린 것처럼 보였지만, 금세 생기를 되찾고 목소리를 높였다.

"그건 너무 당연해서 굳이 생각할 필요도 없어. 솔직히 말해 이 늑대는 나한테 복수하러 온 거야."

그의 이 말은 끓는 기름 솥에 소금 한 줌을 뿌린 것과 같았다. 당장 사람들의 입에서 별의별 소리가 다 터져나왔다. 그는 권위 있는 연설자처럼 한 손을 들어 사람들이 입을 다물게 했다.

"여러분도 다 봤잖아요."

그가 검지와 중지를 구부려 늑대의 머리를 톡톡 두드리며 말했다.

"이 늑대는 늙어서 눈이 흐릿하고 꼬리의 털도 희끗희끗해요. 적어도 서른 살은 된 것 같아요. 늑대의 서른 살은 사람의 여든 살이죠. 그러니까 서른 살 먹은 이 늙은 수컷 늑대는 팔순 노인에 해당됩니다. 장삼, 이 늙은 녀석, 난 네가 도망쳐서 고향으로 돌아간 줄 알았는데, 십수 년이 지나 천 리 길을 마다 않고 나를 쫓아오다니……."

"그러니까 장 아저씨 말씀은, 이 늑대가 옛날에 아저씨가 삽으로 꼬리를 자른 그 장삼이란 건가요?"

"인정하고 싶지 않지만 역시 인정할 수밖에 없군. 인정하지 않으면 이 늑대를 무시하는 거니까. 인정하지 않으면 이 늑대의 투혼을 묻어 버리는 셈이 되니까……."

그는 감동한 표정으로 눈시울을 붉히며 말했다.

"사실은 여기 들어오자마자 녀석을 알아봤어. 이 마귀 녀석, 정말 무시무시하면서도 존경스럽군. 지난 십수 년간 이놈 때문에 얼마나 많은 악몽을 꿨는지 몰라. 앞으로는 편히 잘 수 있겠네……."

이어서 장 쿠바 아저씨가 우리에게 그 꼬리 잘린 늑대 이야기를 생생하게 들려주었다. 우리는 술에 취한 듯 그 이야기에 흠뻑 빠졌다.

그는 삽으로 늑대의 꼬리를 자른 이후 자신에게 재수 없는 일이 계속 벌어졌다고 말했다. 우선 그의 사슴가죽 장화가 씹혀 너덜너덜해졌고 그다음에는 마차의 가죽 끈들이 전부 물려서 끊어졌다. 마지막에는 쑨 어르신이 보물처럼 여기는 대청마大靑馬•가 백주대낮에 목을 물려 숨이 끊어졌다. 주인은 화가 나서 아저씨를 저택에서 쫓아냈다.

"난 이불 짐을 메고 숲으로 가서 고함쳤어요. '장삼, 이 개놈의 새끼! 용기 있으면 나와서 나와 결판을 내자! 사람이 몰래 수작 부리면 좋은 사람이 아니듯 늑대도 몰래 수작 부리면 좋은 늑대가 아니야!' 숲속은 쥐 죽은 듯 고요하고 바람이 나뭇잎에 스치는 소리만 우수수 들렸어요. 난 장삼이 숲속에 숨어 있다는 걸 알고 있었어요. 그래서 내 말을 듣고, 또 전부 알아들었을 텐데도 녀석은 모습을 드러내지 않았죠. 난 이불 짐을 메고 앞으로 나아갔어요. 거기서는 더 있을 수가 없어서 다른 데로 밥벌이를 하러 가야 했거든요. 그래도 주인

• 털 색깔이 회색과 검은색의 중간인 말로, 보통 체형이 우람하고 골격이 크다.

은 의리를 모르는 사람이 아니었어요. 반년 치 품삯이라고 30위안을 줬으니까요. 남의 집 대청마를 죽게 했으니 한 푼도 줄 수 없다고 해도 할 말이 없는데 말이죠. 난 숲길을 따라 산차쯔 벌목장으로 향했습니다. 거기서 벌목공을 구한다는 얘기를 들었거든요. 그때 난 아직 땜질 기술이 없어서 몸 쓰는 일밖에 할 게 없었죠. 한참 숲길을 걸어가는데 이상하게 불안한 느낌이 들고 뒤에서 발소리가 들리는 것 같았어요. 하지만 뒤를 돌아봐도 아무것도 없더군요. 그러다가 숲속에서 갑자기 푸드덕푸드덕 소리가 나서 혼비백산했는데, 알고 보니 꿩들이 싸우고 있었어요. 난 식은땀을 닦고 계속 걸음을 재촉했습니다. 숲속의 새들이 지저귀며 평화로운 풍경이 펼쳐져, 점차 마음이 놓이더군요. 그런데 어느 샘물 앞을 지날 때 목이 말라 막 걸음을 멈추고 물을 마시려는데, 열 보쯤 앞에서 꼬리 잘린 늑대가 웅크린 채 나를 비웃고 있는 게 보였어요. 나는 뒷걸음질로 큰 소나무 옆까지 물러난 뒤, 이불 짐을 팽개치고 후다닥 나무 위로 기어올라갔습니다. 꼬리 잘린 늑대가 나는 듯이 달려와 뛰어오르는 바람에 하마터면 종아리를 물릴 뻔했죠. 녀석이 또 한 번 뛰어올랐을 때는 이미 녀석이 닿지 못할 곳까지 올라간 뒤였어요. 나는 계속 나무를 타고 맨 꼭대기까지 올라갔고 떨어질까봐 허리띠를 풀어 나뭇가지에 몸을 묶은 뒤, 나무줄기를 꼭 껴안았습니다. 산바람이 숲을 지나며 윙윙 소리를 내고 소나무가 이리저리 흔들려서 마치 배를 타고 있는 것 같더군요. 나는 나무 밑의 늑대를 내려다보았고 늑대는 나무 위의 나를 올려다보았어요. 그렇게 꽤 많은 시간이 지나고 내 배에서는 꼬르륵 소리가 나고 눈앞은 캄캄해졌어요. 허리띠로 나무에 몸을 묶어두지 않았다면 진작에 떨어져서 늑대에게 잡아먹혔을 겁니다. 늑대도 조금 진력이 났는지 내 이불 짐을 풀어 헤치고 거기에 오줌을 싸지르더군요. 난 녀석이 일부러 내게 도발한다는 걸 알았습니다. 내가 나무에서 내려가 자신과 싸우도록 유도하는 거였죠. 하지만 난 녀석의 함정에 빠지지 않았어요. 녀석이 이불에 오줌뿐만 아니라 똥까지 쌌지만 절대 안 내려갔죠. 하지만 언제까지 이렇게 버텨야 하나 싶어 막막한 생각이 들었습니다. 하루 정도는 괜찮고 이틀도 괜찮으며 사나흘도 버틸 수는 있지만 닷새, 엿새면 굶어 죽지 않겠어요? 하지만 늑대는 보름 동안 아무것도 안 먹어도 버텨낸다고 하니, 결국 난 녀석에게 죽을 운명이라는 생각이 들었죠. 그러다가 저물녘에 늑대는 자리를 떴고 늑대가 자리를 떴지만 난 감히 나무에서 내려올 엄두를 못 냈어요. 사방을 둘러보니 아니나 다를까 덤불 속에서 초록색 눈 두 개가 번뜩이고 있었어요. 만약 무작정 나무에서 내려왔다면 녀석의 흉계에 딱 걸려들었을 거예요. 해가 지고, 달이 뜨고, 숲은 온통 어둠에 잠겼어요. 어둠 속에서 무수한 눈이 반짝이고 있는 것 같아 더더욱 나무 밑으로 내려갈 수가 없었어요. 이때 내가 밑으로 내려가면 꼬리 잘린 늑대가 아니더라도 다른 야생동물에게 잡아먹힐 것 같았어요. 창바이산의 대삼림에는 그 늑대만 있는 게 아니니까 말이죠. 그때는 산바람이 멎어서 나뭇가지가 전부 꼼짝도 하지 않았어요. 나뭇잎은 달빛을 받아 온통 은가루를 뒤집어쓴 것 같았고요. 또 나무 그림자 속에서 부엉이가 부엉부엉 울고 있었어요. 갑자기 마음이 아파 눈물이 줄줄 쏟아져 내렸어요. 꼬리 잘린 늑대가 나를 쉽게 놓아줄 리 없다는 걸 난 알고 있었어요. 마음을 단단히 먹어야 했죠. 나무 위에서 죽어 미라가 된다 해도 녀석의 먹이가 돼줄 수는 없었어요. 나는 나무에 더 세게 몸을 묶었습니다. 그러고 나서 달은 높이 떠올라 작아졌지만, 달빛은 오히려 더 밝아졌죠. 그때 길쭉한 괴물 같은 게 멀리서 쏜살같이 달려오는 게 보였어요. 가까워졌을 때 보니까 꼬리 잘린 늑대가 3할은 개를 닮고 7할은 양을 닮은 놈을 등에 태우고 있었어요. 나무 밑까지 와서 그놈이 늑대 등에서 내렸는데, 뒷다리는 땅에 붙이고 짧은 앞다리는 치켜든 모습이 꼭 캥거루 같았죠. 나는 늑대가 '패狽'를 데려왔다는 걸 깨닫고 깜짝 놀랐습니다. 패는 늑대 무리의 군사 참모에 해당되는데, 앞다리가 너무 짧아 움직이기가 불편해서 평소에는 늑대 굴에서 다른 늑대들이 가져다주는 먹이를 먹고 삽니다. 그러다가 중대한 일이 발생하면 다른 늑대의 등에 실려 현장에 출동하죠. 그때 패가 고개를 들고 나무 위를 올려다볼 때 달빛이 패의 얼굴을 비췄습니다. 아주 하얀 게 꼭 밀가루 반죽 같더군요. 패의 눈도 초록색이었으며 꼭 묘지의 도깨비불처럼 깜박였죠. 그다음에 생긴 일은 이 세상 누구도 본 적이 없을 텐데, 난 이 눈으로 똑똑히 봤어요. 운이 좋았다고도 할 수 있고, 나빴다고도 할 수 있죠. 패는 위를 잠시 본 후, 꼬리 잘린 늑대와 서로 코를 부딪치더군요. 꼭 의견을 나누는 것처럼 말이에요. 그러고는 코를 땅에 박고서 아이들의 장난감 나팔 소리처럼 낮고 무거운 소리를 냈어요. 그 소리는 그리 크지 않았지만 아주 먼 데까지 전해져서 사방 100리 안의 늑대들은 다 들을 수 있었죠. 사실 패의 울음소리를 들으면 아무리 바빠도 서둘러 달려가 모이는 게 늑대 왕국의 규칙이랍니다. 실제로 담배 한 대 피울 시간이 지나자, 늑대 서른 마리쯤이 소나무 아래에 모였죠. 놈들은 도착할 때마다 패 앞에 가서 패와 코를 부딪쳤어요. 꼭 후배가 선배를, 학생이 선생을 만나는 것처럼 말이죠. 이런 인사를 다 마치고 늑대들은 소나무 주위를 뱅뱅 돌기 시작했습니다. 놈들은 돌면서 하늘을 우러러보며 우우, 우우, 하고 울부짖었어요. 그 소리는 날카로우면서도 길어서 달빛조차 떨고 있는 듯했어요. 다행히 나무에 몸을 묶고 있었으니 망정이지, 안 그랬으면 난 꼼짝없이 늑대의 아가리 속에 들어갔을 겁니다. 그래도 내가 나무에서 내려오지 않자, 패가 또 꾀를 내더군요. 다섯 마리씩 짝을 지어 번갈아 이빨로 나무를 갉게 했어요. 아래에서 늑대들이 나무를 갉아대니까 위의 나뭇가지들이 사시나무 떨듯 흔들렸어요. 나는 고향 쪽을 향해 간절히 기도했습니다. '어머니, 이 아들은 관둥에서 돈을 벌고 돌아가 어머니를 잘 모시고 싶었어요. 그런데 여기서 이렇게 늑대에게 잡아먹힐 줄은 꿈에도 몰랐네요……' 늑대들은 나무를 갉으면 갉을수록 더 힘이 나는 듯했어요. 무수한 늑대 이빨이 달빛 아래서 반짝거렸죠. 극도의 절망감이 들더군요. 나무가 아무리 굵어도 늑대 서른 마리가 갉아대면 무슨 수로 버티겠습니까? 더구나 놈들 곁에는 온갖 계략을 궁리하는 패까지 있었어요. 그렇게 계속 전전긍긍하며 고통을 겪으니 차라리 놈들에게 잡아먹히는 게 낫겠다는 생각이 들더군요. 그래서 허리띠를 풀고 아래로 막 뛰어내리려는데, 숲속 깊은 곳에서 땅을 뒤흔드는 울음소리가 울려 퍼졌어요. 곧이어 바람 소리와 함께 마른 나뭇잎들이 우수수 나부꼈고요. 늑대 무리는 나무 갉는 건 일제히 멈추고 패를 쳐다보았어요. 패는 뒷다리 두 개로 몸을 지탱한 채 껑충껑충 뛰어 꼬리 잘린 늑대의 등에 올라탄 후, 날카롭게 울부짖었죠. 꼬리 잘린 늑대는 패를 태우고 냅다 달리기 시작했어요. 늑대 무리는 놈들을 따라 바람처럼 사라졌어요. 또 한번 바람이 불어, 마른 나뭇잎들이 숲길 위에 휘몰아쳤죠. 그때 거대한 황금색 호랑이가 말발굽보다 더 큰 발로 터벅터벅 나무 아래로 걸어왔어요. 나는 "엄마야!" 하고 소리쳤습니다. 늑대가 가고 대신 호랑이가 오다니, 이제 정말 꼼짝없이 죽는구나 싶었죠……."

그는 품에서 담배쌈지와 종이를 꺼내 천천히 담배 한 대를 말아 피우기 시작했다.

"그래서요?"

"그래서 어떻게 됐죠?"

"호랑이는 나무 아래에서 잠깐 나를 보다가 말발굽보다 더 큰 발로 터벅터벅 걸어서 가버렸어요."

우리는 살구나무 위에 쪼그려 앉은 채 안도의 한숨을 내쉬었다.

"날이 밝자 심마니들이 와서 나를 소나무 위에서 끌어내려줬어요. 나는 다리가 쳇바퀴처럼 굽은 채 펴지지 않았고 손가락도 닭발처럼 굳어서 역시 펴지지 않았어요. 숲을 나와서는 하루도 지체하지 않고 표를 사서 기차에 올랐죠. 기차를 타고 가는데 그놈이 또 기차를 쫓아오는 게 보였답니다."

그는 살구나무에 거꾸로 매달린 늑대를 바라보며 감회 어린 어조로 말했다.

"그 후로 13년이나 지나서 네가 산 넘고 물 건너 여기까지 쫓아올 줄이야……."

"아저씨가 여기 있는지 늑대가 어떻게 알았죠?"

주근깨투성이 젊은이가 궁금해하며 물었다.

"빌어먹을 놈, 작작 좀 따져라!"

그는 화가 난 듯했지만 사실 그렇지는 않았다. 목소리를 낮추고 신비스러운 어조로 말했다.

"여러분, 개는 500리 밖 냄새도 맡는다고 하지만 늑대는 1000리 밖 냄새까지 맡는답니다. 다행히 우리 마을이 창바이산에서 1000리 넘게 떨어져 있어 녀석의 코에서 벗어났으니 망정이지, 1000리에 못 미쳤거나 딱 1000리였다면 난 오늘까지 못 살았을 거예요!"

"그런데 녀석은 왜 복수하러 아저씨 집에 가지 않고 쉬 아줌마 집에 간 거죠?"

"그건 말이야…… 에헴……."

그가 헛기침을 하며 말했다.

"내가 쉬 아줌마네 방에서 자주 담배를 피우거든. 그래서 냄새가 남았던 거야. 게다가 늑대도 어쨌든 늙어서 후각이 예전 같지 않거든. 머리도 굳고 말이야. 팔순 노인네랑 마찬가지지……."

이때 쉬 아주머니는 미간의 붉은색 자국이 더 커져서 꼭 얼굴 전체에 연지를 바른 것 같았다.

"바오 엄마, 다 내 탓입니다. 내가 화를 불렀어요."

그가 말했다.

"당신을 물리게 하고, 땔감을 다 쓰게 하고, 솥도 터지게 하고, 구들장도 들어내게 했어요……."

"그게 무슨 말이에요? 다 피할 수 없는 재앙이었어요."

"당신과 바오가 의지할 데 없이 어렵게 사는 걸 아는데 이렇게 헛고생하게 할 수는 없죠."

그는 늑대 머리를 두드리며 말했다.

"여러분, 이 늑대란 놈은 온몸이 보물입니다. 늑대 가죽은 요로 만들면 습기를 다 막아줘서 진흙 위에 깔고 자도 류머티즘에 걸릴 일이 없죠. 늑대 기름은 화상이나 물에 덴 데에 특효약이고 늑대 쓸개는 각종 결막염의 치료제로 곰 쓸개에 전혀 뒤지지 않습니다. 또 늑대 심장은 각종 심장병에 좋고 늑대 폐는 허약 체질에 쓰이며 늑대 간은 간염을 다스리지요. 늑대 허리는 각종 요통에 좋고 늑대 위는 좁쌀과 대추를 속에 넣고 질그릇에 푹 고아 세 번에 나눠 먹으면 다 썩은 위도 새것이 된답니다. 그 새 위는 쇠못도 거뜬히 소화하지요! 그뿐인가요? 늑대 소장은 속을 채워 소시지로 만들면 최고의 진미이고 탈장에 좋습니다. 늑대 대장은 부추랑 같이 볶으면 오장육부를 싹 청소해주고요. 시멘트 공장 노동자들이 그걸 한 그릇 먹고 싼 똥은 바람만 쐬면 돌덩이처럼 굳어서 망치로 쳐도 안 깨진다니까요. 그리고 늑대 항문은 말려서 가루로 만들어 뜨거운 황주에 타서 먹으면 치질에 끝장입니다. 밖에 난 치질이든 안에 난 치질이든 아주 뿌리까지 치료해서 절대 재발하지 않아요. 늑대 방광은 또 어떻고요? 거기에 연밥을 넣고 고아서 먹으면 아무리 고질적인 요실금이라도 단박에 낫는답니다. 늑대 눈은 녹내장에 좋고, 늑대 혀는 애들 구내염과 말더듬증에 좋고, 늑대 뇌는 보물 중의 보물이라 금덩이를 줘도 안 팔고 바오에게 먹일 거예요. 또 늑대 고기는 기혈을 보해줘서 옛날 관둥 사람들은 '늑대 고기 한 냥은 산삼 한 냥'이라고들 했죠. 늑대 고추는 남성 질환에 효과가 있고, 늑대 뼈는 류머티즘 관절염에 좋은데 호랑이 뼈보다는 못해도 표범 뼈보다는 훨씬 더 낫습니다. 심지어 늑대 창자에 남아 있는 똥도 이질 증상에 특효랍니다…… 여러분, 살래요, 안 살래요? 여러분이 안 사면 현성縣城•에 가져가 팔 겁니다."

사람들은 마음을 못 정하고 눈치만 보고 있었다.

"장 아저씨, 뭘 팔겠다는 거예요?"

쉬 아줌마가 말했다.

"그냥 처리해서 모두에게 나눠주세요. 물려 죽지 않은 것만으로도 감사한 일이니 이걸로 돈까지 벌 생각은 없어요."

"그렇게 말하면 안 돼요. 당신 가족이 이렇게나 큰 피해를 입었는데 어떻게든 손실을 메꿀 방법을 찾아야죠. 게다가 이런 보물은 돈을 줘도 살 수 없다니까요."

"됐어요, 됐어."

"되긴 뭐가 돼요."

그가 말했다.

"나 때문에 화를 당했으니 이 일은 내가 정할게요. 내 생각엔 현성

• 현 정부 소재지.

으로 가져가서 좋은 값에 파는 게 낫겠어요. 당신 모자가 며칠이라도 넉넉하게 살 수 있게 말이죠."

"이렇게 좋은 물건을 바깥으로 돌리면 안 되죠."

쉬 아줌마가 얼굴을 붉힌 채 말했다.

"마을 사람들에게 나눠줘요. 아픈 사람은 약으로 쓰고 안 아픈 사람은 몸보신을 하면 역시 우리 모자가 덕을 쌓는 셈이니까요."

"쉬 아줌마."

자오 할아버지가 끼어들며 말했다.

"이걸 마을 사람들에게 팔도록 허락하는 게 바로 덕을 쌓는 걸세. 장추, 늑대 가죽은 나한테 주게, 내가 5위안 낼 테니. 조금 적어도 내 나이를 봐서 좀 양해해주게."

"그런 말씀 마세요, 얼굴이 다 화끈거리네요."

쉬 아주머니가 말했다.

"자오 어르신, 그냥 드릴게요. 돈은 안 받을래요."

"그럼 안 되지, 늑대한테 물리기까지 했는데."

"그러면 이렇게 하시죠."

장 쿠바가 쉬 아줌마에게 말했다.

"돈을 아예 안 받으면 안 돼요. 그러면 자오 어르신도 늑대 가죽을 달라고 못 하시니까요. 자, 3위안! 내가 아줌마 대신 결정할게요."

이때 파리 떼가 날아와 늑대 주변을 돌며 윙윙거렸다. 사람들은 장 쿠바를 재촉했다.

"쿠바, 어서 해치우게. 이 귀한 물건에 구더기라도 생기면 어쩌려고."

장 쿠바가 쉬 아줌마를 빤히 쳐다보며 말했다.

"아까 좋은 물건은 바깥으로 돌리면 안 된다고 한 말, 아주 잘했어요. 아주머니는 생각이 아주 깊은 것 같아요."

사람들이 숨죽이고 지켜보는 가운데, 장 쿠바는 품에서 소귀처럼 뾰족한 칼을 꺼내 허리를 굽히고 늑대 가죽을 벗기기 시작했다.

일주일 만에 장맛비가 갠 날 오전, 나는 홍수 구경을 하러 다섯 살배기 동생 샤오푸쯔를 데리고 강둑 위로 갔다. 우리는 골목을 지나다가 단봉낙타 한 마리가 되새김질하는 걸 보았다. 나와 동생은 멀찍이 선 채 낙타의 진창 속 쇠발굽과 작고 가늘며 생생하게 비틀린 뱀 꼬리, 높이 쳐들린 닭 목, 음탕하게 두터운 말 입술, 기다랗고 잔뜩 찌푸린 양 얼굴을 바라보았다. 암홍색 죽은 털이 뒤덮인 녀석의 몸에서는 퀴퀴한 냄새가 났고 마르고 껑충한 다리에는 밀짚 섞인 싯누런 똥이 묻어 있었다.

"형, 낙타는 애들을 잡아먹어?"

동생이 물었다. 동생보다 두 살 많은 나도 낙타가 조금 무서웠다. 하지만 낙타가 애들을 잡아먹는지는 잘 몰랐다.

"아마…… 안 그럴걸?"

나는 머뭇머뭇 답했다.

"우리 좀 멀리 돌아서 가자."

길쭉한 얼굴을 찌푸리고 있는 더러운 낙타를 주시하며 우리는 녀석에게서 가장 먼 담벼락에 붙어 조심조심 북쪽으로 걸어갔다. 낙타는 우리를 곁눈질하고 있었고 녀석 곁을 지날 때 후끈대며 풍겨오는 악취는 정말 견디기 힘들었다. 낙타는 왜 이렇게 다리가 길고 가는 걸까? 긴 털이 늘어진, 등 위의 큰 혹 안에는 뭐가 들어 있을까? 내가 낙타를 본 건 그때가 두 번째였다. 처음 낙타를 본 건 두 해 전이었다. 그때 장터에 곡마단이 와서 큰 천막을 치고 표를 팔았다. 푯값은 한 장에 5편分*이었는데, 어디서 돈이 났는지 누나가 나를 데리고 그 천막에 들어가 함께 공연을 보았다. 그 공연에는 출연자가 꽤 많았다. 쌍봉낙타, 새끼 원숭이, 온몸에 가시가 난 호저, 철창에 갇힌 곰, 다리가 셋인 수탉, 꼬리 달린 남자 등이었다. 공연 내용은 무척 단순했다. 첫 공연은 원숭이가 낙타를 타는 것이었다. 한 노인이 꽹과리를 치자 젊은 사내가 원숭이를 낙타 등에 올린 후, 낙타를 끌고 두 바퀴 돌았다. 낙타는 기분이 안 좋은지 길쭉한 얼굴을 할머니처럼 축 늘어뜨렸다. 두 번째 공연은 호저와 곰의 대결이었다. 철창에서 풀려 나온 곰은 목이 쇠사슬에 묶여 있었고 또 그 쇠사슬은 땅속 깊이 쇠말뚝에 묶여 있었다. 호저가 조심조심 자기 주변을 돌자 곰은 미친 듯이 포효하며 발톱을 휘둘렀지만 결국 호저 곁에 닿지 못했다. 세 번째 공연에서는 한 남자가 수탉을 받쳐 들고 두 다리 사이의 툭 튀어나온 것을 사람들에게 보여주었다. 사람들은 그게 닭 다리가 아니라고 생각했지만 곡마단 사람은 닭 다리라고 우겼고 이에 나서서 부

---

* 편은 '마오毛'의 10분의 1, 마오는 '위안元'의 10분의 1이다.

정하는 사람도 없었다. 그나마 마지막 공연이 가장 볼만했다. 곡마단 사람이 장막 뒤에서 한 남자를 부축해 데리고 나왔다. 그 남자는 시들시들했고 얼굴이 귤껍질처럼 샛노랬다. 꽹과리를 든 노인이 박자에 맞춰 꽹과리를 치며 처량하게 소리쳤다.

"아버님, 어머님, 아저씨, 아주머니, 형제자매 여러분, 오늘 눈을 크게 뜨고 이 꼬리 달린 사람을 봐주세요."

사람들은 일제히 얼굴 노란 남자에게 시선을 돌렸지만 그의 얼굴만 보았지, 아래쪽은 쳐다볼 엄두도 못 냈다. 그러자 곡마단 사람이 걸음을 멈추고는 그 시체 같은 남자를 홱 돌려서 사람들 앞에 엉덩이가 보이도록 했다. 그리고 등을 툭툭 두드리자 남자는 미적미적 허리를 숙여 엉덩이를 높이 치켜들었다. 그는 파란색 유니폼 바지를 거꾸로 입은 상태였기 때문에(그제야 그가 왜 걸음을 잘 못 걸었는지 알게 되었다) 엉덩이를 치켜들자 바지 앞섶의 구멍이 엉덩이 위에서 입처럼 쫙 벌어졌다. 곡마단 사람은 손가락 두 개를 그 안에 넣어 새끼손가락 굵기에 길이는 한 뼘 정도인 새빨간 살덩어리를 끄집어냈다. 그것은 마치 충혈된 듯이 다 익은 고추 색깔이었고 또 바들바들 떨고 있었다. 나는 누나의 손이 뜨겁고 끈적끈적해진 걸 느꼈다. 누나는 겁에 질려 식은땀을 흘리고 있었다. 이때 꽹과리 소리가 울리면서 노인이 또 처량하게 소리쳤다.

"아버님, 어머님, 아저씨, 아주머니, 형제자매 여러분, 눈을 크게 뜨고 보세요. 세상에서 다시 못 볼 꼬리 달린 사람입니다."

내가 낙타를 본 건 이번이 두 번째였다. 낙타를 피해 돌아가면서 동생은 겁이 나면서도 보고 싶은지 낙타를 돌아보았다. 나도 돌아보았다. 녀석의 뱀처럼 가는 꼬리를 보니 바들바들 떨던 그 사람 꼬리가 생각났다.

이때 나와 동생은 둘 다 실오라기 하나 걸치지 않은 발가숭이였고 태양이 우리를 꼬치고기처럼 내리쬐고 있었다.

강둑에 오르기 전에도 우리는 한동안 울타리에 딱 달라붙어 걸었다. 내가 뒤에, 동생은 앞에 있었다. 울타리 위에는 나팔꽃과 강낭콩 덩굴이 가득했는데, 나팔꽃은 나팔을 오므리고 있었고 강낭콩 꽃은 가지마다 활짝 피어 있었다. 매미 한 마리가 강낭콩 덩굴 위에 엎드려 있는 걸 보고 펄쩍 뛰어 잡아챘지만 그건 빈 껍질이었다. 매미는 나무 위로 날아가버린 지 이미 오래였다.

동생의 얼굴보다 까만 엉덩이가 생기 있게 실룩거렸다. 동생은 꼬리가 안 났고 나도 꼬리가 안 났다. 강물은 혼탁했으며 그 색깔은 누렇지도 붉지도 않았다. 강물 한가운데는 물살이 급했는데 뒤 물결이 앞 물결을 밀면서 앞으로 나아갔다. 그리고 수면은 넓고 출렁여서 맞은편 기슭이 거의 안 보였다. 물론 실제로 아주 안 보일 정도는 아니었다. 가물 때 강가 모래톱 밭에는 수수가 자랐지만 지금은 홍수에 잠겨 어떤 건 서 있고 어떤 건 누워 있었다. 그 반쯤 잠긴 수수밭에서 안개가 넘실대며 반짝였고 초록색 제비가 눈부신 급류 위를 바쁘게 날고 있었다. 맑은 물소리가 물결 속에서 터져나오는 가운데 모래로 지은 강둑은 눅진눅진했고 강물 속 나무줄기에서는 계속 하얀 물보라가 쳤다.

나와 샤오푸쯔는 강둑을 따라 동쪽으로 걸었다. 강에서 풍기는 냄새는 비리면서도 서늘했고 초록색 파리들이 우리를 따라왔다. 파리가 간지럽게 몸에 기어올라 나는 홰나무 가지를 꺾어 파리를 쫓았다. 샤오푸쯔도 등과 엉덩이에 파리가 붙었지만 간지럽지 않은지 그냥 앞만 보고 걸었다. 그 애는 눈알이 까맣고 입술이 붉어서 마을 사람들은 입을 모아 그 애가 잘생겼다고 했고 아버지도 특별히 그 애를 귀여워했다. 그 애는 눈을 가느스름하게 뜨고 물속과 물 위에 넘실대는 황금빛을 바라보았다. 그 애의 눈에 귀신에게 홀린 듯한 빛이 감돌았다.

둑 근처는 물살이 잔잔했지만 금방 생겼다 사라지는 소용돌이들이 떠내려온 풀과 농작물을 계속 집어삼켰다. 나는 들고 있던 홰나무 가지를 소용돌이를 향해 던졌다. 홰나무 가지는 소용돌이 가장자리를 몇 번 돌다가 한쪽 끝이 푹 빠지더니 금세 자취를 감췄다. 나와 샤오푸쯔는 어른들을 통해 소용돌이는 자라가 만들어내며 이 강의 운명을 좌우하는 존재도 요괴가 된 자라라고 알고 있었다. 자라는 너무나 무서웠다. 밥그릇만 한 자라 한 마리가 담배 한 대 피울 사이에 강둑을 무너뜨릴 수 있다니! 지금까지도 나는 그렇게 조그만 놈이 무슨 요술을 부려 강둑을 무너뜨리는지, 또 그렇게 흉측하고 지저분한 수생 동물이 어떻게 고향 사람들의 경외를 한 몸에 받았는지 알지 못한다.

샤오푸쯔가 소용돌이에서 눈을 떼고는 겁먹은 표정으로 내게 물었다.

“형, 진짜로 저기 자라가 있어?”

“진짜로 있지.”

샤오푸쯔가 세차게 흐르는 강물을 힐끔 보고는 몸을 남쪽으로 기울였다. 이때 목덜미가 하얀 붉은색 지렁이가 축축한 모래흙 위를 기어가고 있었다. 하마터면 그 지렁이를 밟을 뻔한 샤오푸쯔가 빽, 소리를 지르며 옆으로 껑충 뛰더니 손으로 엉덩이를 쓰다듬으며 말했다.

“형, 지렁이야!”

나도 무서워서 뒤로 한발 물러나, 온몸에서 땀을 흘리며 무작정 기어가는 지렁이를 지켜보았다. 녀석은 흙 위에 구불구불한 흔적을 남겼다. 나를 쳐다보는 샤오푸쯔에게 나는 말했다.

“오줌을 눠! 이 녀석한테 오줌을 뿌리라고.”

지렁이는 곧 우리의 뜨거운 오줌 속에서 고통스럽게 발버둥쳤다. 우리는 녀석이 발버둥치는 걸 지켜봤고 나는 목구멍이 간질간질했다.

“형, 얘를 어쩔 거야?”

샤오푸쯔가 내게 물었다.

“잘라버리자!”

나는 둑 밑에서 자주색 유리 조각 하나를 주위와 지렁이를 두 동강 냈다. 지렁이 뱃속에서 누런 진흙과 초록색 피가 흘러나왔다. 잘린 두 토막이 각각 기어가는 걸 보고 나는 조금 겁이 났다. 벌레와 새도 요괴가 될 수 있고 요괴가 된 지렁이는 사람 목숨을 앗아갈 수 있다고 어른들이 늘 얘기했기 때문이다.

“강으로 보내자.”

나는 의논하듯 샤오푸쯔에게 말했다.

"강으로 보내자."

샤오푸쯔도 말했다.

우리는 나뭇가지로 잘린 지렁이를 집어 강둑 옆, 잔잔한 흙탕물 속에 던졌다. 지렁이가 물 위를 떠다니며 짙은 비린내를 풍겼다. 그때 물속에서 은청색 빛이 반짝이더니 그 두 토막 난 지렁이가 사라졌고 수면 위로 뾰족한 머리들이 떠올랐다. 나와 동생은 그 순간 찍찍대는 울음소리를 들었다. 동생이 내 뒤로 물러서서 손톱이 길게 자란 손으로 내 허리를 붙잡았다.

"형, 자라야?"

"아니."

나는 잠깐 살펴본 후 자신 있게 말했다.

"자라는 아니야. 자라는 제비나 개구리만 먹지, 지렁이는 안 먹거든. 지렁이를 먹는 건 뱀장어야."

강물 속에서 청색 광채가 반짝이고 물보라가 몇 번 일더니 금세 다 사라졌다.

나와 샤오푸쯔는 계속 동쪽으로 걸어갔고 금세 위안자袁家 골목에 닿았다. 거기 강 속에는 깊이를 알 수 없는 '자라만'이 있다고들 했다. 강물이 말라도 자라만만큼은 물이 새파랗고 아무도 그 깊이를 몰라 감히 목욕하러도 들어가지 못한다고 했다.

나는 자라 요괴에 대한 이야기가 줄줄이 떠올랐다.

어느 날 밤, 셋째 삼촌이 강둑에서 올빼미를 잡고 있을 때였다. 그는 화약을 가득 채운 엽총을 메고 있었다. 본래 그날 밤은 무척 맑았는데 위안자 골목에 도착하자마자 하늘이 갑자기 까매졌다. 정말 오징어 배처럼, 벼루 씻은 물처럼 까맸다. 올빼미는 강가 홰나무 위에서 날개를 떨며 울어댔다. 셋째 삼촌은 머리털이 쭈뼛 서서 강둑 위에 엎드려 꼼짝도 못 했다. 그는 분명 뭔가가 나타나리란 걸 알았다고 한다. 그건 뭐였을까? 잠시 두고 보기로 하자. 그때는 초여름이어서 홰나무 꽃 향기가 몹시 진했다. 마치 참기름에 산비둘기를 튀긴 냄새 같았다. 얼마 후 강에서 철퍽철퍽 소리가 나더니 새빨간 등롱 하나가 먼저 수면을 찢고 나왔고 곧이어 키 큰 시커먼 남자가 그 등롱을 든 채 물 밖으로 나와 평지처럼 수면 위를 걸었다. 그 남자는 세 바퀴를 돈 후, 물속으로 다시 내려갔다. 그때 자라만은 반짝반짝 빛났고 잔물결 하나 없이 고요했다. 삼촌은 숨죽인 채 계속 엎드려 있었다. 그렇게 담배 한 대 피울 시간이 지나자, 그 시커먼 남자가 다시 물 밖으로 올라와 자라만 가장자리에서 기둥처럼 우뚝 서 있었다. 이 이야기를 들을 때 나는 삼촌에게 "그 사람, 여전히 등롱을 들고 있었어요?"라고 물었고 삼촌은 "당연히 들고 있었지"라고 답했다. 이윽고 자라만 한가운데에서 복숭아나무로 만든 정사각형 식탁이 천천히 떠올랐다. 그리고 화려한 차림의 시녀 몇 명이 접시 일곱 개와 사발 여덟 개를 들고 나왔는데, 접시와 사발에는 오리, 닭, 돼지, 양으로 만든 요리가 담겨 기이한 냄새를 풍겼다. 시녀들이 내려가자, 이번에는 하얀 수염을 기른 노인 두 명이 올라왔다. 머리가 벗겨져 반들반들했고 척 봐도 학식이 깊은 듯했다. 두 노인은 마주앉아 술잔을 부딪치며 고금의 이야기를 나눴고 삼촌은 그 이야기에 푹 빠졌다. 그러다가 홰나무 위에 있던 올빼미가 끔찍한 비명을 질렀고 삼촌은 그제야 정신을 차렸다. 그는 엽총을 들어 식탁을 겨눴다. 총신은 얼음처럼 차가웠고 삼촌의 가슴도 마찬가지였다. 삼촌이 막 방아쇠를 당기려던 찰나, 붉은 얼굴의 흰 수염 노인이 입가에 댄 술잔을 멈추고 큰 소리로 외쳤다.

"정면에서 날아오는 창은 피하기 쉽지만 몰래 쏜 화살은 막기 어렵지!"

삼촌은 깜짝 놀라 엉겁결에 방아쇠를 당겼다. 천지를 울리는 굉음과 함께 강물이 온통 새까매지면서 마치 세상 만물이 솥 안에 갇힌 듯했다. 삼촌은 쇠 파편들이 수면을 치는 소리를 들었다. 이어서 광풍이 몰아쳤는데, 바람이 하얬고 바람에 서늘한 강물이 휩쓸려 철썩철썩 홰나무에 들이쳤다. 삼촌은 홰나무를 꼭 부여안고서야 겨우 자라만 속에 휩쓸려들어가는 걸 면했다. 한 시간 뒤 강풍이 멎었을 때 삼촌은 흠뻑 젖은 채 추워서 바들바들 떨고 있었다. 그때 별들이 나타나고 파란 하늘이 낮게 내려앉았으며 홰나무의 흰 꽃들이 까만 잎 사이에 보송보송한 솜털처럼 달라붙어 짙은 향기를 내뿜었다. 올빼미는 꽃과 잎 사이에서 즐겁게 노래 부르고 있었다. 삼촌은 일어나 집으로 돌아가려 했지만 열 손가락이 서로 깍지 끼워져 있어 아무리 애써도 풀리지 않았다. 그는 다급해져서 나무껍질을 물어뜯다가 입술이 긁혀 상처가 났다. 그러다가 겨우 고리가 풀렸다. 집에 돌아가서 술 반 근을 마셨지만 그래도 몸이 계속 떨렸다. 속에서 밖으로 전해지는 오한이었다.

이튿날 아침, 셋째 삼촌은 자라만에 가보았다. 바람이 불지 않아 물결이 잔잔했고 자라만의 물은 칠흑처럼 어두웠다. 희뿌연 안개가 비단 장막처럼 얇게 드리워진 가운데 한 줄기 피비린내가 강둑 위까지 풍겨왔다. 삼촌은 커다란 검은 물고기가 자라만 안에 떠 있는 걸 발견했다. 그 검은 물고기는 길이가 5자, 무게가 200근이나 되었다. 머리가 없는데도 그렇게 길고 무거우니, 머리가 붙어 있을 때는 더 길고 더 무거웠을 것이다. 삼촌은 전날 자신의 총구가 흰 수염 노인을 겨눴을 때 시커먼 남자가 멀찍이 자라만 가장자리에 서 있었던 게 기억났다. 그리고 한참을 생각한 뒤에야 납득이 됐다. 검은 물고기는 자라 요괴들의 정찰병이었고 임무를 그르쳐 자라들에게 목이 잘린 것이었다. 그때 나는 비로소 지구에 단 하나의 문명세계만 있는 게 아니라, 물고기와 자라와 새우와 게 그리고 날짐승과 들짐승도 저마다의 왕국을 갖고 있다는 걸 알게 되었다. 인간은 사실 물고기와 자라와 새우와 게보다 별로 고등하지 않으며 수준 낮은 인간은 수준 높은 자라보다 못한지도 몰랐다. 그때 나는 귀신에 홀린 듯 자라 요괴들의 비밀에 사로잡혔고 툭하면 위안자 골목의 북쪽 끝에 가서 강둑 위에 선 채 멍하니 자라만의 음산한 검은색 물을 바라보곤 했다. 자라만이 기이한 건 강 한복판에 있는데도 토사에 묻히지 않는 데 있었다. 홍수철이면 강물이 황하의 물보다 더 탁해져서 한 그릇의 물에서도 모래 반 그릇이 가라앉을 정도인데도, 홍수가 지나간 후의 자라만에서는 여전히 헤아릴 수 없이 깊고 맑은 강물이 그 옆과 위로 부드럽게 흘러가곤 했다. 자라만의 물과 강의 물은 아예 성분 자체가 달랐다. 자라들은 정말 대단했다. 자라 요괴들은 매우 발달한 문명을 보유하고 있었다.

셋째 삼촌은 위안자 골목 북쪽의 자라만 속 자라 요괴들이 자주 베이징에 다녀오며 그들의 자손은 높은 버슬아치가 되기도 했다고 말했다. 옛날에 어느 부잣집 딸이 대과에 급제한 남자와 결혼한 지 겨우 사흘 만에 친정에 돌아와 고충을 호소했다. "남편이 얼음장처럼 몸이 차가워서 손만 대도 소름이 끼쳐요. 사람이 아닌 것 같아요." 이에 그녀의 어머니는 돌아가서 세심하게 살피라고 일렀다. 돌아간 딸은 남편이 매일 두 번씩 조용한 방에서 목욕을 하고 매번 엄청난 양의 물을 쓴다는 걸 알게 되었다. 또 그는 목욕할 때 아무도 훔쳐보지 못하도록 단단히 경계했다. 어느 날 남편이 또 목욕하러 갔을 때, 아내가 깨끗한 옷을 챙겨 그가 목욕하는 방에 다가갔다. 한 하인이 앞을 가로막자, 그녀는 "갈아입을 옷을 가져오라 하셨다!"라고 소리쳤고 그 하인은 머뭇대며 뒤로 물러섰다. 가까워질수록 방 안에서 물소리가 더 크게 들려왔다. 아내가 창문 틈으로 몰래 들여다보니 방 안에는 광주리만 한 자라 한 마리가 있었다. 눈부시게 빛나는 등껍질 위에 빼곡하게 문양이 새겨져 있었다. 자라는 커다란 욕조 안에서 펄쩍펄쩍 물놀이를 하며 아이처럼 즐거워했다. 아내는 기절할 듯이 놀라 옷을 팽개치고 도망쳤다. 연잎처럼 작은 발이 뒤엉켜 몇 번이나 바닥에 쓰러졌다. 자기 방에 돌아온 아내는 천금 같은 몸이 자라 요괴에게 더럽혀졌다는 생각이 들어 허리띠를 풀어서 목을 맸다. 이 글은

삼촌의 것이 아니지만 이야기는 삼촌의 것이다. 삼촌은 또 이런 이야기도 해주었다. 베이징에는 요괴 골목이라는 데가 있는데, 거기서는 엄동설한에도 수박을 팔며 황궁에도 없는 물건이 거기에는 있다고 했다. 어떤 사람이 고향에 가기 전에 요괴 골목의 누군가가 편지를 전해달라고 맡겼다. 편지봉투에 적힌 주소는 '가오미高密 둥베이향東北鄕 위안자만袁家灣'이었다. 그 사람은 둥베이향을 샅샅이 뒤졌지만 위안자만은 찾지 못했다. 그때 그의 아버지가 "아마 자라만에 보낸 편지일 테니 거기 가서 한번 외쳐봐라"라고 말했다. 그 사람은 자전거를 타고 위안자 골목 북쪽 끝으로 갔다. 그리고 강둑 위에 자전거를 세워두고 둑 아래 물가에 서서 검은 물에 대고 소리쳤다.

"거기 누구 없어요? 편지 왔어요!"

세 번을 외쳤지만 물은 잔잔하기만 했다. 그 사람이 욕하고 돌아서려는데 돌연 수면이 쫙 갈라지더니 붉은 옷의 소년이 뛰쳐나와 "우리 집 편지예요?"라고 물었다. 그 사람이 편지를 건네자, 소년은 편지를 받아 쓱 보고는 "아, 여덟째 삼촌 편지네. 잠깐만요, 할아버지한테 말씀드릴게요"라고 한 뒤, 물속으로 휙 들어갔다. 그 사람은 한 걸음 물러나 강둑의 완만한 비탈에 앉아서 경탄을 금치 못했다. 잠시 후 수면이 또 반으로 갈라지더니 붉은 옷의 소년이 하얀 옷의 노인을 모시고 나왔다. 노인은 풍채가 인자하고 절로 존경심이 느껴졌다. 소년이 "할아버지, 이분이 편지를 가져왔어요"라고 말했고 그 사람은 공손히 서서 무슨 말을 해야 할지 몰랐다. "정말 감사합니다. 집에 잠시 들렀다 가시지요"라고 노인이 말했지만, 그는 푸른 물을 힐끗 보고는 소름이 끼쳐서 얼른 사양했다. 노인도 굳이 더 권하지 않고 소매를 휘날리며 붉은 옷의 소년에게 "집에 가서 선물을 좀 가져오거라"라고 말했다. 소년은 즉시 물속으로 들어갔다. 그 사람은 물속에서 문이 끼익, 하고 열리고 돌계단을 내려가는 소리가 들리는 듯했다. 이윽고 다시 물 밖으로 나왔을 때 소년은 버들가지로 엮은 자그마한 바구니를 들고 있었고 바구니 속에는 녹색 콩나물이 반쯤 담겨 있었다. 노인은 바구니를 건네며 말했다.

"1000리 길을 마다 않고 편지를 전해주서서 참으로 고맙습니다. 따로 드릴 만한 건 없고 제 집에서 기른 이 콩나물이나 가져다가 볶아 드십시오."

그 사람은 바구니를 받고 나서 노인에게 허리 숙여 인사했다. 노인은 붉은 옷의 소년을 데리고 물속으로 들어갔다. 그 사람은 바구니를 들고 속으로 비웃었다. 물에 사는 요괴라면 뭔가 진귀한 보물이 있을 법도 한데 겨우 콩나물 한 바구니라니! 이런 건 시장에서 2마오면 살 수 있다고! 그는 바구니를 홱 뒤집어 물속에 콩나물을 쏟아 버리며 "당신이나 드세요"라고 투덜거렸다. 콩나물은 하늘하늘 물속으로 가라앉았다. 하지만 몹시 정교하게 엮은 바구니는 차마 버릴 수가 없어 집에 갖고 돌아갔다. 그 사람이 집에 가서 편지를 전한 일을 얘기했을 때, 그의 아버지는 "너는 천생 가난뱅이로 살 팔자다"라고 말했다. 그가 어리둥절해하자, 그의 아버지는 바구니를 가리키며 "저게 뭔 것 같냐?"라고 물었다. 그가 내려다보니 바구니 가장자리에 황금색으로 반짝이는 금 콩나물 한 가닥이 묻어 있었다. 자라만의 신기한 이야기는 이 밖에도 이루 다 헤아릴 수 없을 만큼 많았다. 나와 샤오푸 쯔는 위안자 골목 어귀에 멈춰 서서 북쪽의 강물을 바라보았다. 강물 은 쉬지 않고 거세게 동쪽으로 흘러갔다. 자라만은 그 용솟음치는 탁 한 물속에 감춰져 있었다. 하지만 홍수가 물러가면 다시 그 맑고 푸 른 모습을 드러내리란 걸 난 알고 있었다.

위안자 골목에서 우리 생산대의 젊은이 몇 명이 거름을 퍼 나르고 있었다. 거름은 새까맸으며 시큼한 악취를 풍겼다.

"형, 진짜로 자라가 있어?"

샤오푸쯔가 또 내게 물었다. 샤오푸쯔의 두 눈이 반짝거렸다. 뭔 가 기묘한 생각을 하고 있는 듯했다.

"당연히 있지. 물속에 숨어 있어."

샤오푸쯔는 입을 다물었고 우리는 조용히 물을 바라보았다. 햇빛 이 작렬하는 통에 내 어깨 피부에서 지글지글 소리가 나는 듯했다. 강물이 줄기 시작했고 강물이 빠진 강둑 경사면에는 돼지기름처럼 고운 진흙이 한 층 깔려 있었다.

나와 샤오푸쯔는 우리 발밑의, 강둑 주변의 잔잔한 강물 위에 선 연한 붉은 꽃 한 송이가 떠 있는 걸 동시에 발견했다. 잎은 없고 꽃만 있었으며 꽃잎이 살짝 오그라든 상태였다. 그리고 붉은색에 살짝 검 은색이 깃들어 있었다.

"형, 붉은 꽃이야……."

샤오푸쯔가 물 위의 꽃을 뚫어지게 보며 말했다.

"응, 붉은 꽃이네, 붉은 꽃……."

나도 물 위의 붉은 꽃을 뚫어지게 보며 말했다.

강물은 동쪽으로 흘렀지만 그 붉은 꽃은 천천히 서쪽으로 떠내려 갔다. 물살을 거슬러 올라가며 꽃줄기가 작고 하얀 물보라를 일으켰다. 햇빛은 더 강렬해졌고 강물은 황금빛 유리처럼 밝게 빛났다. 그 꽃은 눈이 부실 만큼 붉었다. 나는 샤오푸쯔와 눈을 마주쳤고 그 애도 나처럼 강렬한 색의 유혹을 느끼고 있다는 걸 알았다.

그 후에 생긴 일은 아주 단순했다. 샤오푸쯔는 매섭게 나를 응시하더니 돌아서서 그 붉은 꽃을 향해 내달렸다. 강물에서 금빛 광채가 흩날렸고 샤오푸쯔의 발바닥이 찰싹찰싹 수면을 치는 소리가 들리는 듯했다. 그 애는 얕게 빗물이 고인 평평한 자갈길을 달리는 듯했다. 그 붉은 꽃이 몽실몽실 피어올라 두툼하고 복슬복슬한 먹구름처럼 샤오푸쯔를 감싸안는 것 같았다.

나는 심지어 "조심해, 꽃을 망가뜨리면 안 돼!"라고 소리치고 싶었다. 가만히 돌이켜보면 샤오푸쯔가 강물 속 붉은 꽃을 향해 몸을 던진 순간, 그 애가 아직 깃털이 덜 자란 새끼 오리처럼 비틀비틀 강물 속에 뛰어든 그 순간, 나는 충분히 손을 뻗어 그 애를 잡아당길 수 있었다. 내가 그 애를 잡아당길 생각을 하긴 했을까? 그 애가 강물에 빠지면 틀림없이 죽는다고 생각하긴 했을까? 위안자 골목에서 거름을 나르던 네 명의 청년이 맨발에 웃통을 벗은 채 땀과 거름 냄새로 범벅이 되어 강둑 위로 올라왔다. 내가 멍하니 서 있는 걸 보고 그들 중 춘지라고 하는 청년이 내 머리를 툭 치며 말했다.

"다푸쯔, 여기 서서 뭘 보는 거야? 나랑 내려가서 목욕이나 하자."

나는 땀에 젖어 하얘진 그의 얼굴을 보며 말했다.

"샤오푸쯔가 강에 뛰어들었어."

"뭐라고?"

나는 다시 말했다.

"샤오푸쯔가 강에 뛰어들었다고!"

나머지 세 명의 청년도 나를 돌아보았다.

나는 강물을 바라보았다. 강물은 더 휘황찬란했다. 금빛과 은빛이 서로 부딪치며 끝없이 펼쳐졌고 물결이 빛 그림자 속에서 철썩철썩 울렸다. 강물 속의 후끈한 고기 비린내가 얼굴을 덮치기도 했다. 나는 심장이 쿵쿵 뛰고 차가운 피가 온몸에 퍼져 이를 딱딱 부딪치며 말했다.

"샤오푸쯔가…… 강에 뛰어들었어…….”

매혹적인 그 붉은 꽃은 이미 흔적도 없이 사라졌고 붉은 꽃이 머물던 그 잔잔한 수면에서는 거센 소용돌이가 휘돌고 있었다. 춘지가 나를 콱 밀치며 욕했다.

"이 바보 새끼, 왜 진작 소리치지 않았어?"

네 청년은 손을 들어 햇빛을 가리며 열심히 강물 위를 살폈다.

"어디 있어?"

쯔펑이라는 청년이 외치고는 몸을 날려 강물에 뛰어들었다. 그의 몸이 일으킨 물보라가 햇빛 아래 찬란하게 흩어졌다.

다른 세 명도 뒤따라 강물에 뛰어들었다. 풍덩, 풍덩 소리가 강둑을 크게 울렸다.

　나는 10여 미터 떨어진 강 한가운데서 샤오푸쯔의 머리가 자주색 수박껍질처럼 아른거리는 걸 보았다. 네 청년은 빠르게 팔을 놀려 강 한가운데로 헤엄쳐갔고 급류에 밀려 한쪽으로 몸이 기울어졌다. 그들이 팔을 들어올릴 때마다 투명한 물방울들이 반짝이며 물결 위로 올라왔다가 물결 아래로 굴러떨어졌다.

　나는 계속 서 있다가 지쳐서 땅바닥에 앉았다. 생산대의 넓은 탈곡장 한쪽, 허물어진 흙담 옆에 주저앉았다. 커다란 밀짚 더미가 드리운 그림자가 땅 위에 쭉 뻗은 내 두 다리를 덮었다. 내 다리는 까맣고 앙상했다. 다리 여기저기에 상처가 가득했지만 왜 그렇게 상처가 많은지는 잘 몰랐다. 왼쪽 무릎 아래로 10센티미터 떨어진 곳에 동전만 한 종기가 곪아가는 중이었고 그 위로 파리가 기어다녔다. 파리는 종기의 빨간 밑부분에서 하얀 꼭대기까지 기어오른 뒤, 거기에서 잠깐 멈추고 몇 번 쏘아댔다. 종기가 근질근질해지며 터지려 했다. 파리는 종기 꼭대기에서 다시 밑으로 기어내려갔다. 마치 정상에 눈이 쌓인 산봉우리를 오르락내리락하는 듯했다. 장대비에 흠뻑 젖은 밀짚 더미에서 답답한 열기와 퀴퀴한 곰팡내 그리고 은은한 밀짚 향기를 내뿜었다. 종기가 그 뜨겁고 습한 한낮에 무르익으면서 청백색 고름이 얇은 피부 아래에서 꿈틀거렸다. 나는 오른쪽 다리 옆에 녹슨 쇳조각 하나가 놓인 것을 보고 오른손으로 그것을 집었다. 그리고 그 날카로운 모서리로 종기 끄트머리를 살짝 그었다. 마치 고급 비단 천을 긋는 듯한 소리가 나서 입안 가득 침이 고였다. 나는 물론 고통스러웠지만 이를 악물고 종기를 힘껏 그었다. 쇳조각의 녹슨 가장자리에 울긋불긋한 썩은 살점이 묻었다. 종기가 터져서 고름 섞인 피가 뚝뚝 떨어졌다. 역겨워하지 말기를. 이것이 바로 삶이고 나는 이게 아름답다고 생각한다. 당신도 얼굴의 화장을 깨끗이 지우면 역시 아름답다는 생각이 들 것이다. 사실 나는 어른이 된 뒤에야 사람들이 자기 몸의 종기를 자기 눈처럼 아낀다는 걸 알게 되었다. 그리고 밀짚 더미 옆에 앉아 있던 그때부터 어렴풋이 느꼈다. 세상에서 가장 무섭고 잔혹한 건 인간의 양심이란 걸. 고구마 같은 모양에 썩은 생선 같은 냄새가 나며 벌꿀 같은 색깔을 지닌 그건 그야말로 세상의 질서를 망치는 원흉이다. 나중에 나는 번화한 시장을 걷다가 사람들이 쇠꼬챙이에 양심을 꿰어 활활 타는 숯불에 굽고 있는 것을 보았다. 구수한 냄새가 코를 찔렀고 나는 그제야 왜 그곳이 번화한 시장이 되었는지 알게 되었다.

나는 야트막한 그 흙담 옆에 앉아 있었고 아무도 나에게 알은체하지 않았다. 생산대 탈곡장 안에 흩어져 있는 수백 명은 대부분 여자였고 또 여자들 중에서도 나이 많은 여자가 대부분이었다. 그 밖에 남자도 있고 아이도 있었다. 나는 동정하는 듯하면서도 실은 남의 불행을 고소해하는 그들의 표정을 똑똑히 보았다. 내 동생 샤오푸쯔는 물에 빠져 죽었다. 아니, 아직 구조가 진행 중이었으므로 어쩌면 죽지 않았는지도 몰랐다. 그들은 모두 구경하러 왔다. 예전에 누나가 나를 데리고 그 꼬리 달린 사람을 구경하러 간 것처럼 말이다.

그 전에 춘지는 두 손으로 샤오푸쯔를 받쳐 안고 골목을 지나 낙타를 돌아서 우리 집으로 갔다. 낙타가 나를 보고 비웃었다. 우리 집 대문에는 자물쇠가 걸려 있었다. 춘지가 가쁜 숨을 내쉬며 물었다.

"다푸쯔, 엄마 아빠 안 계셔?"

나는 아무 말도 안 했다. 할 말이 없었다. 샤오푸쯔를 따라가고만 싶었다. 마을 사람들이 죽은 아이의 냄새를 맡고 무리 지어 샤오푸쯔의 뒤를 따라왔다.

누가 샤오푸쯔를 어서 생산대 탈곡장으로 데려가자고 했다. 우리 생산대 사람들이 전부 거기 모여 홍수 방지용 밀짚 포대를 짜고 있다는 것이었다. 그제야 나도 엄마 아빠가 밀짚 포대를 짜러 갔던 게 생각났다. 아직 탈곡장에 도착하지도 않았는데 엄마의 울음소리가 들렸고 곧바로 엄마가 거리 저편에서 달려오는 모습이 보였다. 엄마의 울음은 처절했고 아가씨처럼 날카로웠다.

엄마 뒤에도 한 무리의 사람이 있었으며 아빠는 그 사람들 사이에서 유독 눈에 띄어 나는 한눈에 그를 알아보았다. 덩치가 큰 아빠는 술에 취한 것처럼 비틀거렸다. 춘지가 샤오푸쯔를 안고 곧장 앞으로 걸어갔다. 춘지의 품에 안겨 팔을 축 늘어뜨린 샤오푸쯔는 마치 시렁 위의 늙은 수세미외 같았다.

엄마는 샤오푸쯔와 두 걸음 떨어진 곳까지 달려오더니 갑자기 울음을 뚝 그쳤다. 그리고 벼락이라도 맞은 듯 앞으로 몸을 기울이고 목을 쭉 뺐다. 이때 뒤에 있던 사람이 그녀를 부축했고 그녀는 뒤로 몸을 젖힌 후, 그 사람에게 끌려 옆으로 비켜섰다.

춘지는 샤오푸쯔를 떠받든 채 엄숙한 표정으로 계속 앞으로 걸어갔다. 사람들은 양옆으로 길을 내주고는 잠시 후, 슬그머니 샤오푸쯔를 따라온 대열에 끼어들었다. 아빠는 별다른 거동을 보이지 않고 내 뒤를 따라왔다. 나는 돌아보지 않고도 아빠가 술 취한 사람처럼 비틀비틀 걷고 있다는 걸 알 수 있었다. 탈곡장에 도착하자, 엄마는 다시 울기 시작했다. 하지만 그녀의 울음소리는 방금 전만큼 맑지 않고 지친 것처럼 들렸다.

탈곡장 한쪽에 건물 세 채가 나란히 서 있었다. 하나는 생산대의 사육실, 하나는 창고, 또 하나는 행정실이었다. 여름에는 상의를 안 입고 신발을 안 신는 팡 어르신이 샤오푸쯔를 구할 총책임자였다. 그는 다른 사람을 시켜 사육실에서 덩치 큰 검정소 한 마리를 끌고 오게 했다. 그 소는 두 눈이 새빨갛고 사람들을 비스듬히 보았다. 그리고 빳빳한 뿔은 쇠붙이처럼 번뜩였으며 뒷다리와 꼬리에는 똥오줌이 섞인 진흙이 잔뜩 묻어 있었다.

"콧줄 꽉 쥐어!"라며 팡 어르신이 소를 끌고 온 중년 남자에게 위엄 있는 목소리로 말했다. 그 중년 남자는 얼굴에 곰보 자국이 가득했으며 역시 맨발에 웃통을 벗은 상태였다. 그리고 등에는 찻잔 크기의 종기 자국이 줄줄이 나 있었다. 나는 그를 넷째 아저씨라고 불렀다. 넷째 아저씨가 콧줄을 단단히 틀어쥐자, 난폭한 검정소는 초조하게 꼬리를 흔들며 헐떡헐떡 거친 숨을 몰아쉬었다.

"애를 소 등에 태워!"

팡 어르신이 춘지에게 지시했다. 춘지는 샤오푸쯔를 뾰족하게 솟은 소 등 위에 걸쳐놓았다. 그러자 소는 허리를 비틀며 비스듬히 뒤를 보았다. 녀석의 눈은 고추처럼 붉었고 헐떡이는 소리는 거위 울음소리 같았다. 샤오푸쯔는 소 등 위에서 몸이 반으로 접혀 입은 소의 한쪽 옆구리에, 조그만 성기는 소의 다른 쪽 옆구리에 닿았다. 그의 엉덩이와 등의 피부가 금빛으로 번들거렸다. "소를 끌고 가!"라고 팡 어르신이 말하자마자, 넷째 아저씨는 콧줄을 풀었다. 그러자 검정소는 머리를 쳐들고 힘차게 앞으로 돌진했다. 샤오푸쯔는 소 등 위에서 요동치며 금방이라도 굴러떨어질 것 같았다. 팡 어르신은 두 명의 사내를 시켜 각각 샤오푸쯔의 다리와 머리를 붙잡게 했다.

"고삐를 풀어! 소가 더 요동치게 해!"

팡 어르신이 외치자, 넷째 아저씨는 소의 머리 왼쪽으로 비켜섰다. 팡 어르신은 소의 엉덩이를 한 대 툭 쳤고 소는 크게 걸음을 내디뎌 빠르게 달려갔다. 소 양쪽에서 샤오푸쯔의 다리와 머리를 잡고 있던 두 사내는 몸을 기울여 간신히 따라갔다. 그들의 벌어진 입속에서 새까만 치아가 반짝거렸다. 탈곡장의 젖은 모래흙 위에 검정소의 발자국이 꽃잎처럼 찍혔다.

엄마는 우는 걸 잊고 산발을 한 채 소를 따라 종종걸음으로 달렸다. 아빠는 허리를 굽힌 채 역시 눈에 띄는 모습으로 소 뒤의 혼잡한 무리 속에 끼어 있었다. 검정소가 탈곡장을 두 바퀴 돌았을 때, 샤오푸쯔의 배에서 꾸르륵 소리가 나더니 붉은색 물이 그 애 입에서 뿜어져 나왔다.

"됐어! 물을 토했어!"

사람들 속에서 환호성이 터져나왔다. 엄마는 소 곁으로 뛰어가 잠꼬대하듯 중얼거렸다.

"샤오푸쯔, 샤오푸쯔, 착한 내 아이, 깨어나, 깨어나렴. 엄마가 쫑쯔粽子•를 싸줄게. 너한테만 주고 다푸쯔에게는 안 줄 거야……."

이 말을 듣고 나는 싸늘하게 마음이 식었다.

검정소는 계속 걸었지만 샤오푸쯔는 더 이상 물을 토하지 않았다. 입가에 매달린 몇 줄기 흰 침도 곧 사라졌다.

팡 어르신이 "그만해라, 이 정도면 됐다"라고 말하자, 넷째 아저씨가 소를 멈춰 세웠다. 그리고 소 양쪽에 붙어 있던 두 사내가 샤오푸쯔를 소 등에서 내려 탈곡장 한쪽의 붉은 포플러나무 아래로 옮겼다. 붉은 포플러나무 아래에는 돗자리만 한 그늘이 있고 그늘 속에는 녹두만 한 크기의 검은색 벌레 똥이 수북했다. 나무에 수천수만 마리의 송충이가 살고 있기 때문이었다.

눈치 빠른 사람 하나가 막 짜낸 밀짚 포대 한 장을 가져와 샤오푸쯔를 그 위에 눕히려 했다. 그런데 바로 그때 아빠가 사람들 틈을 비집고 나와 땀에 젖은 저고리를 벗어서 밀짚 포대 위에 깔았다. 물론 저고리 주머니에서 새까만 담뱃대와 소가죽 담배쌈지를 꺼내 허리띠 사이에 꽂는 걸 잊지 않았다. 샤오푸쯔는 아버지의 저고리 위에 누웠다. 나는 그 애의 얼굴을 보았다. 여전히 나보다 훨씬 더 잘생겼지만 왠지 나이 들어 보였다. 귓바퀴에 주름이 자글자글했고 눈은 반쯤 감겨 있으며 눈 틈으로 한 줄기 흰빛이 새어나왔다. 그 빛은 음침하면서도 차가웠다. 나는 샤오푸쯔가 나를 보고 있다는 느낌이 들었다. 내게 그 붉은 꽃의 비밀을 알려주려는 것 같았다. 그 꽃이 어디에서 왔고 또 어디로 사라졌는지, 자라와 인간은 무슨 관계인지…… 인간을

• 찹쌀과 고기, 떡 등을 댓잎이나 연잎으로 감싸 찐 뒤, 잎을 벗겨내고 먹는 중국의 전통 음식.

업신여기는 샤오푸쯔의 싸늘한 눈빛을 보고 나는 그 애가 모든 걸 다 알았다고 느꼈다. 그리고 동시에 후회했다. 왜 샤오푸쯔를 따라 강물에 뛰어들어 그 붉은 꽃을 뒤쫓지 않았을까? 정말 아쉽고 후회스러웠다. 샤오푸쯔는 뺨에 따뜻한 미소가 어려 있었고 내 이는 까만데 그 애의 이는 하얬다. 그 애는 모든 면에서 나보다 예뻤으며 아주 사소한 부분에서도 '착한 아이는 오래 못 살고 나쁜 아이는 천년만년 산다'라는 진리를 힘 있게 증명했다. 샤오푸쯔의 입술은 갓 튀긴 전갈처럼 자줏빛이었다.

"잠깐만, 잠깐만 기다려보자고."

팡 어르신이 초조해하는 사람들을 안심시키는 말을 했다.

"금방 숨을 쉴 거야. 뱃속의 물이 다 빠졌는데 숨을 안 쉴 리가 없지."

사람들은 샤오푸쯔의 홀쭉해진 배를 바라보며 그가 숨을 쉬기를 기대했다. 엄마는 샤오푸쯔 곁에서 무릎을 꿇고 웅얼웅얼 무슨 기도를 올리고 있었다. 그런데 나는 그녀가 조금도 안쓰럽지 않았다. 오히려 그녀가 밉살스럽기까지 했다! 잿빛의 말들로 내심 그녀를 욕하고 조롱하기까지 했다. 그녀의 흐리멍덩한 눈에서 흘러나오는 눈물은 내게는 한 푼의 값어치도 없었다. 그래요, 울어요! 기도나 실컷 해요, 위선적이고 편애나 하는 엄마! 엄마의 샤오푸쯔는 못 살아나요, 이미 죽었다고요! 그 애는 본래 사람이 아니라 강물 속 자라만의 그 붉은 옷 소년이 인간의 삶을 체험하러 환생한 거고 내가 그 애를 강물 속에 밀어넣었어요! 나는 평생 효자가 될 수 없을 거예요!

그 자리에 있던 사람들이 모두 땀을 뻘뻘 흘리며 샤오푸쯔의 배에서 팡 어르신의 크고 시뻘건 얼굴로 시선을 돌렸다. 이때 붉은 포플러나무 위의 송충이들이 동시에 똥을 쌌고 딱딱한 검은 똥들이 우박처럼 사람들 머리 위로 떨어졌다.

팡 어르신의 반들반들한 대머리 위에도 작은 땀방울들이 송골송골 맺혔다. 그는 손을 들어 박각시 애벌레 모양의 손가락으로 몇 가닥 안 남은 옆머리를 긁적이며 말했다.

"초조해하지 마, 초조해하지 말라고, 내가 좀 볼 테니."

그는 허리를 숙이고 두꺼운 손바닥으로 샤오푸쯔의 명치를 눌렀다. 그리고 다시 일어섰을 때 그의 크고 누런 눈이 연달아 깜박였다. 그 모습은 마치 황금색 나비가 즐겁게 날아다니는 것 같았다.

"팡 어르신, 우리 애를 좀 구해주세요……."

엄마가 머리를 조아리며 간청하자, 팡 어르신은 잠시 생각하다가 말했다.

"가서 쇠솥 좀 가져와."

두 사내가 농약을 섞는 데 쓰는 커다란 쇠솥을 들고 왔다. 팡 어르신은 그들에게 쇠솥을 엎어놓으라고 했다. 그 쇠솥은 햇빛을 받아 틀림없이 뜨거웠을 것이다. 팡 어르신은 직접 샤오푸쯔를 들어 쇠솥 위에 놓았다. 샤오푸쯔는 배꼽이 정확하게 솥 바닥 정중앙에 놓였고 입과 발은 솥 가장자리에 닿았다. 팡 어르신은 팔을 걷어붙이고 힘겹게 허리를 숙인 후, 온몸의 무게를 실어 두꺼운 손으로 샤오푸쯔의 등을 꽉 눌렀다. 나는 샤오푸쯔의 뼈에서 우두둑우두둑 소리가 나는 걸

들었다. 그 애의 몸은 점점 더 얇아져서 솥 바닥에 눌어붙은 부침개처럼 돼버렸다. 팡 어르신이 갑자기 손을 확 뗐을 때, 샤오푸쯔의 몸은 간신히 원상태를 회복했고 가슴에서 *끄윽끄윽*, 하는 소리가 났다. 이에 "숨을 쉰다!"라고 누가 소리쳤다. 어머니도 중얼거림을 그쳤고 수백 쌍의 눈이 솥 바닥에 눌어붙은 샤오푸쯔에게 집중되었다. 그리고 정적. 검은 송충이 똥이 떨어져 샤오푸쯔의 등을 때리고, 독한 농약에 절은 솥 가장자리를 때리고, 팡 어르신의 지혜로운 머리를 때렸다. 그 소리가 탁탁, 퍽퍽, 울려 퍼졌다. 모두가 숨을 죽이고 샤오푸쯔가 솥 위에서 벌떡 일어나기를 고대하고 있었다.

담배 반 대 피울 시간이 지났는데도 샤오푸쯔는 꼼짝도 하지 않았다. 팡 어르신은 발끈해서 허리를 굽히고는 밀가루 반죽을 치대듯, 마늘을 찧듯 샤오푸쯔의 허리와 등을 한참 동안 마구 주물러댔다. 고약한 냄새가 풍기자, 누가 외쳤다.

"팡 어르신, 똥물까지 쥐어짜지 말고 이제 그만하세요!"

팡 어르신은 허리를 펴고 두 주먹으로 양쪽 허리를 두들겨대며 괴로워했다. 큼지막한 눈물방울이 그의 두 눈에서 또르르 흘러내렸다.

"더 이상 방법이 없어."

팡 어르신이 풀 죽은 목소리로 말했다.

"검정소도 썼고 쇠솥도 썼는데 살아나지를 않으니 더 이상 방법이 없다고."

나는 샤오푸쯔의 입에서 흘러나온 죽 같은 갈색 액체가 햇빛을 받아 녹색 악취를 내뿜는 걸 보고 있었다.

"더 좋은 방법을 아는 사람이 있나?"

팡 어르신이 말했다.

"더 좋은 방법이 있으면 써보라고, 끝까지 최선을 다해봐야지."

아빠가 말했다.

"팡 어르신, 너무 애쓰셨어요."

팡 어르신이 말했다.

"허허, 부끄럽군, 부끄러워."

그는 교대로 허리 양쪽을 두들기며 비틀비틀 자리를 떴다.

아빠는 허리를 숙이고 솥 바닥에 눌어붙은 샤오푸쯔를 살피면서 잠시 망설였다. 어디서부터 손을 대야 할지 모르는 것 같았다(내게는 벌써 통닭구이 냄새가 나는 것 같았다). 맑은 콧물 한 방울이 아빠의 코끝에서 샤오푸쯔의 척추로 톡, 하고 떨어졌다. 아빠는 흥, 하고 코를 들이마시더니 크고 우악스러운 두 손으로 샤오푸쯔의 허리를 꽉 잡고 힘껏 들어올렸다. 샤오푸쯔의 피부가 솥에서 떨어지면서 치익, 소리가 났다. 그 소리는 등불에 머리카락이 탈 때 나는 소리와 매우 흡사했다. 뒤이어 신속히 퍼진 냄새도 머리카락 타는 냄새 같았다.

샤오푸쯔의 몸이 두 겹으로 접힌 채 아버지의 떨리는 팔에 거의 수직으로 매달려 있었다. 나는 집 처마 밑에 걸린 염장 갈치가 떠올랐다. 내 동생의 몸이 그 정도로 축 처져서 접힌 게 그야말로 기적 같았다. 아빠는 샤오푸쯔를 땅 위에 내려놓고 뒤엉킨 팔다리를 가지런히 펴주었다. 샤오푸쯔의 배꼽 부위가 솥에 눌려 찻사발 반쯤 되는 깊이로 둥글게 파여 있었다.

엄마가 땅바닥에 무릎을 꿇고서 내가 보기에는 부끄러움도 모른
채 애원했다.

"제발 내 아이를 살려주세요! 내 아이를 살려주세요!"

아빠가 낙담한 목소리로 말했다.

"됐어, 그만 울어."

나는 아빠의 태도가 존경스러웠다. 엄마는 말을 뚝 그치고 흑흑,
울기만 했다. 나는 다시 그녀가 안쓰러워졌다.

아빠가 한 손으로는 샤오푸쯔의 목을, 다른 한 손으로는 샤오푸쯔
의 겨드랑이를 받치고 비틀거리며 앞으로 걸어갔다. 구경하던 마을
사람들은 서둘러 길을 내주며 경건하게 서 있었다.

나는 아빠 앞에 가서 고개를 돌려 아빠 얼굴에 그려진 멍한 미소
를 올려다보았다. 문득 어떤 말을 해야 한다는, 내가 말할 때가 됐다
는 생각이 들었다.

"아빠, 강물 속에 붉은 꽃이 있었는데……."

아빠 얼굴의 미소가 녹슨 함석판이 덜덜거리듯이 떨렸다.

"샤오푸쯔는 그 붉은 꽃을 건지러 강물에 뛰어들었어요……."

난 아빠의 뺨이 보기 흉하게 일그러지는 걸 보았다. 아버지의 입
도 한쪽으로 비뚤어졌고 곧이어 난 붕 날아올랐다. 짙푸른 하늘, 누
더기 같은 구름 조각들, 수은 같은 햇살, 노란색 대지, 뒤집힌 집, 기
울어진 사람들…… 나는 공중에서 한 바퀴 돌고 꽈당, 땅바닥에 떨
어졌다. 입안에서 모래흙이 씹혔고 귀에서는 천둥 같은 소리가 소용
돌이쳤다. 그것은 아빠의 커다란 발이 내 엉덩이를 찰 때 생긴 소리였

다.

　나는 스스로 일어나 흐엉, 하고 울었다. 본래는 뱃속에 가득한 울음을 연달아 터뜨려야 했지만, 도깨비불처럼 악독한 사람들의 눈빛을 보고서 입술을 질끈 깨물어 울음을 참았다. 그러자 속에서 짙은 자줏빛 불길이 활활 타올랐다. 물론 사람들이 뒤에서 뭐라고 쑥덕거리는 소리가 들렸지만 나는 곧장 앞으로 걸어갔다. 앞을 막는 사람이 있으면 힘껏 밀어냈다. 그들은 강물 위에 떠 있는 죽은 토끼처럼 빙글빙글 돌며, 계화꽃 같은 악취를 풍기며 옆으로 흘러갔다. 어렴풋이 엄마가 달려들어 내 팔을 붙잡는 걸 느꼈다. 돌아보니 엄마도 눈이 도깨비불처럼 악독했고 얼굴에는 처량한 가면이 덮여 있었다. 하지만 나는 그 가면 밑, 흉악한 해골을 꿰뚫어보았다. 나는 "놓아요!"라며 분노에 찬 소리쳤다. 하지만 엄마는 내 팔을 놓지 않고 말했다.

　"다푸쯔, 내 아들아. 샤오푸쯔가 갔으니 이 엄마한테는 너밖에 없어…….."

　30분 전에 쫑쯔를 싸서 동생한테만 주고 나한테는 안 준다고 하지 않았어요? 난 다 안다고요! 힘껏 몸부림쳤지만 엄마의 손은 매의 발톱처럼 나를 꽉 붙잡고 놓아주지 않았다. 나는 고개를 숙이고 젖먹던 힘까지 끌어올려 엄마의 손목을 꽉 깨물었다. 내가 엄마의 살 속을 파고드는 걸 느꼈다. 엄마의 피는 쓰고 비렸다.

　엄마는 비명을 지르며 손을 뗐다.

　나는 뒤도 안 돌아보고 앞으로 걸어서 탈곡장 흙담까지 갔다. 거기에서 벽을 마주한 채 10분 동안 흙담의 꽃무늬를 뚫어져라 보고 있었다. 그러고 나서 뒤를 돌아보니 탈곡장에는 아무도 없었고 코를 찌르는 땀 냄새만 진동했다. 그러니까 방금까지 탈곡장에는 사람들이 가득했고 내 동생 샤오푸쯔는 물에 빠져 죽은 게 맞았다. 난 정말 아빠한테 엉덩이를 걷어차였었나? 또 정말 엄마의 손목을 물어뜯었었나?

엉덩이는 아픈 것도 같고 안 아픈 것도 같았다. 입속에서도 피비린내가 나는 것도 같고 안 나는 것도 같았다.

나는 혼란스러워서 흙담 옆에 주저앉았다. 내 양옆으로는 온통 연초록색 밀 싹이 돋아 있었다. 심심해서 무릎 밑에 난 종기를 들여다보다가 녹슨 쇳조각으로 고름을 터뜨렸다. 피고름이 흐를 때 나는 희망이 사라지는 느낌을 받았다. 사람은 몸에 뭔가 특별한 게 있어야 좋다. 나는 다시 녹슨 쇳조각으로 왼쪽 무릎 밑을 그어 상처를 낸 뒤, 그 쇳조각에 오른쪽 무릎 밑의 종기에서 나온 피고름을 묻혀 상처에 발랐다. 잠시 후, 오른쪽 무릎 밑의 종기가 아무는 동시에 왼쪽 무릎 밑에 새 종기가 부풀어 오르기 시작했다.

두꺼비가 밥상 위에 뛰어오르면 사람을 물지는 않아도 기분을 언짢게 한다. 배가 고파서 나는 저물녘에 슬그머니 집에 돌아갔다. 샤오푸쯔가 영영 사라져버려 나는 몹시 외로웠다. 엄마 아빠는 내가 제 발로 집에 돌아온 것에 대해 전혀 놀라지도 않고 화를 내지도 않았다. 두 사람은 각자 문지방 위에 마주앉아 있었으며 아빠는 담배를 피우고 엄마는 눈물을 흘렸다. 나는 큰방 문지방 위에 앉아 있었고 거기서 엄마까지의 거리는 아빠까지의 거리와 똑같았다. 엄마는 밥

할 심정이 아니었고 아빠는 담배만 뻑뻑 피워댔다. 나는 배가 고파서 일어나 소쿠리에 다가가 파리똥이 잔뜩 묻은 수수떡 하나를 꺼냈다. 그리고 검정 잎 대파 두 뿌리를 찾고 검은 된장도 당나귀 똥 크기만큼 퍼와서 다시 큰방 문지방 위에 앉아 꿀떡꿀떡 먹기 시작했다.

아빠는 차가운 눈초리로 나를 보았고 엄마는 놀란 눈초리로 나를 보았다. 나는 두 사람이 무슨 생각을 하는지 빤히 알고 있었다. 엄마 아빠가 뭐 그리 대단한 줄 알아요? 언젠간 알게 될 거예요, 이 다푸쯔가 절대 호락호락한 애가 아니란 걸.

나는 트림을 하며 구들장 위에 올라가 잠을 청했다. 모기들이 떼 지어 내 주변을 빙빙 돌았다. 어떤 놈은 나를 물었고 어떤 놈은 나를 물지 않았다. 나는 놈들을 쫓지 않았다. 내 피는 넘쳐나니 빨아 먹게 내버려두었다.

밤이 깊어지자 배불리 피를 마신 모기들은 벽에 붙어 휴식을 취했다. 나는 강물이 술렁이는 소리를 들었다. 아빠와 엄마는 각자 문지방 위에 앉아 이야기를 나눴다.

"괴로워하지 마, 녀석은 죽을 운명이었어. 당신이나 나나 팔자가 박복한데 그런 아들을 어떻게 감당했겠어."

"이제 다푸쯔 하나만 남았는데, 쟤는 또 애가 바보스러우니……."

"그러니까 우리 팔자가 박복하다는 거야."

"제발 쟤한테는 아무 일도 안 생겨야 할 텐데……."

엄마가 걱정스러워하자 아빠는 빈정댔다.

"염려 마, 저런 아들은 염라대왕도 보고 싶어하지 않을 테니."

엄마 아빠의 이야기를 들었지만 나는 전혀 슬프지 않았다. 그들이 그런 얘기를 안 하면 오히려 이상했을 것이다. 강물 소리는 밤에도 요란했고 하늘에는 별들이 찬란했다. 모기들은 잠잠했고 엄마 아빠는 서로 조용히 속삭였다. 나는 슬퍼할 이유가 전혀 없어서 우는 대신 피식 웃었다. 어둠 속에서 흘린 내 웃음소리가 엄마 아빠를 놀라게 하리라는 걸 난 알고 있었다. 엄마는 또 임신했다. 엄마와 아빠는 나를 대신할 똑똑한 아들을 낳으려는 게 분명했다. 날마다 불러오는 엄마의 배를 보면서 나는 극도의 혐오감을 느꼈다. 샤오푸쯔가 물에 빠져 죽은 이후로 난 줄곧 벙어리처럼 살았다. 어쩌면 이미 말하는 능력을 잃었는지도 몰랐다. 나는 내 창자에게만 얘기했고 창자도 나와 유쾌하게 이야기를 나눴다.

"그 여자 배가 흉하게 커지는 거 봤어?"

"봤지. 진짜 끔찍하더라."

"그 여자가 아직 우리 엄마인 것 같아?"

"아니. 전혀 네 엄마 같지 않아."

"우리 아빠도 봤어?"

"봤지. 꼭 늙은 낙타 같더라."

"우리 아빠로 어울려?"

"아니. 내가 말했잖아, 늙은 낙타 같다고."

나는 매일 창자와 대화했다. 창자의 목소리는 낮고 흐리멍덩했다. 마치 코맹맹이가 내는 소리 같았다.

엄마는 임신한 후로 비실비실해졌다. 얼굴이 누렇게 떠서 피부 아래로 노란 물이 흐르는 듯했다. 아빠는 엄마의 병을 고치고 몸보신을 시켜주려고 사발만 한 자라 한 마리를 사왔다. 나는 창자에게 물었다.

"저 자라 새끼, 자라만에서 잡은 거겠지?"

창자가 자신 있게 답했다.

"틀림없어. 봐봐, 머리가 동그스름하잖아. 거기 자라들만 저래."

아빠는 그 자라를 항아리 속에 넣고 키웠다. 그렇게 키우다가 9자가 들어가는 날에 잡을 생각이었다. 자라가 도망치지 못하도록 아빠는 항아리 위에 나무 뚜껑을 얹고 그 위에 또 다듬잇돌을 눌러두었다. 아빠가 집에 없으면 나는 다듬잇돌을 치우고 나무 뚜껑을 열어 자라가 헤엄치거나 물속에 가만히 엎드려 있는 모습을 관찰했다. 뚜껑을 열 때마다 녀석은 항아리 바닥에서 힘차게 솟구쳐 짧은 네 다리를 능숙하게 휘저으며 비스듬히 수면 위로 향했다. 푸르스름한 등딱지 둘레에서 파닥이는 물갈퀴는 꼭 자라의 치마 같았다. 수면에 떠오른 후, 녀석은 항아리 내벽을 따라 빙빙 돌았다. 자라의 발톱이 끼익끼익 항아리 벽을 긁는 소리를 냈다. 녀석의 녹색 눈동자에서 나는 분노와 초조함을 읽었다. 항아리 속에는 물이 반밖에 안 차 있고 또 항아리 벽에는 반들반들한 적갈색 유약이 칠해져 있어 자라는 그 감옥에서 탈출할 수 없었다. 한동안 헤엄치다 지치면 녀석은 네 다리를 오므리고 그림자처럼 조용히 물속에 가라앉았다.

항아리 속 물은 점차 잠잠해졌고 자라가 휘저어 일으킨 찌꺼기도 자라의 푸르스름한 등껍질 위에 희끄무레하게 내려앉았다. 두 개의 저울추 같은 자라의 눈이 아니었다면 항아리 바닥에 자라가 엎드려 있는 걸 알아채기 어려웠을 것이다. 아무래도 자라가 꼼짝 안 하고 있을 때 나는 더 몰입해서 자라를 볼 수 있었다. 녀석의 도발적인 두 눈은 대단히 매력적이었고 내게 말로 표현하기 힘든 메시지를 전달했다. 어떤 검붉은 힘이 수면을 뚫고 내 몸속에 파고들었다. 나는 그것을 몰아내려 애쓰면서도 동시에 있는 힘껏 그것을 흡수했다. 자라의 생각이 느껴졌다. 그건 고결하지도 비천하지도 않았다. 사람의 생각과 그리 다르지 않았다. 드디어 자라를 죽이는 날이 다가왔다. 사실 죽이지는 않았지만 죽이는 것보다 더 잔인했다. 아빠는 솥에 물 두 바가지를 붓고 약초 한 줌을 던져넣었다. 그러고 나서 불집게로 항아리 속 자라를 집어 꺼내왔다. 항아리에서 부뚜막까지 오는 동안, 자라는 공중에서 불집게의 압박에 고통스럽게 울어댔다. 아빠는 망설임 없이 녀석을 솥에 던져넣었다. 자라는 솥 안에서 치마 모양의 물갈퀴를 계속 파닥거렸다.

아궁이 속에서 불길이 타닥타닥 타올랐고 솥 가장자리에서는 김이 모락모락 피어올랐다. 자라가 솥 안에서 움직이는 소리가 아직도 들렸다. 자라의 발톱이 끼익끼익 솥을 긁어댔다. 잠시 후, 아빠는 다 익은 자라를 질그릇에 담아 억지로 엄마에게 먹이려 했다. 엄마가 젓가락을 들어 자라 등껍질을 찌르자 통통, 소고 소리가 났다.

엄마는 한입 먹자마자 목을 움켜쥐고 토악질을 했다. 그러자 아빠는 엄하게 "참고 계속 먹어!"라고 말했다. 엄마는 눈물이 그렁그렁한 채 젓가락으로 자라의 부들거리는 살점을 입가에 가져갔다가 다시 그릇에 내려놓았다.

나는 손을 뻗어 그 살점을 집어서 낼름 입속에 넣었다. 입에서 위장까지 뜨겁고 비린 느낌이 이어졌다. 뱃속에서 창자가 내 행동을 열렬히 응원했다. 아빠가 젓가락으로 내 반들반들한 머리를 두드렸고 내 머리에서도 통통, 소고 소리가 났다.

그날 아침, 쑨 어르신네 단봉낙타가 도망쳤다. 아침 일찍 낙타에게 먹이를 주려고 일어났는데 우리 기둥에 묶어둔 고삐가 절반만 남아 있었다고 쑨 어르신은 말했다. 그 괴물의 탈출로 마을은 발칵 뒤집혔다. 3년 전, 쑨 어르신이 북쪽 지방에서 그놈을 끌고 왔을 때와 똑같은 반응이었다. 낙타는 밭을 가는 건 소만 못하고 수레를 끄는 것도 노새만 못했지만, 쑨 어르신은 계속 녀석을 길렀다. 낙타가 도망쳤다는 소식을 듣자마자 나는 걷잡을 수 없는 희열을 느꼈다. 뭐라고 설명할 수는 없었지만 어떤 일이 꼭 벌어질 거라는 확신이 들었다.

점심을 먹을 때 거리에서 꽹과리 소리가 울려 퍼졌다. 나는 젓가락을 팽개치고 밖으로 뛰쳐나갔다. 출산이 얼마 안 남은 엄마가 뒤에서 뭐라고 잔소리를 했지만 고개도 돌리지 않았다. 나는 짚더미 뒤에서 내 보물을 꺼냈다. 그건 반질반질하게 닳은 자라 등껍질과 연두색 조약돌이었다. 그 조약돌은 심장 모양이었고 끝이 살짝 깨져 있었다. 나는 조약돌로 자라 등껍질을 두드리며 꽹과리 소리가 나는 곳으로 달려갔다.

집에서는 꽹과리 소리가 거리에서 나는 것 같더니, 막상 거리에 나와보니 생산대 탈곡장 쪽에서 들렸다.

멀리서도 단봉낙타가 보였고 그 모습이 보이기도 전에 먼저 그 특

유의 냄새가 났다. 나는 흥분해서 금방이라도 기절할 것 같았다. 그 낙타를 보고서야 깨달았다. 내가 여러 해 쭉 그것들을 기다려왔다는 것을.

탈곡장에는 이미 한 무리의 사람들이 모여 있었다. 그들 사이에서 전에 본 것 같으면서도 매우 낯선 노인이 꽹과리를 치며 매암을 돌고 있었다. 그는 매우 늙어서 일흔 살인지 여든 살인지 가늠이 안 됐다. 이가 하나도 없어 안으로 말려들어간 입술이 꼭 느슨해진 항문 같았다. 또 그의 팔에는 가죽 고리가 달려 있었고 그 고리에 연결된 쇠사슬에는 키가 한 자쯤 되는 녹색 털의 여윈 원숭이가 묶여 있었다. 그 원숭이는 노인을 따라 매암을 돌면서 때로는 걷고 때로는 기었다. 그 모습이 무척 기괴하고 우스꽝스러웠다.

노인은 주문을 외듯 흥얼거리고 있었다.

"빨리 기어라, 느리게 걸어라, 여기 삼촌, 할아버지한테 꾸벅 절을 하거라…… 그래야 삼촌, 할아버지가 우리를 성원해주실 거 아니냐…… 동전 몇 푼 벌어 떡이나 사 먹으러 가자…….."

원숭이는 절을 하기는커녕 계속 이를 드러내며 흉측한 표정을 지었다. 이때 탈곡장 한쪽에는 나무 바퀴 수레가 서 있고 그 끌채에는 낙타가 묶여 있었다. 수레에 실린 나무 상자는 뚜껑이 열려서 그 안의 알록달록한 도구들이 다 보였다. 그리고 스무 살이 넘은 아가씨가 수레 난간을 잡고 서 있었는데, 나비 모양 검은색 단추가 목에서 허리까지 달린 녹색 비단 저고리와 끝자락이 넓은 붉은색 비단 바지를 입고 있었다. 또 머리카락을 한 갈래로 땋아 뒤로 넘긴 그녀는 얼굴이 보름달 같고 눈썹이 짙으며 속눈썹이 긴 데다 치아가 하얗고 표정은 우울해 보였다. 수레 위에는 내 또래의 남자아이와 여자아이가 있었다. 둘 다 마르고 피부가 하얬으며 피곤한 듯 바닥에 앉아 있었다.

곰도 없고, 온몸에 가시가 돋친 호저도 없고, 다리가 셋인 수탉도 없고, 꼬리 달린 남자도 없었다. 내가 생각하던 곡마단이 아니었다.

사람들이 점점 더 많아졌다. 두 아이는 동시에 일어나 허리띠를 졸라매고 탈곡장 한가운데로 들어갔다. 그리고 둘이 줄지어 공중회전을 하기 시작했다. 여자아이와 남자아이가 몸을 아치 모양으로 구부릴 때마다 팽팽해진 뱃가죽이 드러났다. 한편 붉은색 바지를 입은 아가씨는 검을 휘두르기 시작했다. 검 놀림이 빨라지자 그녀의 모습은 안 보이고 위로는 녹색, 아래로는 붉은색 섬광이 번뜩이는 듯했다.

나는 문득 내 앞에 펼쳐진 인생길을 보았다. 구불구불한 그 길은 낮은 늪지를 지나 완만한 언덕을 넘었다. 나는 진흙 위에 찍힌 나무 바퀴 수레의 깊은 바퀴 자국을 쫓고, 단봉낙타의 발굽 자국을 밟으며 걸었다. 주머니 속에 담긴 자라 등껍질과 심장 모양의 조약돌이 나를 지켜주는 부적이었다.

습지에 자란 야생의 키 큰 갈대들이 불어오는 바람에 마치 초록색 파도처럼 넘실댔다.

그때 나는 익숙한 냄새를 맡았다. 낙타다, 낙타야! 없어졌던 쑨 어르신네 단봉낙타가 갈대숲 속에서 느릿느릿 걸어나와 좁고 질퍽한 길 위에 섰다. 난 이제껏 이 낙타에게 두려움을 느껴본 적이 없는 것 같았다. 목동이 소를 아끼듯 언제나 이 낙타를 좋아한 것 같았다. 타향에서 옛 친구를 만난 듯, 오랜만에 연인과 재회한 듯 나는 달려가 펄쩍 뛰어, 구부러지고 단단하며 높이 들린 낙타의 목을 부둥켜안았다. 내 눈에서 뜨거운 액체가 쏟아져 나왔고 그건 눈물이 아니었다.

백양나무 숲의 결전

농장 뒤편에 있는 자오허강膠河*의 제방에 기어오르자, 강변의 백양나무 숲이 한눈에 들어왔다. 그 숲에서 한 무리의 잘생긴 소년들이 다른 한 무리의 잘생긴 소년들을 쫓고 있었다. 그 애들이 눈앞에서 주마등처럼 왔다갔다하는 통에 나는 현기증을 느꼈다. 잠시 후 눈이 적응하고 나서야 그 애들이 잘생겼다고 말한 게 가당치도 않다는 걸 깨달았다. 그 애들은 하나같이 다리는 짧고, 머리는 크고, 얼굴은 빨갛고, 뺨은 볼록했다. 그 애들의 앳된 모습은 그런대로 귀엽기도 했지만 그들의 입에서 나오는 말은 매우 흉악했다. "죽여, 죽여, 죽이라고!"라는 말이 귓가에 울렸다. 앞에서 달리는 애들은 몽둥이를 들고 갔고 뒤에서 쫓는 애들은 손에 식칼을 들고 있었다. 몇 바퀴를 돌고 나서 몽둥이를 든 소년들이 갑자기 걸음을 멈추고 돌아서서 눈을 부릅뜨며 몽둥이를 치켜올렸다. 헉헉, 거친 숨을 쉬면서도 그렇게 단단히 공격 태세를 취했다. 뒤에 오던 소년들은 제때 걸음을 못 멈추는

---

* 산둥성 가오미시 바이청진柏城鎭에서 발원해 남쪽으로 흐르는 60여 킬로미터 길이의 강.

바람에 한 무더기의 공처럼 서로 머리를 부딪치며 쿵, 쿵, 소리를 냈다. 하지만 몽둥이를 든 소년들은 그 틈을 타 식칼을 든 소년들에게 달려들지는 않았다. 그 애들이 대열을 정리할 때까지 인내심 있게 기다려주었다. 그 소년들을 보고 나는 가슴이 쿵쾅거려 저도 모르게 소리쳤다.

"야, 너희 뭐 하는 거야? 지금 연극 하는 거야? 나는 어느 쪽에 붙을까?"

하지만 아무도 나를 알은체하지 않았다. 두 무리의 소년들 사이에는 평평한 모래밭이 있었고 모래밭 위에는 누런 풀이 듬성듬성 자라 있었다. 그리고 그중 한 풀뿌리 위에서 주먹만 한 야생 토끼 새끼 한 마리가 몸을 옹송그린 채 바짝 얼어 있었다. 사람 소리에 놀라 그러는 것 같았다. 거기서 그렇게 웅크린 채 요행을 바라며 이 재난을 모면할 수 있기만을 고대하고 있었다. 그나마 다행히도 소년들은 아직 녀석을 보지 못했다. 만약 그 애들의 눈에 띈다면 녀석의 목숨은 끝장날 게 뻔했다. 나는 그들이 지금 왜 싸우는지는 알지 못했지만, 그들이 비록 다리는 짧아도 막상 달렸다 하면 어른 토끼보다 더 빠르리라는 건 알고 있었다. 그래서 속으로 그 토끼 새끼를 위해 가만히 기도했다. 전능한 신이시여, 저 애를 지켜주세요. 토끼 새끼가 눈물이 그렁그렁한 눈으로 나를 바라보았고 난 녀석이 내게 고마워하고 있다는 걸 느꼈다. 토끼를 위해 기도하면서 속으로 생각했다. 튀어오르는 수은 방울처럼 활기찬 이 아이들은 왜 이렇게 무섭게 싸우는 걸까? 그 애들은 모두 같은 강물을 마시며 자랐고 그 애들의 부모도 늘 마주치는 이웃이었다. 그 애들 사이에 너 죽고 나 죽자는 갈등이 있을 리가 없는데 이렇게 칼과 몽둥이를 휘두르며 싸울 필요가 있을까? 그 애들의 몽둥이는 흔한 몽둥이도 아니었다. 둥베이 숲에서 베어 기차로 내륙에 들여온, 곧고 번들번들하며 가게에서 비싼 가격으로 파는 참나무 몽둥이였다. 그 몽둥이는 더럽게 단단해서 그걸로 사람 머리를 치면 피가 날 게 뻔했고 까딱했다가는 뇌수가 터질 수도 있었다. 전에 우리 마을의 생산대대 대장이 그런 몽둥이로 쑨씨네 넷째 아들의 머리를 깨뜨리는 걸 내 두 눈으로 똑똑히 본 적이 있었다. 그리고 그 식칼들도 다 좋은 칼이었다. 서늘한 빛이 번뜩여서 야채나 고기는 물론이고 쇠못도 자를 수 있을 것 같았다. 그 칼은 우리 현의 유일한 우수 상품으로 국내외로 팔려나갔으며 당연히 가격이 비쌌지만 쉽게 사기도 힘들었다. 이런 생각이 들자, 나는 오늘의 이 싸움이 흔한 애들 다툼이 아니라 작은 전쟁이라는 생각이 들었다.

몽둥이 무리에서 빨간 바지에 초록색 러닝셔츠를 입은 새까만 소년이 튀어나왔다. 그 애의 이마에는 번들거리는 흉터가 있었는데, 그 흉터를 보자마자 나는 그 애가 누구인지 알아챘다. 그 애는 우리 마을 치안주임의 아들이었다. 그 애 이마의 흉터는 자오씨 아줌마네의 성질 고약한 당나귀가 물어서 남은 자국이었다. 그때 나는 마침 거리에서 놀고 있었고, 햇빛이 수많은 것을 비춰 반짝반짝 빛나게 했다. 그중 가장 빛났던 건 자오씨 아줌마네의 그 검은 당나귀였으며 녀석의 몸에서 가장 빛났던 건 동그란 엉덩이였다. 녀석은 우리 마을에서 명성이 자자했다. 일을 얼마나 잘하던지, 맷돌을 돌리든 쟁기를 끌든 혼자 두 마리 몫을 해냈다. 녀석의 유일한 흠은 성질이 고약하고 사람 물기를 좋아한다는 것이었다. 녀석에게 물린 사람이 줄잡아 스무 명은 넘었다. 하지만 녀석은 정말 일을 너무나 잘했으므로 아마 녀석에게 물린 사람들조차 녀석을 도살장에 팔아넘기는 데는 단호히 반대했을 것이다. 그날 나는 치안주임의 아들이 검은 당나귀 앞에서 빙빙 도는 걸 보고 무슨 일이 나겠구나 싶었고, 아니나 다를까 금세 비명이 들렸다. 검은 당나귀가 주임 아들의 머리를 물어뜯은 것이다. 검은 당나귀는 흰 이를 드러내며 웃었고 주임 아들은 빨간 입속을 드러내며 울었다. 그때 나는 생각했다. 당나귀야, 너는 이번에는 꼼짝없이 죽었다. 이번에 죽지 않으면 그거야말로 놀랄 노 자일걸?

하지만 그 일은 내 예상과는 전혀 다르게 돌아갔다. 검은 당나귀는 죽지 않았을 뿐 아니라, 융숭한 대접을 받았다. 내가 알기로 자오 씨 아줌마 집에서는 검은 당나귀를 도살장으로 보냈고 도살장 주인은 녀석을 훑어보며 값을 가늠하고 있었다. 그런데 그 위기의 순간에 치안주임이 나는 듯이 달려와 검은 당나귀를 죽음에서 구해냈다. 자기 아들 머리를 물어뜯은 검은 당나귀를 주임이 왜 구해줬는지는 그 이유를 도저히 알 수 없었다. 나중에는 주임이 검은 당나귀에게 금니를 해줬다는 얘기까지 들려왔다. 금니를 해줬다는 건 과장이었지만 그가 검은 당나귀에게 구리 이를 해준 건 정말이었다. 치안주임의 아들이 왼손으로 몽둥이를 집은 채 오른손으로 식칼 무리를 가리키며 소리쳤다.

"너희 중 누구 불만 있어? 불만 있는 놈은 나와서 덤벼!"

그 말이 끝나기도 전에 식칼 무리 속에서 새된 소리가 터져나왔다. 작은 녀석 하나가 두 다리를 모은 상태로 전설 속 일각수처럼 통통 튀어 한 번, 두 번, 세 번만에 대열 앞으로 나섰다. 치안주임 아들과 겨우 1미터 떨어진 거리였다. 그 작은 녀석은 피부가 하얗고 눈이 치켜올라갔으며 귀가 아주 이상하게 생겨서 꼭 조개껍데기 같았다. 나는 물론 그 애가 검은 당나귀의 주인, 자오씨 아줌마의 아들인 걸 역시 한눈에 알아챘다. 그 꼬마는 별명이 원숭이 완잉阮英이었다. 나는 원숭이 완잉이 누구인지 오랫동안 몰랐다가 작년에야 전통 연극 「소팔의小八義」•에 나오는 인물이라는 걸 전해 들었다. 원숭이 완잉이 무슨 재주가 있는지는 잘 몰랐지만 자오씨 아줌마 아들의 재주는 잘 알았다. 이 꼬마 녀석은 어릴 때부터 또래 아이들 중에서도 말썽꾸러기로 유명했다. 싸울 때 자기 집 당나귀처럼 툭하면 물어서 그 애에게 물린 사람이 그 애 집 당나귀에게 물린 사람보다 훨씬 더 많았다. 그리고 사람 무는 데만 능한 게 아니라 나무 타기에도 능했다. 하늘 높이 솟은 백양나무는 현에서 나온 전기공이 쇠발톱 같은 장비를 발에 차고도 좀처럼 못 올라가는데, 그 애는 맨발로 순식간에 꼭대기까지 올라가 흔들리는 가지 위에 마치 괴조처럼 서 있곤 했다. 그 애가 치안주임 아들과 두 눈을 마주친 채 원수를 보듯 조금 눈을 붉히며 말했다.

“내가 불만이 있거든!”

“뭐가 불만인데?”

“죄다 불만이거든!”

•『수호전』의 양산박 영웅들의 후손이 벌이는 협의 고사를 소재로 하는 민간 설창說唱 작품.

"불만 있으면 덤벼!"

"덤비라면 못 덤빌 줄 알아?"

그러자 치안주임 아들은 손바닥에 침을 퉤, 뱉고 참나무 몽둥이를 두 손으로 꽉 움켜쥐었고 자오씨 아줌마 아들은 자기 허벅지에 대고 식칼을 탁탁 두드렸다. 양쪽의 꼬마들은, 나까지 포함해 숨죽이고 둘을 주시했다. 둘은 눈을 마주친 채 옆으로 움직이면서 알아들을 수 없는 말을 중얼거렸다. 그렇게 15분쯤 지났다. 그사이에 둘 사이의 긴장은 점차 사그라졌다. 아이들도 안도해서인지, 혹은 실망해서인지 한숨을 토했다. 그런데 바로 그때 갑자기 상황이 급변했다. 치안주임 아들이 무심하게 방망이를 앞으로 툭 내밀었고 거의 자오씨 아줌마 아들의 가슴에 닿을 뻔했다. 자오씨 아줌마 아들은 한 손으로 그 몽둥이를 붙잡고 식칼을 내밀어 몽둥이 가운데를 사정없이 두드렸다. 칼날이 번뜩이고 나뭇조각이 날렸다. 양쪽의 꼬마들은 일제히 소리쳐 응원했다. 주임 아들은 몸을 뒤로 빼며 힘껏 몽둥이를 당겨 빼앗으려 했지만, 자오씨 아줌마 아들이 자신을 향해 식칼을 휘두르자 손을 놓을 수밖에 없었다. 자오씨 아줌마 아들은 몽둥이를 땅에 놓고 식칼로 마구 찍었다. 그러고 나서 식칼을 옆구리에 낀 채 두 손으로 몽둥이 양 끝을 잡고서 무릎 위에 대고 힘을 주었다. 몽둥이가 우지끈 하고 부러졌다. 이에 식칼 무리의 꼬마들이 기뻐서 펄펄 뛰며 자신들의 승리를 축하했다. 자오씨 아줌마 아들은 의기양양해서 두 동강 난 몽둥이를 트로피인 양 들고 모두에게 자랑했다. 그 순간 주임 아들이 주먹을 날려 자오씨 아줌마 아들의 코를 정통으로 갈겼다.

자오씨 아줌마 아들은 으악, 소리를 지르며 몽둥이를 떨어뜨리고 코를 움켜쥔 채 땅바닥에 쪼그려 앉았다. 검붉은 피가 그 애의 손가락 사이로 흘러내렸다. 곧장 식칼 무리의 꼬마들이 몰려들어 누구는 그 애 앞에 쪼그려 앉았고, 누구는 허리를 굽히고 그 애 뒤에 섰다. 다들 크게 뜬 눈을 깜박이지도 않고 모래밭 위에 떨어지는 핏방울을 세고 있는 듯했다. 한 방울, 두 방울, 세 방울…… 핏방울은 떨어지자마자 모래알과 엉겼다. 주임 아들은 목을 긁적이며 어쩔 줄 몰라 했지만 입으로는 이렇게 떠들어댔다.

"이 개놈의 자식, 이제 내가 얼마나 대단한지 알겠지? 솔직히 방금 힘도 별로 안 줬거든? 내가 진짜 힘을 썼으면 내 주먹에 넌 두 눈이 다 튀어나왔을 거야. 너, 너희 집 당나귀가 거저 나를 물어뜯은 것 같냐? 이게 바로 아비가 진 빚을 자식이 대신 갚는다고 하는 거야!"

이 말을 듣고 나는 어안이 벙벙했다. 설마 자오씨 아줌마 아들의 아버지가 주임 아들을 물어뜯은 그 검은 당나귀란 말인가? 물론 당나귀 태자의 전설을 들은 적이 있긴 했지만, 생물학을 약간 배운 사람으로서 나는 사람과 당나귀가 자식을 낳는 건 불가능하다는 걸 알고 있었다. 사람과 고릴라면 긴가민가하겠지만 자오씨 아줌마와 검은 당나귀가 저 코피 터진 녀석을 낳았다는 건 죽어도 믿기 어려웠다. 몇 마디 보태자면 전설 속 당나귀 태자는 당나라의 검은 당나귀와 무측천 사이에서 태어났는데, 무예 실력은 별로였지만 외모가 특이하고 목소리가 우렁찼다고 한다. 그래서 전장에서 소리를 질러 적을 겁먹게 함으로써 여러 차례 승리를 거뒀다고 한다. 한데 자오씨 아줌마 아들은 방금 치안주임 아들에게 졌다. 이로부터 그 애의 아버지는 역시 그 검은 당나귀일 리 없다는 걸 알 수 있었다. 그런데 아직 끝이 아니었다. 자오씨 아줌마 아들이 얼굴의 핏자국을 닦으며 벌떡 일어섰다. 그 애의 눈에서 복수의 불꽃이 타올랐고 그 애의 이에서는 마치 유리 조각을 씹듯이 아드득 아드득 소리가 났다. 그 애는 허리춤에서 식칼을 빼들고 외쳤다.

"오늘이 네 제삿날인 줄 알아! 세상을 위해 너를 꼭 제거해야겠어. 널 여덟 토막을 못 내면 내가 황토를 여덟 번 삼키겠다!"

괴상한 맹세를 내뱉자마자 그 애는 식칼을 휘두르며 달려들었다. 이에 치안주임 아들은 큰일 났다 싶었는지 즉시 돌아서서 뺑소니를 쳤다. 자오씨 아줌마 아들은 그 뒤를 바짝 쫓았다. 둘은 뛰는 속도가 거의 같아서 거리가 줄지도 늘지도 않았다. 나는 조금 지루해서 늘어지게 하품을 했다. 주변 꼬마들의 얼굴에도 지루한 표정이 나타났다. 하지만 언제나 지루함이 극에 달할 때 흥미로운 변화가 생기게 마련이다. 갑자기 온몸이 검은색인 남자가 마치 땅속에서 솟아난 것처럼 식칼 무리와 몽둥이 무리 사이의 모래밭에 나타났다. 그 남자는 몸에 착 달라붙는 검정 옷을 입고 얼굴에 검정 베일을 썼으며 등 뒤에는 치렁치렁한 검정 망토를 늘어뜨리고 있었다. 발에도 당연히 검정 장화를 신었고 손에도 검정 장갑을 끼었다. 그의 몸에서 유일하게 노출된 머리칼도 당연히 먹처럼 새까맸다. 그 남자는 나타나자마자 냉소를 흘렸는데, 마치 올빼미 무리가 백양나무 사이를 날아다닐 때 나는 소리 같았다. 그는 제방 위를 향해 뒤로 천천히 물러서다가 내 앞에 이르렀다. 그의 몸에서는 뭔가 혼란스러운 냄새가 나서 꼭 세상의 마지막 날이 온 것처럼 암울한 느낌이 들었다. 열심히 머리를 굴려 그의 정체가 무엇인지 알아맞혀보려 했지만 내 머릿속은 온통 깜깜하기만 하고 한 점의 빛도 없었다. 드디어 그가 입을 열었다. 그의 말투는 매우 괴상했고 목소리는 우물 속에서 흘러나오는 듯했다.

“얘들아, 너희는 왜 나무에 안 올라가니?”

이 말을 마치고 그는 또 냉소를 흘렸다.

치안주임 아들이 팔다리로 어느 매끈한 나무줄기를 꽉 붙잡고는 한 마리 도마뱀처럼 쓱쓱 나무 위로 올라갔다. 자오씨 아줌마의 아들도 본래 나무 타기의 고수여서 주임 아들의 뒤를 따라 역시 쓱쓱 나무 위로 올라갔다. 그 애는 나무를 타면서 손 하나와 두 다리만 이용했다. 남은 손 하나로는 식칼을 높이 치켜들고 있었다. 이렇게 새로운 추격전이 나무 위에서 벌어졌다. 치안주임 아들이 나무 꼭대기에 이르러 더 갈 곳이 없어지자, 자오씨 아줌마 아들은 식칼을 들고 망설임 없이 휘둘렀다. 그 순간 주임 아들은 몸을 홱 돌려 나무줄기의 다른 측면으로 이동해서 땅으로 미끄러져 내려갔다. 그 동작은 전혀 걸리는 데 없이 매끄러웠다. 하지만 자오씨 아줌마 아들도 지지 않았다. 나무줄기에 박힌 식칼을 힘껏 뽑고 나서 포탄이 포신으로 미끄러져 들어가듯 역시 땅으로 주르륵 내려갔다. 그런데 자오씨 아줌마 아들의 발이 땅에 닿았을 때, 주임 아들은 다시 나무줄기를 쓱쓱 타고 올라갔다. 자오씨 아줌마 아들도 물론 다시 뒤쫓아 올라갔다.

내 앞에 서 있던 검은 남자가 소매 속에서 검정 깃발을 꺼내 햇빛 아래 펼쳤다. 그가 그 깃발을 휘두르자, 식칼 무리의 아이들과 몽둥이 무리의 아이들이 미치광이처럼 서로에게 달려들었다. 그들은 금세 한 명씩 상대를 찾아, 정확히 열 쌍을 이뤘다.

그들의 결투 방식은 치안주임 아들과 자오씨 아줌마 아들의 방식과 한 치의 차이도 없이 똑같았다. 우선 싸움닭처럼 서로 눈싸움을 벌이다가 지치면 몽둥이를 든 쪽이 식칼을 든 쪽의 배에 몽둥이를 찌르는 척했고 그러고 나서는 식칼을 든 쪽이 몽둥이를 붙잡고 칼로 마구 내리쳤다. 그다음도 역시 굳이 설명할 필요가 없을 정도로 똑같았다. 마지막에 그들은 모두 나무 위에서 추격전을 벌였다. 네가 올라가면 난 내려왔고 내가 내려오면 넌 올라갔다. 그들의 이런 추격 놀이는 커다란 백양나무 10여 그루에서 생기발랄하게 펼쳐졌다. 또 그렇게 오래도록 시간이 지나면서 백양나무 잎이 초록색에서 누런색이 되었고 자오허강 물은 누런색에서 초록색이 되었으며 가을바람이 강 맞은편에서 불어오고 한 무리의 기러기가 울면서 하늘을 날아가, 나는 부르르 몸을 떨었다. 이때 검은 남자가 깃발을 한 번 펄럭이자, 나무 위에 있던 아이들이 전부 얼어붙었다. 식칼을 든 아이들은 전부 식칼을 치켜들고 머리 위 아이들의 엉덩이를 겨누고 있었다. 검은 남자가 손만 한번 내저으면 열 덩이의 엉덩이가 땅에 떨어지고 우리 마을에 엉덩이가 반쪽인 아이 10여 명이 생기리라는 걸 난 알고 있었다. 그렇게 되면 우리 마을에는 영원히 평안한 날이 없을 것이다.

검은 남자가 얼굴을 돌렸다. 그의 눈은 안 보였지만 그가 지금 나를 뚫어지게 보고 있는 게 느껴졌다. 혹독한 시험이 내 앞에 놓여 있었다. 조금 긴장되긴 했지만 애써 스스로를 다잡으며 아무렇지 않은 척 조용히 기다리고 있었다. 그가 입을 열었다.

"지금 저 아이들의 운명은 네게 달렸다. 저 애들이 불구자가 돼서 이 사회에 미친 듯이 복수하기를 바라니, 아니면 건강하게 자라서 온전한 젊은이가 되기를 바라니?"

나는 조금 생각한 뒤 단호하게 말했다.

"아저씨, 저는 선택의 여지가 없어요. 말씀해주세요, 제가 뭘 해야 하죠?"

"너는 어떤 고난도 감당할 수 있니?"

내가 대답 대신 고개를 끄덕이자, 그가 얼음처럼 차가운 어조로 말했다.

"너도 우리 나라에 이런 속담이 있는 걸 알 거다. '쏘아놓은 활이요, 엎질러진 물이다', 그리고 '군자의 한마디는 네 마리 말이 끄는 마차로도 따라잡을 수 없다'."

그의 눈이 보이지는 않았지만, 그의 숯덩이처럼 까만 두 눈이 베일 뒤에서 나를 뚫어져라 보고 있는 게 느껴졌다. 몹시 두려웠지만 비장한 마음으로 결연히 말했다.

"더 말씀하지 않으셔도 돼요. 저는 이미 스스로를 희생할 준비가 돼 있으니까요. 이러는 건 제가 용감해서도 아니고 무슨 이상에 헌신하고 싶어서도 아니에요. 그냥 저 자신이 싫증나서 이러는 거예요."

그는 고개를 끄덕이며 말했다.

"알겠다. 네 말은 조금 감동적이기까지 하구나. 수십 년 동안 피

끓는 맹세를 많이도 들었지만 막상 일이 닥치면 다들 몸을 움츠리더군. 그래서 이제는 그런 말보다 담담한 고백을 더 믿는 편이지."

"아저씨, 이제 시작해요."

"그러자. 마침 첫 번째 가을 기러기 떼가 우리 머리 위로 날아가기도 했으니."

그는 등 뒤로 늘어뜨린 망토를 마치 바닷바람을 가득 안은 검은 돛처럼 휘날렸다. 그가 망토를 따라 뱅뱅 도는 것도 같았고 망토가 그를 따라 뱅뱅 도는 것도 같았다. 그러더니 마치 마술처럼 네모난 문둔테 모양의 돌 두 개가 내 앞의 모래밭 위에 나타났고 곧이어 파란 석판 하나가 그 돌들 위에 내려앉았다. 그다음에는 돌들 사이와 석판 밑에서 장작 한 더미가 노란 불꽃을 일으키며 타올랐다. 무척 향긋하고 기분 좋은 소나무 냄새가 강렬하게 내 콧속을 파고들었다. 그 뜨거운 소나무 불길에 파란 석판이 달궈지면서 점차 색깔이 달라졌다. 처음에는 파란색에서 노란색이 되었고, 이어서 노란색에서 붉은색이 됐다가 맨 마지막에는 붉은색에서 하얀색이 되었다. 나는 석판의 온도가 이미 높아질 대로 높아진 것을 알게 되었다. 만약 신선한 양고기를 그 위에 얹는다면 즉시 하얀색 기름 연기가 피어오를 것이고, 백양나무 숲속에는 양고기 굽는 냄새가 순식간에 넘쳐날 터였다. 거기에 쯔란 가루와 고춧가루를 곁들이고 맥주 두 병까지 따면 멋진 야외 만찬이 될 것 같았다.

"자, 이쪽으로. 이 위에 앉아라."

이때 검은 남자가 내 뒤에서 엄숙한 어조로 재촉했다.

나는 심장이 바짝 조였고 내 눈앞에서는 버들개지 같은 것들이 춤을 췄다. 방금 내가 했던 말들이 떠올라 후회스럽기 그지없었다. 하지만 남자의 자존심상 물러설 수는 없었다. 이를 악물고 불길 앞으로 다가섰다. 뜨거운 불길이 내 피부를 달구면서 얼굴이 조여들고 머리칼이 곤두섰다. 나는 고개 숙여 석판 위에 침을 뱉었다. 칙, 소리와 함께 침이 진주 방울만 하게 오그라들어 석판 위를 구르다가 순식간에 사라져버렸다. 나도 모르게 몸서리가 쳐졌다. 내 엉덩이를 석판 위에 얹었을 때 솟구쳐 오를 하얗고 누런 연기가 눈앞에 보이는 듯했고 그때 풍길 고약한 냄새도 코에 스미는 듯했다. 당연히 엉덩이도 시큰대는 느낌이었다.

"앉으라니까. 이건 너를 단숨에 영웅으로 만들어줄 보좌야. 마음을 모질게 먹고서 이를 악물고 눈만 질끈 감으면 돼. 한평생 살면서 이런 기회는 많지 않아. '이 마을을 지나면 이 가게는 없다'는 속담도 있지."

나는 이 길로 나를 몰아넣은 건 등 뒤의 검은 남자도, 나무에 매달려 있는 아이들도 아니란 걸 잘 알고 있었다. 나를 진퇴양난에 빠뜨린 건 내가 한 맹세였다. 그리고 그 맹세를 하게 만든 건 나의 이른바 양심이었다.

"당연히 너를 억지로 이 달궈진 석판 위에 앉히지는 않을 거야. 초자연적인 힘을 써서 그럴 리는 더더욱 없고. 내게는 이 세상의 누구든 그렇게 만들 힘이 있지만 말이야."

그는 내 등 뒤에서 냉정하게 말했다.

"네가 알아뒀으면 해. 이 세상에서 가장 무서운 건 바로 '말'이라는 걸 말이야. 너는 말을 기회로 삼아 너의 이른바 개인 스타일이나 야심을 드러내려 하지 마라. 예로부터 수많은 영웅호걸이 너처럼 자기가 한 말 때문에 벼랑 끝에 몰리곤 했지. 너는 꽤 똑똑하니까 내가 무슨 말을 하는지 모르지는 않겠지?"

나는 고개를 돌려 검은 남자의 베일에 가려진 얼굴을 감사의 눈빛으로 보았다.

"아저씨는 정말 사람 마음을 잘 헤아리시네요. 신통력이 뛰어나서 그렇게 너그러우신가봐요."

"방금 전의 실수를 반복하는군. 대놓고 사람을 치켜세우는 건 맹세를 남발하는 것과 똑같은 결과를 낳지. 그 말에 대한 벌을 받을 수밖에 없어. 너도 '사람을 치켜세우는 것보다 젖소를 치켜세우는 게 낫다'라는 말을 들어봤겠지? 젖소를 치켜세우면 젖이라도 더 얻지만, 사람을 치켜세우면 아무것도 얻는 게 없거든. 내 말, 무슨 뜻인지 알겠지?"

"조금 알 것도 같지만 전혀 모르는 걸 수도 있어요. 사실 저는 어릴 때 영양실조 때문에 머리가 안 좋아졌거든요. 나중에 닭고기, 오리고기, 생선을 닥치는 대로 먹으며 보충하기는 했지만, 이미 뇌의 성장이 멈춰버려서 그런 건 다 몸속에 지방으로 쌓였을 뿐 머리가 좋아지는 데에는 전혀 도움이 안 됐어요……."

"네 말은 정말 역겹군!"

검은 남자가 말했다. 그의 목소리는 가을바람 속의 시퍼런 칼날처럼 떨렸다.

"진짜 어리석은 건 머리가 나쁜 게 아니란 걸 넌 알아야 한다. 진짜 어리석은 건 남을 탓하는 거다. 잘못의 원인을 다른 사람과 사회에 돌리는 거지. 이건 '똥이 안 나오면 변소 탓을 하고, 수영을 못하면 수초 탓을 한다'는 말과 같다. 너희 같은 녀석들은 살아 있어도 산송장이나 다름없어!"

나는 자존심에 큰 상처를 입었다. 분노의 불길이 가슴속에 번지더니 오래된 술처럼 마침내 무르익었다.

"그만 훈계하세요. 이 뜨거운 석판 위에 제가 어떻게든 앉으면 되잖아요. 선비를 죽일 수는 있어도 모욕할 수는 없다는 말, 아저씨도 잘 아시겠죠?"

이 말을 마치자마자 불길에 하얗게 달궈진 석판 위에 죽을 각오를 하고 앉았다. 그런데 엉덩이가 아프지 않은 데다 솟구치는 연기도 보이지 않고 살이 타는 냄새도 나지 않았다. 검은 남자의 쩌렁쩌렁한 웃음소리만 들렸다. 눈을 똑바로 떠보니 난 어느새 자오허강 제방 위에 앉아 있었다. 햇빛이 백양나무 숲을 비춰, 나무 위의 아이들은 저마다 탐스러운 호리병박처럼 반짝였다. 그 두 개의 돌과 석판과 뜨거운 불길은 그대로였다. 나만 알 수 없는 이유로 그곳에서 멀리 떨어져 있었다.

검은 남자는 제방 아래에 서 있었다. 그는 키가 너무 커서 그의 얼굴과 내 얼굴은 같은 높이였다. 나는 여전히 그의 눈을 볼 수 없었지만 그의 눈에서 가느다란 온정이 비치는 듯했다. 그것은 마치 산들

바람 속 투명한 고치실처럼 일렁이고 있었다. 그가 살짝 베일을 들어 입술과 아래턱을 드러냈다. 나는 그의 턱이 소뿔처럼 매끄럽고 입술은 앵두처럼 빨간 걸 보고 깜짝 놀랐다. 상상했던 것과 전혀 달랐기 때문이다. 그는 내가 놀란 걸 알아챈 게 분명했다. 그의 붉은 입술 끝에 비웃음이 스쳤다.

"이건 네게 주는 상이야. 오랫동안 내 몸의 피부 한 점조차 본 사람이 없었는데, 턱과 입술이야 더 말할 나위도 없지. 난 이 제방 위에서 반세기 넘게 기다리며 장군과 사병도 보고, 귀족과 평민도 보고, 영웅과 불량배도 봤어. 하지만 용감하게 석판 위에 앉은 사람은 네가 처음이야. 네가 감정적으로 그랬다는 걸 모르지 않지만, 그래도 무척 감동했어. 넌 이미 영웅의 쾌거를 거의 완수한 거나 다름없어. 세상은 결과만 보고 목적은 무시하지만 난 차마 네 인생을 망치지는 못하겠더라. 너도 저기 보이지? 맞은편에서 입씨름을 하고 있잖아. 입씨름의 주제는 남자애가 엉덩이에 화상을 입고 나서 아이를 낳고 키울 능력을 잃는지 여부이고. 나중에 너도 그 말도 안 되는 입씨름에 휘말릴까봐, 네 엉덩이가 석판에 닿기 직전에 너를 들어올렸지……."

따뜻하고 짭짤한 눈물이 입가로 흘러내렸다. 검은 남자에게 고마움을 느꼈고 나 자신이 자랑스럽기도 했다. 가장 동요하기 쉬운 순간에 희생하겠다는 결심을 했으니 이제부터는 양심에 부끄럽지 않게 살 수 있게 되었다.

"이제 양심에 부끄럽지 않게 살 수 있겠죠?"

내가 검은 남자에게 물었다. 그는 베일을 내려 붉은 입술과 턱을 가렸다. 갑자기 우박이라도 곧 떨어질 것처럼 하늘이 온통 캄캄해졌다.

"전혀 아닐걸. 이 세상에서 양심에 부끄럽지 않은 사람은 언제나 깡패와 강도이지, 양민과 신도는 아니거든. 다시 말해 양심에 부끄럽지 않은 사람은 무슨 짓을 해도 양심에 부끄럽지 않고, 양심에 부끄러운 사람은 무슨 짓을 해도 양심에 부끄러워. 이건 '늑대는 나면서부터 고기를 먹고 개는 나면서부터 똥을 먹는다'는 것과 같은 이치지."

검은 남자의 말은 엄숙한 북서풍처럼 방금 내 마음속에 생긴 온정을 다 날려버렸다. 온정이 사라지자, 나는 온정이란 게 사람을 망치는 불건전한 감정이고 많은 일이 온정 속에서 망가진다는 걸 깨달았다. 이건 '늑대는 세상을 누비며 고기를 먹고, 개는 세상을 누비며 똥을 먹는다'는 것과 같은 이치였다.

검은 남자가 내 마음을 꿰뚫어보고 말했다.

"넌 역시 똑똑하구나. 어렸을 때 머리에 영양이 부족하긴 했지만 그래도 멀쩡하게 자란 편이야. 이미 인생의 작은 이치를 얼추 깨달았으니 말이야. 인생의 작은 이치는 바로 무슨 이치 같은 건 없다는 거야. 본래 이치가 없는 일에서 이른바 이치를 꼭 찾으려 한다면 넌 성인이나 바보, 둘 중 하나겠지."

그의 말이 갈수록 알쏭달쏭하긴 했지만, 나는 큰 깨달음을 얻은 척하며 허풍을 쳤다.

"진짜 '당신의 말을 들은 게 10년간 독서한 것보다 나았'고, '봄바람 속에 앉아 있는 듯, 봄비를 맞고 있는 듯'했어요. 진짜 '양쪽 관자

놀이를 여니 지혜가 표주박째로 정수리에 쏟아지는' 듯했고요!"

"그래? 그러면 내게 담배 한 갑 좀 사다주겠니?"

"그까짓 거 기꺼이 해드릴게요!"

나는 자오허강의 제방을 기어 내려갔다. 그 바람에 손바닥에는 멧대추나무 가시가, 무릎에는 질려자가 가득 박혔다. 사실 허리를 꼿꼿이 펴고 당당히 걸어 내려갈 수도 있었다. 누구도 기어 내려가라고 나를 핍박하지 않았다. 하지만 나는 개처럼 기어 내려갔으며 머리를 아래로 향하고 엉덩이를 위로 치켜든 채 제방을 내려갈 때 피가 쏠려서 머리가 어질어질했다. 하지만 그런 식으로 내려가는 게 치욕스럽다는 생각이 들지는 않았다. 다만 제방 아래에서 몸을 일으켰을 때 비로소 굴욕감이 느껴졌다. 나는 손바닥에 박힌 딱딱한 가시들을 이빨로 뜯어냈다. 눈물이 빗방울처럼 후드득 손바닥 위로 마구 떨어졌다. 나는 손을 내저어 눈물을 털어냈다. 그리고 높은 제방을 돌아보니 검은 남자가 그 위에 소나무처럼 우뚝 서 있었다. 그의 얼굴은 역시 안 보였지만 그의 얼굴에 어린 미소가 보이는 듯했다. 내 마음속에는 억울함도 분노도 있었지만, 그래도 가슴을 더 꽉 채우고 있었던 건 고마움이었다. 나는 농장 매점을 향해 쏜살같이 달려갔던 것 같다. 거기에서는 냄새가 지독한 삼각형 로고 담배를 팔았는데, 수출용을 내수용으로 바꾼 물건이라고 했다. 이런 물건은 대개 품질이 좋았다. 수출용을 내수용으로 바꾼 건전지도 순수 내수용 건전지보다 전력이 더 강하고 더 오래갔다.

내가 매점으로 들어섰을 때 마침 황금빛 햇살이 여성 판매원의 얼굴을 비추고 있었다. 해바라기처럼 둥근 그 얼굴은 당연히 황금색이었으며 겉에 꽃가루까지 두껍게 한 겹으로 덮여 있었다. 이때 꿀벌 몇 마리가 그 얼굴 근처를 웽웽 날아다녔다. 왜 그러는지는 충분히 짐작이 갔다. 하지만 그 얼굴의 주인은 꿀벌의 의도를 오해한 게 분명했다. 꿀벌이 자기를 물 것 같았는지, 큼지막한 손을 휘둘러 꿀벌을 총알처럼 벽에 박아버렸다.

나는 꿀벌까지 구할 겨를은 없었다. 나무 위에 매달린 그 10여 명의 아이들을 생각하면 꿀벌 몇 마리쯤은 아무것도 아니었다. 그런데 이런 생각을 하는 순간, 귓가에 검은 남자의 음험한 목소리가 전해졌다.

"너한테 정말 실망이다. 아이들이 꿀벌보다 중요하다고 누가 그랬지? 설마 내가 그랬니?"

"그러면 꿀벌부터 구하라는 건가요?"

"내가 그런 말을 했다고? 그런 개같은 말을?"

연이어 핀잔을 들은 나는 속으로 울컥해서 '씨발, 그냥 하고 싶은 대로 하시든가!'라고 생각했다. 그리고 땅 위에서 뱅뱅 돌던 꿀벌 한 마리를 발로 짓이겨 죽인 뒤, 성난 기세로 계산대를 치며 소리쳤다.

"담배 줘요!"

그 해바라기 얼굴이 햇빛 속에서 가늘게 눈을 뜨자, 황금색 꽃가루가 떨어져 내렸다. 이어서 모깃소리보다 더 작은 소리가 해바라기 얼굴에서 전해졌다.

"담배 없어……."

나는 고개를 앞으로 쑥 내밀었다. 수출용에서 내수용으로 바뀐 그 담배 한 갑이 진열대 위에 단정하게 놓여 있었다.

"저건 뭔데요?"

나는 그 담배를 가리키며 화난 목소리로 말했다.

"저건 뭐냐고요?"

해바라기 얼굴은 고개 돌려 그 담배를 보고는 다시 나를 보며 말했다.

"저건 담배지."

"저 담배를 살게요!"

"담배 없다니까……."

그녀의 목소리는 여전히 모깃소리보다 작았다. 진열대에 담배가 있는 게 똑똑히 보이는데도 그녀는 담배가 없다고 말했다. 나는 분노가 타오르는 걸 느끼며 뒤를 돌아보았다. 매점 앞은 텅 비어 사람 한 명 없었고 오리 몇 마리만 뒤뚱뒤뚱 지나가고 있었다. 나는 훌쩍 몸을 날려 계산대 안쪽으로 들어갔다. 그러자 해바라기 얼굴이 놀라서 소리쳤다.

"뭐 하는 거야? 뭐 하려는 거냐고?"

지금 그녀의 목소리는 거칠고 날카로워졌다. 3리 밖에서도 그녀의 외침이 들릴 것 같았다. 그녀는 내 팔을 꽉 붙잡아 끌어당겼고 나는 그녀의 입에서 발효사료 냄새를 맡았다. 처음에는 그 냄새가 고약했지만 잠시 후 취해버리고 말았다. 마치 묵은 술을 들이켠 것처럼 머리가 조금 어지러웠다. 아직 그 담배 일이 마음에 걸려, 어렴풋이 그 너를 뿌리치고 싶기도 했지만 실제로는 이미 저항할 힘을 잃고 말았다. 아니, 저항할 힘이 남아 있더라도 꼭 저항했을 것 같지는 않았다. 왜냐하면 그 달달한 발효사료 냄새가 정말 너무나 황홀했기 때문이다. 그러고 나서 우리는 오랜 친구처럼 함께 앉았다.

나와 그녀는 마주 보고 앉았고 우리 사이에는 대나무로 엮은 찻상이 놓였으며 찻상 위에는 정교한 자사紫砂 다기들이 차려져 있었다. 짙은 향기가 주전자 주둥이에서 퍼져나왔다. 나는 눈도 못 떼고 주전자 주둥이에서 모락모락 피어오르는 김을 응시하면서 그녀가 마셔보라고 내게 차 한 잔을 따라주길 기대했다. 하지만 그녀는 그럴 마음이 전혀 없었다. 내 맞은편에서 두 다리를 쩍 벌리고 앉아, 두 손으로 리드미컬하게 무릎을 두드리면서 마치 작두에서 썰린 풀이 쏟아져 나오듯 두서없는 말들을 마구 토했다. 한참을 들은 뒤에야 그녀가 자신의 가족사를 이야기하는 듯한 느낌이 들었다. 그녀의 양쪽 입꼬리에는 작은 거품이 끼어 있었다. 입에 거품을 문 여자가 하는 말은 1만 리 양쯔강보다 길다는 말을 예전에 들은 적이 있다. 만약 그녀의 말을 다 듣고 나서 차를 마시면 주전자 속 차는 백발이 성성한 노인과 같이 돼버려, 마치 청춘처럼 사방에 진동하는 향기를 헛되이 날려버릴 것 같았다. 선현들은 예로부터 우리에게 물건을 낭비하지 말라고 가르쳤다. 그렇다면 스스로 차를 따라 목을 축여도 그건 예의를 모르는 게 아닐뿐더러 옛 선현들의 가르침에 따라 하늘의 도를 행하는 일일 것이다. 그래서 나는 즉시 찻주전자를 들어 찻잔에 차를 따랐다. 차는 호박琥珀 같은 황금색이었다. 한 잔을 마시는데, 처음에는 조금 썼지만 몇 분이 지나니 묘한 단맛이 입안을 가득 채웠다. 그리고 단맛이 가신 후에는 입속이 꼭 비단을 드리운 듯 매끄러워졌다. 나는 연거푸 석 잔을 마신 후 미련 없이 일어났다. 그리고 진열대에서 그 담배를 챙기고 어깨를 으쓱거리며 매점 문을 나섰다. 나는 가시덤불 가득한 오솔길을 따라 앞으로 갔다. 멍청하게 싸우던 강변의 그 아이들도, 신비로운 그 검은 남자도, 입가에 거품이 낀 그 여자도 까먹었다. 모든 것의 모든 것을 다 까먹었다. 나는 앞으로 가려고만 했고 앞으로 가고만 싶었으며 앞으로만 갔다. 앞에 지뢰밭이 있든, 천 길 심연이 있든 상관없었다.

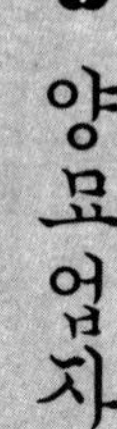

양묘 업자

고모는 내게 그의 아버지가 하는 일 없이 노는 사람이었다고 말했다. 겨울철, 사람들이 지하실에서 돈벌이로 짚신을 짜느라 바쁠 때도 그의 아버지는 큰 고양이 두 마리를 안고 이리저리 돌아다녔다고 했다. 고모는 또 그가 태어났을 때 해방군 포대가 마을 뒤편, 소금기 많은 땅에서 실탄 사격을 하는 통에 황무지 위로 하얀색, 검은색 포연이 솟곤 했다고 말했다. 포성이 하도 커서 창호지가 부르르 떨릴 정도였다고 했다. 그는 일곱 살 때 나와 싸우다가 내 뺨을 할퀴고 귀를 물어 피를 많이 흘리게 했다. 그걸 본 고모는 그를 욕했다.

"다샹大響, 이 들고양이 새끼야, 어떻게 사람을 무니?"

그는 고양이가 입에 문 쥐 피를 핥듯이 눈을 가늘게 뜬 채 연신 입술을 핥고 있었다. 고모가 계속 욕을 하는데도 아무 소리 없이 꼼짝도 하지 않았다. 그런데 그때 우리 집 곳간에서 파란 고양이 한 마리가 쥐를 물고 뛰쳐나왔다. 쥐가 너무 커서 고양이 머리가 축 처져 있었다. 순간, 가늘게 뜨고 있던 그의 눈이 확 커지더니 초록색 섬광이 번뜩였다. 손을 가슴 앞에 올리고 몸을 움츠린 후, 그는 곧장 고양이 앞으로 돌진해 그 큰 쥐를 낚아챘다. 파란 고양이는 야옹대며 그를 향해 이빨을 드러냈지만 어쩔 수 없이 씩씩대며 담벼락을 따라 다시 곳간으로 쏙 들어갔다. 고모는 옥수수 껍질로 내 귀를 싸매던 손을 멈추고 입을 헤벌린 채 할 말을 잃었다. 나와 고모는 손에 큰 쥐를 든 다샹을 멍하니 바라보고 있었다. 그는 멍청한 듯도 하고 잔인한 듯도 한, 수수께끼 같은 미소를 짓고 있었다.

그 후 다샹은 자기 아버지를 따라 둥베이로 가서 소식이 끊겼다.

내가 입대하기 두 해 전, 치매기가 조금 있는 노인이 둥베이에 가서 살다가 고향으로 돌아왔다. 생산대에서 그와 나란히 앉아 거적을 엮다가 다샹 가족에 관해 묻자, 그는 흐리멍덩한 눈빛으로 말했다.

"다샹의 아비는 죽었고 다샹은 살쾡이한테 잡아먹혔지."

살쾡이의 생김새를 또 묻자, 그는 어물거리면서 고양이보다는 좀 크고 개보다는 좀 작지만 성질이 사나워 호랑이와 곰조차 다소 무서워할 정도라고만 했다.

다샹이 살쾡이에게 잡아먹혔다고 하는데도 나는 슬프지 않았다. 멍청한 듯도 하고 잔인한 듯도 했던, 그의 수수께끼 같은 미소가 어렴풋이 떠올랐을 뿐이다. 그 노인은 고향에 돌아온 지 1년 만에 죽어서 마을 동쪽의 오래된 무덤에 묻혔다. 마을 사람들은 그걸 두고 잎은 뿌리로 돌아가게 마련이라면서 고향은 아무리 가난해도 잊기 어려워, 결국에는 돌아오게 돼 있다고들 했다.

그로부터 한 해가 더 지나서 초겨울에 징병이 시작되었다. 군인을 데리러 온 해방군은 모두 큼직한 가죽구두를 신고 양가죽 외투를 입고 있었다. 물어보니 헤이룽장성에서 왔다고 했다. 나는 즉시 죽은 노인이 얘기해준 둥베이의 신비한 전설과 살쾡이에게 잡아먹힌 다샹이 생각났다. 그리고 그 괴상하고 잔인한 동물이 가시 돋친 혀로 다샹의 백골을 핥으면서 날카로운 포효로 숲속을 뒤흔드는 광경이 떠올랐다. 그때는 농촌이 너무 살기 어려워서 젊은이들이 너도나도 군대에 가고 싶어 서로 피 터지게 싸웠다. 나는 고모가 전전해에 민병대의 싱 중대장에게 시집간 덕분에 싸울 필요 없이 입대 통지서를 받았다. 화물 열차에 몸을 싣고 북쪽으로 몇 날 며칠을 갔는지 모른다. 도착해보니 거대한 숲의 가장자리였고 바람이 윙윙 부는 가운데 숲과 눈이 눈과 코를 찔렀다. 밤이면 온 숲에 늑대 울음소리가 가득했다. 군 간부는 내가 집에서 돼지를 기른 적이 있다는 얘기를 듣고 늑대개를 기르는 부서에 나를 배치했다. 개를 기르면서 나는 종종 개에게 먹이는 붉은 소시지를 훔쳐 먹다가 혼이 나곤 했다. 하지만 그 버릇을 고칠 수가 없었다. 그 붉은 소시지만 보면 정신병자처럼 불안, 초조해져 안 먹고는 못 배겼고 마음을 가라앉힐 수 없었다. 지금도 나는 그 붉은색 소시지의 모양과 냄새를 감히 떠올리지 못한다. 당시 그걸 먹을 때면 눈앞에 두 장면이 번갈아 생각나곤 했다. 하나는 다샹이 번개처럼 고양이에게 달려들어 쥐를 낚아채고서 멍청한 듯도 하고 잔인한 듯도 한 미소를 짓는 장면이고, 다른 하나는 살쾡이가 가시 돋친 혀로 다샹의 백골을, 그 미소 짓는 얼굴을 지우개로 종이의 글자를 지우듯이 핥는 장면이었다. 마치 살쾡이를 본 적이라도 있는 것처럼 살쾡이의 기민하고 잔혹한 얼굴이 내 머릿속을 떠다녔다.

난 나쁜 버릇을 고치지 못해 취사반으로 보내져 불을 피우고 돼지 먹이는 일을 책임졌다. 그러던 어느 날, 지도원과 취사반장이 산에 놀러 갔다가 새끼 살쾡이 한 마리를 잡아왔다! 녀석은 온몸이 검은색과 회색 무늬였는데 검은색이 더 도드라졌고 귀가 집고양이보다 더 뾰족하게 서 있었다. 다른 건 집고양이와 별로 차이가 없었다. 살쾡이가 다상을 잡아먹었다는 이야기는 그렇게 거짓으로 판명됐다. 그리고 살쾡이가 잡혀온 지 며칠 안 돼서 제대자 명단이 발표되었다. 취사반장이 첫 번째, 내가 마지막이었다. 벌써 5년이나 복무한 취사반장은 사무장으로 승진할 거라는 소문이 돌고 있었다. 그는 매사에 적극적이었고 내게도 늘 사상 교육을 해주었다. 그리고 내가 복무 2년 만에 제대하게 된 건 붉은 소시지를 훔쳐 먹었기 때문이었다! 제대하라면 제대하지 뭐, 어쨌든 2년 동안 배불리 먹었고 겉옷부터 속옷까지, 머리부터 발끝까지 새옷과 새 모자도 여러 세트 받아서 족히 반평생은 입고 쓸 수 있었다. 2년이나 군대생활을 했으니 나도 헛산 건 아니라고 생각했다. 하지만 취사반장은 그렇게 생각하지 않았다. 제대자 명단이 발표될 때 자기 이름이 불리자마자 그 자리에서 기절했다. 위생병이 한참을 침으로 찌르고 나서야 깨어난 그는 울면서 난리를 피웠으며 무릎 꿇고 말했다.

"지도원님…… 중대장님…… 저를 부대에 남겨주세요…… 돌아가고 싶지 않아요……."

그 새끼 살쾡이는 내가 종이상자에 담아 고향으로 데려갔다. 취사반장은 애걸복걸한 게 별 도움이 되지 않아, 울상인 채 나와 같은 차로 기차역에 갔고 석탄 때는 기차를 타고서 자기 고향으로 갔다. 그의 고향은 우리 고향보다 더 가난하다고들 했다. 새끼 살쾡이가 열차에서 소란을 피워 승무원에게 발각될까봐, 부중대장은 소주에 담근 생선을 깡통에 담아주었다. 그걸 먹여 살쾡이를 취하게 해서 재우고 깨어나면 또 먹이라고 했다. 부중대장은 나와 동향이었는데, 우리 고향에는 쥐 피해가 커서 고양이가 부족하다고 했다.

살쾡이를 본 후로는 다샹이 살쾡이에게 잡아먹혔다는 얘기를 믿지 않게 됐지만, 그래도 길에서 다샹과 마주쳤을 때 심장이 덜컥 내려앉았다. 우리는 서로 살펴보다가 얼굴을 빤히 보았고 이어서 머리부터 발끝까지 쓱 훑어보고서 동시에 크게 이름을 불렀다. 그는 체격이 많이 커졌지만 표정은 예전 그대로였다. 입을 다물고 있으면 얼굴에 멍청한 듯도 하고 잔인한 듯도 한, 그 신비한 미소가 떠올랐다.

"네가 살쾡이한테 잡아먹혔다고 '커바'가 그랬어."

커바는 둥베이에서 돌아온 그 노인의 이름이었다. 그가 입꼬리를 올리며 "살쾡이한테?"라고 되물었다. 이때 들판의 쥐들이 마을까지 몰려왔다. 녀석들은 콩이나 보리를 머금어 볼이 불룩한 채 느릿느릿 길을 가다가, 수탉이 쪼려고 덤비면 총알같이 담벼락 사이, 풀더미 속, 길가 어디에나 보이는 쥐구멍 속으로 파고들었다.

"너, 살쾡이 본 적 있어?"

그가 물었고 나는 둥베이에서 살쾡이 새끼를 데려왔다고 말했다.

녀석은 고모네 집에서 아직 술이 덜 깬 채 누워 있었다.

그는 신이 나서 내게 살쾡이를 보여달라고 했다. 하지만 나는 먼저 그의 집을 봐야겠다며 고집을 부렸다.

그는 전에 생산대의 사무실로 쓰던 집을 사서 살고 있었다. 방은 네 칸이고 흙벽에 격자창이 달렸으며 지붕에는 파란색 두 줄, 붉은색 한 줄로 기와가 덮여 있었다. 그리고 구들장에 어른 고양이 두 마리가 누워 있고 그 옆에서 새끼 고양이 세 마리가 놀고 있었다. 흙벽 위에 쥐 가죽 수십 장이 못에 박혀 있는 것도 눈에 띄었다. 그는 베개맡에 책 한 권을 놔두었는데, 종이가 누렇고 검은 실로 엮였으며 표지에 '구서최묘旭鼠催猫'라는 글씨가 붓으로 어설프게 쓰여 있었다. 궁금해서 책을 펴보았더니 글자는 없고 이상한 문양들만 보였다. 다른 페이지에는 글자가 있을지도 몰랐지만 내가 그 문양들을 보자마자 그가 책을 홱 빼앗고는 "보지 마!" 하고 소리쳤다. 나는 얼굴이 좀 빨개져서 무안해하며 물었다.

"무슨 책인데 못 보게 하는 거야?"

그는 조금 멋쩍은 듯 그 책을 만지작거리면서 말했다.

"이건 우리 아버지 책이야."

"너희 아버지가 쓴 거라고?"

"아니. 아버지가 우吳 도사한테 받은 거야."

"탑 지키는 그 우 도사?"

"나도 몰라."

내가 알기로는 그 탑은 벽돌 틈마다 시든 풀이 가득한 채 수십 년 동안 똑같은 모양이었고 우 도사는 탑 앞의 작은 집에 살았다. 대머리에 항상 검은 도포를 입고 옆구리에 도포 자락을 낀 채 탑 앞에 있는 밭에서 힘껏 호미질을 했다.

"너, 귀신한테 씌었냐?"

그는 입꼬리를 올리고 멍청한 듯도 하고 잔인한 듯도 한 그 미소를 또 지었다. 그러고서 책을 상자 안에 넣고 커다란 청동 자물쇠를 잠근 후 뭐라고 중얼거리자, 고양이 다섯 마리가 일어나 등을 활처럼 구부리고 동그란 눈으로 그의 입을 바라보았다. 나는 등줄기가 서늘해지면서 먼 숲속의 바람 소리가 귓속에 울리는 듯했다. 막 무슨 말을 하려는데 돌연 툭, 소리와 함께 빨간 눈의 흰 쥐 한 마리가 들보 위에서 떨어졌다. 녀석은 고양이들 앞에 떨어졌는데도 떨지 않고 멍하게 있었다. 녀석의 얼굴에도 멍청한 듯하고 잔인한 듯도 한 그 미소가 걸려 있는 것 같았다.

다샹은 쥐를 잡아 한참을 들여다보더니 말했다.

"너는 살려주마."

그리고 입속에서 몇 마디를 중얼거리자, 고양이들이 허리를 펴고 나른하게 야옹거렸다. 다시 어른 고양이들은 누워 잠들고 새끼 고양이들은 꼬리를 물며 장난을 쳤다. 빨간 눈의 그 흰 쥐는 순간 생기를 되찾고 다샹의 손에서 뛰어내려 벽을 따라 들보 위로 쏜살같이 되돌아갔다. 그 바람에 묵은 먼지가 풀풀 떨어져 콧속이 간질간질했다.

그때 나는 소스라치게 놀랐다. 다샹의 그 수수께끼 같은 미소를 보면서 더욱더 그가 신비롭다는 생각이 들었다. 고양이들과 벽에 붙은, 먼지 낀 연화年畫•조차 귀신과 통하는 것처럼 초인적인 눈으로 나를 내려다보며 몰래 비웃고 있는 듯했다.

"무슨 짓을 꾸미는 거야?"

내가 묻자, 다샹은 그 미소를 지우고 진지하게 말했다.

"이봐, 다들 창업을 해서 큰돈을 벌잖아. 우리도 창업을 하자고, 양묘업으로 말이야."

양묘업? 양묘업이라고? 그것은 신비하고 괴이하면서도 대단히 정상적이고 매력적인 사업이었다.

"너, 둥베이에서 살쾡이 새끼를 데려왔다고 했지?"

그가 또 물었다.

저녁에 살쾡이 새끼를 넘겨주자, 그는 손을 비비며 흥분을 감추지 못했다.

나는 고모 집에 가서 술을 마셨다. 고모부는 석 잔을 마신 후 얼굴이 빨개져서 전등 아래, 얼굴 전체가 번들번들했다. 그는 내 술잔을 채워주고 다시 자기 술잔도 채운 후, 술병을 화로 위에 올려 데우면서 목을 가다듬어 말했다.

"큰조카, 돌아와서 눈 깜짝할 사이에 한 달이 지났군. 나나 고모나 네가 온종일 쏘다니며 빈둥거리는 걸 몰랐던 건 아니야. 잔소리를 안 하고 싶었을 뿐이지. 너도 나이가 적지 않은데 매일 여기서 밥만 축내고 있으면 나랑 고모는 뭐라 안 해도 이웃들은 너를 흉볼 거야. 지금은 전과 달라. 전에는 마을에 노는 사람이 있어도 노임을 꽤 나눠 줬지만 지금은 아니야. 일 안 하면 굶을 수밖에 없어. 나와 고모는 네

• 설날에 붙이는 그림으로 상서로운 신과 문양이 그려져 있다.

가 무슨 생각을 하는지 모르겠어. 땅을 받아 농사를 지을 거야, 아니면 돈벌이를 찾아 외지로 나갈 거야?”

나는 마음이 조금 처량해져서 술을 들이켜고 말했다.

“고모부, 고모. 저도 다 컸는데 당연히 이 집에서 밥만 축내고 있으면 안 되죠. 아무리 가까운 친척이래도 어쨌든 제 집은 아니니까요. 부모님 집에서도 공짜 밥을 먹으면 안 된다는 것쯤은 저도 알아요. 두 분한테 얻어먹은 건 돈으로 드릴게요.”

고모가 말했다.

“네 고모부가 널 쫓아내려는 게 아니야. 그깟 몇 끼 밥이 아까운 것도 아니고.”

“알아요.”

고모부가 말했다.

“알면 됐어. 정신은 똑바로 박힌 거니까. 그러면 네 계획은 뭔데?”

“요 며칠 다샹이랑 얘기를 마쳤는데, 둘이 동업으로 양묘업을 하기로 했어요.”

종이를 바른 천장 위에서 쥐가 이리저리 뛰어다니고 있었다.

고모부가 물었다.

“양묘업? 고양이를 길러 뭐 하려고?”

“마을에 쥐들이 들끓으니까 저와 다샹이 양묘 회사를 차려서 새끼 고양이를 분양하고 어른 고양이를 임대하려고요.”

나와 다샹이 구상한 거창한 계획을 막 설명하려는데 고모부가 피식 웃었다. 고모도 말했다.

"아이고, 맙소사! 너는 어떻게 그런 미친놈이랑 터무니없는 짓을 하려는 거냐? 다샹은 제 아비가 한량이었어서 그런다지만, 너는 점잖은 집 자식이잖니."

고모부도 비꼬아 말했다.

"별의별 사업이 다 있다지만 양묘업은 난생처음 듣는다. 차라리 둘이 동업으로 로봇을 만들지 그러냐?"

고모가 또 말했다.

"나랑 네 고모부랑 생각해둔 게 있다. 너처럼 군에 다녀온 사람은 농사에 뛰어드는 게 잘 안 되더구나. 요 며칠 마을 방송에서 계속 떠들던데, 우리 현縣* 건축회사에서 인부를 모집한단다. 하루에 7위안을 준대. 식비를 빼도 3, 4위안은 남을 테니 3, 4년 일하면 2000~3000위안은 벌 수 있어. 그걸로 장가가서 가정을 이루면 나도 네 엄마 아빠 볼 면목이 있을 거야."

나는 다시 다샹을 만나 건축회사에 취직해야 해서 그와 양묘 사업을 함께 할 수 없다고 했다. 그러자 그는 냉담하게 말했다.

"너 좋을 대로 해."

그 후로는 다샹을 만나기 어려웠다. 건축회사 휴가 때 고향에 간 김에 다샹을 찾아갔지만 그의 집, 낡은 대문은 굳게 잠겨 있었다. 그리고 문짝에 분필로 커다랗게 '양묘, 쥐잡이 전문 업체'라고 적혀 있었으며 그 옆에는 또 조그맣게 '쥐 한 마리 잡을 때마다 단돈 1위안'이라는 설명이 달려 있었다. "다샹! 다샹!" 하고 몇 번 소리쳐봤으나 휑한 마당에 메아리만 울려 퍼졌다. 나는 문짝에 바짝 붙어서 안을

---

* 군에 해당되는 중국의 지방 행정 단위.

들여다보았다. 밤에 내린 비가 마당 낮은 곳에 웅덩이를 이뤘고 전에 보았던 흰 쥐가 뛰어다녔으며 벽에는 쥐 가죽이 한가득 못에 박혀 있었다.

그때 다샹의 이웃인 쑨씨네 할머니가 다가왔다. 백발 밑의 두 눈이 인광처럼 번뜩였다. 그녀는 산초나무 지팡이를 짚었고 비쩍 마른 종아리에 하얗게 각질이 일어나 있었다.

"다샹한테 쥐 잡아달라고 부탁하러 왔나? 개는 지금 없는데."

"쑨 할머니, 저는 다샹을 만나러 왔어요. 저 자오씨네 아들인데 못 알아보시겠어요?"

할머니는 한 손으로 지팡이를 잡고 다른 손으로는 눈썹 위를 가리며 나를 훑어보았다.

"다들 자오씨이고 싶어하고 또 다들 자오씨네 아들이라고 하지. '자오'에 꿀이라도 발랐나? 참기름이라도 묻은 거야?"

나는 이 할머니도 치매에 걸렸다는 걸 알게 되었다.

그녀가 나이에 어울리지 않게 재빨리 고개를 돌려 내게 말했다.

"다샹은 착한 아이야. 부자가 돼서 나 먹으라고 벌꿀도 사다줬다고. 너는 내게 독약을 사 먹이려나본데, 난 안 먹어! 몇 년 전 너희가 약을 빼돌려 고양이를 다 독살했잖아. 이제는 어림도 없어, 어림도 없고말고……."

집에 돌아가 고모에게 다샹에 관해 말했더니 고모가 말했다.

"그 미친 녀석! 미친 녀석이 아니면 마귀야!"

고모부가 끼어들어 말했다.

"그렇게 말하지 마. 다샹은 보통 인물이 아니야. 개가 모허墨河˙ 남쪽의 마흔여덟 군데 마을에서 큰돈을 벌었다고 하던데."

다샹에 관한 소문이 가장 무성했던 건 1985년이었다. 그때 나는 운이 트여서 현의 공산당위원회 간부 식당에 온수 담당으로 채용되었고 결혼도 해서 벌써 아내의 배가 불룩해진 상태였다. 아들을 낳아주길 진심으로 바랐건만 결국 칠칠치 못하게 그녀는 딸을 낳았다. 딸이 태어난 후, 나는 한 달 휴가를 얻어 집에서 아내의 산후조리를 도왔는데 그때 다샹이 한번 찾아와서는 방에도 안 들어오고 마당에만 앉아 있다가 갔다. 그는 전보다 더 말랐지만 눈빛이 형형하고 말에서 더 현묘한 느낌이 들었다. 하지만 자세히 가늠해보면 여전히 정상인 듯했다.

"친구, 축하해. 복이 하늘에서 뚝 떨어졌네! 난 닭국 한번 끓여 먹을 틈도 없이 남쪽 지방에서 바쁘게 쥐를 잡으며 지냈어. 많이 걸어서 몸은 건강하지만 만수무강하기는 글렀지. 이거 200위안이니까 제수씨랑 조카 옷이나 한 벌씩 사."

그는 빨간 봉투 하나를 내 손에 쥐여주고는 돌아서서 가버렸다. 나는 미처 사양 못 한 채 그의 검은 뒷모습이 멀리 달그림자 속에 녹아드는 걸 바라보고만 있었다. 문득 버들피리 소리가 들려와 애간장을 저몄다. 그 버들피리를 다샹이 불었는지는 확실치 않았다. 그리고 며칠 후, 한약재를 구하러 자전거를 타고 이웃 현의 마촌馬村에 갔다. 그곳에는 세 개 현에 걸쳐 유명한 대형 한약방이 있었다. 그런데 마촌에서 멀지 않은 작은 마을을 지날 때 남녀노소가 떼 지어 마을 한

˙ 산둥성 남부와 장쑤성 북부에 위치한 60여 킬로미터 길이의 강.

복판으로 달려가는 게 보였다. 자전거에서 내려 무슨 일이냐고 물어 보니, 어떤 도사가 의식을 열어 온 마을의 쥐를 잡아서 연못에 수장시킨다는 것이었다. 나는 가슴이 철렁했고 즉시 그 도사가 다샹일 거라는 생각이 들어 자전거를 밀고서 인파를 따라갔다. 연못에 가까이 갔을 때 잘 차려입은 남녀들이 어떤 버드나무를 둥글게 에워싸고 있는 광경이 보였다. 그 버드나무 아래에는 키가 크고 깡마른 사내가 서 있었다. 검은 도포를 입었고 풀어헤친 머리칼이 피어오르는 연기처럼 부스스했다. 나는 밀짚모자를 푹 눌러쓴 채 자전거를 밀고 사람들 틈에 끼어들어, 어느 키 큰 사내의 등 뒤에 몸을 숨겼다. 다샹이 나를 볼까봐 두려웠기 때문이다. 처음에는 그 사람이 꼭 다샹이 아닐 수도 있다고 생각했다. 그의 눈빛은 때로는 흐릿했고 때로는 또렷했다. 흐릿할 때는 연못에 비친 별처럼 반짝였고 또렷할 때는 웅덩이에 고인 맑은 물처럼 냉랭해서 사람들의 폐부를 꿰뚫는 듯했다. 잠시 후 나는 그가 다샹이 분명하다고 단정했다. 왜냐하면 눈빛이 흐릿하든 또렷하든 내게 매우 익숙한, 멍청한 듯도 하고 잔인한 듯도 한 그 수수께끼 같은 미소가 계속 그의 얼굴에 걸려 있었기 때문이다. 그의 등 뒤에는 고양이 여덟 마리가 웅크리고 있었다.

마을 촌장인 듯한, 수염이 희끗희끗한 노인이 다샹에게 다가가 쉰 목소리로 말했다.

"많이 애써주시오, 잡은 쥐 한 마리당 1위안씩 드릴 테니까. 점심도 푸짐하게 대접하겠소. 하지만 쥐를 못 잡으면…… 여기서 파출소가 멀지 않소. 그저께도 무당년이 한 명 잡혀갔지."

다샹은 역시 아무 말도 하지 않았다. 그저 잊기 힘든 그 미소만 더 인상적으로 지어 보였다.

노인이 인파 속으로 물러나자, 다샹은 고양이들 뒤에서 꽹과리를 집어올려 힘껏 세 번 두드렸다. 꽹과리 소리가 처량하게 뎅뎅 울리자, 다른 사람은 몰라도 나는 가슴이 바짝 조여들어 허리를 더 곧추세우고 다샹을 바라보았다. 그는 맨발이었고 검은 도포에 기괴한 무늬가 그려져 있었다. 옷에 수백 가닥의 쥐 꼬리가 달려서 소매를 움직일 때마다 차르륵차르륵 소리가 났다. 그가 빠르게 꽹과리를 두드리며 빙글빙글 돌기 시작했다. 검은 도포가 커다란 박쥐 날개처럼 활짝 펴졌다. 동시에 고양이들도 그를 따라 펄쩍펄쩍 뛰기 시작했다. 녀석들은 때로는 마구잡이로 뛰었고 때로는 질서정연하게 뛰었다. 하지만 마구잡이든 질서정연하든 내가 둥베이에서 데려온 그 살쾡이가 의심할 여지 없이 계속 고양이들의 우두머리 역할을 담당했다. 2년 만에 본 녀석은 많이 자라 있었다. 유난히 뾰족한 귀와 눈에 띄게 선명한 온몸의 검은 줄무늬가 아니었으면 못 알아봤을 것이다. 녀석은 다른 일곱 마리의 고양이보다 덩치가 커서 "고양이보다는 좀 크고 개보다는 좀 작다"던 커바 노인의 말과 일치했다. 나는 그 고양이들의 표정, 특히 살쾡이의 표정이 다샹의 그 미소와 밀접한 관계가 있어서 본질적으로 일치하며 서로 통한다고 느꼈다. 인간이 아직 완전하게 인식하지 못한, 신비한 정신 현상의 모호한 범주에 똑같이 드는 듯했다.

발을 맞춰 펄쩍펄쩍 뛰는 고양이들은 마치 다샹을 중심으로 도는 여덟 개의 행성 같았다. 찬란한 햇빛이 반들반들한 고양이 가죽을 비추고 늘어진 버드나무 가지가 개구리밥 가득한 연못에 입을 맞추고 있었으며 잠자리가 소리 없이 미끄러지듯 날아다녔다. 고양이는 몸이 가늘고 길게 늘어나서, 여덟 마리가 꼬리에 꼬리를 무니 마치 매끈한 비단 띠 같았다. 다샹과 고양이들은 담배 두 쌈지 정도를 피울 시간 동안 빙글빙글 춤을 췄다. 그러다 사람들이 어지러움을 느낄 즈음에 꽹과리 소리가 그쳤고 다샹과 고양이들도 동작을 멈췄다. 마치 경극 무대에서 배우가 마무리로 정지 동작을 취하는 것 같았다. 날씨가 무더워서 다샹은 얼굴에 온통 땀이 번들거렸다. 사람들이 모두 눈을 못 떼고 그를 응시하고 있는데, 그가 뭐라고 중얼거렸다. 하지만 발음이 명확하지 않아서 무슨 뜻인지 알아들을 수가 없었다. 이때 그의 양쪽 입가에는 하얀 거품이 끼어 있었다. 이윽고 멈춰 있던 고양이들이 그의 '주문'을 듣고 다시 움직이기 시작했다.

고양이들은 소름 끼치는 소리를 내며 다리를 천천히 높이 올렸다 내리면서 이리저리 걸어다녔다. 그 모습은 꼭 밑창이 두꺼운 신발을 신고 무대 위에 등장한 여덟 명의 간신 같았다. 사람들은 점점 짜증이 나기 시작했다. 햇빛이 인정사정없이 머리 위로 내리쬐고 있었다. 하지만 아무도 감히 소리를 내지 못했다. 나는 다샹이 은근히 걱정되었다. 정말로 온 마을의 쥐들이 멍청하게 몰려와 연못에 몸을 던질까?

갑자기 고양이 울음소리가 멈추더니 여덟 마리의 고양이가 다샹 앞에 일렬로 늘어섰다. 살쾡이가 맨 앞에 서고 다들 북쪽을 향해 엉거주춤 서서 꼬리를 깃대처럼 곧추세우는 한편, 수염을 빳빳이 세우고서 쉭쉭, 숨을 내뿜었다. 또 고양이들의 눈이 초록빛을 발하고 가는 동공이 금실처럼 세로로 선 것을 보자마자, 나는 땀이 순식간에 식고 눈앞에 환상이 겹쳐 보였으며 귀에서는 종소리와 북소리가 울렸다. 환상 속에서 말들이 국경의 차가운 황무지 위를 달리고 누런 양들이 시든 풀숲 사이로 도망쳤다……. 나는 얼른 머리를 흔들어 정신을 차렸다. 내 눈앞에는 여전히 위세를 떨치는 여덟 마리의 고양이밖에 없었다. 다샹이 허리춤에서 버들피리를 꺼내 불기 시작했다. 그 소리는 끊이지 않고 절절하게 이어졌다. 슬쩍 곁눈으로 보니 사람들은 모두 목을 움츠린 채 얼굴에 식은땀이 맺혀 있었다. 그렇게 시간이 얼마나 지났을까. 사람들 뒤쪽에서 시끄러운 소리가 들리더니 피리 소리가 돌연 가을 기러기의 울음처럼 높고 낭랑해졌으며 고양이들도 사납게 울어댔다. 이때 누가 고개를 돌리고는 "왔다!" 하고 소리치자마자 사람들은 쫙 갈라져 길을 터주었으며, 금세 그곳으로 각양각색의 쥐 수천 마리가 벌떼처럼 몰려왔다. 사람들은 모두 숨조차 못 쉬고 몸을 움츠려서 키가 한 뼘은 작아진 듯했다. 다샹은 눈을 감고 버들피리를 부는 데만 열중했으며 고양이들은 털을 곤두세운 채 위풍당당하게 쥐 떼를 노려보았다. 쥐들은 전혀 무서워하는 기색 없이 앞다퉈 연못 속으로 뛰어들었다. 연못 속 개구리밥이 마구 흐트러졌다. 물에 빠진 쥐들이 필사적으로 헤엄치는 바람에 개구리밥으로 뒤덮인 수면 위에 줄줄이 흔적이 새겨졌다. 그러고는 모두 가라앉아 몸부림치며 빨간 코끝만 내놓고 숨을 쉬다가 나중에는 그것조차 사라졌다.

버들피리 소리가 그치고 고양이들이 기지개를 켜며 어슬렁거렸다. 다샹은 뜨거운 태양 아래 꼿꼿이 서서 고개를 숙이고 있었다. 그 모습이 꼭 한 그루 시든 나무 같았다. 연못이 고요해지고 사람들은 긴장을 풀었지만 감히 입을 여는 사람이 없었다. 마을 일을 관장하는 흰 수염의 노인이 비틀비틀 다샹 앞에 다가가 "이보시오!" 하고 불렀다. 다샹은 그제야 눈을 뜨며 빙그레 웃었고 나는 그 웃음에 심장이 파열되는 듯했다.

자전거를 타고 쏜살같이 달아났다. 전에 없이 몸에 힘이 없어서 땅콩밭이 나타나자, 자전거를 팽개치고 자물쇠도 안 잠근 채 풀썩 쓰러져 깊이 잠들었다. 그러고서 다시 깨어났을 때는 벌써 붉은 해가 서산에 걸렸고 근처의 논밭과 먼 곳의 산그림자는 모두 피에 물든 듯했으며 볏모의 알싸한 냄새가 코를 찔렀다. 나는 자전거를 끌고 가며 오전에 있었던 일을 떠올렸다. 마치 한바탕 긴 꿈을 꾼 것 같았다. 현에 돌아온 후로는 사람을 만날 때마다 다샹의 신기한 능력에 관해 이야기해줬다. 처음에는 아무도 안 믿었지만 내가 여러 근거를 들자 반신반의하게 됐다. 그러다가 초겨울에 이웃 현의 고관이 우리 현의 고관에게 다샹을 아느냐고 물었고 이에 대해 현 위원회의 모 서기가 아주 영리하게 답했다. 이후 그는 식당으로 나를 불러 다샹에 관해 물었다. 나는 내가 알고 있는 걸 전부 이야기해줬다.

다샹은 유명 인사가 되었고 시의 관련 부서에서 사람을 보내 조사까지 했다. 그런 떠들썩한 상태가 반년이나 이어졌다.

보리 수확기에 현 식량국 1호 창고에서 쥐가 창궐하자 다샹을 불러 쥐를 소탕하기로 했다. 이 소식을 듣고 시 방송국은 촬영 장비를 갖춘 기자를, 성省 신문사는 카메라와 필기구를 갖춘 기자를 파견했다. 그 밖에 현의 고관도 참관하러 온다고 했다.

그날 오전, 1호 창고의 소방 저수조에는 맑은 물이 가득 채워졌고 저수조 옆에는 테이블이 줄줄이 배치되었다. 그리고 테이블 위에는 흰 천이 덮였고 흰 천 위에는 담배와 찻물이 놓였다. 현의 고관이 풍채 좋은 남자 몇 명과 거기에 앉아 담배를 피우며 차를 마시고 있었다. 오전 중반쯤, 검은색 승용차가 창고 경내로 들어왔고 다샹이 그 안에서 내렸다. 가죽구두를 신고 짙은 남색 양복을 걸친 모습이 무척 어색해 보였다. 나는 그의 얼굴에서 그 수수께끼 같은 미소를 찾으려 했다. 승용차에서 여덟 마리의 고양이를 끄집어내는 데 족히 10분은 걸렸다. 고양이들은 매우 초조해 보였고 살쾡이는 특히 더 그랬다. 드디어 의식이 시작되었다. 기자가 플래시를 얼굴에 대고 터뜨리자, 다샹의 그 미소가 불길 속의 얇은 종이처럼 바르르 떨렸다. 플래시는 고양이들을 향해서도 터졌고 고양이들은 놀라서 비명을 질렀다. 결국 의식은 완전히 실패했고 여기저기서 욕설이 난무했다. 저수조 옆에 있던 안경 쓴 사내가 일어서며 "순전히 사기극이잖아!"라고 내뱉고는 휑하니 자리를 떴다. 다급히 그 뒤를 쫓는 모 서기의 얼굴에 땀이 흥건했다. 내 얼굴에는 더더욱 땀이 흥건했다.

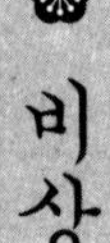

비상

❀

하늘과 땅에 절을 마친 후, 거구의 시커먼 사내 훙시는 조금 안절부
절못했다. 신부의 얼굴을 보지는 못했지만, 길고 가느다란 두 팔과
잘록한 허리만으로도 자오저우胶州• 북부 여자인 그녀가 평범치 않은
미모의 소유자란 걸 알 수 있었다. 훙시는 가오미 둥베이향에서 유명
한 노총각으로 나이가 마흔이 넘었고 얼굴에는 곰보 자국이 가득했
다. 그런데 얼마 전 노모가 나서서 그의 여동생 양화를 내주고 옌옌
이라는 아가씨를 데려왔다. 양화는 둥베이향에서 손꼽히는 미인이었
지만 곰보 오빠를 위해 옌옌의 벙어리 오빠에게 시집을 갔다. 여동생
이 자기 때문에 그렇게 큰 희생을 한 것에 대해 훙시는 무척 고마움
을 느꼈다. 하지만 여동생이 장차 그 벙어리와 자식을 낳아 키울 걸
생각하니 마음이 착잡해져, 눈앞의 이 여자에게 조금 미운 감정이 들
었다. 너 이 벙어리 녀석, 내 여동생을 못살게 굴면 나도 네 여동생을
가만 안 둘 거야.

• 산둥성 서남부에 위치한 인구 100만 명의 현급 시로 칭다오시 관할이다.

신부는 한낮이 돼서야 신방에 들어섰다. 개구쟁이 아이들이 분홍색 창호지를 뚫고서 구들장에 앉아 있는 신부를 엿보았다. 한 아주머니가 홍시를 툭 치며 싱글벙글 웃었다.

"곰보야, 넌 복도 많구나! 싱싱한 연꽃 같은 애니 살살 만져야 한다."

홍시는 바지 솔기를 만지작거리며 헤벌쭉 웃었다. 얼굴의 곰보 자국이 하나하나 다 빨개졌다.

해가 높이 떠서 꼼짝도 안 하는 듯했다. 홍시는 해가 지기만을 기다리며 마당을 빙글빙글 돌고 있는데, 그의 어머니가 지팡이를 짚고 와서 아들을 불러세웠다.

"홍시야, 네 색시 기색이 수상하니 잘 살피거라. 행여 도망치지 못하게."

홍시는 말했다.

"염려 마세요, 어머니. 양화가 저쪽 집에 건너가서 제 색시를 붙들어두고 있는걸요. 줄 하나에 메뚜기 두 마리가 묶여 있는 셈이라 하나가 도망 못 치면 다른 하나도 못 쳐요."

두 사람이 이야기하고 있을 때, 들러리 두 명이 신부를 데리고 마당으로 나왔다. 홍시 어머니가 기분 나빠하며 투덜거렸다.

"날도 안 어두워졌는데 신부가 용변을 보러 나오다니. 이러면 부부가 오래 못 산다. 저 애가 무슨 생각을 하는지 모르겠구나."

홍시는 신부의 미모에 정신을 빼앗겼다. 얼굴이 갸름한 그녀는 눈썹이 가늘고 코가 오뚝했다. 길고 가는 두 눈은 꼭 봉황의 눈 같았다. 그녀는 훙시의 얼굴을 보자마자 놀라서 뻣뻣하게 서 있다가 잠시 후 왈칵 울음을 터뜨리며 집 밖으로 도망쳤다. 이때 두 들러리가 손을 뻗어 그녀의 팔을 잡아채는 바람에 빨간 홑저고리가 찢어져 눈처럼 하얀 두 팔과 긴 목 그리고 붉은 가슴 가리개가 드러났다.

훙시가 멍하니 서 있는데 그의 어머니가 지팡이로 그의 머리를 두드리며 욕했다.

"이 바보야, 어서 쫓아가지 않고 뭐해?"

그는 정신이 번쩍 들어, 비틀대며 쫓아 나갔다. 옌옌은 새 꽁지처럼 머리를 풀어헤친 채 거리를 달리고 있었다. 훙시는 쫓아가며 소리쳤다.

"저 여자 좀 잡아요, 저 여자 좀!"

마을 사람들이 그 소리를 듣고 집에서 뛰쳐나와 거리로 몰려갔다. 사나운 대형견 10여 마리가 목을 빼고 미친 듯이 짖었다.

옌옌은 길을 돌아 어느 골목을 따라서 남쪽으로 달렸고 금세 들판에 도착했다.

마침 밀꽃이 피는 계절이었고 산들바람이 불 때마다 초록색 밀밭이 물결처럼 출렁였다. 옌옌은 그 물결 속에 뛰어들었는데, 보리 끄트머리가 그녀의 허리까지 오면서 그녀의 붉은 가슴 가리개와 하얀 팔뚝을 도드라지게 했다. 그 모습은 마치 한 폭의 아름다운 그림 같았다.

신부가 도망치는 건 둥베이향 전체의 치욕이었다. 남자들은 독기를 품고 사방에서 포위망을 좁혀갔다. 개들도 밀밭 속으로 쫓아 들어가 껑충껑충 뛰면서 수시로 몸을 드러냈다. 이렇게 포위망이 점차 좁혀지자, 옌옌이 갑자기 밀밭 속에 엎어지며 모습을 감췄다.

훙시는 안도의 한숨을 내쉬었다. 달려온 사람들도 걸음을 늦추고 헐떡이면서 손에 손을 잡은 채 조심스레 앞으로 나아갔다. 꼭 그물을 당겨 고기를 잡을 때와 비슷했다. 훙시는 속이 부글부글 끓어서 그녀를 붙잡고 난 뒤, 흠씬 두들겨 패는 모습을 상상했다.

그 순간 한 줄기 붉은빛이 밀밭 속에서 솟구치는 바람에 사람들은 눈이 부셔서 몸을 뒤로 젖혔다. 옌옌이 두 다리를 모은 채 두 팔을 휘저으며 아름다운 나비처럼 훨훨 포위망 밖으로 날아올랐다. 모두 넋을 잃고 그녀가 팔을 퍼덕이며 앞으로 날아가는 광경을 장승처럼 지켜보고 있었다. 그녀가 나는 속도는 빠르지 않아서 보통 사람도 힘껏 달리면 그녀가 땅 위에 드리운 그림자를 밟을 수 있었다. 높이도 6, 7미터에 불과했다. 하지만 그녀가 나는 모습은 눈부시게 아름다웠다. 지금까지 둥베이향에는 희한하고 이상한 일들이 숱하게 일어났지만 여자가 하늘을 나는 건 이번이 처음이었다. 정신을 차린 후 사람들은 계속 뒤를 쫓았다. 어떤 사람은 되돌아가 자전거를 타고 와서 있는 힘껏 페달을 밟아, 바퀴로 그녀의 그림자를 뭉개며 쫓아갔다. 그녀는 땅에 내려오기만 하면 붙잡힐 게 분명했다. 날아가는 사람과 달리는 사람들이 들판에서 한바탕 흥미로운 추격전을 벌였고 들판 여기저기서 사람들의 환호성이 울렸다. 지나가던 사람도, 다른 마을 사람도 고개를 들고 그 기이한 광경을 구경했다. 날아가는 사람은 우아했지만 땅 위에서 쫓아가는 사람들은 그녀를 올려다보다가 돌부리에 발이 걸려 이리저리 자빠졌다. 그 모습이 꼭 한 무리의 패잔병들 같았다.

나중에 옌옌은 마을 동쪽에 있는 오래된 묘지의 소나무 숲에 내려 앉았다. 그 흑송黑松 숲은 면적이 세 마지기 정도였고 숲 아래에 있는 수백 기의 무덤 중에는 둥베이향 사람들의 조상들이 묻혀 있는 게 있 기도 했다. 소나무들은 빽빽하고 오래됐으며 붓끝처럼 구름을 찌를 듯이 솟아 있었다. 그 오래된 묘지와 흑송 숲은 둥베이향에서 가장 무섭고 또 가장 신성한 곳이었다. 거기에 선조들이 묻혀 있어 신성했 고 또 거기서 괴이한 일들이 숱하게 일어나 무서웠다.

옌옌은 묘지 한가운데의 가장 높고 굵은 노송 위에 내려앉았다. 쫓아온 사람들은 얼굴을 치켜들고 그녀를 바라보았다. 그녀는 소나 무 꼭대기의 곁가지 위에 앉아 아래위로 흔들리고 있었다. 풍만한 그 녀의 몸무게는 적어도 50킬로그램은 될 텐데도 그렇게 가는 나뭇가 지가 여유 있게 그녀를 지탱하고 있는 게 불가사의했다.

10여 마리의 개가 고개를 쳐들고 옌옌을 향해 미친 듯이 짖었다. 훙시도 고래고래 소리쳤다.

"내려와, 내려오라고!"

개가 짖든 훙시가 소리치든 그녀는 아무 반응 없이 유유히 앉아 바람 부는 대로 흔들거렸다. 사람들은 멀뚱멀뚱 쳐다보기만 하다가 점점 지쳐갔다. 개구쟁이 아이들이 소리를 질렀다.

"또 한번 날아봐요!"

옌옌은 팔을 치켜들었고 이에 아이들은 환호했다.

"날 거야, 날 거야, 다시 날 거라고!"

하지만 그녀는 날지 않았다. 그저 뾰족한 손가락으로 뒷머리를 쓸어내렸다. 그 모습은 마치 새가 부리로 목의 깃털을 정리하는 것 같았다.

홍시가 땅바닥에 털썩 무릎을 꿇고 꺼이꺼이 울며 말했다.

"아저씨들, 형님들, 동생들, 제발 저 여자를 끌어내릴 방법 좀 생각해주세요. 이 홍시가 장가들기까지 정말 녹록지 않았다고요."

이때 홍시의 어머니가 다른 사람이 끄는 당나귀를 타고 도착했다. 그녀는 안장에서 굴러내리다 땅바닥에 넘어져서 끙끙대며 소리쳤다.

"어디야? 어디 있어?"

홍시가 소나무 꼭대기를 가리키며 말했다.

"저기 있어요."

노모는 손바닥으로 햇빛을 가리며 나무 꼭대기의 옌옌을 보고는 연거푸 욕을 했다.

"저 요괴년, 저 요괴년 같으니!"

마을의 원로인 톄산 어르신이 말했다.

"저 애가 사람이든 요괴든, 어서 내려오게 할 방법을 찾아야지. 세상일은 어쨌든 끝을 봐야 하니까."

노모가 부탁했다.

"어르신이 어떻게 좀 해주세요."

"이렇게 하지. 첫째, 저 애 친정에 사람을 보내 저 애 엄마, 오빠 그리고 양화를 데려오자고. 저 애가 안 내려오려고 하면 양화를 붙잡고 못 돌아가게 하는 거야. 둘째, 돌아가서 활과 화살을 만들고 장대도 준비하자고. 정 안 되면 세게 나가야 하니까. 셋째, 향 정부에 가서 민원도 올려보지. 저 애와 홍시는 정식으로 결혼해서 법률의 보호를 받는 부부니까 정부가 관여할 수도 있잖아. 이렇게 하기로 하고 홍시, 너는 나무 밑에서 잘 지키고 있거라. 조금 있다가 꽹과리를 갖다주게 할 테니 무슨 일이 있으면 바로 꽹과리를 쳐야 해. 내가 보기에 저 애는 아무래도 귀신에 씐 것 같아. 돌아가서 개를 잡아 개 피도 좀 준비해야겠어.”

사람들은 각기 흩어져 출발할 준비를 했다. 홍시의 어머니는 기를 쓰고 아들과 함께 남으려 했지만 톄산 어르신은 이렇게 말했다.

“이봐, 바보짓 좀 하지 말라고. 자네가 여기 남아봤자 무슨 소용이 있어? 돌아가서 기다리는 게 나아.”

그녀는 더 고집 부리지 못했다. 결국 사람들의 부축을 받으며 당나귀 등에 올라타, 흑흑 흐느끼며 되돌아갔다.

시끌벅적했던 소나무 숲이 갑자기 고요해졌다. 홍시는 평소 대담하기로 유명한데도 그 고요함이 왠지 불안해졌다. 붉은 태양이 서쪽으로 지고 바람이 소나무 숲속을 휘돌며 윙윙 소리를 냈다. 그는 고개를 숙이고서 뻣뻣하고 시큰대는 목을 주무르며 어느 무덤 앞, 제단 위에 앉았다. 그리고 담배 한 대를 꺼내 불을 붙이려는데 머리 위에서 차가운 웃음소리가 들렸다. 그는 머리카락이 쭈뼛 서고 소름이 끼쳐, 불을 끄고 뒤로 몇 걸음 물러나며 고개를 들고 외쳤다.

“어디서 농간을 부리는 거야? 내가 가만두지 않을 거야!”

그는 옌옌의 가슴 가리개가 노을빛에 한 떨기 불꽃처럼 빛나는 것을 보았다. 그녀의 얼굴도 무수한 금박을 붙인 것처럼 반짝거렸다. 하지만 방금 전 웃은 사람이 그녀라는 증거는 어디에도 없었다. 까마귀들이 무리 지어 둥지로 돌아가면서 회백색 똥이 비처럼 우수수 떨어졌고 그중 뜨끈뜨끈한 몇 덩이가 그의 머리 위에도 떨어졌다. 그는 퉤퉤, 침을 뱉으며 재수가 옴 붙었다고 느꼈다. 소나무 꼭대기는 여전히 노을빛에 물들어 있었지만, 소나무 숲속은 이미 어두컴컴했다. 박쥐들이 나무줄기를 휘돌아 민첩하게 날아다녔고 여우들은 무덤 사이에서 울부짖었다. 그는 또다시 두려움을 느꼈다. 소나무 숲속에서 무수한 정령이 돌아다니기라도 하는 듯 각양각색의 소리가 그의 귀를 채웠다. 머리 위의 차가운 웃음소리도 계속됐다. 그 웃음소리가 들릴 때마다 그는 식은땀을 흘렸다. 가운뎃손가락을 깨물면 귀신을 쫓을 수 있다는 얘기가 떠올라, 힘껏 가운뎃손가락을 깨물었다. 날카로운 통증이 혼미했던 머리를 맑게 해주었다.

이때 그는 소나무 숲속이 방금 본 것처럼 그렇게 어둡지 않다는 걸 깨달았다. 무덤 하나하나, 비석 하나하나가 전부 또렷하게 보였고 소나무 줄기의 측면은 아직 석양빛에 물들어 있었다. 털이 보송보송한 여우 새끼들이 무덤 사이에서 뛰놀고 늙은 여우는 잡초 덤불 속에 엎드려 녀석들을 보면서 이따금 이를 드러내며 웃었다. 그는 문득 위를 올려다보았다. 옌옌이 나무 꼭대기에 단정하게 앉아 있었고 까마귀들이 그녀 주위를 맴돌고 있었다.

흰 얼굴의 남자아이가 나무 틈새를 비집고 나와, 그에게 꽹과리와 채와 도끼와 밀떡을 건넸다.

"톄산 할아버지는 아저씨들이랑 활과 화살을 만들고 있어요. 신부 친정에 갈 사람도 떠났고요. 향 정부에서도 금방 사람을 보내올 거래요. 그러니까 아저씨는 떡이나 먹으며 기다리면서 무슨 일이 생기면 즉시 징을 치래요."

아이는 바로 돌아서서 가버렸다. 홍시는 꽹과리를 제단 위에 놓고 도끼는 허리춤에 찬 다음, 허겁지겁 떡을 먹어치웠다. 그러고서 도끼를 치켜들고 크게 소리쳤다.

"안 내려올 거야? 안 내려오면 나무를 베어버린다."

옌옌은 아무 소리도 안 냈다. 그는 도끼를 휘둘러 힘껏 나무를 찍었다. 소나무가 움찔 흔들렸지만 옌옌은 역시 아무 소리도 안 냈다. 도끼날이 나무에 박혀 빠지지 않았다. 그는 그녀가 죽은 게 아닌가 싶었다. 그래서 허리띠를 바짝 조이고 신발을 벗은 채 소나무를 기어 올라갔다. 나무껍질이 거칠어서 올라가기는 힘들지 않았다. 반쯤 올라갔을 때 올려다보니 그녀의 늘어진 긴 다리와 나뭇가지에 걸쳐진 엉덩이가 보였다. 그는 씩씩대며 생각했다. 본래 이 시간이면 너랑 자고 있어야 하는데, 너 때문에 이 짓을 하고 있다니. 분노가 힘을 북돋 웠다. 나무는 올라갈수록 가늘어지고 가지가 많아졌다. 그는 가지를 쥔 채 몸을 날려 꼭대기 바로 밑의 나무 가장귀에 발을 디뎠다. 그리고 아래쪽에서 조용히 손을 뻗어 그녀의 발끝을 건드렸을 때, 긴 탄식이 나더니 머리 위의 가지들이 흔들리며 눈부신 빛이 점점이 흩날렸다. 마치 황금색 잉어가 푸른 물결 속에서 뛰어오른 듯했다. 옌옌이 팔을 휘저으며 나무 꼭대기에서 날아올랐다. 그리고 긴 머리를 휘날리며 사지를 쭉 펴고 다른 소나무 위로 미끄러지듯 날아갔다. 그는 옌옌의 비행 솜씨가 처음 밀밭에서 날아올랐을 때보다 훨씬 더 능숙해졌다는 걸 깨닫고 놀라움을 금치 못했다. 그녀는 방금 전과 똑같은 자세로 또 다른 나무 꼭대기에 앉아 있었다. 서쪽 하늘가의 붉은 노을을 마주한 그녀의 얼굴은 활짝 핀 월계화처럼 아름다웠다.

홍시는 울먹이며 말했다.

"옌옌, 내 착한 마누라, 나랑 같이 집에 돌아가서 행복하게 살자. 네가 안 돌아가면 나도 양화를 네 벙어리 오빠와 못 자게 할 거야."

말을 다 마치기도 전에 딛고 있던 가지가 뚝, 부러져서 홍시는 커다란 고깃덩이처럼 땅 위에 떨어졌다. 한참 뒤에야 그는 썩은 솔잎을 짚고 일어나 나무에 기댄 채 두어 걸음을 걸었다. 근육이 시큰거리기는 했지만 뼈는 다치지 않은 듯했다. 그는 고개를 들고 옌옌을 찾았다. 하늘에 걸린 달에서 물처럼 쏟아진 빛이 소나무 틈새로 내려와 무덤과 묘비와 푸른 이끼를 밝혔다. 옌옌은 나무 꼭대기에 깃든 크고 아름다운 새처럼 달빛을 뒤집어쓰고 있었다.

소나무 숲 밖에서 누가 큰 소리로 그의 이름을 불렀고 그도 큰 소리로 답했다. 제단 위에 둔 꽹과리가 생각나서 더듬어 손에 쥐었지만 채를 도저히 찾을 수 없었다. 사람들의 시끌벅적한 소리가 소나무 숲 속으로 들어왔고 등불과 횃불과 손전등 불빛도 들어와 달빛을 밀어냈다. 사람들이 많았지만 그는 옌옌의 노모와 벙어리 오빠 그리고 자기 여동생, 양화를 알아보았다. 등에 활과 화살을 진 톄산 어르신과 일고여덟 명의 마을 청년도 알아보았다. 그들 중 누구는 장대를 들었고 누구는 새총을 멨으며 또 누구는 새 잡는 그물을 안고 있었다. 올리브색 옷을 입고 혁대를 맨 미남 청년도 있었는데, 그는 마을의 사냥꾼이었다.

톄산 어르신이 그의 코가 푸르뎅뎅하게 부은 걸 보고 물었다.

"왜 그렇게 됐어?"

"별거 아니에요."

그가 답하자마자 옌옌의 어머니가 고함쳤다.

"우리 애 어딨나?"

누가 손전등의 빛을 나무 꼭대기로 향해 그녀의 얼굴을 비췄다. 아래에 있던 사람들은 나뭇가지가 흔들리는 소리와 함께 커다란 그림자가 소리 없이 또 다른 소나무 위로 옮겨가는 것을 보았다. 옌옌의 어머니가 펄펄 뛰며 욕했다.

"이 나쁜 새끼들, 지금 작당하고 내 딸을 훔친 뒤에 말도 안 되는 소리로 우리 힘없는 아녀자를 우롱하는 거지? 내 딸은 사람인데 어떻게 올빼미처럼 날아다닌다는 거야?"

톄산 어르신이 말했다.

"아주머니, 우선 고정하세요. 이 일은 직접 안 보면 믿기 어려우니까요. 우선 한 가지 물읍시다. 그 애가 집에 있을 때 스승을 모셨거나 술법을 익힌 적이 있나요? 무당이나 도사와 어울린 적은 또 없고요?"

"우리 딸은 스승을 모신 적도, 술법을 익힌 적도 없어. 무당이나 도사와 어울린 적은 더더욱 없고. 걔가 자라는 걸 내가 똑똑히 지켜봤는데, 어릴 때부터 제 본분을 잘 지켜서 아랫집, 윗집 누구도 칭찬 안 하는 사람이 없었거든? 그렇게 훌륭한 애가 어떻게 당신들 집에 온 지 하루 만에 매처럼 나무 위에 올라갔다는 거야? 제대로 이실직고하지 않으면 가만 안 둘 거야. 우리 옌옌을 돌려주지 않으면 나도 양화를 못 보내!"

사냥꾼이 말했다.

"아주머니, 우선 목소리 좀 낮추고 나무 위를 보세요."

사냥꾼이 전등을 들어 나무 위의 그림자를 겨눈 뒤, 불현듯 스위치를 켰다. 그러자 희고 밝은 빛이 옌옌의 얼굴을 정통으로 비췄다. 그녀는 다시 팔을 휘저으며 날아올라 또 다른 나무로 옮겨갔다.

"봤어요?"

사냥꾼이 묻자 옌옌의 어머니가 말했다.

"봤어."

"따님이 맞아요?"

"내 딸이 맞아."

사냥꾼이 말했다.

"아주머니, 우린 무력을 쓰고 싶지 않아요. 딸은 엄마 말을 제일 잘 듣잖아요. 아주머니가 내려오라고 좀 해요."

이때 옌옌의 벙어리 오빠가 흥분해서 마구 괴성을 지르며 두 손을 휘저었다. 자기 여동생이 하늘을 나는 동작을 흉내 내는 것 같았다. 옌옌의 어머니가 울면서 말했다.

"전생에 내가 무슨 죄를 지었길래 남들은 안 겪는 일을 나만 겪는 거야."

"아주머니, 우는 것보다 따님을 내려오게 하는 일이 더 급해요."

"저 애는 어려서부터 고집불통이어서 내가 말해도 꿈쩍 안 할 것 같은데."

옌옌의 어머니가 난처한 어조로 말했지만 사냥꾼은 계속 재촉했다.

"아주머니, 사양하지 마시고 어서 좀 부르세요."

옌옌의 어머니가 전족을 옮겨, 딸이 올라가 있는 소나무 아래로 다가가서는 고개를 쳐들고 울며 말했다.

"옌옌, 착한 내 딸아, 그만 내려와…… 네 억울한 마음은 알지만 이건 어쩔 수 없는 일이야…… 네가 안 내려오면 양화를 붙들어둘 수 없고 그러면 우리 가문은 끝장이라고……."

그 노부인은 엉엉 울음을 터뜨렸다. 울면서 나무줄기에 콩콩 머리를 찧었다. 그때 나무 꼭대기에서 새가 깃털을 부비는 듯한 소리가 들려왔다. 옆에서 사냥꾼이 말했다.

"계속해요, 계속."

벙어리가 팔을 휘저으며 나무 꼭대기의 여동생을 향해 괴성을 질렀다. 이에 질세라 홍시도 고함을 쳤다.

"옌옌, 네가 사람이면 어서 내려와야지!"

양화도 울먹이며 말했다.

"언니, 내려와요. 우리 둘 다 팔자가 너무 사납네요…… 하지만 우리 오빠는 못생기긴 했어도 말을 할 줄 알잖아요. 언니의 오빠는…… 언니, 내려와요, 운명을 받아들여요…….”

옌옌이 나무 꼭대기에서 날아올라 사람들 머리 위를 선회했다. 가끔 서늘한 이슬이 그녀가 흘린 눈물인 듯 떨어졌다.

“모두 비켜, 내려오게 해야지.”

톄산 어르신이 소리쳤다. 사람들은 앞다퉈 뒤로 물러났고 옌옌의 어머니와 양화만 한가운데에 남았다.

하지만 일은 톄산 어르신이 생각한 대로 돌아가지 않았다. 옌옌은 한참을 날다가 끝내는 다시 나무 꼭대기에 내려앉았다.

달이 완전히 서쪽으로 기울어 밤이 더 깊어지면서 사람들은 졸립기도 하고 춥기도 했다. 사냥꾼이 말했다.

“세게 나갈 수밖에 없겠네요.”

톄산 어르신이 말했다.

“저 애가 놀라서 숲 밖으로 날아가면 오늘 밤에 못 잡는 건 물론이고 앞으로 더 잡기 힘들어질 거야.”

“제가 보기에 아직 멀리 나는 능력은 없어요. 숲 밖으로 날아가면 더 잡기 쉬울 거예요.”

“저 애 식구들이 가만히 있지 않을 텐데.”

“제가 알아서 하죠.”

사냥꾼은 앞으로 다가가, 청년 몇 명을 시켜 벙어리와 옌옌의 어머니를 숲 바깥으로 데려가게 했다. 옌옌의 어머니는 우느라 넋이 빠져 전혀 반항하지 않았고 벙어리는 괴성을 질렀지만 사냥꾼이 앞에서 총을 들어 흔들자 얌전히 따라나섰다. 이제 숲속에는 사냥꾼, 톄산 어르신, 홍시 그리고 몽둥이를 든 청년과 새 잡는 그물을 든 청년만 남았다. 사냥꾼이 다시 말했다.

"총소리가 나면 사람들이 놀랄 테니 활을 사용하는 게 낫겠어요."

톄산 어르신도 말했다.

"난 눈이 어두워서 잘 안 보여. 혹시 저 애의 급소를 맞히면 안 되니 홍시, 네가 쏴라."

그는 대나무를 휘어 만든 활과 깃털을 잡아맨 화살을 홍시에게 건넸다. 홍시는 그것들을 받고 잠시 생각하다가 갑자기 뭔가 깨달은 것처럼 말했다.

"안 쏠래요. 쏠 수 없고 쏘고 싶지도 않아요. 저 여자는 제 아내잖아요."

톄산 어르신이 말했다.

"홍시, 정신 좀 차려라. 품 안에 있어야 네 아내지, 나무 위에 앉아 있으면 기괴한 새일 뿐이야."

사냥꾼이 말했다.

"두 사람, 왜 그렇게 미적대는 거예요? 이러다가는 아무것도 못 하니 나한테 활을 줘요."

그는 총을 내려놓고 활과 화살을 받았다. 그리고서 왼손으로 활을 잡고 오른손으로 시위를 당겨 나무 꼭대기의 그림자를 겨눈 뒤, 화살 한 대를 쏘았다. 퍽, 하는 소리가 났다. 화살이 사람 살을 뚫고 들어간 소리임이 분명했다. 나무 꼭대기에서 소란이 일더니 옌옌이 복부에 화살이 박힌 채 달빛 속에서 날아올라, 근처의 작은 소나무 위에 무겁게 떨어졌다. 몸의 균형을 잃은 게 틀림없었다. 사냥꾼이 다시 화살을 활시위에 걸고 옌옌을 겨누며 "내려와!"라고 소리쳤다. 그 말이 떨어지자마자 날카로운 화살이 활시위를 떠났고 나무 꼭대기에서 비명이 들렸다. 옌옌이 머리를 아래로 향한 채 추락했다.

훙시가 울면서 소리쳤다.

"너 이 개자식, 내 아내를 쏴 죽였잖아!"

소나무 숲 밖에 있던 사람들이 등불과 횃불을 들고 몰려와, 돌아가며 다급히 물었다.

"죽었어, 살았어? 몸에 날개는 있어, 없어?"

톄산 어르신은 아무 말 없이 개 피 한 통을 들고 옌옌의 몸에 뿌렸다.

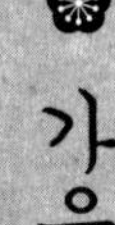

가을 홍수

우리 할아버지가 여든여덟 살이던 해, 어느 화창한 봄날 오전이었다. 마을 사람들은 그가 큰 나무 의자에 앉아 길가 쪽 채소밭 담장에 기댄 채 눈을 감고 있는 걸 보았다. 정오 무렵, 어머니는 내게 할아버지를 모셔와 점심을 드시게 하라고 했다. 나는 그의 곁으로 달려가 큰 소리로 불렀지만 아무 대답이 없었고 손으로 밀고서야 그가 움직이지 않는다는 걸 알게 되었다. 가족들에게 부리나케 이를 알렸고 다들 몰려와 둘러싸고서 주무르기도 하고 불러보기도 했지만 아무 소용이 없었다. 할아버지는 대단히 품위 있게 돌아가셨다. 안색이 살아 있는 것처럼 볼그스름해 마을 사람들은 경외해 마지않았다. 할아버지가 생전에 덕을 쌓아 이렇게 신선처럼 돌아가신 거라고 다들 입을 모아 말했다. 우리 가족은 할아버지의 죽음을 영예롭게 여겼다.

소문에 따르면 할아버지는 젊은 시절 사람 셋을 죽이고 불을 지른 후 한 아가씨를 꿰차고 허베이성 바오딩保定에서 이곳으로 와 가오미 둥베이향 최초의 개척자가 됐다고 한다. 당시 아직 미개한 땅이었던 둥베이향은 사방 수십 리가 거대한 늪지였다. 거친 풀이 무릎까지 자랐고 물웅덩이가 줄줄이 이어졌으며 갈색 토끼, 붉은 여우, 얼룩 오리, 백로 그리고 이름 모를 숱한 짐승들이 가득해서 평소 사람의 발길이 닿지 않았다. 할아버지는 그 아가씨를 데리고 이곳에 왔다.

그 아가씨는 물론 나의 할머니가 되었다. 그들은 봄에 이곳으로 왔고 풀숲 사이를 며칠간 헤맨 끝에 할머니는 머리에서 금비녀를 뽑고 손목에서 옥팔찌를 풀어 할아버지에게 건넸다. 먼 곳에 가서 그것들을 팔아 농기구와 가재도구를 사고 늪지 한가운데의 정체 모를 작은 흙산 위에 움막을 짓게 했다. 그때부터 할아버지는 땅을 일구고 할머니는 고기를 잡으며 거대한 늪지의 정적을 깨뜨렸다. 그 소문은 점차 주변에 퍼졌다. 늪지에 젊은 부부가 사는데 남자는 까맣고 건장하며 여자는 하얗고 예쁘다는, 그리고 둘 사이에는 까맣지도 하얗지도 않은 아이가 있다는 이야기가 전설처럼 돌았다. 이어서 산적들이 이주해와 마을을 세우고 자신들의 세상을 만들었지만 그건 나중 일이다. 내가 철들었을 때 그 정체 모를 작은 흙산은 인근의 농민들이 다 퍼갔고 늪지는 더 높아진 듯했으며 비가 적게 와서 물 구경하기가 힘들어졌다. 그리고 5, 6리마다 마을이 하나씩 들어섰다. 할아버지뻘 노인들에게서 지리적 환경부터 기이한 일화까지 이곳의 과거에 관해 듣다보면, 비바람이 몰아치고 도깨비불이 번뜩이는 듯해 진짠지 가짠지 알 길이 없었다.

우리 할아버지와 할머니는 거친 땅을 일궈 곡식을 심고, 물고기와 새우를 잡고, 여우와 토끼를 사냥했다. 처음에는 가슴을 졸이기도 하고 꿈에 피투성이 사람 머리가 몇 개씩 나타나기도 했지만 날이 갈수록 그런 기억은 희미해졌다. 할아버지 말에 따르면 거대한 늪지에는 군인도 관리도 없어 황제의 입김이 미칠 일이 없었지만 모기만큼은 징그럽게 많았다고 한다. 비 오기 전날이면 검은 연기 뭉치 모양으로 풀 끝과 수면 위를 날아다녔는데 손만 뻗으면 한 움큼씩 잡힐 정도였다. 모기를 피하려고 때로 할아버지와 할머니는 물에 뛰어들어 콧구멍만 내밀고 있었다. 할아버지는 또 이런 말도 했다. 밤마다 축축한 풀숲에서 그윽한 녹색 빛이 뿜어져 나와 물이 흐르는 듯 장관을 이뤘다고 한다. 또 늪 속의 게들이 늘 그 빛에 의지해 먹이를 찾아 다녔는데 날이 밝아 나가보면 진흙 바닥에 게 발자국이 빽빽하게 찍혀 있었다고 한다. 그 게들은 다 자라면 말발굽만큼이나 컸다고 하지만 나는 그렇게 큰 게들을 먹어보기는커녕 본 적조차 없다. 할아버지의 그런 옛날 늪지 이야기는 듣다보면 정신이 쏙 빠져서 60년 일찍 태어나지 못한 게 한스러울 정도였다.

여름이 가고 가을이 오자 할아버지가 심은 수수는 알맹이가 빨개졌고 조는 고개를 숙였으며 옥수수는 수염이 말라갔다. 한 해 수확이 거의 손에 들어온 셈이었다. 우리 아버지도 할머니 뱃속에서 깃털과 날개가 다 자라서 좋은 날에 날아올라 세상을 누비길 기다리고 있었다. 그러다가 수확을 며칠 앞두고 갑자기 날씨가 뜨거워지더니 울긋불긋한 구름이 늪지를 뒤덮고 구름 덩이들이 놀란 가축 떼처럼 사방으로 마구 내달리면서 물웅덩이 위로 어두운 그림자들이 총총히 이동했다. 이윽고 큰비가 쏟아졌다. 무려 열흘간이나 비가 오면서 늪지 전체가 물에 잠겼다. 할아버지는 초조해서 저주를 퍼부었고 할머니는 이따금 복통을 느꼈다. 할머니가 할아버지에게 "애가 곧 나올 모양이에요"라고 하자 할아버지는 "나올 테면 나오라지. 저 빌어먹을 하늘 같으니, 확 구멍이라도 뚫어버리고 싶네"라고 했다.

할아버지가 한참 욕을 하고 있을 때 태양이 구름 사이로 나왔다. 처음에는 조금 흐릿하더니 금세 희고 강한 빛으로 세상을 훑었다. 할아버지는 움막에서 나와 흥분한 표정으로 하늘을 보았다. 습지에 비 듣는 소리가 점차 잦아들고 은빛 빗줄기가 몇 가닥씩 비스듬히 허공을 그었다. 거대한 습지에는 물이 가득 고였으며 누렇고 푸른 풀들이 물속에서 지친 듯 고개를 들고 있었다. 빗소리가 그치자 묵직한 바람 소리가 간간이 늪지에 울려 퍼졌다. 할아버지는 자신의 농작물을 높이 올려다보았고 수수와 옥수수가 아직 멀쩡한 걸 보고서 희색이 만면했다. 바람 소리를 따라 수많은 개구리가 일제히 울기 시작했는데 그 소리에 늪지 전체가 부르르 떨렸다. 할아버지는 움막 안으로 들어가 할머니에게 날이 갰다고 했다. 그러자 할머니는 배가 더 자주 아파 무섭다고 했다. 할아버지는 "무서울 게 뭐 있어, 때가 되면 나오는 거지"라며 할머니를 달랬다.

이야기를 나누고 있는데 사방에서 콰르릉, 기괴한 소리가 울리며 개구리 울음소리를 밀어내버렸다. 할아버지가 움막 밖으로 나와 보니 말머리 높이의 황색 파도가 사방에서 몰아쳐오고 있었다. 파도는 계속 포효하면서 일제히 흙산과 부딪혔고 순식간에 웅덩이의 수심이 몇 미터로 올라갔다. 개구리들은 죄다 익사한 것 같았고 풀들이 꼭대기까지 물에 잠긴 상태에서 오직 할아버지의 수수와 옥수수만 아직 잠기지 않았다. 그러나 잠시 후 수수와 옥수수마저 완전히 물에 잠겼다. 사방팔방을 둘러봐도 눈에 들어오는 건 온통 누런 물뿐이었고 다른 건 아무것도 보이지 않았다. 할아버지는 길게 탄식하며 움막 안으로 들어갔다. 할머니가 벌거벗은 채 멍석 위에서 비명을 지르고 있었다. 머리카락에 풀잎이 잔뜩 붙어 있고 흰 얼굴은 잿빛이 되었다. "홍수가 차올랐어!"라며 할아버지가 걱정 어린 목소리로 말했다.

이에 할머니는 비명을 그치고 기어 일어나 움막 밖을 살피고는 금방 안으로 들어왔다. 핏기 가신 얼굴로 말없이 눈, 코, 입을 찡그리고 있다가 냅다 울음을 터뜨렸다. "아이고, 다 끝났네. 여보, 이제 우리 어떻게 살아요?" 할아버지는 할머니를 멍석 위에 눕히며 말했다. "당신 왜 이래? 우리는 사람도 죽였고 불도 질러봤는데 더 무서울 게 뭐가 있어? 처음에 그랬잖아, 하루라도 같이 살면 죽어도 원이 없겠다고. 그런데 우리가 같이 산 날이 벌써 며칠이야? 홍수가 아무리 커도 산을 넘지 못하고 나무가 아무리 높아도 하늘을 찌르지는 못해. 그러니까 애나 잘 낳아, 난 나가서 물이나 보고 올 테니."

할아버지는 나뭇가지 하나를 꺾어 경사를 따라 수십 걸음을 내려갔다. 그리고 파도가 마구 혀를 날름거리는 물가에 그것을 꽂고서 다시 흙산 위로 돌아와 물 구경을 했다. 햇빛과 마주한 쪽은 수면의 눈부신 광채에 가려져 화살 몇 대 날아갈 거리밖에 안 보였지만, 햇빛과 등진 쪽은 한눈에 먼 곳까지 다 보였다. 눈에 보이는 건 어디서 왔는지도, 어디로 가는지도 모를 더러운 황토물뿐이었으며 그 물줄기가 연달아 흙산에 부딪혀 뒤엉키면서 크고 작은 시커먼 소용돌이를 만들어냈다. 이따금 미련한 두꺼비 한두 마리가 그 속에 뛰어들었다가 온데간데없이 사라졌다. 그사이 할아버지가 꽂아둔 나뭇가지가 물에 잠겼다. 이는 수위가 여전히 빠르게 올라가고 있음을 뜻했다. 그 크고 아득한 세계를 바라보다가 할아버지는 망연해졌다. 마음이 적막한 황야처럼 텅 빈 것 같다가도 금세 뭔가가 가득 차서 오장육부가 한 덩어리로 뭉치는 것 같았다. 그렇게 넋을 놓고 있는 사이, 물이 몇 치 더 차올랐고 흙산은 갈수록 더 작아졌다. 양쪽을 대조하다가 할아버지는 마음이 차갑게 식어 하늘을 우러러 길게 탄식했다. 파란 하늘이 구름 사이로 뭉텅뭉텅 드러나고 조각구름들이 바람에 쫓겨 허둥지둥 달아나고 있었다. 할아버지는 물가에 또 나뭇가지를 꽂고 다소 풀린 표정으로 움막에 돌아왔다. 그리고 두 다리를 마구 허우적대는 할머니에게 "내게 아들을 낳아줄 수 있어?"라고 물었다.

　해 질 무렵, 할아버지는 다시 물을 살피러 움막 밖으로 나갔다. 온 하늘의 알록달록한 구름이 물을 비추고 있었다. 붉은 구름은 붉게, 노란 구름은 노랗게 혼탁한 물 위를 흐릿하게 떠다녔다. 수위가 변하지 않은 것을 보고 할아버지는 마음을 놓았다. 이때 작은 흙산을 둘러싼 수면 위로 은회색 큰 새들이 떼 지어 날아다니고 있었다. 할아버지는 그 새들이 무슨 새인지 몰랐다. 그 새들은 기괴하고 교활한 소리로 울어댔고 날개가 놀빛에 물들어 있었다. 할아버지는 그 새들이 물속에서 흰색 물고기를 한 마리씩 낚아채는 것을 보고 조금 허기가 느껴져 움막에 들어가 불을 피워 밥을 지었다. 할머니는 얼굴이 온통 땀범벅인데도 잊지 않고 수위가 어떤지 물었다. 할아버지는 수위가 내려가기 시작했으니 안심하고 아이를 낳으라고 했다. 할머니는 금방 울음을 터뜨리며 말했다. "여보, 내가 나이가 많아서 골반뼈가 굳었나봐요. 아이를 못 낳을까봐 무서워요." 할아버지가 말했다. "그럴 리 없어. 너무 초조해하지 마."

땔감이 눅눅해서 움막 안에 검은 연기가 가득 찼다. 황혼이 점점 내려앉으면서 연기처럼 서서히 물의 세상을 덮었다. 물새들이 입을 모아 시끄럽게 우짖으며 한 무리씩 흙산 위에 내려앉았다. 할머니는 밥 먹을 상태가 아니었고 할아버지도 대충 몇 술 뜨긴 했지만 뱃속에 썩은 풀이 들어찬 듯했다. 생선 살을 넣고 끓인 귀리죽 반 솥이 결국 식어서 덩어리졌다. 그 밤, 할머니는 역시 수시로 진통에 시달리며 이따금 신음했지만 아버지는 고집을 부리며 영 태어나려 하지 않았다. 초조한 나머지 할머니는 아버지에게 "애야, 이제 나오렴. 이 어미 그만 좀 고생시키고"라고 말했다. 할아버지는 멍석 앞에 앉아 애만 태울 뿐 도울 방도가 없었다. 머릿속으로 딴생각을 하느라 말도 딸꾹질처럼 뚝뚝 끊어져서 아예 입을 다물었다. 연노란색 달빛이 쭈뼛쭈뼛 움막 안을 채우고 할아버지의 새파란 정수리와 할머니의 새하얀 몸을 물들였다. 귀뚜라미는 지붕의 풀더미 위에 엎드린 채 날개를 비벼 사각사각, 소리를 냈다. 또 사방에서 시끄럽게 들려오는 물소리는 미친 말 떼나 들개 무리처럼 멀어졌다 가까워지기도 하고 성글어졌다 빽빽해지기도 해서 무척 변화무쌍했다. 할아버지는 움막 밖을 내다보았다. 달빛 아래, 흙산 가득 내려앉은 새들이 눈부시게 하얬다. 흙산에는 밤나무가 여기저기 자랐는데 사람의 손을 안 타 크지 않고 아직 열매 맺을 나이도 아니었다. 낮에는 잎마다 가을빛이 완연했지만 지금 달빛 아래에서는 잎은 안 보이고 기이한 열매가 주렁주렁 매달린 것처럼 보였다. 가지가 축 늘어져 잎들이 부스럭부스럭 소리를 냈다. 그런데 자세히 보니 나무 위에도 온통 큰 새들이었다. 할아버지와 할머니는 조금 멍해져서 언제인지도 모르게 잠이 들었다.

이튿날 아침, 반 솥 남은 죽은 이미 쥐들이 싹싹 핥아먹었고 그래도 아직 배고픈 쥐 수십 마리가 움막 안을 왔다갔다했다. 할머니는 쥐떼 같은 건 신경 쓸 여력이 없었다. 멍석 위에서 이리저리 뒤척이는 할머니의 얼굴에는 땀이 마른 흔적이 쭉쭉 나 있었다. 할아버지는 몽둥이를 들고 쥐들을 몰아냈다. 쥐들은 사납고 흉악해서 펄펄 날뛰었고 10여 마리가 죽은 뒤에야 씩씩대며 움막을 나가서는 먹이를 찾으러 흙산 곳곳으로 흩어졌다. 그리고 물새들은 이미 물고기를 잡으러 수면 위로 날아갔는데 산과 나무 위에는 녀석들의 깃털과 배설물이 하얗고 까맣게 온통 얼룩져 있었다. 황토물 위로 막 솟아오른 태양은 핏빛의 거대한 감 모양이어서 쿡 찌르면 즙이 흘러나올 것 같았다. 나중에는 동쪽 하늘과 물이 같은 색이 되었고 그사이에 새빨간 공이 끼어서는 금빛을 띠었다가 은빛을 띠었으며 그 모양도 크고 거칠었다가 작고 반듯해졌다. 이렇게 해가 작아진 데 반해 물과 하늘은 넓어졌다. 할아버지는 물의 기세를 살폈다. 전날 꽂아둔 나뭇가지가 여전히 물가와 나란한 것을 보면 물은 더 불어나지 않았고 사방의 크고 거친 파도도 자취를 감췄다. 수면은 거울처럼 잔잔했으며 소용돌이가 아직 있긴 했지만 이미 얕아졌다. 그리고 물 위로 수많은 잡동사니가 떠내려와 흙산을 겹겹이 에워쌌다. 할아버지는 자루가 긴 쇠갈고리를 가져온 후 웃통을 벗었다. 근육을 꿈틀대면서 물가를 따라가며 떠내려온 물건들을 건져냈다. 상자, 궤짝, 들보, 시렁, 나무, 철통 등 온갖 잡동사니가 할아버지 뒤로 줄을 이뤘다. 할머니의 비명은 이제 우렁차지 않았으며 가끔씩 들려왔다.

할아버지는 인상을 쓴 채 스스로 일을 재촉했다. 그렇게 주의를 딴 데로 돌리려는 듯했다. 홍수에 잠긴 밤나무 몇 그루는 크고 작은 수관樹冠을 물 위로 들쑥날쑥 드러내고 있었는데 잎은 죄다 죽은 색이었다. 그런데 밤나무 근처에서 할아버지는 까만지 하얀지 불분명한 덩어리 하나가 수면 위로 오르락내리락하는 걸 보았다. 힘껏 쇠갈고리를 던지자 물속에서 퍽, 퍽, 소리가 나더니 수면 위로 거무죽죽한 색깔이 번졌다. 할아버지는 그걸 끌어다가 보자마자 위장이 바짝 뒤틀리면서 노란 위액을 연거푸 토했다.

할아버지가 쇠갈고리로 끌어올린 건 시체였다. 너덜너덜 붙어 있는 옷가지 사이로 부푼 몸뚱이가 보였다. 죽은 사람은 두 다리를 쭉 뻗고 발가락 열 개를 힘껏 벌리고 있었으며 배는 이미 풍선처럼 부풀어서 배꼽이 움푹 파인 상태였다. 더 아래를 보니 오른손은 주먹을 쥐었고 왼손은 비틀어진 채 엄지와 검지만 남고 나머지 세 손가락은 뿌리째 사라지고 없었다. 또 목은 가늘고 길었는데 어깨뼈 부위에 할아버지의 쇠갈고리에 찍힌 검은 구멍 두 개가 나 있었다. 그 구멍에서 흘러나온 구정물이 목덜미를 더럽혔다.

　죽은 사람의 아래턱에는 희끗희끗한 수염이 어지럽게 뒤엉켜 있었고 아랫입술과 윗입술이 물고기에게 뜯어먹혔는지 입속의 단단하고 검은 치아가 두 줄로 드러나 있었다. 또 코는 아직 죽순처럼 꼿꼿했지만 왼쪽 눈가는 깊은 구멍이 되어 진흙이 가라앉았고 오른쪽 눈알은 희디흰 힘줄에 달려 귓가까지 늘어져서 흑백이 구분된 채 세상을 바라보고 있었다. 미간에는 동그란 구멍 하나가 뚫렸고 머리카락은 흰색과 회색이 섞였으며 두피는 실을 다 토한 누에처럼 쪼글쪼글했다. 죽은 사람은 금세 파리 떼를 부르고 코를 찌르는 악취를 풍겼다. 할아버지는 눈을 감은 채 죽은 사람을 물속에 밀어넣었다. 그러고는 더 이상 물에서 뭔가를 건지고 싶지 않아 쇠갈고리를 물에 흔들어 씻은 뒤 그걸 지팡이처럼 짚고 구역질을 해대며 움막으로 돌아왔다.

　할머니는 이미 기진맥진해서 물 밖에 나온 큰 물고기처럼 누워서 수시로 파르르 몸을 떨었다. 할아버지가 움막 안으로 들어오자 그녀는 참담하게 웃으며 말했다. "여보, 제발 나를 좀 죽여줘요. 난 이제 힘이 없어서 당신 아이를 낳을 수가 없어요."

　할아버지는 할머니의 손을 꼭 쥐었다. 두 사람의 눈가에 눈물이 가득 고였다. 할아버지는 "작은 아씨, 내가 당신을 망쳤어. 당신을 여기 데려오는 게 아니었는데"라고 말했다. 뺨 위로 눈물을 흘리며 할머니는 "나를 작은 아씨라고 부르지 말아요"라고 말했다. 할아버지는 할머니를 보며 지난날을 떠올렸다. 다시 진통이 시작되어 할머니가 울면서 가까스로 말했다. "여보…… 제발…… 나를 한칼에 보내줘요……." 할아버지는 말했다. "작은 아씨, 나쁜 마음을 먹으면 안 돼. 우리가 함께 살기까지 얼마나 힘들었는지 생각해봐. 내가 사람을 죽일 때 당신은 칼을 건넸고 불을 지를 때는 지푸라기를 가져다주었지. 그리고 만 리 길도 그 작은 발로 걸어왔는데 겨우 고양이만 한 아이를 왜 못 낳겠다는 거야?" 할머니가 말했다. "정말 힘이 하나도 없다니까요." 할아버지는 말했다. "조금만 기다려, 내가 밥을 지을 테니."

할아버지는 서툴게 밥 반 솥을 지어 사발 두 개에 가득 담고서 한 사발은 자기가 들고 한 사발은 할머니에게 건넸다. 할머니는 누운 채 힘없이 고개를 저었다. 할아버지는 화가 나서 사발을 힘껏 움막 밖으로 내동댕이치며 소리쳤다. "좋아, 죽을 거면 다 같이 죽자고! 당신 죽고, 애도 죽고, 나도 죽는 거야!" 말을 마치고 할머니를 외면한 채 배고픈 쥐들이 움막 밖에서 굶주린 늑대들처럼 싸우는 것만 보고 있었다. 할머니가 힘껏 몸을 일으켜 앉아서는 사발을 빼앗아가 우걱우걱 먹기 시작했다. 그러면서 하염없이 눈물을 흘렸다. 할아버지는 감격스러워하며 큼지막한 손으로 할머니의 등을 어루만졌다.

그날 할머니는 세 번 기절했고 저물녘에는 멍석 위에 시체처럼 뻣뻣이 누워 있었다. 할아버지는 할머니 곁을 지키며 몸은 땀투성이, 얼굴은 눈물투성이였다. 저물녘에는 눈이 쑥 들어가고 수염이 덥수룩했으며 마음속은 혼돈 그 자체였다. 황혼이 점점 움막 안을 가득 채웠다. 흙산 위에 다시 큰 새들이 떼 지어 날아왔다. 전날 저녁처럼 귀뚜라미가 날개를 비벼 소리를 냈는데, 그 소리가 마치 흐느끼며 하소연하는 듯했다. 쥐들이 움막 밖에서 고개를 들이밀고 석탄처럼 까만 눈을 빛냈다.

처량한 달빛이 움막 안으로 쏟아져 들어와 할아버지와 할머니를 덮었다. 할아버지는 용감하고 날랜 사내로 햇빛 아래에서 매처럼 까만 눈을 가늘게 뜨곤 했는데, 지금은 아래턱을 두 손에 파묻고 굶주린 매처럼 몸을 웅크리고 있었다. 그야말로 막다른 길에 몰린 영웅의 모습이었다. 할머니는 목이 길고 가슴이 풍만했으며 가는 팔과 작고 뾰족한 발을 가졌고 불룩 솟은 배에는 아버지가 담겨 있었다. 아버지는 태어날 때 기상이 넘쳐흘렀지만 자란 후에는 선량하고 후덕한 농부가 되었다. 햇빛이 서쪽으로 지고 달빛이 동쪽에서 올라와 할아버지와 할머니를 감싸안았다. 두 사람은 씻은 듯이 깨끗해졌다. 쥐들은 슬금슬금 움막 안에 들어왔다가 할아버지가 꼼짝도 안 하는 걸 보고 즉각 난리를 치기 시작했다. 지금 움막 안의 모든 게 할아버지의 눈에는 흐릿하고 몽롱하게만 보였다.

달빛 속의 할머니는 일거수일투족이 다 상처 입은 큰 새 같았다. 물소리와 물새 우는 소리가 파도처럼 연이어 밀려들었다. 그런데 유시酉時*가 지났을 때, 할아버지는 등골이 서늘해지면서 저도 모르게 몸서리를 쳤다. 똑바로 눈을 뜨고 보니 달빛 속에서 커다란 물체가 꿈틀꿈틀 기어오고 있었다. 할아버지가 막 소리를 지르려던 찰나, 그 물체가 사람 소리를 냈다. 여자 목소리였다. "이봐요…… 저 좀 살려 줘요……." 할아버지는 황황히 일어나 귀한 양초에 불을 붙였다. 일렁이는 촛불 아래 그 여자가 엎드린 채 헐떡이고 있었다. 할아버지는 그녀를 부축해 짚더미 위에 앉혔지만 그녀는 흐물거리는 진흙처럼 두

---

* 오후 5~7시.

어깨를 축 늘어뜨리고 이리저리 고개를 떨궜다. 어깨를 덮은 그녀의 까만 머리칼 사이에 어지럽게 풀이 묻어 있었다. 그리고 자주색 옷이 살갗에 착 달라붙어 있었으며 두 개의 찐빵 같은 가슴은 차갑고 매끄럽게 봉긋 솟아 있었다. 긴 눈썹과 올라간 눈꼬리, 높은 코와 큰 입을 가진 그녀는 두 눈 사이가 무척 넓었다.

"어디서 왔죠?"라고 묻자마자 할아버지는 자기가 멍청한 질문을 했다는 걸 깨달았다. 온몸이 흠뻑 젖었으니 물에 떠내려온 게 당연하지 않은가. 여자는 대답도 못 하고 어깨에 머리를 얹은 채 옆으로 푹 쓰러졌다. 할아버지가 얼른 부축하자 그녀는 웅얼거리며 말했다. "……저 먹을 것 좀 주세요……."

할머니는 누가 온 걸 보고서 잠시 자기 상황도 잊고 몸을 추슬렀다. 할아버지에게 여자를 부축하게 해서 젖은 옷을 벗기고 자기 옷을 입힌 뒤 옆자리에 눕히게 했다. 할아버지는 솥에서 밥 한 사발을 퍼와서 젓가락으로 한 덩이씩 여자에게 먹여주었다. 여자는 씹지도 않고 그걸 다 꿀떡꿀떡 삼켰으며 그녀의 뱃속에서는 꾸르륵 소리가 났다. 밥 한 사발이 순식간에 사라졌다.

할아버지는 다시 밥 한 사발을 퍼왔다. 여자는 몸을 일으켜 앉아 옷자락을 당겨 몸을 가린 뒤, 젓가락을 받아 스스로 먹기 시작했다. 할아버지와 할머니는 사람 구경을 오래 못 했고 이렇게 맹수처럼 밥 먹는 걸 처음 보는 터라 은근히 겁나고 이 여자가 사람인지 귀신인지 헷갈렸다. 두 번째 사발을 다 비운 여자가 간절한 눈빛으로 할아버지를 빤히 쳐다보았다. 할아버지는 밥 한 사발을 또 가져다주었다. 여자는 밥 먹는 기색이 점차 얌전해졌는데 그녀가 세 번째 사발을 다 비웠을 때 할머니가 "더 먹으면 안 돼요!"라고 소리쳤다. 여자는 깜짝 놀라 곁눈으로 할머니를 보았고 그제야 움막 안에 다른 여자가 있는 걸 알고서 바로 사발을 내려놓았다. 그러고는 눈에 까맣게 광채가 돌더니 잠시 멍하니 있다가 연신 고맙다고 말했다. 할아버지는 여자에게 몇 마디 물었지만 여자가 우물우물 대답하기를 피하자 더는 묻지 않았다.

할머니의 진통이 다시 시작되었다. 여자는 할머니를 보고 즉시 어떤 상태인지 파악했다. 그녀는 일어나서 몇 번 허리를 돌려보고는 몸을 숙여 할머니의 배를 만지더니 싱긋 웃었지만 말을 하지는 않았다. 그러고는 멍석에서 풀을 한 움큼 뽑아 바닥에 여기저기 뿌렸다. 이어서 번개처럼 젖은 옷 보따리 속에서 새까만 권총을 꺼내 할아버지 가슴에 들이댔다. 여자는 할머니를 향해 "일어나! 안 그러면 이자를 쏴 죽일 거야!"라고 매섭게 소리쳤다. 할머니는 몸을 굴려 멍석에서 내려와 알몸으로 여자 앞에 섰다.

"몸을 굽혀 내가 뿌린 풀을 주워. 한 가닥씩 줍고 주울 때마다 허리를 펴." 여자가 명령했다. 할머니가 우물쭈물하자 여자는 "주울 거야, 말 거야? 안 주우면 총을 쏜다"라고 말했다. 그녀는 표정이 험악했고 말은 쇠구슬이 놋대야에 떨어지듯 단호하고 분명했다. 촛불 아래, 권총이 깜박깜박 빛을 발했다.

그때 할아버지와 할머니는 모두 넋이 나가버렸다. 그리 무섭지는 않았지만 꿈을 꾸는 듯 정신이 얼떨떨했다. 할머니는 몸을 굽혀 한 가닥씩 풀을 주워 부뚜막 위에 올려놓기를 사오십 번 반복했다. 투명한 양수가 가랑이 사이로 흘러내리는 게 보였다. 할아버지는 차츰 정신이 들어 형형한 눈빛으로 여자를 노려보며 씩씩거렸다. 여자는 할아버지를 곁눈질하며 빙그레 웃었다. 뺨 한쪽이 화사한 보름달 같았다. 그리고 "움직이지 마!"라고 할아버지한테 나직이 말한 뒤 "빨리 주워!"라고 할머니한테 소리쳤다.

할머니는 결국 풀을 다 줍고 울먹이며 "이 요괴!"라고 욕했다.

여자는 권총을 거두고 깔깔 웃었다. "오해하지 말아요, 저는 의사랍니다. 아저씨, 칼과 가위, 깨끗한 천을 찾아오세요. 제가 아주머니의 아기를 받을게요."

할아버지는 말문이 막혔고 여자가 하늘에서 내려온 선녀가 아닐까 생각했다. 그리고 서둘러 칼과 가위와 잡동사니를 찾아왔고 또 지시대로 솥을 닦아 물을 끓였다. 곧 솥뚜껑에서 김이 모락모락 피어올랐다. 여자는 밖에 나가 윗옷과 바지를 깨끗이 헹군 후 힘껏 비틀어 짰다. 그러고는 달빛 속에서 옷을 갈아입었는데 할아버지는 여자의 몸이 비단처럼 흰 걸 보고 마치 성스러운 동물을 본 듯 경건한 마음이 되었다. 물이 다 끓었을 때 여자는 움막으로 들어와 할아버지에게 "나가 있어요"라고 말했다.

할아버지는 달빛 아래 서 있었다. 반달 아래, 수면이 은색으로 빛나고 때로 투명한 안개가 천지 사이에 일렁이면서 맑은 물소리가 들려왔다. 할아버지는 경건한 마음이 더 솟구쳐 털썩 무릎을 꿇고 밝은 달을 쳐다보며 기도했다. 그때 응애응애 하는 소리가 움막 속에서 들려왔다. 나의 아버지가 세상에 나온 것이다. 할아버지는 만면에 눈물을 적시며 움막 안으로 들어갔다. 마침 여자는 손에 묻은 피를 씻고 있었다.

"뭐죠?"라며 할아버지가 물었다.

"사내아이예요"라고 여자가 말했다.

할아버지는 바닥에 넙죽 엎드려 여인에게 말했다. "누님, 이생에서는 이 은혜를 다 갚지 못할 테니 내세에서 누님의 개나 말이 되어드릴게요." 여자는 살짝 웃고는 비스듬히 몸을 기울이고 금세 죽은 듯이 곯아떨어졌다. 할아버지는 그녀를 침상 위에 데려다 눕히고서 할머니를 어루만지고 아버지를 살핀 후 휘청휘청 움막 밖으로 나갔다. 달은 이미 중천에 떠 있었고 물속에서는 큰 물고기가 내는 소리가 들렸다. 할아버지는 그 소리를 따라 큰 물고기를 찾아 나섰다가 어떤 주황색 부유물이 출렁대며 흙산을 향해 다가오는 걸 보았다. 깜짝 놀란 할아버지가 쪼그리고 앉아 자세히 살펴보니 그 물체는 둥글고 매끄러우며 철썩철썩 물소리를 냈다. 또 가까워질수록 어린 양 같은 흰색과 석탄 같은 검은색도 눈에 들어왔다. 검은색이 흰색을 밀면서 수면을 휘저어 은빛과 옥빛의 물보라를 튀겼다.

우리 아버지의 출생 후 첫날 아침, 가을 홍수에 둘러싸인 흙산 위는 무척 북적거렸다.

움막 안에서 할아버지는 서 있었고 할머니는 누워 있었으며 아버지는 잠들어 있었다. 여의사는 벽에 기대어 있었고 검은 옷 입은 남자는 부스럭대고 있었으며 흰옷 입은 처녀는 앉아 있었다.

할아버지가 밤에 본 부유물은 유약을 바른 큰 항아리였다. 항아리 속에는 흰옷 처녀가 담겨 있었고 검은 옷 남자가 그걸 밀고 왔다.

검은 옷 남자는 키가 작았으며 얼굴에 살이 없고 뼈만 남아 눈구멍이 매우 깊었다. 도자기처럼 하얀 흰자위를 빛내며 부채 같은 귀를 쫑긋 세우고 있다가 쪼그려 앉은 채 탁한 비음이 섞인 목소리로 말했다. "이봐, 담배 좀 있나? 내 담배는 전부 물에 젖어서 말이야." 할아버지는 고개를 저으며 말했다. "담배 냄새 맡아본 지 반년은 됐어요." 검은 옷 사내는 하품을 하고는 검은 나무토막 같은 목을 쭉 내밀었다. 그 나무토막 같은 목에는 검은 줄 두 가닥이 걸려 있었는데 줄을 따라 아래를 보니 허리에 딱딱한 뭔가가 꽂혀 있었다. 남자는 일어나서 크게 기지개를 켰고 할아버지는 굳은 눈으로 그가 허리에 찬 권총 두 자루를 뚫어지게 쳐다보았다. 할아버지의 손바닥에서 끈적끈적한 땀이 배어나왔다. 검은 옷 남자는 자기 허리를 보고는 이빨을 드러내며 흉측하게 웃었다. "형씨, 먹을 것 좀 줘. 세상 사람 전부 형제 아니면 친구잖아. 나는 재 때문에 이틀 밤낮을 물에 잠겨 있었어."

검은 옷 남자는 똑바로 앉아 있는 흰옷 처녀를 손가락으로 가리켰다. 그녀는 몸은 큰데도 얼굴은 아이 같았고 이목구비가 오밀조밀 모여 있으며 곧은 콧대와 빨갛고 앙증맞은 입술을 갖고 있었다. 그런데 커다란 두 눈에 초점이 없고 손으로 더듬거리는 걸 보면 눈이 먼 게 분명했다. 눈먼 처녀는 하얀 비단옷을 입고 삼현금三絃琴을 안고 있었다. 동작이 느리고 둥실거려서 꼭 꿈속에 있는 사람 같았다.

할아버지는 솥에 쌀 두 되와 생선 열 마리를 넣고 불을 지폈다. 아궁이에서 하얀 연기와 붉은 불길이 뿜어져 나왔다. 검은 옷 남자는 재채기를 하고는 허리를 꼿꼿이 펴고 움막 밖으로 나갔다. 그리고 큰 항아리에서 포대를 꺼내 탄피가 황동인 탄환을 한 무더기 쏟아놓고서 탄환 꽁지를 하나하나 닦아 탄창에 채웠다.

자기를 의사라고 한, 자주색 옷을 입은 여자는 나이가 스물다섯 아래로 보였다. 밤새 죽은 듯이 자서 지금은 정신이 맑아 보였고 두 손으로 검은 머리칼을 꼬아 땋으며 움막 가장자리에 기댄 채 검은 옷 남자의 수작을 냉랭하게 지켜보았다. 할아버지는 그녀가 가진 권총의 위력을 못 잊고 그녀의 허리춤을 훑어봤지만 뭔가 불룩 튀어나와 있지는 않았다. 하룻밤 사이에 이런 인물이 세 명이나 산 위에 나타났으니 사람을 죽여본 적 있는 할아버지라도 가슴이 두근두근할 수밖에 없었다. 밥을 지으면서도 머릿속으로 이런저런 추측을 계속했다. 할머니는 몸이 축 처져서 잠깐 그들을 보다가 아예 눈을 감았다.

자주색 옷 여자가 살랑살랑 눈먼 처녀에게 다가가 쪼그리고 앉아서 조그맣게 "애, 넌 어디서 왔니?"라고 물었다.

"넌 어디서 왔니…… 넌 어디서 왔니……." 눈먼 처녀는 자주색 옷 여자의 말을 되풀이하더니 갑자기 환하게 웃었다. 그녀의 뺨에 커다란 보조개 두 개가 파였다.

"이름이 뭐야?" 자주색 옷 여자가 또 조그맣게 물었다.

눈먼 처녀는 여전히 아무 말 없이 달콤한 미소만 지었다. 마치 행복하고 만족스러운 어느 머나먼 세계에 들어간 것 같았다.

아버지가 눈물도 안 흘리고 눈도 뜨지 않은 채 우렁차게 울음을 터뜨렸다. 하지만 할머니가 갈색 젖꼭지를 입에 물려주자 즉시 울음을 그쳤다. 이따금 장작이 타면서 타닥타닥 소리를 내, 멀리서 들려오는 물소리가 더 깊고 신비하게 느껴졌다. 온몸에 노을빛을 뒤집어쓴 검은 옷 남자는 얼굴과 목에 붉은 녹이 슨 듯했다. 황금색 총알이 반짝거리며 수시로 움막 속 사람들의 시선을 끌었다. 자주색 옷 여자가 살랑살랑 밖에 나가서 검은 옷 남자에게 다가갔다. 그리고 수줍은 표정으로 말을 더듬으며 "아저씨, 이게 뭐죠?"라고 물었다.

검은 옷 남자는 그녀를 쓱 보고서 험악하게 웃으며 말했다. "부지깽이지."

"바람이 통하나요?" 그녀가 바보처럼 물었다.

검은 옷 남자가 손을 멈추고 턱을 들더니 구름 속 번개처럼 눈을 이글거렸다. 뾰족한 그의 아래턱에 짐승 같은 웃음기가 번졌다. "한번 입으로 불어보든가!"

자주색 옷 여자가 접먹은 듯이 말했다. "어떻게 그래요, 불다가 입에서 안 빠지면 어쩌려고요."

검은 옷 남자는 의심하는 눈초리로 그녀를 보고는 서둘러 총과 탄환을 챙겨 일어났다. 그러고는 밖으로 휘어진 다리로 느릿느릿 움막 안으로 돌아갔다. 움막 안에는 이미 구수한 생선 밥 냄새가 가득했다.

사발은 딱 두 개뿐이었다. 사발 두 개에 밥을 가득 담고서 할아버지는 그중 하나를 두 손으로 받쳐 자주색 옷 여자에게 공손히 내밀었다. "누님, 드세요. 외진 곳에 살다보니 드릴 만한 좋은 음식이 없네요. 홍수가 물러가면 누님께 사례할 방도를 찾아볼게요." 여자는 가늘게 눈을 뜨고 웃으며 사발을 받고는 그걸 다시 할머니에게 건넸다. "제일 고생한 사람은 아주머니죠. 고기를 더 잡아와서 탕을 끓여 드시게 해요. 잉어는 기운을 북돋우고 붕어는 젖이 돌게 하죠." 할머니는 눈물이 핑 도는 걸 느끼며 사발을 받았다. 입술을 달싹였지만 말이 나오지 않았고 고개를 숙였을 때 눈물 한 방울이 아버지 얼굴에 톡 떨어졌다. 아버지는 까만 두 눈을 뜨고는 빛줄기 속에 떠다니는 가는 먼지를 나른하게 쳐다보았다.

할아버지는 밥 한 사발을 또 두 손에 들고는 검은 옷 남자를 힐끔 보며 사과했다. "노형, 죄송하지만 좀더 기다려줘요." 그러고서 사발을 자주색 옷 여자 앞으로 내밀었는데 검은 옷 남자가 한 손을 쓱 뻗어 가로채며 피식 웃었다. 할아버지는 불쾌감을 억누르려다 화가 기침으로 바뀌어 연방 콜록거렸다.

남자는 밥사발을 뺏어갔지만 자기가 먹지는 않았다. 눈먼 처녀 앞에 쪼그려 앉아 왼손으로 사발을 받치고 오른손으로 젓가락을 들어 한 덩이씩 밥을 눈먼 처녀의 입에 넣어주었다. 두 손으로 삼현금을 안은 채 목을 쭉 빼고 아래턱을 살짝 든 처녀의 모습은 꼭 먹이를 기다리는 제비 새끼 같았다. 그녀는 밥을 먹으면서 손가락으로 둥, 둥, 삼현금 줄을 퉁겼다.

눈먼 처녀에게 밥 두 사발을 연달아 먹이고 나서 검은 옷 남자는 살짝 숨을 헐떡였다. 소매를 들어 눈먼 처녀의 입을 닦아준 후 그는 돌아서서 자주색 옷 여자 앞에 사발을 툭 던지며 "아가씨, 당신 차례야"라고 했다. 자주색 옷 여자는 "당신 먼저 먹어야 할 것 같은데요"라고 했고 이에 검은 옷 남자는 "공도 없고 덕도 없어서 나중에 먹어도 그만이야"라고 했으며 다시 자주색 옷 여자는 "총이 오발되지나 않게 조심해요"라고 했다.

할아버지는 검은 옷 남자에게 자주색 옷 여자가 전날 저녁에 한 일을 이야기해주었다. 사리를 좀 분별해 처신하라는 의도에서였다.

그런데도 검은 옷 남자가 냉소를 거두지 않자 할아버지는 물었다. "왜 웃는 거죠? 내가 거짓말하는 것 같아요?" 검은 옷 남자가 정색하고 답했다. "그럴 리가 있나. 하지만 그리 신기할 것도 없어. 사람이 태어나 살다보면 많든 적든 잘하는 게 있게 마련이니까." 할아버지는 "난 없는데요"라고 했고 검은 옷 남자는 "있어, 있고말고. 그런 것도 없이 구태여 이 황폐한 늪 구덩이에 살 리가 없잖아."

이 말을 하다가 검은 옷 남자는 큰 쥐 몇 마리가 밥 냄새를 맡고 움막 안으로 머리를 들이미는 걸 보았다.

그는 계속 말하면서 손을 허리춤으로 가져가 권총을 뽑아들고 탕, 탕, 두 발을 쏘았다. 총구에서 파란 연기가 피어오르고 움막 안에 화약 냄새가 가득 찼다. 쥐 두 마리가 움막 입구에서 즉사해 피와 뇌수가 사방에 튀었다. 할머니는 놀라서 사발을 떨어뜨렸고 할아버지도 눈이 휘둥그레졌다. 자주색 옷 여자는 검은 옷 남자를 시퍼렇게 쏘아보았다. 또 아버지는 쌕쌕 자고 있었고 눈먼 처녀는 둥, 둥, 삼현금 줄을 퉁기고 있었다. 할아버지는 화가 나서 "당신, 너무 막무가내잖아!"라고 소리쳤다. 검은 옷 남자는 껄껄 웃더니 비틀거리며 일어나 솥 앞에 서서 다른 사람 눈치도 안 보고 주걱으로 푹푹 밥을 퍼먹었다. 그리고 배가 다 차고 나서는 인사치레 한마디 없이 눈먼 처녀의 머리를 툭툭 치고는 그녀의 손을 잡고 비틀거리며 밖으로 나갔다. 그는 양지바른 곳에 눈먼 처녀를 앉혀두고 허리에서 권총 두 자루를 뽑았다. 그러고는 흙산 주변의 수면 위에서 놀거나 먹이를 찾는 큰 새들을 향해 장난치듯 총을 쏘았다. 그의 사격은 백발백중이어서 금세 10여 마리의 시체가 물 위에 뜨고 붉은 피가 원을 이루며 번졌다. 새들은 겁에 질려 날아올랐지만 멀리까지 올라가서도 몇몇은 총에 맞아 곤두박질쳐 수면을 붉게 물들였다. 이때 자주색 옷 여자가 창백한 얼굴로 천천히 검은 옷 남자에게 다가갔다. 검은 옷 남자는 그녀를 본체만체하며 햇빛을 마주했고 그의 까만 얼굴은 쇳빛을 띠었다. 그는 읊조리는 듯, 노래하는 듯 눈먼 여자가 퉁기는 삼현금 소리에 맞춰 흥얼거렸다. "초록 메뚜기, 보라 귀뚜라미, 빨간 잠자리, 하얀 까마귀, 파란 제비, 노랑할미새." 자주색 옷 여자가 말했다. "당신이 그 유명한 라오치老七로군요!" 검은 옷 남자가 그녀를 힐끗 보며 말했다. "난 라오치가 아냐." "라오치가 아니면 그 귀신 같은 사격 솜씨는 뭔데요?" 검은 옷 남자는 권총 두 자루를 허리춤에 꽂고서 열 손가락이 다 있는 두 손을 치켜들며 말했다. "보라고, 내가 라오치 같아?" 그가 물속에 침을 칵 뱉자 작은 물고기들이 순식간에 몰려들었다. "내 수양딸아, 내가 부르면 이어 불러야지." 그는 흰옷 처녀에게 말했다. "불러보렴. 하얀 까마귀, 파란 제비, 노란 할미새……."

눈먼 처녀는 살며시 웃으며 노래를 부르기 시작했다. 아직 목소리가 앳돼서 천진하고 감동적이었다. "초록 메뚜기는 초록 풀줄기를 먹고, 빨간 잠자리는 빨간 벌레를 먹고, 보라 귀뚜라미는 보라 메밀을 먹네."

"그러니까 라오치는 손가락이 일곱 개*라는 건가요?" 자주색 옷 여자가 물었다.

검은 옷 남자는 말했다. "손가락이 일곱 개면 라오치고 열 개면 라오치가 아니지."

"하얀 까마귀는 보라 귀뚜라미를 먹고, 파란 제비는 초록 메뚜기를 먹고, 노란 할미새는 빨간 잠자리를 먹네."

"당신 사격 솜씨면 이 가오미현에서 으뜸일 텐데요." "난 라오치만 못해. 라오치는 날아가는 파리도 쏘아 맞히지만 난 그러지 못하거든." "라오치는 어디 있죠?" "내가 없앴지."

"초록 메뚜기는 하얀 까마귀를 먹고, 보라 귀뚜라미는 파란 제비를 먹고, 빨간 잠자리는 노란 할미새를 먹네."

햇빛이 흙산을 가득 비췄다. 물새들이 도망친 수면은 눈부시고 고요해서 반쯤 잠긴 어린 밤나무들은 미동조차 없었다. 자주색 옷 여자가 손을 비비더니 어디에선가 번개처럼 권총을 꺼내 검은 옷 남자를 겨누고 방아쇠를 당겼다. 탄환이 검은 옷 남자의 가슴을 관통했다. 그는 풀썩 고꾸라졌다가 천천히 몸을 들어 즐거운 미소를 지었다. "……질녀야, 장하다…… 네 어미와 아주 판박이로구나……." 자주색 옷 여자가 울며 소리쳤다. "왜 우리 아버지를 해쳤어?" 검은 옷 남자가 기를 쓰고 한 손가락을 들어 흰옷 처녀를 가리켰다. 그러고

• '일곱'은 중국어로 '치'라고 발음된다.

는 컥, 소리를 낸 후 손을 떨구고 엎어지며 땅바닥에 한쪽 뺨을 부딪
쳤다.

검은색 큰 수탉 한 마리가 나타나 목을 빼고 "꼬꼬댁, 꼬꼬!" 하고
울었다. 눈먼 처녀는 여전히 삼현금을 타며 노래 부르고 있었다.

홍수가 물러가기 시작했다.

내가 어릴 때 할아버지는 내게 동요 한 곡을 가르쳐주셨다.

"초록 메뚜기, 보라 귀뚜라미, 빨간 잠자리

하얀 까마귀, 파란 제비, 노랑할미새

초록 메뚜기는 초록 풀을 먹고, 빨간 잠자리는 빨간 벌레를 먹고

보라 귀뚜라미는 보라 메밀을 먹네

하얀 까마귀는 보라 귀뚜라미를 먹고, 파란 제비는 초록 메뚜기를
먹고

노랑할미새는 빨간 잠자리를 먹네

초록 메뚜기는 하얀 까마귀를 먹고, 보라 귀뚜라미는 파란 제비를
먹고

빨간 잠자리는 노랑할미새를 먹네

큰 수탉이 와서 목을 빼고 꼬꼬댁, 꼬꼬 우네……."

꽃을 든 여자

❀

◖ 1 ◗

　선원 왕쓰는 결혼하러 고향에 돌아왔다. 그의 신붓감은 현성 백화점 시계 코너의 판매원이었다. 그녀와 왕쓰의 집은 모두 현성에서 40리 떨어진 마좡샹馬莊鄉이었는데 왕쓰의 집은 리자좡李家莊이고 그녀의 집은 차오터우바오橋頭堡였다. 원래 그녀가 외지에 나가 왕쓰와 결혼하려 했지만 결국 왕쓰를 불러들여 하기로 했다. 집에서 시끌벅적하게 식을 치러 연로한 어른들을 기쁘게 해주고 싶었기 때문이다.

　왕쓰는 기차에서 내리자마자 백화점으로 달려갔다. 그런데 시계 코너에 가서 물으니 그녀는 이미 휴가를 내고 집에 돌아갔다고 했다. 여자 판매원 몇 명이 시시덕대며 “당신이 바로 옌핑의 그 사람인가요?”라고 물었고 그는 “그런 셈이죠”라고 답했다. 왕쓰는 백화점을 나와 버스 터미널로 향했다. 반쯤 갔는데 하늘에서 비가 내리기 시작했다. 처음에는 얼마 안 내리다가 점점 더 많이 왔다. 터미널까지는 아

직 거리가 꽤 있어서 그는 가방 속 물건이 젖을까 걱정돼 비를 피할
곳을 찾았다. 고개를 드니 철도 입체 교차교가 보였다. 그는 잰걸음
을 쳐 그 아래로 들어갔다.

빗줄기가 하늘과 땅 사이에 회백색의 거대한 그물을 드리웠다. 평
소 교통이 복잡한 입체 교차교 아래가 지금은 썰렁하기 그지없었다.
지대가 낮은 입체 교차교 아래는 차량과 보행자의 통로이면서 홍수
의 통로이기도 했다. 대로의 빗물이 콸콸 쏟아져 들어와 다리 밑은
온통 물바다가 되었다. 왕쓰는 물속에 서서 좀더 마른 곳을 찾다가,
입체 교차교를 지탱하는 동시에 그 밑의 공간을 두 부분으로 나누는
철근 콘크리트 기둥들 사이에 섰다. 그는 가방을 내려놓고 주머니에
서 손수건을 꺼내 얼굴과 목덜미의 빗물을 닦은 뒤 담배와 라이터를
꺼냈다. 담배에 불을 붙이는데 뒤에서 개 한 마리가 컹컹 무섭게 짖
었다. 라이터에서 나온 불꽃에 놀란 모양이었지만 개 짖는 소리에 그
가 더 놀랐다. 개를 보려고 고개를 들었을 때 문득 반대편 기둥 옆에
진초록 원피스를 입은 여자가 눈에 들어왔다.

그는 다시 라이터 불을 켰고 등 뒤에서 개가 짖는 가운데, 자신과
겨우 3미터 떨어져 있는 그 여자를 유심히 살폈다.

그녀는 매우 질 좋은 진초록 원피스를 입고 어깨에는 흰색 레이스
숄을 걸치고 있었다. 숄은 이미 지저분해져서 술이 뭉텅이로 엉켜 있
었다. 그리고 신고 있는 갈색 구두는 진흙이 묻긴 했지만 역시 질이
좋은 걸 알 수 있었다. 고풍스럽고 화려해서 마치 톨스토이 소설 속
귀족 여자들이 신었던 것 같았다. 그녀는 무척 젊어 보여서 기껏해야

스물다섯도 안 된 것 같았다. 창백한 얼굴은 맑고 갸름했으며 회색빛 큰 눈은 깊고 우수에 차 있었다. 또 코는 오뚝하고 코끝이 살짝 각이 졌으며 짧은 인중 밑에는 빨갛고 긴 입술이 자리했다. 옅은 파란색 머리칼은 물이 흥건한 채 어깨 위에 흐트러져 있는 상태였다. 사실 왕쓰는 그때 이런 걸 다 낱낱이 본 건 아니었다. 그때 라이터의 희미한 불빛 아래 가장 먼저 눈에 들어와 그를 묘하게 흥분시킨 건 여자가 품에 안고 있던 꽃다발이었다.

그 꽃다발은 잎이 파릇파릇했고 꽃은 자줏빛이 도는 빨간색이었으며 무척 탐스러웠다. 잎과 꽃 모두 싱싱해서 방금 이슬 속에서 잘라온 것 같았다. 왕쓰는 꽃에 관해 잘 몰랐지만 가지에 난 분홍색 가시를 보고 월계꽃이나 장미가 아닐까 하고 추측했다. 대략 열 가닥의 꽃가지로 이뤄진 그 꽃다발에는 어른 주먹만 한 크기의 꽃 일고여덟 송이와 달걀만 한 크기의 덜 핀 꽃봉오리 서너 개가 달려 있었다. 그녀는 두 손으로 꽃다발을 껴안고 있었는데 풍성한 원피스 소매 밖으로 나온 하얀 팔뚝에 가시에 긁힌 자국이 벌겋게 나 있었다. 꽃송이는 그녀의 아래턱을 둘러쌌고 꽃잎은 요사스러울 정도로 생기가 넘쳐 마치 식물이 아니라 다른 생물 같았다.

불빛이 꽃송이와 그녀의 얼굴을 함께 비췄다. 그녀의 눈에서 착하고 온화한 빛이 반짝였다. 꽃이 서서히 피어나는 것처럼 그녀의 얼굴에 서서히 요염하면서도 매력적인 미소가 번졌고 도자기처럼 맑고 빛나는 치아 두 줄이 드러났다. 하얀색에 옅은 파란색이 도는 그녀의 치아는 무척 투명하고 흠집 하나 없었다.

왕쓰는 가슴이 조여들었고 계속 켜둔 라이터 불에 그만 손을 뎄다. 얼른 흔들어 불을 끄긴 했지만 한동안 정신을 차릴 수 없었다. 다리 밑은 어두컴컴했고 다리 밖은 비안개가 자욱했다. 다리 앞에 청백색 빗물 커튼이 드리워졌고 그의 발치로 물이 요란하게 흘러갔다. 그는 무섭지는 않고 그저 머리가 둔해진 느낌이었다. 꽃다발 속에서 여자가 피워낸 미소가 노란 불꽃처럼 그의 머릿속에서 타올랐다.

그는 저도 모르게 다시 라이터를 켰다. 파란색 불꽃이 튀어올랐다. 여자는 방금 전 자세 그대로 꼼짝도 하지 않았다. 그가 켠 밝은 불빛 아래에서 그녀가 또 매혹적인 미소를 지었다. 왕쓰는 자기가 통째로 그 꽃다발 속 미소의 포로가 된 것 같았다. 그는 다시 라이터 불을 끄고 싶지 않았다. 라이터 불을 끄면 아름다운 꿈에서 깨어날 것만 같았다. 그러나 라이터는 가스가 바닥나 냉정하게 그냥 꺼져버렸다. 뜨거워진 톱니를 탁, 탁, 탁, 계속 돌렸지만 조그만 불꽃만 튀고 불은 다시 붙지 않았다. 그는 짜증이 나서 그 뜨겁고 앙증맞은 걸 눈앞의 물속에 내던졌다. 라이터의 뜨거운 금속 부분이 차가운 물속에서 치익, 소리를 냈다.

여자의 소리 없는 미소가 찬란한 번개처럼, 사라지는 라이터 불을 따라 사라졌다. 그때 폭우 속에서 둔중한 천둥소리가 나더니 먼 곳의 번개가 입체 교차교 밑으로 가물대는 파란빛을 비춰 여자의 옅은 파란색 머리칼에 불을 붙인 듯했다. 짙은 파란색 빛무리가 그녀의 창백한 얼굴과 짙은 자줏빛 꽃들을 흐릿하게 비췄다. 기차가 폭우를 뚫고 다리 위를 지나갔다. 철로를 누르는 바퀴 소리와 축축한 공기를 찢는 기적 소리가 텅 빈 다리 밑에서 증폭되어 당장이라도 천지가 무너질 것만 같았다. 그 거대한 굉음 속에서 왕쓰는 갑자기 정신이 맑아졌다. 비에 젖은 옷이 선득하게 몸에 달라붙었고 내장에서 한기가 솟구쳐 사지와 피부에 퍼졌다. 그런데 진하고 후끈한, 궂은 날 노새 혹은 말에게서나 날 법한 썩은 풀 냄새가 돌연 그의 코와 입안으로 파고들었다. 그 냄새는 뜻밖에도 꽃을 든 그 여자의 몸에서 풍겨나오고 있었다. 어두운 하수도에서 흐르는 빗물 냄새와 꽃의 청량한 식물 냄새도 났지만 여자에게서 나는 냄새를 누르지는 못했다. 왕쓰의 아버지는 예전에 생산대에서 사육사로 일했다. 사육장 안에 뜨끈한 구들장이 있어서 왕쓰는 고등학교에 들어가기 전까지 줄곧 아버지와 그 뜨거운 구들장 위에서 잤다. 그때 날씨만 궂으면 가축들의 몸에서 나는 썩은 풀 냄새가 따뜻한 요람이나 달콤한 자장가처럼 그를 단잠에 빠뜨리곤 했다. 지금 그 냄새를 맡으니 이 낯선 여자가 자신과 가까워진 것 같아 그는 그녀와 대화하고 싶다는 생각이 들었다.

"여기서 비를 피하나요?" 말을 하자마자 그는 그 말이 단순하고 따분하다고 느꼈다. 하지만 다른 적당한 말을 찾을 수가 없었다.

침침한 어둠 속에서 여자는 아무 말도 하지 않았다. 어떤 이상한 감각을 통해, 눈이 아니라 마음을 이용해 그는 여자의 얼굴에 다시 그 눈부신 미소가 피어난 걸 느꼈다. 여자가 말을 안 하자 계속 기둥 뒤에 숨어 있던 그 개가 그녀를 대변이라도 하듯 컹컹 짖어댔다. 왕쓰는 그 개가 무척 성가셨지만 달리 생각하니 몹시 필요한 것도 같았다.

"여기 분이 아니죠?" 왕쓰가 물었다. "틀림없이 여기 분이 아닌 것 같은데요."

여자가 제자리에서 살짝 움직인 듯했다. 왕쓰의 귀에 꽃잎이 바스락거리는 소리가 들렸기 때문이다.

어둠 속의 개가 다시 왕쓰의 말을 받아 컹컹 짖었다.

"제가 도와드릴 거라도 있나요?" 왕쓰가 말했다. "무서워하지 않아도 돼요, 저는 좋은 사람이니까."

그는 여자가 어둠 속에서 미소 짓는 걸 느꼈고 개가 어둠 속에서 미친 듯이 짖는 소리를 들었다.

그는 개가 싫어지기 시작했지만 기둥 뒤로 돌아가 놈을 쫓을 생각은 없었다.

이때 짐을 가득 실은 트럭이 전조등을 환히 밝힌 채 비탈길을 내려왔다. 희고 밝은 불빛이 기름 연기에 그을린 교각 천장과 벽에 붙은 연노란색 풀 몇 포기를 비췄다. 바퀴에 튀겨 전조등 불빛 속에 날아드는 물보라가 마치 추국秋菊 송이들 같았다. 트럭에는 철장이 잔뜩 실려 있었고 철장 안에는 오리가 있는 듯했다. 그는 꽥꽥거리는 소리를 들었고 당연히 불빛을 빌려 여자를 관찰하는 걸 잊지 않았다. 그녀가 내내 자신을 향해 미소를 짓고 있다고 느꼈다. 그녀의 눈빛은 고정되어 있었다. 하지만 트럭을 보지도, 벽을 보지도 않았다. 빗소리가 차츰 잦아들면서 다리 앞의 빗물 커튼이 찢어지더니 몇 가닥 빗줄기로 변했다가 다시 뚝뚝 떨어지는 빗방울이 되었다. 햇빛 한 줄기가 비쳐 들어왔고 다리 밑에서도 남동쪽 하늘가에 무지개가 걸린 게 보였다. 왕쓰는 그 여인에게 또 몇 마디 시답잖은 말을 걸었지만 역시 그 개만 응답해왔다. 거기 더 있을 이유가 없는 듯해 그는 가방을 들고 발목까지 차오른 물을 헤치며 입체 교차교 밑을 나섰다. 그런데 줄곧 모습을 숨기고 있던 그 개가 뒤에서 번개처럼 달려들어 그의 발목을 물었다. 왕쓰는 이상한 통증이 느껴져 가방을 내던지며 아야, 소리를 질렀다. 고개를 홱 돌려보니 그 비쩍 마른 검은색 개는 역시 번개처럼 입체 교차교의 어둠 속으로 소리도 자취도 없이 사라졌다. 마치 물고기가 깊은 연못 속으로 파고든 것 같았다. 서늘한 바람이 다리 밑으로 불며 그의 옷자락을 흔들었다. 그는 허리를 숙여 발목을 살펴보았다. 개 이빨이 복사뼈 위에 벌건 반점 두 개를 남겼을 뿐, 피부가 상해 피가 나지는 않았다.

상처를 살피고 나니 왜 그런 기이한 통증을 느꼈는지 더 이해가 안 갔다. 그는 다리 밑으로 돌아갈까 말까 잠시 망설였다. 콜타르를 칠한 듯한 그 까만 개가 또 달려들면 다시 속수무책으로 당할 수밖에 없었다. 그리고 개에게 물려 피부가 상하면 광견병에 걸릴 가능성이 다분했다. 소문에 따르면 현성의 공립 백화점 시계 코너에서 알람 시계를 팔던 남자 직원이 바로 개에게 물려 광견병으로 죽었고 그 사람의 자리를 자신의 약혼녀가 이어받았다고 했다. 그래도 다리 밑의 거대한 유혹에 저항할 수 없어 그는 조심조심 다시 돌아갔다. 그 개가 기둥 뒤에서 짖어댔지만 그 소리에는 그닥 악의가 없는 듯했다.

다소 우호적인 개 짖는 소리가 축축한 벽에 부딪혀 마치 하얀 탁구공이 오가듯 여기저기 울렸다. 다리 밑은 훨씬 더 밝아졌고 바닥에 고인 물에 무지개가 일부 비치기도 해서 분위기는 한결 부드러워졌다. 왕쓰는 자기가 다리 밑으로 돌아온 목적이 개에게 복수하기 위한 게 아니란 걸 잘 알고 있었다.

그녀는 여전히 제자리에서 단 1밀리미터도 움직이지 않았다. 이제는 라이터 불빛을 빌리지 않아도 그녀의 모든 게 잘 보였다. 그녀의 구두, 그녀의 원피스, 그녀의 꽃, 그녀의 얼굴까지. 물론 그 짙은 썩은 풀 냄새가 다시 그의 몸과 마음을 감쌌다.

왕쓰가 물었다. "아가씨, 저 개, 아가씨가 기르는 건가요?" 그는 개 짖는 소리가 나는 쪽을 가리키며 또 말했다. "저놈이 제 다리를 물었어요."

여자는 안고 있던 꽃다발을 오른팔로 들고서 왼손으로 입을 가리고 쿡쿡 웃었다. 그녀의 웃음소리는 크지 않았지만 웃느라 크게 몸을 움직였다. 몸을 앞뒤로 흔드는 통에 그 지저분한 솔이 회백색 구름 조각처럼 어깨와 등을 타고 내려와 땅바닥에 떨어졌다. 옥처럼 희고 매끄러운 그녀의 여린 어깨가 돌연 왕쓰의 심장을 찔렀다.

그는 호흡이 가빠졌다. 그의 두 눈이 둥지에서 날아오른 두 마리 제비처럼 그녀의 어깨에 착 달라붙었다. 그녀의 쇄골과 목 사이에 있는, 제비집 모양으로 오목하게 들어간 곳은 제비 한 쌍이 깃들기에 딱 알맞아 보였다. 그의 눈은 서늘했지만 가슴속에서는 노란 불꽃이 이글이글 타올랐다.

그는 흥분해서 떨리는 목소리로 말했다. "허, 이 장난꾸러기 나쁜 사람 같으니…… 개를 시켜 사람을 물게 해놓고 웃기만 하다니, 좀 혼나봐야겠군요."

그는 자기 마음속에 음흉한 생각이 가득한 걸 알았다. 하지만 순진한 농담 같은 외피로 그것을 덮었다. 그는 자기가 어떤 걸음걸이로 그녀에게 달려들어 그녀의 매끄러운 어깨와 그 부드러운 제비집에 뜨겁게 입을 맞췄는지 몰랐다. 그녀의 피부는 싸늘했고 싱그러운 풀 냄새를 은은히 풍겼다. 그래서 그의 입술과 코는 더할 나위 없이 편안했다. 그가 어깨에 입을 맞추자 그녀는 거기가 자기 몸에서 가장 예민한 부위인 양 파르르 떨며 웃어댔다.

"아직도 웃네? 어디 계속 웃어봐요!" 왕쓰는 탐욕스럽게 그녀의 목과 뺨에도 입을 맞췄다. 순간 꽃가지의 날카로운 가시가 윗옷을 뚫고서 그의 가슴을 찔렀고 꽃송이의 물방울은 또 그의 턱을 적셨다. 하지만 그의 입술이 그녀의 입술과 맞닿는 순간, 꽃송이도 꽃가지도 그 존재가 사라졌다. 그녀의 입술은 도톰하고 팽팽했다. 그녀의 입에서 뿜어져 나온, 볏짚과 볶은 콩을 섞은 듯한 노새 여물의 후끈한 냄새가 고스란히 그의 몸속으로 들어가 모든 장기를 지배했다. 왕쓰는 혼미한 상태에서 궂은 날 생산대 사육장의 달궈진 구들장이 떠오르면서 부뚜막 옆 귀뚜라미가 울던 소리, 돌구유 옆 노새가 우물우물 여물 씹던 소리, 노새가 히히힝 코 풀던 소리, 쇠굴레가 돌구유와 부딪치며 쨍그랑대던 소리가 다 감각 속에서 되살아났다.

여자의 입에서 쉬지 않고 냄새가 옮겨가 라이터에 가스를 채우듯 왕쓰의 몸속 공간을 다 채웠다. 나중에 왕쓰는 자기 입술이 그녀의 입술에 다가갔다기보다는 그녀의 입술이 자기 입술을 덮쳤다고 하는 게 맞는다고 회상했다.

그들의 입맞춤은 분명 꽤 오래 이어졌다.

이윽고 그는 기진맥진했고 아랫배가 욱신욱신 당겼다. 여자의 웃음은 조금 전보다 훨씬 더 노골적이었고 베일 뒤에 숨겨졌던 신비로운 아름다움이 그의 입술에 갈가리 찢긴 상태였다. 그는 그 여자와의 거리가 돌연 가까워진 걸 느꼈다. 그녀는 본래 길 가던 사람처럼 왕쓰와 아무 관계도 없었다. 상대하고 싶으면 상대하고 상대하고 싶지 않으면 상대하지 않아도 됐다. 그런데 이 입맞춤을 거치며 왕쓰는 자신이 이 여자에게 많은 걸 빚졌다는 느낌이 들었다. 물론 몸을 빼달아날 수도 있었지만 그러는 건 양심에 찔렸다.

입체 교차교를 지나가는 차가 많아졌다. 그는 운전자들이 호기심 어린 눈초리로 자기를 쳐다보는 걸 느끼고 역시 어떻게든 이곳을 뜨기로 마음먹었다. 그래서 이 여자와의 접촉을 최대한 대수롭지 않게 여기려 애썼다. 이 여자의 개가 나를 물어서 나도 이 여자의 얼굴을 살짝 문 거야. 난 전혀 빚진 게 없어. 그래, 아무것도 빚지지 않았어. 그는 말했다. "아가씨, 계속 장난칠 거예요? 어서 집에나 가요!"

이 말을 하고 그는 아무렇지도 않은 척하며 다리 밑을 떠났다. 길가에 던져둔 가방을 들고 천천히 모퉁이까지 가서는 마치 경찰에게 쫓기는 범죄자처럼 성큼성큼 버스 터미널로 향하는 좁은 비탈길을 걸었다. 그렇게 10분쯤 빨리 걷고 나서 그는 가방을 든 두 팔이 저릿저릿하고 이마와 겨드랑이에서 뜨거운 땀이 배어나온 걸 느꼈다. 비갠 뒤의 뙤약볕이 금세 축축한 지면을 뜨겁게 달궜다. 그는 앞에 철근 더미가 놓인, 어느 건자재 가게 옆의 플라타너스 아래에 가방을 놓았다. 철근은 잔뜩 녹이 슬어 있었다. 찻잔 정도 굵기에 잎이 끝에만 무성한, 그래서 횃불을 연상시키는 그 플라타너스가 땅바닥에 어둑어둑한 그림자를 드리우고 있었다. 누군가 나무줄기에 칼로 '명근목법明根沐法'이라는 네 글자를 새겨놓았는데 그게 무슨 뜻인지 알쏭달쏭했다. 길에서는 개 몇 마리가 나른하게 어슬렁거렸고 또 너무 늙어 몇백 살은 돼 보이는 노인 몇 명이 뙤약볕 아래서 함께 커다란 갈대발을 엮고 있었다. 그는 무거운 짐을 벗어던진 듯 안도의 한숨을 내쉬었다.

왕쓰는 다리 밑에서의 그 야릇한 경험을 두 번째로 낱낱이 되돌아보기도 전에 등 뒤에서 물씬 풍겨오는, 그 진초록 원피스 여자의 입에서 나던 냄새를 맡았다. 소스라치게 놀라 돌아보니 정말로 그녀가 철근 더미를 사이에 둔 채 꼿꼿이 서 있었다. 또 기름기가 좌르르 흐르는 그 검은 개도 두 눈을 가늘게 뜨고서 그 여자 뒤에 쭈그려 앉아 있었다. 땀이 눈에 스며서 그는 소매를 들어 눈을 쓱 닦았다. 줄곧 자기 뒤에 서 있었던 것 같은 여자와, 그녀가 기르는지 안 기르는지 모를 검은 개를 앞에 둔 채로 혀가 꼬이고 머릿속이 온통 하얘졌다. 결국 그는 그런 낭패스러운 상태에서 정신을 차렸다. 속이 타들어갔지만 어떻게든 냉정한 표정을 지으려 애썼다. 밝은 햇살 아래 서 있는 여자를 보노라니 대재앙이 강림한 것 같았던 기분이 의외로 많이 가셨다. 그 여자는 확실히 범상치 않았다. 햇살을 받아 그녀의 진초록 원피스는 노란색을 띠었고 구두, 머리칼, 가슴, 어깨의 오목한 곳이 다 눈부시게 빛났다. 물론 그 자줏빛을 띤 붉은색 꽃다발이 그녀 몸의 화룡점정이긴 했다. 그 꽃다발이 없으면 아무것도 없는 것과 같았다. 그는 나는 듯 안 나는 듯한 싱그러운 꽃 냄새를 맡았고 탐스러운 붉은색 꽃잎 위에 걸린 뽀얀 이슬을 보았다.

그녀는 시종일관 왕쓰를 향해 미소 짓고 있었다. 그녀의 살짝 벌린 입에서는 여물 냄새가 풍겼고 반쯤 드러난 치아는 보석처럼 반짝였으며 바르르 떨리는 입술은 입맞춤의 열망을 드러냈다. 왕쓰는 하마터면 또 마음이 흔들릴 뻔했지만 이미 서쪽으로 기운 해가 그에게 경고를 보냈다. 이틀 뒤, 그는 알람 시계를 파는 그 여자와 결혼할 것이다. 이 생각이 들자 거의 입속에 떨어질 것처럼 무르익은 그 복숭아를 눈앞에 두고도 감히 또 입을 놀릴 수가 없었다.

건자재 가게의 유리창에 넓적한 얼굴 몇 개가 붙어 있는 것 같았다. 다른 쪽에서 갈대발을 엮던 노인들도 이쪽을 향해 고개를 돌렸다. 왕쓰는 자신을 내려다보고 다시 여자와 꽃다발과 검은 개를 본 후 문득 자기가 어떤 그림 속에 들어와 있는 듯한 느낌이 들었다. 그림이므로 남이 감상하는 걸 피할 수는 없었다. 그래서 급히 그 그림에서 뛰쳐나가기로 마음먹고 윗옷 주머니에서 50위안짜리 지폐를 꺼냈다. 왕쓰는 이러는 게 영 떳떳하지 못하다는 걸 알았지만 그래도 그걸 두 손가락으로 집어 여자에게 내밀며 말했다. "미안해요. 제가 당신에게 무례를 저지른 꼴이 됐군요. 하지만 당신 개가 저를 물지만 않았다면 절대 다리 밑으로 되돌아가 당신과 장난을 치지는 않았을 거예요. 자, 이걸 받아줘요, 내가 주는 보상이라 생각하고."

여자는 왕쓰의 얼굴에서 한순간도 눈을 떼지 않았다. 그런 채로 꽃다발을 껴안고 계속 웃고만 있었다. 왕쓰는 이 여자가 자기 삶에 큰 골칫거리를 안기리란 걸 어렴풋이 느꼈다. 그녀가 요까짓 50위안을 본체만체하는 건 너무나 당연했다. 그는 한 가닥 희망을 품고서 쓰린 가슴을 달래며 50위안 한 장을 더 꺼내 동시에 두 장을 건넸고.
"50 더 얹어주면 되죠?"

그는 이 여자에게 돈을 건네는 게 소에게 돈을 건네는 것과 같다는 생각이 들었다. 소는 누가 자신에게 싱싱한 풀 한 줌을 건네는 걸 바라는데 그녀는 무엇을 바랄까?

왕쓰는 조금 화가 나서 언성을 높였다. "대체 어쩌자는 거죠? 이 봐요, 전에 당신 같은 여자를 본 적이 있어요. 한번 놀았다손 쳐도 50위안도 안 되거든요. 당신이 비싼 몸이래도 100위안이면 된다고요!"

말을 뱉자마자 왕쓰는 후회했다. 이런 상스러운 말이 여자뿐만 아니라 자기 자신까지 모독한 것 같았기 때문이다. 항구 주변을 배회하는 그런 여자들을 본 적이 있긴 했지만, 보기만 했을 뿐 '50위안에 한 번'이란 건 남에게 들은 소리였다.

"진심으로 사과드립니다." 그는 여자에게 허리를 숙였다. "저 같은 상스러운 놈을 상대하지 마시고 부디 너그러이 봐주세요." 사과하고 나서 그는 코가 시큰해지고 금방이라도 눈물이 날 것 같았다. 철근 위의 가방을 들고 고개를 숙인 채 감히 여자와 검은 개를 볼 수가 없어 전전긍긍하며 앞으로 걸어갔다. 꽃을 든 여자가 이제 자신을 놓아주길, 자기 개를 데리고 그 다리 밑이나 다른 곳으로 가주길 간절히 바랐다. 제발 유령처럼 쫓아오지만 말았으면 했으나 일은 뜻대로 돌아가지 않았다. 여자의 냄새가 계속 그를 에워싸고 있었다. 아무리 빨리 걸어도 그 냄새에서 벗어날 수 없었다. 여자의 발소리는 가볍고 조용했으며 검은 개는 더 기척이 없어서 마치 기름이 땅 위를 흐르는 듯했다. 그는 뒤를 안 돌아보고도 여자가 든 꽃다발의 붉은색이 보였다. 그녀와 그의 거리는 겨우 한 걸음밖에 되지 않았다. 검은 개와 그녀의 거리도 한 걸음밖에 되지 않았다. 물이 고인 작은 연못을 지날 때, 초록색 개구리밥 사이로 그와 여자와 검은 개의 모습이 시적 분위기를 물씬 풍기며 거꾸로 비쳤다. 잠시 후 작은 모퉁이를 돌면 버스 터미널이 바로 나오고 거기에서 아는 사람을 만날지도 몰랐다. 그래서 무슨 일이 있어도 여기에서 그녀와 그녀의 개를 떼어놓아야 했다.

왕쓰는 걸음을 멈추고 가방을 팽개쳤다. 이를 악물고 독기를 품고서 짐짓 목소리를 깔아 말했다. "계속 나를 쫓아오면 연못 속에 빠뜨려 죽여버릴 거야!"

그는 이 말에 여자가 반응할 줄 알았다. 두려움이 아니라 분노라도 표시할 줄 알았다. 이때 그가 가장 두려워한 건 그녀의 그 백치 같고 홀린 것 같은, 도무지 속을 알 수 없는 미소였다. 그녀는 미소 짓고 있었다.

왕쓰는 화가 나서 소리쳤다. "내가 겁주는 걸로 알지? 이제 셋을 셀 거야. 셋 셀 때까지 돌아서지 않으면 칼로 너를 찌르고 연못에 던져버리겠어!" 그는 허리춤에서 커다란 과도를 꺼내 칼집을 벗긴 후 그녀의 가슴을 향해 흔들어댔다. 그가 "하나, 둘, 셋!" 하고 외치는데도 그녀는 여전히 미소 짓고 있었다.

연못에 하얀 오리 세 마리가 나타나 꽥꽥거리며 한가로이 헤엄을 쳤다. 녀석들의 분홍색 발바닥이 투명한 물속을 노처럼 휘저으며 수면 위의 개구리밥을 흐트러뜨리고 그들의 그림자를 흔들었다.

왕쓰는 격노했지만 절대적으로 우호적인 그녀의 미소 앞에서 사납게 굴 수는 없었다. 이때 모든 일의 원흉인 검은 개가 눈에 들어왔다. 왕쓰의 분노는 마침내 분출구를 찾았다. 그는 칼을 쥐고 검은 개에게 달려들었다.

검은 개는 이빨을 드러내지도 으르렁대지도 않고 기민하게 몸을 피했다. 기세등등하기만 했지 몸이 둔한 왕쓰는 그 바람에 허탕을 치고 하마터면 연못에 빠질 뻔했다. 그의 가죽 샌들에 자줏빛 진흙이 잔뜩 들러붙었다. 돌아보니 검은 개는 어느새 그가 방금 서 있던 곳에 쪼그리고 있었다. 그리고 그가 서 있는 자리는 정확히 방금 검은 개가 쪼그리고 있던 곳이었다. 왕쓰가 달려든 결과로 사람과 개의 위치가 바뀌고 여자의 몸이 90도 돌아갔다. 그녀의 얼굴에 그 끔찍한 미소가 활짝 피어 있었다. 왕쓰는 또 검은 개에게 달려들었고 검은 개는 역시 소리 없이 기민하게 몸을 피했으며 여자도 살짝 몸을 90도 돌렸다. 사람과 개가 다시 한번 위치가 바뀌었다. 곧바로 왕쓰는 연속으로 열 차례쯤 사납게 달려들었지만 결과는 똑같았다. 그는 숨을 헐떡이며 서 있었지만 여자와 개는 호흡이 평온했고 긴장하거나 무서워하는 기색이 전혀 없었다.

칼을 쥔 왕쓰의 손이 긴장해서 부르르 떨렸다. 이제 여자의 미소는 그에게 더 이상 감미로운 술이 아니라 치명적인 독약이었다. 그 미소는 어느새 시뻘건 불길로 화한 듯했다. 열 송이 꽃은 불길 한가운데의 가장 뜨거운 부분이고 여자가 입은 진초록 원피스는 일렁이는 초록색 불꽃 같았다. 그는 자기가 내민 손과 칼이 그 불길 속에서 녹아내리고 있다고 느꼈다.

왕쓰는 큰 소리로 흐느끼며 말했다. "아가씨, 제발 부탁인데 저를 용서해줘요! 앞으로는 잘못을 뉘우치고 절대 이상한 짓 안 할게요." 눈물이 왕쓰의 뺨을 타고 입으로 들어갔다.

그는 자기의 눈물 맛을 느꼈는데 의외로 역시 썩은 풀 냄새가 났다.

여자는 미소 짓고 있었다.

어느새 길에 10여 명의 젊은 남녀가 서서 구경하며 수군거렸다.

왕쓰는 가방을 들고 버스 터미널을 향해 유성처럼 빨리 내달렸다. 여자와 개가 뒤에서 쫓아오고 있는 걸 알았지만 대여섯 걸음은 거리를 벌린 듯했다.

버스 터미널 입구 양쪽으로 땅콩, 해바라기씨, 과일, 과자 등을 파는 노점상들이 줄지어 있었다. 터미널의 매표소와 대합실에 들어가려면 반드시 그들 사이의 좁은 통로를 지나가야 했다. 왕쓰가 통로에 들어서자마자 넓적한 얼굴의 여자 상인이 그의 왼쪽 팔을 덥석 잡고 어떻게든 해바라기씨를 팔려고 했다. 그가 몸부림쳐 빠져나가려 했지만 죽자사자 붙잡고 놓아주지 않았다. 그는 오른손으로 그 넓적한 얼굴을 후려치고 싶었다. 그런데 순간 그의 오른팔도 오른쪽의 또 다른 여자 상인이 죽어라 붙들고 늘어졌다. 오른쪽의 그 여자 상인은 입술 가득 부스럼이 났고 말할 때 코맹맹이 소리를 냈다.

왕쓰는 필사적으로 몸부림쳤지만 여자들의 손이 쇠집게 같아서 벗어나기 어려웠다. 물론 그가 진짜 벗어나고 싶은 건 그 두 여자 상인이 아니었다. 위험은 뒤에서 다가왔다. 그는 새끼 새처럼 팔딱팔딱 뛰다가 나중에는 큰 소리로 욕을 했다.

주변 상인들이 저마다 밉살맞게 웃었다.

그때 노새 여물 냄새가 섞인 따스한 기류가 뒤쪽에서 불어와 그의 귀를 스쳤다.

왕쓰의 욕설이 울음으로 바뀌었다. "좀 놔줘요, 놔달라고요. 사면 될 것 아니에요."

그때 검은 개가 번개처럼 뛰어올라 왼쪽 여자 상인의 손목을 물었다. 그리고 또 한 번 뛰어올라 오른쪽 여자 상인의 손가락을 물었다. 노상강도보다 더 악질인 그 두 여자 상인은 꽥 소리를 지르며 손을 뗐다. 왕쓰는 가방을 든 채 돌아보지도 옆을 보지도 않고 귀를 찢는 소음 속에서 상인들의 좁은 통로를 지나 계단 열여덟 개를 올라가서 버스 매표소와 대합실을 겸한 건물의 회전문 안으로 들어갔다.

회전문이 등 뒤에서 소리 내어 닫히는 걸 듣고서야 왕쓰는 마음을 조금 놓았다. 매표소 안에는 사람이 개미 떼처럼 많았고 모두가 밀고 들어갔다 나왔다 하는 것 같았다. 그는 손에 든 가방을 휘둘러 자기를 가로막는 사람들을 쳤다. 그러자 주변에서 불평과 야유가 쏟아졌고 그는 그 불평과 야유가 너무나 옳으며 잘못한 사람은 바로 자기 자신임을 알았지만 그런 건 아예 신경 쓰지 않았다.

왕쓰는 사람들이 가장 빽빽이 모여 있는 구석으로 파고들어 쪼그리고 앉았다. 거기에는 쓰레기 한 무더기와 더럽기 짝이 없는 대걸레 두 개가 놓여 있었다. 왕쓰는 본래 깔끔한 걸 좋아하는데도 전혀 주저하지 않고 벽 모서리에 등을 기댔다. 지금 그의 등 뒤에는 더 이상 미소 짓는 여자가 없었다. 또 그의 눈앞에는 움직이거나 움직이지 않는 무수한 다리가 있을 뿐이었다.

그는 잽싸게 모자를 벗고 그 테두리를 지탱하는 플라스틱 지지대를 빼서 두 가지 다 여행 가방 속에 쑤셔넣었다. 이어서 윗옷도 벗어 똑같이 여행 가방 속에 쑤셔넣으려 했다. 여행 가방이 너무 꽉 차서 그럴 수 없자 주저하지 않고 사탕 두 박스를 빼 공간을 마련해서 옷을 쑤셔넣었다.

왕쓰는 휴, 숨을 내쉬었다. 마음이 한결 가벼워졌고 나아가 온몸의 긴장이 풀리면서 뼈마디가 다 해체되는 듯했다.

그의 눈앞으로 각양각색의 다리가 지나갔다. 굵은 다리와 가는 다리, 털 난 다리와 털 안 난 다리, 검은 털 난 다리와 노란 털 난 다리, 매끄러운 다리와 거친 다리, 하얀 다리와 검은 다리, 진흙 묻은 다리와 쇠똥 묻은 다리, 흉터 가득한 다리와 정맥류가 심한 다리……. 또 파란 바지, 검은 바지, 노란 바지, 초록 바지, 하얀 바지, 빨간 바지……. 갖가지 색깔의 치마도 있었지만 진초록 원피스는 안 보여서 그는 안도의 한숨을 쉬었다. 갖가지 냄새도 주변에 파도처럼 술렁였지만 그 독특한 노새 여물 냄새는 안 나서 또 안도의 한숨을 쉬었다.

너무 오래 쪼그리고 있어서 왕쓰는 저도 모르게 다리가 바들바들 떨렸다. 그는 이를 악물고 그 축축하고 끈적끈적한 대걸레 위에 엉덩이를 올리고 앉았다. 피가 즉시 온몸에 원활하게 돌면서 예전에 경험해보지 못한 편안함을 느꼈다. 마치 잔잔한 물결에 오르락내리락하는 갑판 위에 누워서 일광욕을 하거나 달과 별을 올려다보는 기분이었다. 그리고 시선을 조금 높이자 바삐 움직이는 사람들의 하반신이 다 보였다. 그는 사람의 하반신만 관찰해도 그 사람의 출신, 지위, 성격, 심지어 표정까지 알 수 있다는 걸 깨달았다. 툭 불거진 정맥이 종아리에 지렁이처럼 얽혀 있고 쇠똥 묻은 낡은 고무신을 신은 사람은 쉰 전후의 농민인 게 분명했다. 하얗긴 하지만 둔하고 종아리가 발달한 다리의 주인은 틀림없이 방직공장의 중년 여공일 것이다. 청바지 속 엉덩이가 팽팽하고 까치발에 짝퉁 운동화를 신은 사람은 나이가 스물셋이 안 된 아가씨로 분명 원숭이보다 전신주를 더 잘 타는 여자 전기공일 것이다. 또 바지가 걸상에 쓸려 반들반들하고 비교적 깔끔한 캔버스화를 신은 남자는 어느 공장의 중년 회계원일 것이고 경유 묻은 녹색 군복 바지의 주인은 군인 출신의 트럭 운전사일 것이며 평퍼짐한 엉덩이의 모직 바지는 시골의 말단 간부일 것이다. 절대 고위 간부일 리는 없었다. 그리고 빨간 치마 속에서 살짝 발끝을 든, 꽃무늬 양말과 슬리퍼를 착용한 하얀 다리는 국영 공판장의 가슴 납작한 판매원일 것이고 동여맨 바짓단 밑의 까만 헝겊신 속 뾰족한 발은 현성의 딸네 집을 찾아가는 할머니일 것이다. 검정 바짓단을 올려 마른

다리를 드러낸 채 타이어로 만든 투박한 슬리퍼를 신고 발톱에 까만 때가 묻은 사람은 자기 아버지 같은 늙은 농민일 것이라고 왕쓰는 조금 쓸쓸해하며 생각했다. 그는 사람의 생각과 세월이 다리와 발에 충분히 표현되어 있으며 엉덩이의 표정도 기본적으로 얼굴의 표정이라고 느꼈다.

그는 불현듯 마쫭행 버스표를 사야 한다는 사실이 떠올랐다. 손목시계를 보니 벌써 오후 4시였고 마침 5시 버스가 한 대 남아 있었다. 그는 하얀 주름치마가 눈앞에 지나가는 걸 보았다. 의기양양한 흰색 플라스틱 샌들을 보니 고집불통의 성가신 여자 같았다. 회색 데이크론 바지 솔기를 칼처럼 세운, 하늘 높은 줄 모르는 젊은 간부 자제도 그냥 보냈다. 그러다 바짓단에 파란 잉크가 묻은 사람을 붙잡고 10위안짜리 지폐를 내밀며 간청했다. "선생님, 제가 다리를 다쳐서 그러는데 5시 마쫭 가는 표 한 장 사다주실 수 있나요?" 그러면서 정성스럽게 포장된 사탕 두 박스를 치켜들었다. "이 사탕은 댁의 아이에게 주십시오."

"뭘 이런 걸 다 주시고……." 상대방이 예의를 차렸다.

"그냥 받으세요."

"그러면…… 한 상자만 받을게요."

"그러지 마시고 다 받으세요."

"이러면 너무 미안한데…… 별로 어려운 일도 아닌데……." 그래도 사탕을 받으며 상대방은 말했다.

"가서 사올 테니 기다리고 있어요."

파란 잉크 바지가 다리들의 밀림 속으로 사라졌다. 왕쓰는 고개 들어 얼굴을 본 적이 없는데도 파란 잉크 바지가 돈을 갖고 튈 거라고는 전혀 생각지 않았다. 사람들이 웅성대며 떠드는 가운데 파리 수십 마리가 그의 주변을 맴돌았다. 그는 눈꺼풀이 무거워지며 졸음이 왔고 금세 꾸벅꾸벅 졸기 시작했다.

"이봐요, 이봐." 파란 잉크 바지가 그의 어깨를 찌르며 말했다. "당신 표예요. 마쫭행 한 장, 푯값은 1위안 4자오°고 거스름돈은 8위안 6자오예요. 받으세요."

왕쓰는 표를 받으며 연방 고맙다고 했다.

파란 잉크 바지가 걱정스러운 듯 물었다. "안색이 안 좋네요. 어디 아프세요?"

"아닙니다, 아니에요. 괜찮습니다. 신경 써주셔서 감사해요."

파란 잉크 바지는 친절하게 뭐라고 중얼거린 후 다리들의 밀림 속으로 비집고 들어갔다.

왕쓰는 표에 적힌 검표 시간까지 겨우 20여 분 남은 걸 확인했다. 그리고 눈앞의 다리들을 훑어보며 위험이 없다고 확신하자마자 짐을 정리해 대합실로 들어가려 했다. 그런데 바로 그 순간, 그 교활한 검은 개가 미꾸라지처럼 다리들 사이를 유유히 뚫고 다가오는 게 보였다.

왕쓰는 고통스러워하며 몸을 웅크리고 두 무릎 사이에 머리를 깊이 처박았다. 쓰레기 더미에 들어가 있어도 이 개의 추적을 따돌리기는 어렵다는 걸, 이 개에게서 못 벗어나면 그 여자에게서도 못 벗어난다는 걸 이내 깨달았다. 그는 고개를 들고 주먹을 꽉 쥔 채 으드

° '자오角'는 10분의 1위안.

득 이를 악물고는 다리를 구부려 벌떡 일어날 자세를 취했다. 그 개가 눈앞까지 오면 사냥개처럼 튀어나가 목을 조르고 목줄을 물어뜯을 생각이었다. 하지만 그 진초록 원피스가 이미 하늘에서 뚝 떨어진 듯 그의 시선을 가로막았고 검은 개는 아무런 의심 없이 그녀의 등 뒤에 쪼그려 앉았다. 그녀의 냄새가 다른 냄새들을 다 밀어내고 왕쓰를 뒤덮어왔다. 그는 고개 들어 그녀의 미소를 볼 용기를 잃었다. 그녀의 진초록 원피스는 폭포처럼 아래로 내려오다 종아리 가운데에서 뚝 그쳤고 그다음은 살색 스타킹이었으며 그다음은 톨스토이가 그려낸 여자들이나 신었을 법한 화려한 가죽 부츠였다. 왕쓰는 놀랍도록 길고 날씬한 여자의 두 다리를 보지 않을 수 없었다. 그건 누구나 사랑할 만한 다리였지만 그는 더 두려움을 느꼈다. 수많은 스릴러 영화에 나오는 추적을 뿌리치는 방법들을 떠올렸지만 쓸 만한 게 하나도 없었다. 그래도 앉아서 죽기만을 기다리기보다는 움직이는 게 낫다는 생각이 들었다. 움직여야 기회도 생기는 법이니까.

그는 가방을 들고 벌떡 일어섰다. 그녀가 안고 있는 꽃다발에 얼굴이 닿을 뻔했다. 여자의 미소와 갈망은 여전했다. 그녀는 무수한 눈빛을 끌어당겼다. 그녀가 그 지저분한 매표소에 서 있는 건 공작이 닭들 사이에 서 있는 것처럼 눈에 띄었기 때문이다. 그 무수한 얼굴 속에 아는 얼굴들이 섞여 있는 듯했다. 왕쓰는 몸을 기울여 그녀를 빙 돌아갔다. 그의 눈앞에 갑자기 좁은 길이 열렸다. 그는 여자와 그녀의 개가 자신을 바짝 따라오고 있다는 걸 즉시 알아챘다. 그 길은 바로 사람들이 그녀에게 열어준 길이었다. 왕쓰는 자기가 '호가호

위狐假虎威’ 이야기의 그 여우 역할을 하는 듯했다. 하지만 형식만 비
슷할 뿐 심경은 완전히 딴판이었다. 한편 매표소와 대합실 사이에는
복도가 있었고 복도 양쪽에는 잡화점 두 곳과 화장실 두 곳이 있었
다. 왕쓰는 어떤 생각이 떠올라 눈썹을 찌푸렸다. 그는 빠르게 몇 걸
음 걸어 남자 화장실 안으로 쑥 들어갔다. 그리고 가방을 든 채 벽,
창문, 합성수지 천장을 살펴보았다. 벽에는 문이 없었고 천장에도 틈
조차 없었으며 창문에는 엄지손가락보다 더 굵은 철근이 박혀 있었
다. 화장실 안에서 볼일을 보던 사람들이 호기심 어린 눈초리로 그를
보았다. 그런데 그때 문소리가 나더니 여자가 초록색 구름처럼 안으
로 확 들어왔다. 그녀는 눈에 아무것도 안 들어오는 듯했다. 사실 그
녀는 아무것도 보지 않고 왕쓰의 얼굴만 찾으면 즉시 시선과 표정이
고정되었다. 남자가 여자 화장실에 들이닥치면 문제가 복잡하고 심
각해질 텐데, 꽃을 안은 미인이 남자 화장실에 들이닥쳐도 아무도 입
조차 뻥긋하지 않았다. 그는 얼른 남자 화장실을 뛰쳐나갔다. 안에서
남자 몇 명이 여자를 부둥켜안는 소리가 들렸지만 의외로 검은 개는
잠잠했다. 왕쓰는 녀석이 화장실에 따라 들어가는 걸 분명히 봤었다.
이건 다시 얻지 못할 절호의 탈출 기회였다. 그는 서둘러 몇 걸음 내
닫다가 갑자기 견디기 힘든 고통이 몰려와 더 이상 한 발짝도 움직일
수 없었다. 여자의 찬란한 미소, 하얀 어깨, 크고 부드러운 입술, 풍
만한 가슴, 진초록 원피스, 아름다운 꽃, 길고 날씬한 두 다리, 사람
을 홀리는 냄새가 그의 머릿속에서 용솟음쳤다. 화장실 안에서 몸부
림치는 소리가 들렸다. 그는 가방을 내던지고 문을 박차며 화장실 안

으로 들어갔다. 들어가보니 남자들이 오줌이 고인 바닥에 그녀를 눌러 쓰러뜨리기 직전이었다. 왕쓰가 달려들려는 찰나, 검은 개가 어깨 털을 바짝 세운 채 몇 줄기 검은색 번개처럼 종횡무진하며 남자들을 물어 바닥에 쓰러뜨렸다.

여자의 얼굴에 영롱한 눈물 몇 방울이 맺혀 있었다. 왕쓰를 보자마자 그녀는 눈물을 거두고 활짝 웃으며 와락 달려들었다. 그 순간 왕쓰는 냉정을 되찾았다. 손을 뻗어 그녀의 손목을 꽉 잡고서 그녀가 자기 품에 안기지 못하게 했다.

이런 고난을 겪고 나니 왕쓰는 자신과 여자의 멀어졌던 감정이 다시 가까워진 느낌이었다. 그는 그녀의 눈물을 보았고 그녀가 웃기만 하지는 않는다는 걸 알게 되었다. 그녀는 울 줄도 알고 웃을 줄도 아는 여자였다. 요괴가 아니었다. 왕쓰는 자신의 영웅적 행위에 만족하는 동시에 여자에게 느끼던 부채감이 싹 사라졌다. 이제는 자기가 심성이 올바른 오빠 같고 여자는 어수룩한 누이동생 같았다. 그는 손가락으로 그녀의 긴 머리를 쓸어주고, 그녀 품의 꽃다발을 정리해주고, 그녀의 치맛단을 펴주었다. 그러면서 내심 서글픈 기분이 들었다. 여자는 웃고 있었고 속눈썹에 눈물 몇 점이 맺혀 있었다. 그는 어쩔 수 없다는 듯이 한숨을 내쉬며 말했다. “아가씨, 나를 따라오면 안 돼요. 나는 모레 결혼할 사람이라고요. 이렇게 따라오면 나한테 걷잡을 수 없는 일이 생길 거예요. 내 말, 무슨 뜻인지 알겠어요?”

여자는 살짝 고개를 끄덕이며 미소를 지었다.

왕쓰가 말했다. “개 데리고 집에 가요. 세상에는 나쁜 사람이 너무 많아요."

개 이야기가 나오자 한 가지 의문이 왕쓰의 마음속에 떠올랐다. 왜 저 개는 내가 화장실에 돌아온 뒤에야 자기 여주인에게 폭력을 가하는 남자들을 공격한 걸까. 그 전까지는 관망만 하고 있었던 것 같은데. 녀석의 공격은 오로지 내게 보여주기 위한 것이었거나, 아니면 일부러 여자의 몸부림치는 소리를 통해 나를 되돌아오게 하려는 것이었나. 이 생각이 들자 왕쓰는 소름이 끼쳤다. 그 개는 그야말로 치밀한 음모가였다. 하지만 여자 뒤에 쪼그리고 앉아 두 눈을 가늘게 뜨고 있는 그 검은 개는 너무 평범해서 전혀 눈에 띄는 점이 없었다.

그때 벽에 걸린 스피커에서 마좡행 승객은 속히 표를 검사받고 버스에 오르라는 방송이 나왔다. 버스가 곧 떠난다는 것이었다.

왕쓰는 그녀의 손목을 붙잡고 말했다. "제발요, 착한 아가씨. 어서 집에 가요!"

그는 가방을 들고 총총히 마좡행 개찰구로 뛰어갔다. 호주머니에서 차표를 꺼낼 때 마음이 무척 놓였다. 여자와 개는 표가 없으니 개찰구의 검표원은 그녀가 표를 사오지 않는 한 통과시키지 않을 것이다. 더욱이 그녀는 돈이 없어 보였고 하물며 검은 개를 버스에 태워줄 리 없었다. 그때쯤이면 나는 이미 버스에 올라 신속하게 그 여자에게서 멀어지는 동시에 신속하게 그 알람 시계 아가씨에게로 가까워져갈 것이다.

개찰구 철제 울타리 안에는 이미 승객이 아무도 없었다. 얼굴에 기미가 가득한 파란색 제복의 여자 검표원만 피곤한 얼굴로 문가에 기대어 있었다.

왕쓰가 차표를 건네자 그녀는 받아서 쓱 보고는 검표기로 찰칵 구멍을 뚫으며 말했다. "서두르세요, 차가 곧 떠나니까." 그런데 그때 검은 개가 검표원의 바지를 스치며 지나갔고 그녀는 뜻밖에도 눈치 채지 못했다. 왕쓰는 그때 검표원의 얼굴에 놀란 표정이 스치는 걸 보았다. 그리고 그 표정은 자기 때문이 아니라 그녀 때문이란 걸 알았다. 그는 뭐라고 말하려 했지만 검표원이 등을 툭 미는 바람에 곧장 승강장에 들어섰다.

왕쓰는 텅 빈 버스에 올라서 자리를 골라 앉았다. 운전 기사는 운전대 위에 엎드려 졸고 있었다. 그 검은 개는 어디로 갔는지 보이지 않았다. 그래도 차에 있는 게 분명하다고 그는 생각했다. 그리고 검표원이 그녀를 막아 개만 홀로 마쟁까지 따라오는 것도 나쁜 일은 아닌 듯했다. 개를 해치워 가죽을 벗기고 고기를 먹을 수 있을 테니까. 그는 고개를 돌려 차 뒷유리를 통해 개찰구 쪽을 보았다. 그녀가 꽃 다발을 안고 미소 띤 채 걸어 들어오고 있었다. 미녀는 원래 표를 사지 않는다.

그녀는 차에 올라 자리를 골라 앉았다. 그리고 몸을 기울여 미소 와 꽃다발을 왕쓰에게 건넸다.

스피커에서 버스 출발을 알리는 음악이 나오자 운전 기사는 고개 를 들고 차 안의 승객들을 쓱 훑어본 후 시동을 걸고 자동문 스위치 를 당겼다. 덜컹, 하고 문이 닫혔다. 버스가 천천히 움직였고 왕쓰는 눈을 감았다.

버스가 마쟝에 도착했다. 붉은 해가 서쪽으로 넘어갔다. 왕쓰는 버스에서 내렸고 여자도 버스에서 내렸다. 검은 개도 그들을 따라 뛰어내렸다.

왕쓰의 집은 여기에서 3리쯤 더 가야 했다. 차에서 내리자마자 왕쓰는 초등학교 동문인 마카이궈와 마주쳤다. 마카이궈는 읍내 공판장에서 관리자로 일하고 있었다. 그는 왕쓰가 맞냐고 물었다. 왕쓰는 맞다고 했다. 마카이궈는 꼴이 왜 그 모양이냐고, 막 쓰레기 더미에서 빠져나온 것 같다고 했다. 왕쓰는 사연이 너무 길다고 했다. 마카이궈는 이미 왕쓰 뒤에 있던 여자에게 시선을 빼앗긴 터였다. 왕쓰가 "마카이궈! 마카이궈!"라고 부르자 마카이궈는 부러운 듯이 이분이 제수씨냐고 물었다. 왕쓰는 이 일 때문에 골치가 아프다고 했다. 마카이궈는 어떻게 이런 서양 여자 같은 아가씨를 데려왔냐며 능력이 대단하다고, 언제 결혼식에 초대해줄 거냐고 했다. 왕쓰는 입 좀 닥치고 말 좀 들으라고, 자기는 그녀를 알지도 못한다고 했다. 그러자 마카이궈는 장난 치지 말라고 했고, 왕쓰는 정말 그녀를 모른다고, 그녀가 죽자사자 자기를 따라온 거라고 했다. 마카이궈는 껄껄 웃으며 잘 알겠다면서 지금 제수씨가 그를 보고 웃고 있지 않냐고 했다.

왕쓰가 돌아보니 여자가 여전히 미소 짓고 있었다.

마카이궈가 말했다. "왕쓰, 제수씨, 다음에 봐요!"

왕쓰는 그를 붙잡고 간청했다. "야, 나 좀 도와줘. 저 여자, 너희 공판장 여관에 데려가 하룻밤만 재워줘."

마카이궈가 말했다. "농담도 참. 아무튼 언제 찾아갈게. 제수씨, 다음에 봐요."

"가지 마!" 왕쓰가 소리쳤다.

마카이궈는 다리를 들어 자전거에 올라탄 후 웃으면서 말했다. "왕쓰, 넌 참 대단해!" 왕쓰는 석양에 붉게 물든 마카이궈의 뒷모습이 골목길 안으로 사라지는 걸 절망스러운 눈으로 지켜보았다. 길 위에 사람들이 북적였다. 그는 아는 사람을 또 볼까봐 돌아서서 큰길에서 내려와 강둑 위로 올라갔다. 멀리 자신의 고향인 리자좡과, 이웃 마을이면서 약혼녀인 알람 시계 아가씨의 고향인 차오터우바오가 보였다.

왕쓰는 거기 서 있다가 남들 눈에 띌까봐 다시 강둑을 내려와 질척이는 강변을 따라 걸었다. 강변에는 가냘픈 수수와 무성한 잡초가 나 있었고 더 안쪽에는 짙은 초록색 갈대가 광범위한 면적에 높고 빽빽하게 자라 강물과 이어져 있었다.

여자는 원피스 밑자락을 잡초 위로 살랑거리며 그를 바짝 쫓아왔다. 검은 개는 잡초 사이로 펄쩍펄쩍 뛰어왔다. 왕쓰는 점점 갈대 숲 속으로 들어갔다. 부드러운 갈대 끝이 그의 몸과 가방에 부딪혀 이리저리 흔들리며 우수수 소리를 냈다. 갈댓잎 가장자리의 톱니 모양 가시가 그의 얼굴과 귀를 그어댔다. 그는 그 상처들이 화끈 달아오르는 걸 느꼈지만 전혀 아프지 않았다. 핏빛 석양이 일부 갈댓잎과 갈대

줄기에 쏟아져 비장함에 가까운 분위기를 연출했다. 왕쓰는 자기가 좌충우돌하는 들개를 닮았다는 생각이 들었다. 하지만 고개 돌려 서로 같은 색인 진초록 원피스와 갈대, 요염한 꽃다발, 한껏 찬란한 미소를 짓고 있는 여자 그리고 굵은 갈대 줄기 사이를 미꾸라지처럼 들락날락하는 검은 개를 보자마자 그는 앞서 든 생각을 수정했다. 자기는 사냥꾼과 사냥개에게 쫓기는 여우를 더 닮은 것 같았다. 그가 다시 고개를 돌리는데 날카로운 갈댓잎 하나가 눈을 그었다. 순간 둔탁한 통증이 느껴지며 머리가 팽창하는 듯하면서 끈적한 눈물이 줄줄 흘러내렸다. 그는 저도 모르게 신음하며 손에 든 가방을 땅바닥에 떨구고 두 손으로 눈을 가렸다. 둔탁한 통증이 눈에서 코와 두 귀로 번졌다. 그는 통곡을 유발하는 고통보다 몇 배 더 강한 고통을 자기가 겪고 있다고 느꼈다. 끈적한 액체가 손가락 사이에 고이자 그는 두려움에 떨며 생각했다. 큰일이다, 눈알이 터졌네! 어둡고 짙은 먹구름이 그의 마음을 뒤덮었다. 그는 자신이 너무 비참하고 불쌍하게 느껴졌다. 눈을 가린 손을 풀고 가까스로 눈을 떴다. 눈꺼풀이 천근만근 무겁긴 했지만 걱정 속에서 간신히 실눈을 떴다. 한 줄기 강한 빛이 화살처럼 안구를 찌르는 바람에 얼른 눈꺼풀을 다시 내렸고 눈물이 또 하염없이 솟구쳤다. 그래도 빛을 느낄 수 있으니 눈은 안 먼 셈이었다. 이 기쁜 발견이 그의 마음속 어둠을 몰아냈다. 눈의 통증으로 인해 오히려 빛을 갚은 듯 마음이 개운하기도 했다. 그는 거칠게 돌아서서 갈대를 마구 밀어 헤치며 충혈됐을 게 뻔한 눈을 치켜뜨고는 고래고래 소리쳤다. "난 눈이 멀었어, 눈이 멀었다고!" 그는 눈이 멀지는 않았지만 사물이 흐리게 보였다. 끝없는 갈대숲은 초록색의 높은 담장 같았고 그 여자는 담장 위에 새겨진 부조 같았으며 그녀 오른쪽에 쪼그리고 있는 개는 윤곽이 모호해서 새빨간 두 눈만 초록색 담장 위의 붉은 반점 같았다. 이윽고 그 우뚝 선 초록색 담장은 서서히 흩어졌으며 오렌지 빛 햇살이 가벼운 연기나 밝은 물줄기처럼 갈대들 사이를 흐르고 떠다녔다. 그 갈대들은 창과 검을 든 병사 무리처럼 우뚝 서 있었다.

여자의 얼굴에 두 줄기 파란색 눈물이 흐르고 있었고 꽃과 꽃가지와 꽃잎은 너무 눈부셔서 마치 금박과 은 조각과 조개껍데기를 박거나 짜맞춘 듯했다. 개는 차가운 검은색 유리 개 같았다. 그녀는 뭔가 말하려는 듯 입술을 달싹였지만 끝내 입을 열지 않았다. 왕쓰는 이 여자의 입을 열게 하는 건 하늘에서 별 따기보다 더 어렵다는 걸 실감했다. "경고하겠어. 계속 따라오면 너를 죽여버릴 거야! 이건 그냥 협박하는 게 아니야." 그는 전후좌우를 가리키며 계속 말했다. "여기는 앞뒤로 마을도 없고 가게도 없어. 너를 죽여서 강물에 버려도 아무도 모를 거야!"

여자는 홀린 듯 그의 입술을 빤히 보며 미소 지었고 그 냄새를 또 뿜어서 왕쓰의 기고만장한 기세를 단번에 꺾어버렸다. 그는 자기가 여자에게 모진 짓을 할 수 있는 남자가 절대 아니란 걸 너무나 잘 알았다. 눈앞의 이 여자한테는 특히 더 그랬다. 그는 무기력하게 주변의 갈대를 둘러보았다. 점점 더 짙어지는 저녁 정취와 갈대숲 사이로 천천히 흐르는 강물의 물비린내, 그리고 갈대의 맵싸한 냄새가 이 황혼녘에 유난히 진했다. 이때 그는 여자와 개의 뒤쪽, 그러니까 갈대숲 속에서 검붉은색의 더부룩한 털이 파르르 떨고 있는 걸 보았다. 그게 붉은 여우라는 걸 알아채자 곧바로 여우 노린내도 풍겨왔다. 그는 본 능적으로 여우와 여자를 연결 지었고 또 신화와 현실도 연결 지었다. 여자의 불가해한 모든 점이 다 여우를 통해 답이 얻어진 듯했다. 이 여자는 여우가 변신한 것임이 틀림없었다. 그녀는 여우 요괴였다. 왕 쓰는 선원으로 일할 때 배의 습기 찬 선실에서 좁은 철제 침대에 누 워 흔들거리며 『요재지이聊齋志异』*를 읽었던 게 생각났다. 그때 아름 답고 따스한 여우 여자가 자기 곁에 있어주길 얼마나 바랐던가. 지금 여우 여자가 눈앞에서 그림자처럼 자기를 따라다니니 꿈이 현실이 된 셈이었지만 그 결과는 너무나 고통스러웠다. 왕쓰는 '빌어먹을, 내 가 바로 진짜 '섭공호룡葉公好龍'**이로군' 하며 스스로를 비웃었다. 그 는 조금 겁이 났지만 무섭지는 않았고 심지어 또다시 마음이 홀가분 해졌다. 여자에게 쫓기는 건 추잡한 일이지만 여우 요괴에게 쫓기는 건 기담이고 미담이 아닌가. 심지어 마음껏 자랑할 수도 있는 일이 다. 여우 요괴에게 홀린 적 있는 남자는 신선의 기운과 영적인 기운 이 있어서 여론의 질책도 받지 않고 법률의 제재도 받지 않는다. 왕 쓰는 정말로 마음이 홀가분해졌다. 그래서인지 시력도 금세 회복되었 다. 여우의 우아한 몸 선과 좁고 긴 콧날, 등 뒤의 빗자루 같은 꼬리 가 훤히 다 보였다. 더욱이 여우의 눈빛과 여자의 눈빛이 완벽히 일치 하는 걸 느꼈다. 그는 오늘 자기가 괜히 하루 종일 허둥대며 도망다

•청나라의 소설가이자 극작가인 포송령蒲松齡이 쓴 괴담집.
••용을 좋아하던 초나라 섭공이 실제로 용을 만나자 놀라서 도망쳤다는 데서 유래한 고사
성어. 좋아하는 것처럼 보이지만 실제로는 무서워하는 것을 뜻함.

넜다는 생각이 들었다. 진작에 이렇게 문제가 해결되었어야 했다. 그는 여행 가방에서 칠면조 고기로 만든 소시지 하나를 꺼내 기름종이를 벗기고 자랑하듯 여자를 향해 흔들며 웃었다. "네가 왜 나를 따라다니는지 이제야 알겠어. 네가 여우인 걸 알게 됐다고. 하지만 난 네가 무섭지 않아. 자, 받아라." 그는 소시지를 여우 눈앞에 던졌다. 여우는 놀라서 펄쩍 뛰었다가 그 파랗고 작은 코를 소시지에 대고 냄새를 맡았다. 왕쓰는 내심 의기양양했지만 그런 기분은 순식간에 산산조각 났다. 줄곧 여자 옆에 쪼그리고 있던 검은 개가 벌떡 일어나 여우를 덥석 물어버린 것이다. 개는 머리를 흔들며 목덜미의 털을 곤두세웠고 목구멍에서 낮게 으르렁 소리를 냈다. 여우는 처량하게 울면서 개의 주둥이 밑에서 빨간 공처럼 이리저리 굴렀다. 갑자기 고약한 냄새가 풍기는 바람에 그는 구역질이 났다. 이때 검은 개가 입을 벌렸고 여우는 얼른 소시지를 물고 한 줄기 붉은빛처럼 재빨리 갈대숲 속으로 사라졌다.

축축한 진흙 위에는 황금색 여우 털만 몇 움큼 남아 있었고 여자는 방금 벌어진 일을 전부 못 본 듯 아무렇지도 않은 모습이었다. 왕쓰는 슬픔에 젖었다. 여우는 여우, 여자는 여자일 뿐이로구나. 여우 전설을 이용해 곤경에서 벗어나려던 환상은 완전히 깨져버렸다. 하늘은 더 어두워졌고 물새 몇 마리가 풀숲 속에서 울고 있었다. 그는 눈을 들어 저녁 바람 속에서 파도처럼 물결치는 갈대를 바라보다가 옛날 팔로군八路軍의 유격전 이야기가 떠올랐다. 갈대숲이 엄호해준다면 그 여자를 따돌릴 수 있겠다는 확신이 섰다. 생각이 정해지자 그는 여자의 얼굴을 빤히 보면서 천천히 몸을 쪼그리고 몰래 진흙 두 줌을 움켜쥐었다. 그러고서 다시 일어나 "잘 봐!" 하고 외친 후 양손을 번쩍 들어 진흙 두 줌을 여자의 얼굴에 던졌다. 왕쓰는 허리를 굽히고 손을 펴서 눈을 가린 채 머리를 앞세워 쏜살같이 갈대숲 속을 달렸다. 갈대의 부드러운 줄기가 몸 주변에서 휘어져 길을 내주었다가 바로 일어섰다. 발밑의 진흙은 갈수록 끈적해졌다. 만약 끈을 꽉 묶지 않았다면 진작에 진흙 속에 신발이 빠졌을 것이다. 강물이 보였고 물속에 비친 화려한 노을도 보였다. 그는 입을 크게 벌려 헐떡이면서 여자의 얼굴에 진흙이 작렬하던 장면을 떠올렸다. 물속이 차갑다고 느끼는 동시에 자신의 잔인함이 후회되기 시작했다. 물론 그 후회는 순간에 불과했다. 등 뒤에서 갈대 소리가 나면서 여자와 개가 곧 당도하리라는 걸 알았기 때문이다.

왕쓰는 뒤를 돌아보는 게 무서웠지만 돌아보지 않을 수 없었다. 얼굴이 진흙투성이가 된 여자는 가련하기도 하고 가증스럽기도 했다. 그의 마음속에서 독기가 꿈틀거렸고 긴장한 두 손은 경련을 일으켰다. 여자가 웃자 얼굴에서 진흙이 떨어져 내렸다. 왕쓰는 이를 갈며 외쳤다. "이 개같은 년, 목 졸라 죽여버리겠어!"

왕쓰는 달려들어 두 손으로 정확히 여자의 목을 움켜쥐었다. 여자는 입을 벌렸고 그것은 마치 푸르스름한 동굴 같았다. 그 동굴에서 청개구리 울음 같은 비명과 함께 진한 썩은 풀 냄새가 나와 그의 얼굴을 덮쳤고 따가워진 그의 눈에서 눈물이 스며 나왔다. 그리고 손아귀를 통해 매끈하고 따스한 여자의 목덜미가 예민하게 느껴졌다.

그는 갓 태어나 털이 보송보송한 아기 새를 두 손으로 받쳐든 느낌이었다. 따스함, 선량함, 측은함, 법률, 도덕…… 온갖 생각과 감정이 그의 마음을 덮쳤다. 그는 손을 풀고 여자 목에 난 붉은 흔적을 바라보았다. 슬픔의 안개가 그의 뒤에 있는 강물에서 피어올랐다. 그는 한숨을 쉬고 돌아서서 물고기처럼 튀어올라 강물 속에 빠졌다.

왕쓰는 자살할 생각으로 강물 속에 뛰어든 것이었다. 몸이 가라앉는 동안 팔다리를 몸에 붙인 채 전혀 발버둥 치지 않았다. 느릿느릿 흐르는 강물이 부드럽게 몸에 부딪히는 게 마치 애무처럼 편안했다. 밑으로 가라앉으면서도 그는 계속 눈물을 흘렸다. 그런데 가라앉을수록 물이 더 차가워져서 강바닥에 닿을 즈음에는 혼미했던 머리가 맑아졌다. 그는 눈을 떴다. 처음에는 눈앞이 온통 누렇고 뿌옇기만 하고 귓속이 웅웅 울렸지만 금세 푸르스름한 물속 색깔이 눈에 들어왔다. 15년간의 선원생활로 인해 그는 물에 대한 적응력과 물속에서 환경을 살피고, 방향을 판별하고, 냉정하게 사고하는 능력을 갖고 있었다. 쟁기 모양의 큼지막한 붕어 몇 마리가 수초 사이를 헤엄치며 뽀글뽀글 기포를 토하는 게 보였다. 그는 강바닥에 엎드린 채 얇은 진흙을 뚫고 두 손을 모래 속에 박아넣었다. 그런데 수면 밖의 풍요로운 삶이 떠오르자 물에 빠져 자살하는 게 어리석은 짓이라는 생각이 들었다. 하늘이 무너져도 솟아날 구멍은 있다고 했다. 죽는 것도 안 두려운데 뭐가 두렵겠는가? 그는 가슴이 답답해졌다. 혈액 속에 산소가 이미 부족해진 것이다. 구불구불한 물뱀 한 마리가 머리 위로 헤엄쳐가는 걸 보면서 그는 수면 위로 떠오르기로 마음먹었다. 모래 속에 몸을 고정한 두 손을 빼내자 즉시 몸이 움직이며 위로 떠올랐다. 그리고 그때 놀라운 계책이 번뜩 떠올랐다. 탈주범이 법망을 빠져나가기 힘든 건 대부분 개에게 냄새를 발각당하기 때문이다. 그래서 똑똑한 탈주범은 항상 강물로 냄새를 지워 개의 추적을 따돌린다. 왕쓰가 여자를 따돌리지 못한 것도 그 검은 개 때문이었으니 이거야말로소 뒷걸음치다 쥐 잡은 격의 묘책이었다. 그는 비릿한 강물을 크게 두 모금이나 삼키며 숨을 참은 뒤, 자맥질 실력을 발휘해 화살처럼 하류를 향해 나아갔다. 그냥 강물의 흐름을 타기만 하면 돼서 힘이 전혀 들지 않았고 추적을 따돌리고픈 바람도 강해서 최대한 멀리, 또 최대한 오래 물속으로 헤엄쳐갔다. 그러다가 가슴이 터질 것 같고 고막이 아파져서야 물가로 다가가 갈대 줄기를 붙잡고 천천히 수면 위로 고개를 내밀었다. 그는 썩 잘해냈다. 거의 아무 소리도 내지 않았다. 진하고 신선하며 무엇보다 진귀한 공기가 입과 콧구멍을 통해 몸 속으로 들어왔고 그는 금세 호흡이 편안해졌다. 눈을 가리는 강물을 닦아내며 희망 가득한 눈으로 금빛 찬란한 수면을 살폈다.

왕쓰는 수면이 거울처럼 잔잔하기를 바랐는데 실제로도 수면은 그랬다. 이번 탈출은 영화처럼 완벽했다고 그는 홀가분한 마음으로 생각했다. 10여 년간의 선원생활이 헛된 게 아니었다. 강물 위로 고기 비늘 같은 잔물결이 일었고 갈대숲 속에서 개 짖는 소리가 났다. 왕쓰는 바짝 경계하며 몸을 최대한 낮췄다. 그리고 수초 한 움큼을 뜯어 머리 위에 올린 채 눈만 내놓고 앞을 살피며 코로만 숨을 쉬었다. 강가의 물은 따뜻했고 몸 밑의 진흙은 미끌미끌했다. 이렇게 몰래 숨어 있는 것조차 일종의 행복처럼 느껴졌다.

왕쓰의 행복은 언제나 빨리 왔다 빨리 사라졌다. 그가 가장 원치 않는 일이 눈앞에서 벌어졌다. 그 여자가 느닷없이 그의 시야에 들어온 것이다. 방금 그가 강물에 뛰어들었던 상류 쪽에서 초록색 원피스를 입고 꽃다발을 안은 채 곧장 강물 속으로 걸어 들어갔다. 온몸이 황금빛 노을에 뒤덮여 신성하고 장엄해 보였다. 그녀의 무릎이 강물에 잠긴 후 초록색 원피스가 수면 위로 떠올랐고 또 검은 개가 짖기 시작했다. 녀석이 갈대숲 속에 숨어 있어서 왕쓰는 녀석의 소리만 들리고 모습은 볼 수 없었다. 여자가 강물 한가운데로 다가가면서 수면 위의 초록색 원피스가 점점 부풀어 커다란 연꽃잎 모양이 되었다. 물이 그녀의 허리까지 차자 원피스 끝자락이 서서히 왼쪽으로 기울어 물결 따라 흔들리면서 널찍한 미역 줄기 모양을 이뤘다. 물이 점점 그녀의 가슴까지 올라오자 왕쓰는 가슴이 바짝 조여들었다. 꽃다발이 마치 그녀의 가슴에서 자라난 것처럼 올라가지도 않고 가라앉지도 않았다. 물도 꽃다발의 형태를 바꾸지는 못했다. 온통 황금빛으로 물든 강물과 반쪽이 된 초록색 여자, 그리고 화려한 꽃다발이 안개 같은 배경과 어우러져 한 폭의 유화처럼 눈부시게 아름다웠다. 그녀는 계속 앞으로 나아갔으며 흐르는 강물에 몸이 휘청이고 긴 머리가 수면 위에 떠올랐다. 개가 초조하게 짖는 순간, 강물이 그녀의 머리 위로 차올랐다.

왕쓰는 또 눈물이 났고 이제 숨어 있는 건 의미 없다는 걸 알게 되었다. 여자가 강 한가운데에서 떠올랐다 가라앉았다 했다. 때로는 꽂이 보였고 때로는 한쪽 손이 올라왔다. 그는 갈대와 강물이 맞닿은 곳까지 기어가 멍하니 바라보았다. 모든 게 해결된 듯했다. 여자는 강물과 함께 떠내려왔다. 조금씩 조금씩 그의 눈앞으로 떠내려왔다. 개 짖는 소리도 점점 그의 눈앞까지 다가왔다. 그는 별안간 큰 소리로 흐느끼기 시작했다. 여자가 자기 앞으로 흘러가게 내버려두기로 결심했기 때문이다. 보기에는 그녀 스스로 강물에 뛰어든 것 같지만 실제로는 그가 그녀를 강물로 끌어들였다. 그녀가 물속에서 발버둥치며 삶과 죽음의 경계선에서 허우적대고 있었다. 눈앞에서 죽어가는 사람을 보고도 모른 척하는 것보다 더 비열한 일이 있을까? 더구나 그냥 모른 척하는 것도 아니었다. 왕쓰는 마음이 흔들렸다. 여자의 정신이 너무 고귀하고 보기 드물다고 느꼈다. 저 여자는 나를 위해 용감하게 죽음을 택했어. 나는 자살하거나 저 여자를 구해야 해.

여자가 왕쓰의 눈앞까지 떠내려왔고 개는 그의 곁에서 강물을 향해 컹컹 짖어댔다. 개도 우는지 눈에서 물기가 반짝였다. 개의 부름에 응답이라도 하듯 여자의 한쪽 손이 번쩍 수면을 뚫고 나왔다. 한 줄기 난초꽃 같은 분홍색 손, 황금색 손이었다. 그녀의 손가락 사이에 얇고 투명한 막이 생긴 듯했다.

왕쓰는 더 망설이지 않고 힘껏 몸을 날렸다. 오래 단련한 멋진 몸이 비단 띠처럼 아름다운 빛의 호선을 그리며 물속으로 파고들었다. 그 강은 그리 넓지 않아서 금세 강 한가운데에 이르렀다. 그 손이 또 높이 솟아올랐고 그는 노련하게 뒤에서 손목을 잡아, 그녀가 자기를 부여잡지 못하게 했다. 그 힘을 빌려 여자의 몸이 커다란 물고기처럼 퍼덕이며 물 밖으로 솟구쳤다. 왕쓰는 그녀가 다른 손으로 자기를 붙잡지 못하도록 경계했다. 이건 일반적인 요령이다. 사람을 구하려 한 이들이 이것을 지키지 않아 함께 죽곤 한다. 혹시 그런 일이 생기면 그는 관례대로 그녀의 관자놀이를 가볍게 쳐 기절시킨 후 머리칼을 잡고 강변으로 끌고 갈 생각이었다. 하지만 여자의 다른 손은 그 꽃다발만 죽어라 껴안고 있었다. 왕쓰는 쥐고 있던 주먹을 풀고 한숨을 쉬었다. 그는 차마 그녀의 머리칼을 틀어쥐지 못하고 대신 손목을 붙잡고서 힘껏 물을 박차며 흐르는 물의 힘을 이용해 강가로 다가갔다. 물속에서 머리가 맑게 깨고 사지가 원활히 움직여 흡사 영웅이라도 된 기분이었다. 그때 갈대숲 속에서 계속 깽깽거리던 검은 개가 뜻밖에도 용감하게 강물에 뛰어들어 그와 그녀를 향해 헤엄쳐왔다. 왕쓰가 보기에 녀석은 다이빙 자세는 괜찮았지만 수영 기술은 영 아니었다. 사람들이 왜 초보자의 수영 동작을 '개헤엄'이라 부르는지 알 것 같아 그는 하마터면 웃음을 터뜨릴 뻔했다. 코끝과 눈만 내놓고 등을 쭉 편 채 꼬리를 물속에 담근 개의 모습은 꼭 한 장의 크로키 같았다. 왕쓰는 욕을 했다. "제길, 내가 가만있을 때는 자기도 가만있다가 내가 물에 뛰어드니까 따라서 뛰어드네. 그런 식으로는 영웅이 못 돼!"

개는 그녀 곁까지 헤엄쳐와서 입을 벌려 치맛자락을 물려다가 즉시 물을 들이켰다. 녀석은 치맛자락을 뱉고 힝힝 콧소리를 냈다. 왕쓰는 경멸의 눈초리로 녀석을 보고는 퉤, 침을 뱉었다. 그리고 동작에 속도를 붙이자 금세 강바닥 진흙에 발이 닿았다. 그는 몸을 세우고서 한 손으로는 여자의 목을 감싸고 다른 손으로는 여자의 오금을 받친 채 강가로 올라갔다. 다리가 진흙 속에 푹푹 빠져 빼내기가 힘들었다.

다소 건조한 데까지 가서 여자를 내려놓자 허리가 시큰하고 다리가 후들거렸다. 여자의 콧구멍에 손을 대보니 숨이 느껴져 마음을 놓았다. 여자는 아직 의식이 없었고 초록색 원피스와 긴 머리칼과 꽃다발이 다 땅바닥에 흐트러져 있었다. 그녀의 복부가 부풀어 있었는데 왜 그런지 그는 알고 있었다. 이때 검은 개가 낭패한 모습으로 다가왔다. 털이 몸에 찰싹 달라붙고 꼬리를 질질 끌어 불쌍하기도 하고 보기 싫기도 했다. 왕쓰가 냅다 걷어차자 녀석은 미처 못 피하고 깨갱 울면서 넘어졌다 일어나 부르르 몸을 털었다. 물방울이 수도 없이 튀었다. 이때 왕쓰는 자기가 정신적으로 우월하다고 느꼈다. 여자는 물론이고 이 흠뻑 젖은 개는 더더욱 그보다 한참 밑이었다.

왕쓰는 여자의 복부가 자기 어깨 위에 오도록 그녀를 메고 흔들거리며 앞으로 걸었다. 열 걸음쯤 걸으니 그녀의 입에서 맑은 물이 뿜어져 나왔다. 그녀의 머리가 그의 가슴 앞에 늘어져 있고 그녀의 머리칼은 목에 엉겨붙어 있거나 그의 무릎까지 드리워져 있었다. 그래서 그 물 중 절반은 그의 배 위에 쏟아졌고 절반은 그녀의 머리칼에 쏟아진 후 그의 두 발 위로 뚝뚝 떨어졌다.

왕쓰가 그녀를 메고 10분 정도 걷는 동안 그녀는 세 번 물을 뿜었고 배가 홀쪽해졌다. 그녀는 몸이 풍만해서 조금 무거웠고 또 그는 종일 바쁘게 뛰어다니느라 몹시 피곤했다. 이 두 가지 원인 탓에 그는 호흡이 가빠 버티기가 어려웠다. 그는 그녀를 갈대 사이에 반듯이 눕히고 자기도 그녀 옆에 퍼질러 앉았다. 여자가 몇 번 신음하고는 눈을 떴다. 사람을 홀리는(때로는 무섭기도 한) 그녀의 영원할 것 같은 미소가 다시 피어났고 왕쓰는 따스한 기분이 들었다.

황혼이 깊어져 세상은 온통 황금빛이었다. 원피스는 여자의 살에 찰싹 달라붙어 있었다.

치마가 흐트러져 그녀의 새하얀 한쪽 허벅지와 다른 쪽 허벅지의 안쪽 부분이 드러났다.

뜨거운 피가 끓어올라 왕쓰의 머릿속으로 솟구쳤다. 그는 자기 머리가 물 끓는 주전자처럼 삑삑 소리를 내며 뜨거운 증기를 내뿜는 것 같았다. 결국 참지 못하고 그녀의 몸을 보았고 그간의 고생을 다 깨끗이 잊어먹었다. 그의 떨리는 손이 그녀의 매끄러운 허벅지에 닿았다. 만약 이때 물에 젖은 개가 또다시 몸을 털어 그의 달아오른 얼굴에 차가운 물방울을 튀기지 않았다면 그는 큰 실수를 범했을 것이다.

그는 불에 데기라도 한 듯 그녀의 허벅지에서 손을 뗐다. 그리고 흠뻑 젖은 검은 개를 힐끗 본 후 치맛자락을 당겨 그녀의 무릎을 덮어주었다.

왕쓰는 비틀거리며 일어났다. 극도로 피곤해서 머리가 어지럽고 구역질이 났다. 가슴과 위가 쿡쿡 쑤시고 쥐어짜듯 아프기도 했다. 그는 담배가 몹시 피우고 싶었다. 여행 가방을 열어 바닥에서 손위처남에게 주려고 준비한 황금색 터보라이터를 꺼내고 또 말버러 한 갑을 뜯었다. 칙, 라이터를 켜고 그 파란색 불꽃으로 담배에 불을 붙여 탐욕스레 한 모금 빨아들이자 마음이 점차 안정되었다.

왕쓰는 여자 대신 갈대를 보며 슬픈 어조로 말했다. "아가씨, 우리 전생에 원수진 일 없잖아요. 내가 아가씨를 건드리긴 했지만 두 번 구해주기도 했으니 이걸로 퉁치고 날 좀 놔줘요!"

그는 가방을 챙기고 일어나서 앞으로 걸어갔다. 원피스 속 모습이 머릿속에 어른거렸다.

모순 가득한 마음으로 갈대밭을 나와서 그는 다시 뒤를 돌아보지 않을 수 없었다. 개와 여자도 갈대밭을 나왔다.

◀ 3 ▶

그는 리자좡으로 통하는 검은 돌다리 가에 멈춰 섰다. 핏빛 석양이 구슬픈 강물을 비추고 좁다란 수숫잎이 우울하게 늘어졌으며 땅강아지가 진흙 속에서 처량하게 울어댔다. 왕쓰는 슬픔과 괴로움이 마음속에 차올라 뺨 위로 눈물을 흘렸다. 그는 그녀의 차가운 어깨를 꽉 쥐고 흔들며 말했다. "아가씨, 아가씨는 벙어리예요? 귀머거리예요? 벙어리도 귀머거리도 아니면 말 좀 해봐요. 아가씨는 이름이 뭐예요? 집은 어디고요? 왜 혼자 다리 밑에 있었죠? 이렇게 죽자사자 날 쫓아다녀서 뭘 어쩌려는 거예요? 말 좀 해봐요, 말 좀 해보라고요!"

왕쓰는 거칠게 그녀를 밀치며 소리쳤다. 그녀의 입술이 떨리고 눈가에 눈물이 가득 고였다. 그런 온순하고 가엾은 모습에 마음이 약해져 그는 그녀의 어깨를 놓고 말했다. "당신은 아마 착한 사람일 거예요. 그런데 난 모레 결혼할 사람이에요. 당신처럼 누군지도 모르는 여자를 집에 데려가면 어떻게 되겠어요? 제발 부탁할게요. 천 번이고 만 번이고 부탁할게요. 당신 개를 데리고 돌아가줘요!"

여자의 눈물이 젖은 꽃송이 위에 뚝뚝 떨어졌다. 왕쓰는 "제발, 아가씨!"라고 말한 뒤 다리 어귀로 올라갔다. 저녁 안개가 짙게 끼었고 강물은 검붉은 빛을 반짝였다. 그는 강물 위에 길게 비친 자신의 그림자를 보았다. 여자의 그림자는 없었고 검은 개의 그림자도 없었다. 고독과 비슷한 기분이 그의 마음에 번졌다. 그는 자신을 꾸짖었다. 이 멍청이, 또 저 여자를 건드리면 안 돼. 저 여자 때문에 태어나서 가장 비참한 오후를 보냈잖아. 지은 지 오래된 작은 다리가 그의 발밑에서 흔들흔들했다. 그가 한 걸음 나아갈 때마다 알 수 없는 고통이 더해지는 듯했다. 다리를 건넌 후 스스로를 제어하지 못하고 뒤를 돌아보았다. 그녀가 다리 저편에 서 있었고 그 옆에는 누렇게 익은 가냘픈 수수들이 노르스름한 구름처럼 펼쳐져 있었다. 꽃과 사람과 개가 전부 유약을 바른 듯 반짝반짝 빛났고 강물 위로 뭉게뭉게 안개가 올라왔다. 그리고 크고 새빨간 달이 붉은 망아지처럼 드넓은 지평선 위로 펄쩍 치솟자, 즉시 수면 위에 달의 붉고 긴 그림자가 나타났다. 왕쓰에게 따스한 감정이 다시 못 견디게 부풀어 올랐다. 형언하기 힘든 여자의 미묘한 점이 또다시 그의 마음을 사로잡았다. 그는 자기가 뻔뻔하고 비루한 소인배라는 생각이 들었다. 사랑할 때는 사랑하고 미워할 때는 미워하는 남자가 아닌 듯했다. 온갖 로맨틱한 스토리가 머릿속에 떠오르더니 불쑥 용기가 끓어올라 그는 다시 성큼성큼 다리를 향해 걸어갔다.

왕쓰가 겨우 두어 걸음 걸었을 때 조용히 쪼그리고 있던 검은 개가 환호하며 펄쩍 뛰어올랐다. 개가 앞장서고 여자가 뒤를 따라 그 검은색 다리 위로 날아올랐다. 여자의 초록색 원피스 뒷자락이 날렸고 그녀의 옅은 파란색 머리칼도 날렸다. 하지만 그건 그의 환각이었다. 사실 그녀의 머리칼은 목덜미에 달라붙어 있었고 그녀의 원피스는 두 다리 사이에 뒤엉켜 있었다. 그녀는 두 팔을 벌리고 꽃다발을 치켜든 채 왕쓰를 향해 날아왔다. 순간 왕쓰는 피가 끓어 모든 계산을 잊은 채 역시 두 팔을 벌리고 날아오는 여인에게 달려갔다. 그와 그녀는 다리 중간에서, 그 흔들거리는 다리 길 위에서 만나 네 팔을 교차하고 입술을 마주쳤다. 그에게는 여자의 몸 전체가 약동하는 것 같았다. 마치 몸속에 100개의 심장이 있는 듯했다. 그녀의 입술은 무서울 정도로 탐욕스러워서 왕쓰는 입안 가득 옅은 피 맛을 느꼈다. 창백한 공포가 다시 머리 뒤에서 점차 퍼져나갔고 그는 흥분이 사그라지는 걸 느꼈다. 몸을 빼려 했지만 여자는 그를 꼭 껴안고 놓아주지 않았다. 그는 또 후회했다. 달은 어느새 수면을 벗어나 수수 끝에 걸려 있었고 은빛 광채가 강물 위로, 또 그들 위로 뿌려졌다. 왕쓰는 한기를 느끼며 힘껏 그녀를 밀쳤다. "됐어요, 아가씨. 우리는 서로 악연이에요. 그러니 이쯤에서 그만둬요. 난 모레 결혼해야 하니까 아가씨는 오늘 밤 마쩡의 여관에서 자고 내일 어디가 됐든 돌아가세요."

여자는 넋을 잃고 서 있었다. 그녀 품속의 꽃은 잎 하나하나가 옥을 깎아 만든 듯했다. 조용히 앉아 있는 검은 개도 조각상 같았다.

왕쓰는 다리 끝으로 달려가 가방을 들고 마을로 들어갔다. 길거리에는 인적이 없고 집집마다 불이 켜져 있었으며 간혹 아이 울음소리와 개 짖는 소리가 집과 마당에서 들려왔다. 왕쓰는 머릿속에 그림 한 장이 박혀 있는 듯했다. 허공에서 빛나는 달과 달빛 아래의 작은 돌다리 그리고 돌다리 위에서 꽃다발을 안고 있는 여자와 검은 개.

그는 속으로 자기를 꾸짖었다. 이 건달 새끼, 겁쟁이, 개만도 못한 놈!

집에 가까워질수록 자신에 대한 미움과, 여자와 검은 개에 대한 우려가 더해졌다.

왕쓰는 문을 넘어 집에 들어섰다.

그를 맞이한 건 아버지의 따귀였다!

그는 충격으로 정신이 혼미했지만 짐짓 뻔뻔하게 따졌다. "왜 때리는 거예요?"

그의 아버지가 새파랗게 화난 얼굴로 말했다. "이 망할 자식, 뭘 잘했다고 그래!"

그는 소문이 퍼질 걸 진작에 예상하기는 했지만 이렇게 빨리 퍼질 줄은 몰랐다.

왕쓰는 입이 닳도록 설명했지만 아버지와 어머니를 이해시키지는 못했다.

새로 도배하고 전지剪紙*를 가득 붙인 신혼 방에는 자명종 네 개가 놓였고 전자시계도 여섯 개나 걸려 있었다. 거기에 앉아서 그는 추위와 한기로 머리가 핑핑 돌았다. 그의 아버지가 또 욕을 퍼부었다. "학교를 헛다녔냐? 귀신에 썬 건 아니고? 네가 건드리지도 않았는데 그 여자가 너를 왜 따라와? 이 큰 현에서 너보다 잘난 놈이 얼마나 쌔고 쌨는데 하필 널 따라왔겠냐고?" 폐병 걸린 그의 어머니도 헐떡이며 말했다. "이 못된 놈! 똥오줌도 못 가리는 놈! 좋은 일은 집 밖으로 안 퍼지지만 나쁜 일은 1000리 밖까지 퍼지는 법이야! 오후 늦게 누가 와서 말을 퍼뜨렸어, 네가 버스 터미널에서 웬 여우 같은 여자랑 시시덕대는 걸 봤다고. 또 검은 개 얘기도 했어. 이 죽일 놈 같으니……"

아버지가 말했다. "차오터우바오 사람들도 이미 다 알고 있을 거야. 요즘 인심이 얼마나 간악한데 이런 구경거리를 그냥 넘어가겠어? 이런 얘기를 마음속에 그냥 묻어두겠냐고? 그쪽에서 알았다면 이 결혼은 글렀어, 끝장이라고!"

"끝장이면 끝장인 거죠, 뭐!" 왕쓰가 화난 어조로 말했다.

"세상일이 그리 쉬워 보이냐?" 아버지도 화를 내며 말했다. "말이야 쉽지, 돈 들어간 건 둘째 치고 앞으로 어딜 가든 사람들이 뒤에서 손가락질할 텐데 그러고 어떻게 살아?"

---

* 여러 색깔과 모양을 가진 장식용 종이.

"됐어요, 제발 나 좀 가만 놔둬요!" 왕쓰는 주먹으로 자기 머리를 탕탕 치며 소리쳤다. "내가 죽을죄를 지었어도 총알 한 방이면 끝일 텐데 왜 이렇게 들들 볶는 거예요!"

어머니가 흑흑 흐느끼기 시작했다.

아버지는 마당으로 나가 칵, 하고 가래침을 뱉었다.

왕쓰는 담벼락이 무너지듯 구들 위에 쓰러졌다. 방 안이 빙글빙글 도는 듯했다. 시계 열 개가 각기 어지럽게 달리고 있었다. 싸늘한 달빛이 창문으로 비쳤다. 왕쓰는 이불을 당겨 얼굴 위에 뒤집어썼다. 마치 바닥 모를 어두운 심연으로 떨어지고 있는 듯했다.

◀ 5 ▶

곤히 자던 왕쓰는 새벽녘에 우박처럼 쏟아지는 몽둥이질에 번쩍 눈을 떴다. 눈앞에 몽둥이를 든 아버지와 숨을 헐떡이는 어머니가 있었다.

"애, 빨리 일어나라. 큰일 났어, 그 요녀가 우리 집 대문을 막고 있어." 어머니는 바들바들 떨며 가쁜 숨을 내쉬었다.

아버지는 또 몽둥이를 치켜들고 닥치는 대로 내리쳤다. 그중 한 방이 콧등에 작렬하는 바람에 왕쓰는 코가 시큰해지면서 눈물과 코피가 동시에 흘러내렸다. 그는 얼른 구들에서 내려와 아버지의 손에서 몽둥이를 낚아챘다. 그리고 그걸 땅바닥에 내동댕이치며 소리쳤다. "아버지는 이렇게 저를 때릴 권한이 없어요! 죄를 지었으면 국법으로 처리해야죠. 제가 총살을 당해도 그건 아버지가 할 일이 아니라고요!"

아버지는 창백한 얼굴로 땅바닥에 주저앉았다.

왕쓰는 손으로 코를 누른 채 대문 쪽으로 갔다.

꽃다발을 안은 여자가 대문 앞 아까시나무 아래에 서 있었고 검은 개는 그녀 옆에 쪼그리고 있었다. 아침노을이 만 갈래로 하늘과 이어진 상태에서 태양이 막 솟아오르는 중이었다. 문밖의 도랑과 도랑 밖 들판에서는 하얀 안개가 모락모락 피어났다. 여자는 온몸이 이슬에 흠뻑 젖어 있었고 꽃다발과 검은 개도 마찬가지였다.

왕쓰는 이제 두렵지 않았다. 여자의 꺾이지 않는 집념은 그에게 끝없는 고민을 가져다주었지만, 동시에 그를 감동시키기도 했다. 그가 코에서 손을 떼자 코피가 다시 주르르 흘러내렸다.

여자의 눈에서 맑은 눈물방울이 또르르 굴러떨어졌다. 그녀가 달려와 혀를 내밀고는 왕쓰의 코피를 할짝할짝 핥았다. 그는 가는 가시가 난 듯한 여자의 따뜻한 혀와 차가운 입술을 느꼈고 물론 그녀의 입에서 뿜어져 나오는 노새 여물 냄새를 맡았다.

검은 개가 남자아이처럼 낮게 잉잉거렸다.

아버지의 혹독한 매질은 왕쓰에게 증오를 불러일으켰고 그 증오는 여자의 입에서 나온 냄새로 인해 용기로 변했다. 그는 여자의 손목을 잡고 시계 열 개가 있는 신혼 방으로 끌고 갔다. 검은 개는 그 뒤를 바짝 따랐다. 그는 여자의 손이 얼음처럼 차갑다고 느꼈다.

어머니가 울먹이며 말했다. "아가씨, 빨리 돌아가요. 우리 집을 다 망칠 셈이야?"

왕쓰가 말했다. "그렇게 심각한 일 아니에요."

그는 여자에게 말했다. "앉아 있어요. 먹을 것 좀 마련해올 테니."

그는 찬장에서 국수를 한 움큼 꺼내 부뚜막 위에 놓은 후 항아리에서 물을 두 바가지 떠서 솥에 붓고는 뚜껑을 덮고 아궁이 앞에 앉아 불을 지폈다.

어머니가 말했다. "착한 아가씨, 밥 먹고 빨리 돌아가요. 우린 내일 결혼식을 해야 하고 조금 있으면 애 색시가 애를 보러 올 거예요. 아가씨가 안 가면 우리는 정말 끝장이에요!"

아버지가 분노에 차 소리쳤다. "저년한테 뭐라고 주절대는 거야? 점잖은 집 아가씨면 어디 저러겠어? 창녀 아니면 술집 여자겠지!"

왕쓰가 아궁이 앞에서 일어나 얼굴을 붉히며 말했다. "아버지, 함부로 말하지 마세요!"

"함부로 말하지 말라고?" 아버지가 기가 막히다는 듯이 웃었다. "내가 함부로 말했다 이거야? 내가 이런 불효자식을 키우다니!"

왕쓰가 말했다. "사고는 내가 쳤으니 죽일 테면 저 한 사람만 죽이세요!"

아버지는 욕을 하며 대문 밖으로 나갔다.

여자와 개는 아궁이 옆에 와서 쪼그려 앉았다. 그러고는 아궁이 속에서 뛰노는 불꽃과 코피투성이인 왕쓰의 얼굴을 번갈아 보았다. 그녀는 때로 미소를 짓다가 눈물을 흘렸는데 개도 마찬가지였다. 그녀는 계속 바들바들 떨었는데 개도 마찬가지였다.

어머니가 애원했다. "얘, 어서 물 끓여라. 빨리 국수를 먹여 저 애를 보내야지. 더 늦었다가 네 색시가 오기라도 하면 어떡하니."

왕쓰가 말했다. "어머니, 너무 애태우지 마세요. 목이 잘려도 큰 흉터 하나 남는 셈 치고 제가 다 감당할게요."

어머니가 말했다. "네가 감당하는 건 괜찮아도 평판이 나빠지지 않니. 네 색시 숙부가 네 형의 상관인데 네 혼사가 깨지면 그것 때문에 네 형의 장래는 또 어찌 되겠니? 아가씨, 이 말은 아가씨 들으라고 하는 소리예요. 왜 아무 말도 안 해요? 설마 벙어리예요? 얘, 너는 뭐에 홀려서 이 모양이니. 말 잘하고 싹싹한 색시를 놔두고 이런 벙어리랑 정분이 나다니……"

왕쓰는 불현듯 어머니의 말이 일리가 있다는 생각이 들었다. "어머니, 사실 이 여자와 아무 일도 없었어요. 그냥 좋은 친구일 뿐이라고요. 옌핑이 오면 제가 잘 설명할게요."

어머니가 말했다. "이 바보야, 네가 입이 백 개라도 그게 설명이 되겠니?"

왕쓰는 여자를 보면서 머뭇거렸다.

그때 아버지가 경찰복을 입은 남자를 데리고 들이닥쳤다. 그 남자는 키가 크고 눈썹이 까맸으며 호랑이 눈이었다. 왕쓰는 그 위엄 있는 남자가 읍내 파출소 부소장인 사촌 동생인 걸 알아보았다.

왕쓰가 일어났고 여자와 개도 일어났다.

사촌 동생이 씩 웃으며 말했다. "형은 능력도 참 좋아. 형수 하나로 모자라 둘째 부인을 꼬여온 거야?”

왕쓰가 버럭 화를 냈다. “그게 무슨 헛소리야!”

사촌 동생이 말했다. “화내지 마. 큰아버지가 다 말씀해주셨으니 말 돌릴 생각도 하지 말고. 이 여자가 그 꽃뱀인가?” 사촌 동생은 허리춤에서 번쩍이는 수갑을 꺼내 여자에게 다가갔다.

왕쓰가 나서서 여자 앞을 가로막으며 말했다. “뭐 하는 거야?”

사촌 동생이 팔을 뻗어 왕쓰를 한쪽으로 밀치며 말했다. “뭐 하긴 뭐해? 이 여자한테 수갑을 채우려는 거지.”

왕쓰가 달려들어 사촌 동생의 손을 꽉 잡았다. 두 사람은 실랑이를 벌이느라 숨을 헐떡였다.

사촌 동생이 말했다. “형, 이것 좀 놔!”

왕쓰가 말했다. “수갑부터 치워.”

사촌 동생이 말했다. “알았어, 치울게.”

사촌 동생은 허리춤에 다시 수갑을 걸며 말했다. “형, 대체 왜 이러는 거야? 왜 이런 망신스러운 짓을 하는 거야? 저 여자 좀 봐, 정상이 아니잖아. 몸이나 팔러 다니는 여자 같지 않아?”

왕쓰가 말했다. “당장 꺼져!”

사촌 동생은 말했다. “큰아버지, 형이 저렇게 여자를 감싸고도니 저도 어쩔 수 없네요.”

아버지가 엉엉 울음을 터뜨렸다.

아버지의 허옇게 센 머리를 보고 있자니 왕쓰도 마음이 괴로웠다.

사촌 동생이 말했다. “형은 진짜 개자식이야. 나보다 나이만 안 많았으면 귀싸대기를 후려갈겼을 거야."

왕쓰가 말했다. "아버지, 울지 말아요. 저는 저 여자랑 진짜 아무일도 없었다니까요. 조금 있다가 보내면 되잖아요."

사촌 동생이 말했다. "형은 너무 물러터졌어. 이런 꽃뱀한테 무슨예의를 차리고 그래?"

사촌 동생은 무섭게 여자에게 다가서서 큰 소리로 물었다. "당신, 이름이 뭐야? 어디서 굴러왔어?"

여자는 벌벌 떨며 뒤로 물러서다가 담벼락에 등이 닿았다.

사촌 동생이 허리에 걸린 수갑을 툭 치며 말했다. "말해! 말 안 하면 수갑을 채울 거야!"

여자는 두 손으로 꽃다발을 꼭 안은 채 살려달라는 듯 왕쓰를 바라보았다. 검은 개는 그녀의 치맛자락 아래서 바들바들 떨고 있었다.

왕쓰는 마음이 미어지는 듯해 사촌 동생에게 다가가 손을 꼭 잡았다. "너무 겁주지 마. 이 여자는 죄가 없어."

사촌 동생이 왕쓰의 손을 뿌리치며 말했다. "형, 이 여자랑 결혼이라도 할 셈이야? 그렇다면 상관 안 할게. 괜히 형수 될 사람한테 미움사고 싶지 않으니까."

"내 일은 내가 알아서 할게." 왕쓰는 여자 앞을 가로막고 두 손을 대문 쪽으로 나란히 뻗으며 말했다. "자, 이만 가줘."

사촌 동생이 말했다. "큰아버지, 큰어머니, 축하드려요. 댁에 겹경사가 났네요. 개도 한 마리 들어오고." 사촌 동생은 냉소를 지으며 가버렸다.

왕쓰가 쪼그리고 앉아 불을 피우는데 여자와 개가 또 곁으로 왔다. 그는 쓴웃음을 지으며 말했다. "아가씨, 밥 먹고 꼭 가야 해요."

그녀의 눈에 다시 눈물이 맺혔다.

아버지가 괭이를 들고 들이닥쳤다. 그리고 솥뚜껑을 확 걷어낸 후 괭이를 휘둘러 솥 안을 내리찍었다. 반쯤 끓은 물이 사방으로 튀어 왕쓰의 손과 얼굴에도 닿았다. 아궁이 속 불은 물을 뒤집어쓰며 꺼졌고 하얀 연기와 수증기가 천장까지 솟아올랐다.

어머니가 여자 앞에 무릎 꿇고 울며 말했다. "제발 부탁이에요, 어서 가줘요. 그만 좀 가달라고요!"

왕쓰가 여자의 손을 잡고 일으키며 말했다. "당신은 가야 해요."

여자는 빤히 그를 바라보며 또 예의 그 미소를 지었다.

왕쓰가 말했다. "다 봤잖아요, 당신 때문에 내 처지가 얼마나 딱해졌는지. 그래도 안 가면 말이 안 되죠."

여자는 미소 짓고 있었고 개는 그 옆에 쪼그리고 있었다.

《 6 》

벌써 정오가 되었다. 마을 사람들이 계속 무리 지어 구경하러 찾아왔고 아이들은 아예 마당에서 진을 치고 있었다. 여자는 지금 왕쓰 곁에 달라붙어 있었고 개는 그녀 곁에 달라붙어 있었다.

왕쓰가 걸으면 그녀도 따라 걸었고 왕쓰가 멈추면 그녀는 그를 향해 미소 지었다. 개는 그녀를 따라 걷거나 그녀 곁에 쪼그리고 있었다.

왕쓰의 아버지는 이미 집을 나갔다. 왕쓰의 어머니는 의식을 잃고 쓰러졌다. 왕쓰가 어머니를 안아 구들 위에 누일 때 그녀는 그의 뒤에 서 있었고 개는 그녀 발치에 쪼그리고 있었다.

왕쓰가 마당으로 나가자 그녀가 따라왔고 개도 따라왔다. 왕쓰는 구경하러 온 마을 사람들에게 화를 냈다. "모두 가요, 가라고요! 내가 여자 요괴랑 놀아난 게 뭐 그리 볼만하다고 이러는 거예요?" 마을 사람들은 서로 수군거릴 뿐 떠나려 하지 않았다. 왕쓰와 여자와 개가 철장 속의 맹수와 마찬가지로 아무리 이를 드러내고 으르렁거려도 자신들에게는 해를 끼치지 못한다고 생각하는 듯했다. 왕쓰가 그 개구쟁이 아이들을 쫓으러 달려가자 그녀는 그를 따라 달렸고 개는 그녀를 따라 달렸다. 하지만 아이들은 원숭이처럼 민첩하게 펄쩍펄쩍 뛰며 그를 피해다녔다. 이걸 보고 사람들은 깔깔깔 괴상한 웃음소리를 냈다. 왕쓰는 다시 신혼 방으로 돌아갔으며 그녀는 그 뒤를 따랐고 개도 그 뒤를 따랐다. 아이들도 그 방으로 몰려갔다.

한 남자아이가 막대기로 검은 개를 쿡쿡 찔렀다. 검은 개는 낑낑거리며 여자의 치맛자락 속에 머리를 처박았다. 왕쓰는 여자를 동정하는 마음이 점차 사그라지는 걸 느꼈다. 돌아보면 지난 스무남은 시간은 그의 인생에서 가장 비참했다. 지옥도 그런 지옥이 없었다. 그 연옥 같은 고통을 겪은 건 전부 그가 황당한 짓을 저질렀기 때문이다. 그녀에게 입을 맞추지 말아야 했고 화장실에 들어가 그녀를 구하지 말았어야 했다. 강물에 빠진 그녀를 구한 건 어쩔 수 없는 일이지만 다리 끝에서 귀신에 홀린 듯 그녀를 돌아보지는 말았어야 했고 무엇보다 자기를 구하러 온 사촌 동생을 내쫓지 말아야 했다. 지금 그는 고개를 돌리고 눈을 감은 채 그녀에게 말했다. "아가씨는 이미 나를 파멸시켰어요. 남자에게 이보다 더한 형벌은 없을 거예요. 이제 그만 가요, 저 징글징글한 개를 데리고!"

하지만 여자는 그의 얼굴에 자기 얼굴을 대고서 혀를 내밀어 그의 입술을 핥았다. 그는 그녀 입에서 풍기는 여물 냄새에 아직 정신이 혼미해지지 않은 틈을 타, 고개를 외로 꼰 채 손을 들어 그녀의 따귀를 때렸다. 검은 개가 그녀의 치마 밑에서 낑낑거렸다.

여자는 낮게 신음하며 눈가에 눈물이 넘쳤지만 여전히 미소를 풀지 않았다. 왕쓰는 또 그녀가 가여워졌다. 그녀의 하얀 뺨에 네 가닥 손가락 자국이 빨갛게 부풀어 올랐다. 따귀는 그녀가 맞았는데 아픔은 왕쓰가 느꼈다. 그는 그녀의 뺨을 어루만져주고 싶은 열망을 억지로 참으며 고래고래 소리쳤다. "꺼져, 꺼지라고! 꺼져버려!"

◀ 7 ▶

저물녘에 알람 시계 아가씨가 건장한 사내 두 명의 호위를 받으며 왕쓰의 집에 왔다. 그녀는 매몰찬 표정으로 조용히 신혼 방에 들어가 시계 열 개를 손가방에 쓸어담고는 왕쓰와 여자와 개를 향해 침을 퉤 뱉고서 훌쩍 가버렸다. 두 사내가 각기 왼쪽과 오른쪽에서 그녀를 보호했다. 시계가 다 사라지자 방 안이 갑자기 고요해졌다. 왕쓰는 또다시 맑은 달빛이 창가에 비치는 걸 슬픈 눈으로 보았다.

남자 몇 명이, 숨이 간들간들한 아버지를 어디선가 떠메고 와서 아궁이 옆 땔감 위에 내려놓고는 조용히 가버렸다.

구경꾼도 다 흩어져서 마당은 고요했다. 늦여름과 초가을 사이의 서늘한 바람이 들판에서 계속 불어왔고 마당의 제비콩 넝쿨 위에서 벌레들이 요란하게 울어댔다. 기진맥진한 왕쓰는 신혼 방 구들 끝에 앉아 달빛에 비친 그녀를 뚫어지게 바라보았다. 여자도 그를 바라보고 있었다. 왕쓰는 그녀의 눈에서 부드러운 사랑의 빛이 반짝이다가도 지옥의 번뜩이는 불길이 뿜어져 나오는 것 같다고 느꼈다. 그 괴이한 꽃다발은 언제 그랬는지도 모르게 시들어버렸지만 그녀는 한사코 그걸 껴안고 있었다.

왕쓰는 이 비극에서 중요한 역할을 한 검은 개가 생각나 여자의 발치를 살폈지만 녀석은 그림자도 보이지 않았다. 그의 얼굴에 괴상한 미소가 떠올랐다. 그는 맥없이 말했다. "우리는 녀석한테 우롱당했어요."

여자는 시든 꽃다발을 내려놓고 달빛 아래에서 천천히 원피스를 벗고서 알몸으로 그의 눈앞에 섰다. 비늘처럼 반짝이고 찬 기운을 발산하는 그녀의 몸은 얼어붙은 강물 속의 파란 잉어 같았다. 왕쓰는 심장이 쿵쿵 뛰었다. 한 줄기 차갑고 비릿한 냄새가 그를 에워쌌다. 그는 왠지 모르게 몇 년 전 광경이 떠올랐다. 덩치가 크고 성이 추이

씨인 대포수가 금빛 포탄을 안고 교활한 어조로 "조심해, 손에서 미끄러지면 터지니까"라고 말했다. 그 건장한 대포수의 청동색 낯빛이 여자의 몸 색깔과 대단히 흡사했었다. 그는 자신이 여자에게 전혀 흥미가 없다는 걸 알았지만 그래도 서둘러 다가가서 그녀의 벌거벗은 몸을 부둥켜안았다. 여자의 얼음처럼 차가운 혀가 왕쓰의 입속에 들어왔다. 왕쓰는 피가 다 얼어붙는 듯했다. 그는 힘이 쭉 빠져 여자를 따라 쓰러졌다. 마지막 순간에 검은 개가 어둠 속에서 슬피 우는 소리가 희미하게 들렸다. 이튿날 마을 사람들은 왕쓰와 여자가 꼭 껴안고 죽어 있는 것을 보았다. 시체를 떼어내기 위해 그들은 잔인하게도 두 사람의 혀와 입을 훼손하고 손가락을 잘라야 했다.

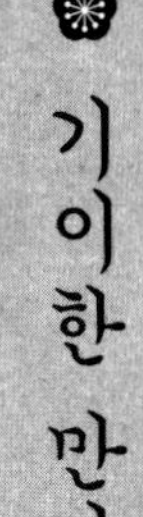

기이한 만남

1982년 가을, 바오딩에서 가오미시 둥베이향으로 부모님을 뵈러 갔다. 기차가 조금 늦어서 가오미역에 도착했을 때는 이미 밤 9시가 넘었다. 그리고 마을로 가는 버스는 매일 한 대뿐이었으며 출발 시각도 새벽 6시였다. 나는 고개 들어 하늘을 보았다. 반달이 휘영청하고 날씨가 맑았다. 나는 역 앞에서 묵지 않고 달빛을 빌려 일찍 집에 돌아가기로 마음먹었다. 그러면 첫째, 부모님을 뵐 수 있었고 둘째, 시골의 신선한 공기를 좀 맡을 수 있었다.

이번에는 작은 가방 하나만 들고 와 걸음이 빨랐다. 기차 터널을 지난 후, 난 아스팔트 길을 걷지 않았다. 아스팔트 길이 직각으로 돌아가서 훨씬 더 멀었기 때문이다. 나는 버려진 지 오래된, 둥베이향으로 이어지는 흙길을 걸었다. 그 흙길은 근년에 몇 군데가 파여 끊기는 바람에 행인이 적어져서 온통 잡초가 무성했다. 길 한가운데에만 사람이 밟고 간 흔적이 한 줄로 나 있었다. 그리고 길 양쪽 가장자리는 전부 수수밭, 옥수수밭, 고구마밭 같은 농지였다. 달빛이 농작물의 가지와 잎을 비춰 은은한 빛을 발했다. 바람이 거의 없어 잎들은 꼼짝도 하지 않았고 밭에서 여치 우는 소리가 선명하게 들려와 내 살속과 뼛속까지 스며드는 듯했다. 여치 울음소리 때문에 달밤은 유난히 더 적막했다. 앞으로 갈수록 농작물은 더 무성해졌고 시내의 불빛은 진작에 사라졌다. 가오미 시내에서 둥베이향까지는 40여 리 길이었다. 여치 울음소리 말고도 이따금 새나 작은 동물의 울음소리가 밭에서 들렸다. 문득 뒷덜미가 서늘해지면서 내 발소리가 더 크고 무겁게 들렸다. 괜히 혼자 밤길을 걸으면 안 되는 일이었다는 후회가 조금 들었다. 동시에 길 양쪽 농지에 무수한 비밀이 있고 또 무수한 눈들이 나를 감시하고 있는 듯했다. 뒤에서 뭔가가 나를 따라오는 느낌이 들면서 달빛이 돌연 흐릿해지는 것 같기도 했다. 난 무의식중에 걸음이 빨라졌다. 빨리 걸으면 걸을수록 등 뒤가 불안해졌다. 결국 나도 모르게 뒤를 돌아보았다. 내 뒤에는 물론 아무것도 없었다.

계속 걸음을 재촉하며 속으로 자신을 욕했다. 남자가 차라리 죽을망정 뭘 두려워하는 거야? 귀신이라도 있나? 없잖아! 들짐승이라도 있나? 없다고! 아무 일도 없는데 왜 쓸데없이 두려워하는 거야? 하지만 여전히 온몸이 긴장되고 턱은 덜덜 떨렸다. 어릴 적 마을에서 들은 귀신 이야기들이 머릿속에 연달아 떠올랐다. 어떤 사람이 길을 가던 중 갑자기 앞에서 방물장수가 진 멜대가 끽끽대는 소리가 들려 자세히 보니 방물장수의 멜대와 두 다리만 움직이고 상반신은 없었다지…… 어떤 사람이 밤길을 가던 중 누가 자신을 보고 헤헤 웃어 자세히 보니 여자였고 그 여자는 얼굴에 빨간 입 빼고는 아무것도 없는 '광면귀光面鬼'였다던데…… 어떤 사람이 밤길을 가던 중 홀연히 흰 수염의 늙은이가 풀을 뜯어 먹는 걸 봤다고 했어…… 나중에야 나는 옷이 식은땀에 흠뻑 젖은 걸 깨달았다.

나는 목청을 높여 "앞으로, 앞으로, 앞으로 돌진!" 하고 노래를 불렀고 당연히 가는 내내 아무 일도 없었다. 마을 어귀에 가까워졌을 때는 이미 새벽이 와서 동쪽 하늘이 붉어지고 마을의 수탉들이 꼬끼오 울어대며 온통 평화로운 광경을 연출했다. 고개 돌려 온 길을 바라보니 작물은 작물, 흙길은 흙길일 뿐이었다. 밤새 바들바들 떨었던 걸 생각하니 나 자신이 어리석고 우습기 짝이 없었다.

마을로 막 들어가려는데 한 노인이 불쑥 나무 그림자 속에서 나타났다. 자세히 보니 이웃집 자오싼 아저씨였다. 그는 말끔한 차림으로 서너 걸음 앞에서 멈춰 섰다.

"아저씨, 일찍 일어나셨네요."

내가 서둘러 인사하자 그가 말했다.

"아침에 일어나 시내에 갔다가 네가 돌아온 걸 알고 여기서 널 기다렸지."

나는 그에게 몇 마디 평범한 말을 하고서 필터 달린 담배 한 대를 건넸다. 담배에 불을 붙이며 그는 말했다.

"애야, 내가 네 아버지한테 꾼 돈이 아직 5위안 남았는데 돈을 쓸 수가 없구나. 네가 이 담뱃대를 아버지한테 가져다드리고 그 돈은 갚은 걸로 치자."

"아저씨, 굳이 그러실 필요까지 있나요?"

"어서 집에 돌아가거라. 네 부모님이 네가 오길 기다리신다."

나는 자오싼 아저씨가 건넨 차가운 마노 담뱃대를 받아들고 총총히 그에게 인사한 뒤 바삐 마을에 들어섰다.

집에 들어서자 부모님은 내게 이것저것을 꼬치꼬치 캐묻고는 혼자 밤길을 다니면 안 된다고, 혹시 무슨 일이라도 생기면 큰일이라고 말했다. 나는 소리 내서 웃으며 말했다.

"귀신을 꼭 만나고 싶었는데 귀신이 감히 나를 보러 못 오더라고요."

어머니가 말했다.

"얘가 입이 방정일세."

아버지가 담배를 피울 때 나는 호주머니에서 그 마노 담뱃대를 꺼내며 말했다.

"아버지, 방금 마을 어귀에서 자오싼 아저씨를 만났어요. 아버지한 테 5위안 빚진 게 있으시다면서 그 돈 대신 이 담뱃대를 가져다드리라고 하시던데요?"

아버지가 깜짝 놀라 물었다.

"너, 누구 얘기를 하는 거냐?"

"자오싼 아저씨요."

"너, 눈이 삐었구나?"

"무슨 말씀이에요. 아저씨한테 인사도 하고, 담배도 한 대 드리고, 이 담뱃대까지 받았는데."

내가 담뱃대를 내밀었지만 아버지는 주저하며 받지 않았다. 옆에서 어머니가 말했다.

"자오싼 아저씨는 그끄저께 아침에 돌아가셨어!"

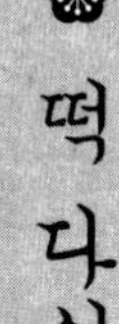

떡 다섯 개

섣달그믐에 함박눈이 그치지 않아, 저물녘이 되자 눈이 몇 자나 쌓였다. 눈을 밟으며 우물가로 물을 길러 나섰는데 물통이 눈 위에 두 줄기 얕은 고랑을 남겼다. 나는 우물가에 서서 물을 긷다가 발이 미끄러졌지만 '재물신'이 손을 뻗어 붙잡아주었다.

재물신은 이름이 장다톈으로 나이가 마흔을 훌쩍 넘겼는데도 가난뱅이에 의지가지없는 신세였다. 그가 재물신이라 불리는 건 매년 재물신 노릇을 하기 때문이었다. 당시 섣달그믐 밤에 송구영신의 만두를 솥에 넣을 때면 거지를 불러 문밖에 서서 소리 높여 노래 부르고 복된 말을 줄줄이 읊게 하곤 했다. 그러고 나서 사람들은 갓 삶은 만두를 밥그릇에 넣어주었고 거지는 그 답례로 종이를 겹쳐 만든 조그만 원보元寶*를 빈 그릇에 넣고 갔다. 그 원보를 집에 들여와 조상의 위패 아래에 바치면 그걸로 재물신을 맞아들인 셈이 되었다. 이런 까닭에 사람들은 그를 재물신이라 불렀고 어른이든 아이든 다 그렇

---

* 신에게 기원할 때 바치는 돈 모양의 제물.

게 부르는데도 그는 화를 내지 않았다. 재물신이 붙잡아주었을 때 나는 그에게 고마워하며 웃었다.

"물 길러 왔냐, 우리 조카?"

그의 쉰 목소리가 쓸쓸하게 들렸다.

"네."

나는 대답하며 그가 우물에 질항아리를 넣어 물을 퍼올리는 걸 지켜보았다.

"만두 삶을 물을 긷는 거예요, 재물신?"

그가 괴상하게 웃으며 말했다.

"내 만두야 마을 사람들이 다 삶아주는데 뭐. 물 좀 끓여서 새해맞이로 누구한테 머리나 깎아달라고 하려고."

"재물신, 올해 우리 집 앞에서 덕담 좀 더 많이 해주세요."

"알았어, 진더우 조카. 넌 우리 마을 최고의 수재여서 조만간 출세할 테니, 이 아저씨가 미리 잘 보여야지."

그는 질항아리를 들고 한쪽 어깨를 기울인 채 걸어갔다.

저물녘, 이틀 만에 겨우 눈이 그쳤다. 눈이 비춰줘서 밤이 그리 어둡지 않았다. 할아버지는 내게 여러 해 묵은 폭죽 두 개를 터뜨리라 하셨다. 그때는 마침 자연재해가 극심했던 시기라 석유도 배급표로 사야 했고 촛불은 돈이 있어도 사기 어려워 밤새 등을 밝히는 건 어쩔 수 없이 포기해야 했다.

그날 밤에도 할아버지는 축사에 가시면서 한밤중에 돌아와 함께 설을 맞겠다고 하셨다. 아버지가 돌아가신 뒤로 생산대에서는 우리 집에 장정이 없고 나도 집에서 20리 떨어진 읍에서 학교 다니는 걸 참작해, 소 돌보는 일을 우리 집에 맡겼다. 그래서 어머니는 낮에 소를 먹였고 할아버지는 밤에 축사에 가서 당직을 섰다. 나와 어머니와 할머니는 어둠 속에 앉아서 할아버지가 빨리 돌아와 함께 설을 맞기만을 기다렸다.

삼형제별이 머리 위에 뜰 때까지 힘들게 기다리고 나서야 겨우 할아버지가 돌아오셨다. 어머니는 바로 집 안의 등잔 두 개를 다 켰다. 심지를 길게 돋워서 집 안이 온통 환했다. 어머니는 아궁이에 불을 때기도 했는데, 마른 콩대가 타닥타닥 타들어갔다. 불꽃이 어머니의 수척한 뺨을 비추고, 제사상 위 조상의 위패를 비추고, 연기에 그을려 까맣게 윤이 나는 벽을 비췄다. 그 순간 장엄하고 애달픈 감정이 내 마음을 사로잡았다……

오늘은 설이다! 누가 이 평범한 날에 이렇게 신비로운 색채를 부여했을까? 왜 이날에 신비로운 색채를 부여한 걸까? 이런 심오한 문제 앞에서 어린 고등학생이었던 나는 그저 혼란스러울 뿐이었다.

할머니가 꾸러미 하나를 정중히 할아버지께 건네며 "올리세요"라고 나직이 말씀하셨다. 할아버지는 마치 성물을 대하듯 두 손으로 그 꾸러미를 받쳐드셨다. 꾸러미 안에는 떡 다섯 개가 들어 있었다. 지나가는 천지의 신들에게 바치는 제물이었다. 그것은 마을의 오랜 풍습으로 섣달그믐 밤에 떡 다섯 개를 밖에 내놓고 정월 초이틀 저녁에 거두곤 했다. 나는 할아버지를 따라 마당에 나갔다. 이미 마당 한 가운데에 네모난 걸상이 놓여 있었고 할아버지는 쪼그려 앉아 소매

로 그 위의 눈을 털었다. 그리고 조심스레 떡 세 개를 먼저 정삼각형
으로 놓고 그 한가운데에 떡 하나를 거꾸로 놓은 뒤, 그 위에 또 떡
하나를 바르게 놓았다. 그렇게 떡 다섯 개가 쌓여 예쁜 탑이 되었다.

"자, 하늘과 땅에 절을 올리자."

할아버지가 무릎을 꿇고 동서남북 네 방향을 향해 차례로 머리를
조아렸다. 귀신 같은 건 믿지 않는다고 말했던 나도 무릎을 꿇고 차
가운 눈이 이마에 닿을 때까지 머리를 조아렸다. 하늘의 신, 땅의 귀
신, 여러 신령이시여, 이 떡 다섯 개를 드세요! 그 떡들은 만두를 빚
던 밀가루를 떼어 찐 것이었다. 그해 우리 집 형편으로는 밀가루 여
덟 근을 사는 게 고작이었던 터라 그 떡들에는 우리 가족의 간절한
새해 소망이 담겨 있었다. 왠지 모르게 목이 메고 코끝이 시큰했다.
새해의 복을 바라지 않았으면 엉엉 흐느껴 울었을 것이다. 바로 그때,
사립문 밖에서 낭랑한 노랫소리가 울려 퍼졌다.

재물신 나리가 문 앞에 서서
당신네 설맞이를 보고 계시네
대문 앞이 밝고 환하며
돌사자가 양옆에 앉아 있네
대문에는 금벽돌이 박혔고
장원급제 깃발이 좌우로 솟았네
대문으로 들어가 안을 들여다보면
맞은편에 가림벽이 서 있네

벽에는 복福 자가 크게 걸렸고
당신네 자손들은 팔자도 좋구나
가림벽을 돌아가면 안채가 있고
양옆에 커다란 붉은 등롱 걸렸네
등불이 당신네 가족의 번성을 비추고
금은보화가 찬란히 빛나는구나

나는 일어나서 멍하니 마당에 선 채 재물신의 축복을 듣고 있었다. 그는 우리 집이 부잣집 대저택이라도 되는 것처럼 노래 불렀다. 재물신은 목소리가 우렁찼고 노래를 부르기보다는 읊조리는 듯했다. 그는 그렇게 부드러우면서도 구슬픈 노래와 읊조림으로 천지만물을 변화시키는 것 같았다.

재물신 나리가 해마다 오니
당신들 집에 돈과 보물이 들어오네
창고에 금이 꽉꽉, 물독에 은이 철철
십 위안 지폐가 자루에 그득하네
자루 위에 또 자루가 쌓여
고개를 이루고 산을 이뤄서
십 위안 지폐가 하늘에 닿았네

난 웃음이 났지만 소리를 내지는 않았다.

돈이 생기면 근심 걱정 없어져
배추도 사고 참기름도 사고
정육점에서 돼지머리도 집네
닭도 있고 달걀도 있고
생선도 있고 밀가루도 있어
어른도 아이도 배가 동산이 되네

얼마나 끝내주는 정신적 향연인가! 나는 재물신이 그려내는 아름다운 광경에 도취되었다.

조카야, 멍하니 있지 말고
어서 만두를 내오거라
어서 내와라, 어서 내와
금덩이, 은덩이가 독에 가득하잖니

나는 정신이 번쩍 들어 재물신이 먹을 걸 달라고 하는 걸 깨달았다. 허둥지둥 집 안에 들어가 어머니가 진작에 준비해둔 밥그릇을 받아들었다. 그런데 그릇 속을 보니 만두가 네 개뿐이라 애원하듯 어머니를 빤히 보며 우물거렸다.

"엄마, 두 개만 더 주세요……."

어머니는 한숨을 쉬고는 국자로 만두 두 개를 더 퍼서 그릇에 넣었다. 나는 그릇을 들고 골목으로 갔고 재물신은 종종걸음으로 다가

와 만두를 움켜쥐고선 입안에 쑤셔넣었다.

"재물신, 너무 적다고 탓하지 말아요."

내가 부끄러워하며 말했다. 우리 집을 위해 그토록 훌륭한 덕담을 해주었는데 답례가 겨우 만두 여섯 개라니, 그에게 미안하기 그지없었다.

"적기는 뭐가 적어. 조카, 어서 들어가 설이나 잘 쇠라고. 내년에는 꼭 장원급제하고."

재물신은 계속 노래 부르며 앞으로 걸어갔고 나는 빈 그릇을 들고서 집으로 들어갔다. 재물신은 우리 집 밥그릇에 원보를 넣어주지 않았다. 원보 만들 종이를 살 돈도 없었던 것 같다.

설날의 진짜 의미는 만두를 먹는 데 있었다. 어머니와 할머니가 개수를 세며 빚은 만두는 하나하나가 다 작고 깜찍해서 정교한 예술품 같았다. 또 그중 네 개 안에는 동전이 들었는데, 그걸 먹는 사람은 새해에 돈이 생긴다고 할머니가 말했다. 나는 두 개를 먹었고 할머니와 할아버지가 하나씩 드셨다. 이에 어머니가 웃으며 말했다.

"난 전생에 거지였나봐요."

"네 아들이 부자가 되면 너도 부자가 되는 거야."

할머니가 말했다.

"엄마, 재물신이 말한 것처럼 우리 집에 진짜 돈이 한 자루 생기면 좋겠어요. 그러면 엄마는 소 먹이러 안 가도 되고 할머니도 새벽에 실을 안 자아도 되잖아요. 할아버지도 풀 베러 안 가셔도 되고."

"그러려면 돈이 한 자루까지 생길 필요도 없어."

어머니가 쓴웃음을 지으며 말했다.

"생길 거다, 생길 거야. 올해 설을 잘 쇠었잖니, 하늘과 땅에 떡도 바치고."

할머니가 문득 생각난 듯 물었다.

"진더우 어미야, 떡은 갖고 들어왔냐?"

"아뇨, 재물신 노래를 듣느라 깜박했네요."

어머니가 내게 말했다.

"가서 떡 좀 갖고 들어오렴."

나는 마당에 나가서 걸상 위를 더듬는 순간 심장이 덜컥 내려앉았다. 다시 살폈지만 걸상 위에는 아무것도 없었다.

"떡이 없어졌어요!"

나는 소리를 질렀고 할아버지와 어머니가 달려와서 나와 함께 마당을 뒤지고 다녔다.

"찾았니?"

할머니가 집에서 못 나오고 얼굴을 창에 붙인 채 초조하게 물었다.

할아버지가 종이 등롱을 꺼내 등잔을 그 안에 넣었다. 나는 그 등롱을 들고 마당 안을 샅샅이 뒤졌다. 등롱이 쌓인 눈과 어지러운 발자국, 말 없는 늙은 살구나무와 보루 같은 풀더미를 비췄다…….

우리 집 네 식구가 등불을 둘러싸고 앉았다. 할머니가 잔소리를 하기 시작했다. 어머니의 일처리가 미덥지 못하다고 했고 또 스스로 망령이 들었다고 했다. 할머니의 잿빛 얼굴에 두 줄기 눈물이 흘러내렸다. 벌써 자정이 넘어 마을은 괴괴했다. 그때 마을 서쪽에서 처량한 목소리가 들려왔다. 재물신이 마지막 일을 하는 중이었다. 그 밤에 그는 온 마을에 축복을 해줘야 했다. 바로 그 축복 속에서 우리 집은 떡 다섯 개를 잃어버렸다.

"저 재물신 녀석이 훔쳐간 거겠지."

할아버지가 곰방대로 구들 가를 두드리고는 굳은 표정으로 일어섰다.

"아버님은 쉬고 계셔요. 제가 얘랑 다녀올게요."

어머니가 할아버지를 붙잡았다.

"그 녀석도 불쌍하긴 하지…… 가서 보고 오거라. 있으면 있는 거고, 없으면 말고. 어쨌든 이웃이니 서로 안 보고 살 수도 없잖니."

어머니와 나는 눈을 밟으며 마을 서쪽으로 달음질쳤다. 눈이 발에 밟혀 뽀득뽀득 소리가 났다. 재물신은 아직 노래를 부르고 있었고 이미 목이 쉬어서 노래가 더 처량하게 들렸다.

어서 가지세, 어서 가져
금덩이, 은덩이 집에 들어오게
어서 챙기세, 어서 챙겨
금덩이, 은덩이 집에 넘쳐흐르게
……

나는 추워서 몸이 떨렸지만 가슴속은 분노로 타올랐다. 재물신,

당신은 정말 악랄하고, 괘씸하고, 욕심쟁이야…… 나는 어린 늑대처럼 달려들어 그가 들고 있던 질항아리를 낚아챘다.

"누구야, 누구? 도둑놈이다! 내가 밤새 목이 터져라 노래 불러 겨우 그 만두 몇 개를 얻었는데. 손도 얼고 발도 다 텄단 말이야."

재물신이 소리 지르며 질항아리를 뺏으려 했다.

"다톈, 소리치지 마, 나야."

어머니가 조용히 말했다.

"아, 형수님이군요. 두 사람, 왜 이러는 거예요? 나한테 만두 몇 개 준 게 후회되나보죠? 조카, 항아리에서 나한테 준 개수대로 다 가져가."

질항아리 안에는 꽁꽁 언 만두 몇십 개만 있고 떡은 없었다. 떡은 하늘로 올라가지도, 땅으로 꺼지지도 못한다. 또 마을 사람들이 다 설을 쇠는 와중에 재물신만 우리 집에 다녀갔다. 나는 할아버지의 판단이 맞는다고 철석같이 믿었다. 그래서 질항아리를 눈밭에 내려놓고 재물신에게 달려들어 온몸을 샅샅이 뒤졌다. 재물신은 꼼짝도 하지 않고 내가 하는 대로 내버려두었다.

"난 훔치지 않았어, 훔치지 않았다고……."

재물신이 중얼중얼 말했다.

"다톈, 미안해. 우리는 과부에 고아라서 그거라도 마련하기가 쉽지 않았어서…… 진더우야, 아저씨께 무릎 꿇고 절을 올려라."

"싫어요!"

"무릎 꿇으라니까!"

어머니가 단호하게 말했다.

나는 재물신 앞에 무릎 꿇고 뜨거운 눈물을 흘렸다.

"일어나라, 조카야, 어서 일어나. 네가 이러면 내가 어쩌냐……."

재물신은 얼른 나를 일으켜 세웠다.

굴욕스러운 마음에 난 고개를 돌리고 집으로 달려왔고 어른들의 한숨 속에 오래 잠을 설쳤다.

새벽녘에 꿈에서 그 떡 다섯 개를 보았다. 본래대로 네모난 걸상 위에 탑 모양으로 세 개는 아래에, 두 개는 위에 쌓여 있었다. 나는 일어나서 바로 마당으로 달려갔고 놀라서 눈이 휘둥그레졌다. 힘껏 눈을 비비다가 다시 귓불을 꼬집었다. 아팠다, 꿈이 아니었다! 떡 다섯 개가 네모난 걸상 위에 탑 모양으로 세 개는 아래에, 두 개는 위에 쌓여 있었다…….

그 일이 있고서 훌쩍 20여 년이 흘러, 나는 소년에서 중년이 되었다. 작년에 시 인민법원의 법원장이 된 후, 고향을 찾았다가 마을 어귀에서 재물신과 마주쳤다. 그는 예전 그대로였다. 전혀 늙은 것 같지 않았다.

냄새
족

아버지는 눈을 가느스름하게 뜨고 나를 보다가 비꼬듯이 말했다.

"이리 와봐, 이 호걸 녀석."

어린아이를 존중해주지 않는 그 말투가 싫었지만 그래도 난 불룩한 배를 쓰다듬으며 첫걸음에 반 치, 둘째 걸음에 한 치, 셋째 걸음에 한 치 반, 넷째 걸음에 두 치, 그렇게 조금씩 조금씩 식탁 앞에 다가가 아버지가 때리길 기다렸다. 아버지는 잠시 손을 올리지 않았다. 아마도 나를 때리기가 조금 불편한 위치였기 때문일 것이다. 아버지는 식탁 한가운데에 앉았고 양옆으로는 기러기가 날개를 펼친 듯 내 형제자매가 주르르 앉아 있었다. 아니면 나를 호되게 한 대 때려야 할지, 말아야 할지 아직 결정을 못 해서였을 수도 있다. 하지만 지난 경험과 눈앞의 상황을 감안하면 얼마 안 있어 한 대 칠 게 분명해 나는 눈 딱 감고 마음의 준비를 마쳤다. 나처럼 못된 아이는 맞고 욕먹는 게 일상다반사였다. 엄마의 말을 빌리면 나 같은 아이는 헌 수레처럼 늘 두들겨줘야 했다. 사흘을 안 때리면 지붕에 올라가 기와를 뜯고 이틀을 안 때리면 끝도 없이 소란을 피운다는 것이었다. 아버지는 나물국을 한입 후루룩 먹고 꿀꺽 삼키고 나서 물었다.

"말해봐, 이 호걸 녀석아, 어디 갔다 온 거야?"

난 원래 거짓말을 할 수도 있었다. 풀더미 속에 들어가 깜박 잠이 들었다고 할 수도 있었고, 마취약에 당해 곰과 다리 셋 달린 수탉이 있는 곡예단에 납치되어갔다가 다행히 기지와 용기로 그들의 마수에서 빠져나왔다고 할 수도 있었다. 그때 사람들 사이에서는 곡예단이 마취약으로 아이들을 유괴한다는 얘기가 암암리에 퍼져 있었다. 헛소문이었겠지만 곡예단 사람들이 손으로 아이의 뒤통수를 툭 치기만 해도 아이가 얌전히 그들을 따라간다고 했다. 그리고 곡예단에 도착하면 그들은 예리한 단검으로 아이 몸에 무수한 상처를 낸 뒤, 개 한 마리를 죽이고 가죽을 벗겨내 아직 뜨끈뜨끈할 때 그걸 아이의 몸에 붙인다고 했다. 그러면 그 개가죽은 아이의 몸에 달라붙어 평생 떨어지지 않는다는 것이었다. 아이가 비밀을 누설할까봐, 개가죽을 입히기 전에 먼저 혀를 잘라 말을 못 하게 한다고도 했다. 실제로 한 아이가 그렇게 곡예단에 잡혀가 끔찍한 짓을 당한 후 개 인간이 됐다는 이야기를 들었다. 어느 날 그 곡예단이 아이의 삼촌이 사는 마을에 공연을 하러 갔는데, 곡예단 단장이 녹슨 꽹과리를 치며 아이를 손가락으로 가리켰다.

"여러분, 이 가엾은 아이를 좀 보십시오. 이 아이의 아버지는 암캐와 교미해서 이 어린 개 인간을 낳았습니다. 여러분, 이 개 아이에게 자비를 베풀어주십시오."

사람들은 겹겹이 둘러서서 그 가엾은 개 아이를 구경했다.

그 아이는 사람들 속에서 자기 삼촌을 한눈에 알아보았다. 어떤 의미에서 자기 아버지보다 더 친했던 삼촌이었기에 아이는 눈물을 철 철 흘렸다. 삼촌은 속으로 무척 의아했다. 개가죽을 뒤집어쓴 저 아 이가 왜 저러는 거지? 왜 눈도 한번 안 깜박이고 나를 쳐다보는 걸 까? 또 왜 저렇게 슬피 우는 거지? 그는 곧장 몇 년 전 실종된 누이의 아들이 생각났고 아이의 눈을 자세히 보자마자 자신의 조카라는 걸 알아차렸다. 생각이 깊은 사람이었던 그는 바로 입을 열지 않고 곡예 단이 쉴 때 아무 일도 없는 듯 다가가 아이의 어릴 적 이름을 조용히 불렀다. 아이는 바로 고개를 끄덕였다. 삼촌은 즉시 현 정부로 달려 가 그 곡예단을 신고했고 수사가 끝난 후 곡예단의 그 악인들은 전 부 총살을 당했다. 그리고 그 아이는 현의 병원에서 가죽을 떼어내는 수술을 한 끝에 겨우 사람의 모습을 되찾았다. 하지만 말은 하지 못 했다. 이 이야기는 너무 사실적이었으며 마을의 수의사인 왕 선생이 직접 그 개 아이가 공연하는 걸 봤다는 말도 있었다. 우리는 왕 선생 을 따라다니며 그 개 아이의 이야기를 좀 들려달라고 했지만 왕 선생 은 그때마다 귀찮아하면서 "꺼져, 이 개같은 놈들아!"라면서 우리를 쫓아냈다.

난 거짓말을 하지 않았다. 헛소문을 만들 엄두도 내지 못하고 사 실대로 말했다.

"진바오 형이랑 우물 속에 갔었어요."

"뭐라고?"

아버지는 놀라서 눈이 휘둥그레졌다.

식탁에 둘러앉아 나물국을 떠먹던 내 형제자매도 조롱하는 눈빛으로 나를 보고 있었다. 그들이 나를 바보로 생각한다는 걸 난 알고 있었다. 그들은 내가 우물 속에 가서 뭘 했는지 상상도 못 할 테니까. 물론 그들을 탓할 수는 없었다. 왜냐하면 그 일은 정말 희한해서 나조차 직접 경험하지 않았으면 세상에 그런 일이 있으리라고는 때려죽여도 믿지 못했을 것이다.

"진바오 형을 따라 걔네 집 뒷마당에 있는 그 우물 속에 갔어요."

나는 그들에게 최대한 자세하게 이야기했다.

"어제 오후에 진바오 형을 찾아가서 같이 놀다보니 목이 너무 말랐어요. 진바오 형은 집에 물이 없다고 저를 뒷마당으로 데려갔어요. 거기에 아주 깊은 우물이 있었는데……."

엄마가 내 말을 끊고 혼잣말을 하듯 물었다.

"에구, 이 웬수, 밤새 안 들어왔잖아? 도대체 어디서 잔 거야?"

"우린 아예 한잠도 안 잤어요. 코가 긴 사람들이랑 같이 놀았거든요. 노래하고, 춤추고, 숨바꼭질하고, 하나도 안 졸렸어요."

그들은 내게 아무 질문도 하지 않았다. 하지만 그들이 눈을 반짝이며 국을 떠먹는 걸 멈춘 것을 보고 나는 그들이 내 얘기에 흠뻑 빠졌다는 걸, 또는 내가 밤새 겪은 일에 대해 꽤 흥미가 생겼다는 걸 알게 되었다. 그리고 그들이 내가 계속 이야기해주길 기다리고 있다는 것도 알게 되었다. 나는 물론 내가 겪은 일을 그들에게 들려주고 싶었다. 진바오 형과 코가 긴 사람들은 비밀을 꼭 지키라고 했지만 난 입이 가벼워서 속엣말을 절대 감추지 못했다. 이야기하고 싶은 신기한 일이 한가득인데 그걸 말하지 못하면 답답해서 죽을 것 같았다.

"코가 긴 그 사람들은 코가 길긴 해도 아주 길지는 않아요. 우리보다 약간 더 긴 정도예요. 우리랑 다르게 콧구멍이 코끝에 딱 하나만 있고요. 또 그 사람들은 밥을 안 먹고 냄새를 맡아요. 냄새만 맡아도 배가 불렀어요. 하지만 그 사람들은 요리를 아주 잘했어요. 그 사람들이 만든 음식은 끝내주게 맛있었어요. 닭고기도, 오리고기도, 토끼고기도……."

밤새 겪은 희한한 일들을 막 들려주기 시작했는데, 아버지는 밥그릇과 젓가락을 식탁 위에 턱 내려놓고는 조그만 산처럼 벌떡 일어섰다. 그리고 장애물을 넘어 내 뺨을 후려쳐서 바닥에 쓰러뜨린 뒤, 기세등등하게 집 밖으로 나섰다. 물론 진바오 형한테 진위를 따지러 갈 리는 없었다. 아버지가 보기에 내가 한 말은 죄다 허튼소리에다 새빨간 거짓말이었다.

아버지가 가고 나서 엄마가 나를 일으켜 세웠다. 물론 내 귀를 잡고 일으켜 세웠고 곧장 내게 따져 물었다.

"요놈아, 바른대로 말해. 어젯밤에 어디를 다녀온 거야?"

"진바오 형이랑 코 긴 사람들한테 갔다니까요……."

나는 고개를 기울인 채 아파하며 말했다.

"아직도 헛소리를 하네."

엄마는 화가 나서 내 귀를 더 힘껏 잡아당겼다. 내 귀가 어떤 꼴이 될지 신경도 안 쓰이는 모양이었다.

"바른대로 말하라고! 도대체 뭘 하고 온 거야?"

나는 눈물이 왈칵 쏟아졌다. 귀가 아파서이기도 했지만 그건 주된 이유가 아니었다. 주된 이유는 역시 억울해서였다. 나는 틀림없이 사실만을 말했는데 가족들은 내가 거짓말을 한다고 생각했다. 코 긴 사람들한테 벌을 받을 위험도 무릅쓰고 기막힌 비밀을 알려줬건만 가족들은 내가 멋대로 이야기를 지어낸다고 생각했다. 나의 얄미운 형제자매는 내가 벌을 받는 걸 보고도 안쓰러워하기는커녕 의기양양하게 실눈을 뜬 채 웃고 있었다. 나보다 나이 어린 네 명은 나한테 혼날까봐 오물오물 웃었지만 나보다 나이 많은 네 명은 아예 대놓고 웃음을 터뜨렸다. 그들은 심지어 불난 집에 부채질하듯 엄마가 더 화낼 만한 말을 늘어놓았다. 예를 들어 덧니 두 개가 도드라지게 난 큰누나가 심각한 얼굴로 이런 말을 했다.

"요즘 누가 생산대의 송아지를 철사로 입을 묶어 죽였대요. 우리 집에도 그런 철사가 있죠, 아마?"

"얘가 뭐라는 거니."

엄마가 걱정스러워하며 말했다.

"소는 생산대의 보배야!"

"우리 그냥 사람들한테 선언해요."

둘째 형도 말했다.

"얘랑 인연을 끊겠다고요. 괜히 엮이면 안 되니까."

그래도 엄마는 좀 나았다. 내 형인지 아닌지 의심스러운 그 녀석을 흘겨보며 말했다.

"형이란 애가 왜 이 모양이니? 너희는 내가 다 길렀는데 어떻게 인연을 끊는다는 거야?"

엄마가 귀를 놓아주었다. 나는 귀가 화끈거렸고 훨씬 더 커진 느낌이었다. 내 귀는 보통 사람보다 크긴 했지만 그리 많이 큰 건 아니었다. 그런데 사람들이 하도 잡아 비트는 바람에 갈수록 더 커지는 중이었다.

"말해보라니까."

엄마가 피곤해하며 말했다.

"어젯밤에 대체 어디를 갔던 거야? 말 안 하면 밥도 없다!"

나는 솥 안의 거무스름한 나물국을 슬쩍 보고 나서 식탁에 반찬으로 나온 곰팡이 핀 무짠지를 본 후, 은근히 통쾌했다. 처음 집에 들어왔을 때는 솔직히 조금 부끄러웠다. 왜냐하면 부모님은 개돼지나 먹는 음식을 드시는데 나 혼자만 그렇게 맛난 음식을 실컷 먹고 왔기 때문이다. 하지만 이제 그런 부끄러움은 싹 가셨다. 나는 포만감에 꺽, 트림을 했고 그 바람에 위 속에 있던 냄새가 밖으로 밀려나왔다. 그 맛있는 냄새를 맡으니 마음이 한없이 행복했다. 이때 내 형제자매가 코를 벌름대고 고개를 돌리며 냄새의 출처를 찾는 게 보였다. 배고팠던 시절, 사람들은 후각이 예민해져 10리 밖에서 고기 삶는 냄새까지 맡을 수 있었다. 물론 그건 그 당시 공기가 티끌 하나 없이 맑았기 때문이기도 하다. 내 형제자매는 그 군침 돌게 하는 냄새가 내 위에서 올라왔다는 건 아예 상상조차 하지 못했다. 나는 일부러 또 큰 소리로 트림을 한 뒤, 입을 쩍 벌렸다. 그러자 형제자매의 눈빛이 한꺼번에 내 입에 집중되었다. 만약 그럴 수만 있었다면 그들은 앞뒤 안 가리고 내 위 속을 파고들어 뭐가 있는지 확인했을 것이다.

내 형제자매만큼 후각이 예민하지는 않았지만 엄마도 내 입속에서 풍겨나온 맛있는 냄새를 맡은 게 분명했다. 나는 엄마의 눈에서 경악과 희열이 넘치는 걸 보았다. 엄마는 자기 코를 못 믿고 자기가 꿈을 꾸고 있는지 의심하는 듯했다. 난 엄마의 심정이 이해가 됐다. 아마 나였어도 그랬을 것이다. 그 시절, 나처럼 가난한 집 아이의 입에서 그런 냄새가 나는 건 개 머리에 뿔이 나는 것만큼 희한한 일이었다. 하지만 엄연한 사실이 눈앞에 펼쳐져 있기에 엄마와 내 형제자매는 믿고 싶지 않아도 믿지 않을 수 없었다. 맛있는 냄새가 반박할 여지 없이 내 입에서 밖으로 흘러나왔고 그들은 만감이 교차해 두 눈에 눈물이 그렁그렁했다. 나는 형제자매가 나를 몹시 미워하고 질투한다는 걸 알았다. 그들은 당장 내 배를 갈라 대체 내가 뭘 먹었는지 보고 싶었을 것이다. 그리고 나를 미워하지도, 질투하지도 않긴 했지만 엄마 역시 대체 내가 어디에 가서 뭘 먹고 왔는지 알고 싶었을 것이다. 그걸 알고 나서 나를 앞세워 온 가족을 데리고 가 푸짐한 한 끼를 먹이고 싶었을 것이다. 덧니가 난 큰누나가 더는 못 참고 달려들어 거친 손으로 내 입을 벌리며 으름장을 놓았다.

"이 자식, 진짜 맛있는 걸 먹었나보네! 빨리 말해, 어디 가서 먹었어? 빨리 말하라고, 대체 뭘 먹은 거야?"

내 형제자매가 큰누나를 따라 나를 빙 둘러싸고 시끄럽게 캐묻기 시작했다. 이때 나는 정말 의기양양했다. 방금 아버지가 내 귀싸대기를 때릴 때 그 녀석들이 고소해하던 표정이 떠오르고 평소 그 녀석들이 나를 억누르고 무시하던 것도 떠올라 속이 너무나 시원했다. 그러니까 사람은 겉모습으로 판단할 수 없고 바닷물은 말로 측정할 수 없다는 말이 있는 것이다. 그 녀석들은 감자 더미 속에서도 가장 못난 감자인 내가 뜻밖의 행운을 쥘 줄은 꿈에도 몰랐을 것이다. 또 방금 내가 얘기하고 싶어 안달했던 일을 지금 자신들에게 말해달라고 애걸하게 될 줄도 몰랐을 것이다. 하지만 나는 이미 그 비밀을 그들에게 말해주고 싶지 않아졌다. 내가 왜 말해줘야 하나? 뭐 하러 녀석들에게 말해준단 말인가? 바보가 아닌 이상 절대 그들에게 말해줄수 없었다. 엄마도 간절한 눈빛으로 날 바라보고 있었다. 내가 비밀을 실토했으면 하는 게 분명했다. 하지만 귀에 남은 통증이 몇 분 전엄마가 떨어져 나가라 내 귀를 쥐고 흔들었던 비참한 과거를 일깨웠다. 그래서 내 의지는 강철같이 군건해졌다. 끝까지 비밀을 지키기로마음먹었다. 나는 진바오 형과의 약속을 지켜야 했고 우리 둘과 코긴 사람들의 약속도 지켜야 했다. 방금 하마터면 비밀을 누설할 뻔한 것도 후회스러웠다. 다행히 그들은 내 말을 진짜라고 믿지 않았지만 지금 내 입에서 냄새를 맡았으니 진짜로 믿을 가능성이 높아졌다. 나는 소스라치게 놀라며 깨달았다. 사실 난 이미 비밀을 누설했다. 진바오 형네 우물 얘기를 했고 코 긴 사람과 그들의 맛있는 음식 얘기도 했으니까. 어쩌면 배가 고파 제정신이 아닌 내 형제자매들이 당장 진바오 형네 우물 속에 내려가 사실을 확인하려들지도 몰랐다. 이때 엄마가 내 형제자매를 양옆으로 밀고 내 앞으로 왔다. 엄마의 손이 다정하게 내 머리를 쓰다듬는 걸 느끼며 나는 줄기차게 스스로에게 일깨웠다. 속아서는 안 돼! 방금 이 손이 하마터면 네 귀를 떼어낼 뻔했잖아! 지금 엄마가 네 머리를 쓰다듬어주는 건 네게 비밀을 듣기 위해서야. 네가 비밀을 털어놓으면 다시 네 귀를 잡아 뜯을걸?

엄마의 목소리가 들렸다.

"얘야, 착하지? 엄마한테 말해보렴. 어젯밤에 어디 갔었어? 어디 가서 무슨 맛있는 걸 먹은 거야?"

그 순간, 덧니 누나가 했던 말이 번쩍 떠올랐다. 차라리 똥통을 뒤집어쓰고 말지, 비밀을 누설하지는 않겠다는 일념으로 마치 큰 죄를 지은 양 더듬더듬 말했다.

"엄마, 제가 잘못했어요…… 어젯밤에 양아치 아이들을 따라가서 생산대의 송아지 한 마리를 철사로 입을 묶어 죽였어요…… 그러고 나서…… 걔들이 불을 붙이고 송아지를 구워서 저보고 먹으라고 했어요. 저는 정말로 너무 구미가 동해서 먹었고요……."

내 머리를 쓰다듬던 손이 돌연 주먹으로 변해 북을 치듯 내 머리를 두들겼다. 엄마는 미움과 두려움이 극에 달한 목소리로 말했다.

"이 잡놈의 새끼, 그냥 나가 죽어! 경찰한테 붙잡혀가라고!"

내 형제자매들은 일제히 나를 발로 차고, 따귀를 때리고, 손톱으로 꼬집고, 침을 뱉었다. 요컨대 나는 순식간에 그들의 공적이 되고 말았다. 그들은 나를 먼지 나게 두드린 후 맥이 풀려 흩어졌다.

하지만 어젯밤에는 분명 꿈보다 더 황홀한 일이 일어났다. 내 입에 남은 냄새가 그 증거였고, 신나하면서도 힘들게 일하고 있는 내 위장도 그 증거였다. 나물국 냄새를 맡고 구역질을 느낀 내 생리 반응도, 너무나 많고 생생한 기억도 그 증거였다. 엄마는 바구니와 낫을 내게 던져주며 형과 누나들을 따라가 나물이나 캐오라고 했다. 들판으로 가는 흙길에서 마을 아이들은 유행가를 불렀다. 배가 고프긴 했지만 아이들은 그래도 신이 나서 서로 앞서거니 뒤서거니 달리고 장난을 쳤다. 그 애들 속에는 진바오 형도 있었는데, 걷다가 둘이 가까워졌을 때 내게 낮은 소리로 물었다.

"너, 누구한테 입 안 놀렸지?"

"응, 안 그랬어."

난 조마조마한 마음으로 말했다.

"절대 비밀이야. 안 그러면 맛있는 걸 못 먹을 거야."

이때 큰누나가 나를 흘겨보며 말했다.

"빨리 가자."

나는 누나들을 따라 들판으로 걸어갔다. 하지만 내 마음은 어느새 어제로 돌아가 있었다.

그때 나는 진바오 형의 집에서 몇 장이 빠진 트럼프로 형과 놀다가 갑자기 목이 말라 물었다.

"진바오 형, 집에 물 없어?"

"물 마시고 싶어? 우리 집엔 물 없어. 물 마시고 싶으면 나랑 뒷마당에 가서 마시고 오자."

나는 진바오 형을 따라 뒷마당으로 갔다. 형네 뒷마당에는 평범해 보이는 우물이 하나 있었는데 수심이 깊고 화단을 가꾸는 용도로 쓰였다. 우물 위에는 도르래가 설치되어 있었지만 지지대 곁에 버섯이 나고 밧줄에 초록 곰팡이가 핀 걸로 봐서는 안 쓴 지 이미 오래된 것 같았다. 우리는 우물가에 서서 목을 빼고 우물 속을 들여다보았다. 처음에는 아무것도 보이지 않았지만 차차 눈이 적응되자, 맑은 물과 수면 위에 비친 우리 얼굴이 보였다. 헝클어진 머리, 커다란 귀, 단추눈, 납작코…… 내 얼굴이 원래 이랬나 싶었고 누나 중 한 명이 왜 "네 몰골을 그리려다 울화통이 터져 죽겠다"고 욕을 했는지 이해가 갔다. 진바오 형도 머리가 헝클어졌고 귀가 컸으며 단추눈과 납작코여서 나와 거의 판박이였다. 그래서 엄마는 툭하면 내 형제자매에게 푸념을 하곤 했다.

"얘들아, 좀 보렴. 얘는 왜 점점 동쪽 집의 진바오를 닮아가지?"

누나 중 한 명이 말했다.

"진짜 닮았네. 같은 엄마가 낳았어도 이렇게 닮기는 힘들 텐데."

그러고서 엄마가 꼭 자기한테 묵은 빚이라도 있는 것처럼 까만 눈으로 원망스레 엄마를 노려보았다. 진바오 형은 마을에서 평판이 별로 좋지 않았다. 하지만 그가 무슨 나쁜 짓을 저질렀는지는 아무도 말하지 못했다. 우리는 똑같이 생긴 그 얼굴 둘을 바라보다가 자기 얼굴에 침을 뱉기 시작했다. 내 얼굴에 침을 뱉었는데도 형 얼굴에 침을 뱉은 것 같았다. 형도 형 얼굴에 침을 뱉었는데 내 얼굴에 침을 뱉은 것 같았다. 침에 맞은 우리 얼굴은 코도 눈도 다 뭉개졌고 그걸 보고서 우리는 깔깔 웃었다.

갑자기 이상한 냄새가 났다. 우리는 고개를 들고 사방을 둘러보았다. 무너진 담벼락, 미친 듯이 자란 잡초, 잡초 속을 뛰어다니는 도마뱀, 도마뱀 몸에서 반짝이는 비늘…… 어느 집 굴뚝에서도 연기가 나오지 않았고 고기를 굽고 있는 사람도 없었다. 그 냄새는…… 그 냄새는…… 그 냄새는 우물 속에서 올라온 것이었다! 우리는 긴장해서 코를 벌름거렸다. 꿈에서도 못 본 산해진미가 눈앞에 나타난 것 같았다. 벽돌 두께의 네모난 고깃덩이가 노릇노릇하고 김이 모락모락 났다. 머리가 뱃속에 쑤셔넣어진 통닭이 노릇노릇하고 김이 모락모락 났다. 통째로 익힌 새끼 양이 노릇노릇하고 김이 모락모락 났다…….

우리는 도르래의 밧줄을 붙잡고 우물 속으로 미끄러져 내려갔다. 형이 아래에, 나는 위에 있었다. 우물은 바닥이 없는 것처럼 깊었고 귀에서는 강풍 속을 걸을 때처럼 윙윙 소리가 났다. 그리고 처음에는 눈앞이 밝았지만 조금 아래로 내려가자 차츰 어두워지기 시작했다. 그러다 누가 다리를 잡아당기는 느낌과 함께 몸이 한쪽으로 기운 뒤, 발이 땅에 닿았다. 진바오 형은 내 손을 잡고 컴컴한 지하도를 따라 조심조심 앞으로 나아갔다. 우리는 무서웠지만 점점 짙어지는 냄새에 이끌려 쉬지 않고 걸었다. 그리고 어느 때부터인가 눈앞이 점점 더 밝아지고 지하도도 넓어졌다. 우리는 동그란 구멍들 사이로 빛줄기가 들어오는 걸 보았다. 구멍이 크면 빛줄기도 굵었다. 나는 바짝 긴장해서 고개를 기울여 형의 얼굴을 힐끔 보았다. 형도 내 얼굴을 보는 것 같았다. 서로 손을 꽉 잡은 우리는 마치 쌍둥이 형제 같았다. 짙은 냄새가 후텁지근한 바람이 되어 우리 얼굴에 부딪혔고 또 그 바람에 크흥, 크흥, 하는 소리가 실려왔다. 우리는 숨을 죽이고 벽에 바짝 붙은 채 다리를 높이 들어 살금살금 앞으로 다가갔다.

우리는 드디어 보았다. 앞쪽의 널찍한 굴 안에 흙을 쌓아 만든 토단이 있고 그 위에 커다란 검정 도자기 쟁반 세 개가 놓여 있었다. 한 쟁반 위에 놓인 벽돌 두께의 네모난 고깃덩이는 노릇노릇하고 김이 모락모락 났으며 위에 잘게 썬 고수 잎이 뿌려져 있었다. 다른 쟁반 위에 놓인, 머리가 뱃속에 쑤셔넣어진 통닭은 노릇노릇하고 김이 모락모락 났으며 위에 산초 잎이 뿌려져 있었다. 또 다른 쟁반 위에 놓인 새끼 양은 노릇노릇하고 김이 모락모락 났으며 몸에 청록색 파가 송송 꽂혀 있었다. 그리고 20여 명의 사람이 각 쟁반을 둘러싼 채 무릎을 꿇고 있었는데 엉덩이에 굵은 꼬리가 달려 있었다. 그들은 나뭇잎을 엮어 만든 옷을 입고 머리에는 자그마한 빵모자를 쓰고 있었다. 그리고 단추눈과 커다란 귀는 우리와 닮았지만 코는 닮지 않았다. 우리는 납작코인 데 반해 그들은 코가 긴 데다 콧구멍이 하나 적었다. 그들은 쟁반 위로 목을 길게 빼고서 음식 위에 코를 댄 채 콧구멍을 벌름거렸다. 크흥, 크흥, 하던 것은 그들의 콧구멍에서 나는 소리였다. 우리는 여전히 도마뱀처럼 벽에 달라붙어 있었다. 꽤 여러 차례 우리를 본 것 같았지만 그들은 우리를 알은체하지 않았다. 그중 자그마해 보이는 코 긴 사람이 돌연 벌떡 일어나 코를 킁킁대며 고개를 돌렸고 틀림없이 우리와 눈이 마주쳤는데도 역시 알은체하지 않았다. 그들은 일부러 우리를 무시하는 것 같았다.

그들은 한동안 냄새를 맡은 후, 한 사람씩 쟁반에서 코를 떼고 일어나서는 만족스러운 표정으로 동굴 깊은 곳을 향해 걸어갔다. 자그마한 그 코 긴 사람도 우리에게 혀를 날름 내밀고는 자기 엄마로 보이는, 젖가슴을 드러낸 크고 코 긴 사람의 손을 잡고 가버렸다. 이제 동굴 안은 조용해졌다. 그 쟁반 세 개에 담긴 음식만 여전히 냄새를 풍기고 있었다. 우리는 더 이상 맛있는 음식의 유혹을 뿌리치지 못했다. 그래서 살금살금 쟁반 앞에 다가가, 위험을 무릅쓰고 게걸스럽게 집어삼키기 시작했다. 우리는 먹기 시작한 지 얼마 안 된 것 같았지만 실은 이미 너무 많이 먹은 게 분명했다. 그 코 긴 사람들이 돌연 우리를 포위했을 때 달아나려 했지만 배가 너무 불러 꼼짝도 할 수 없었기 때문이다. 우리는 흡사 커다란 두 마리 거미처럼 땅바닥에 주저앉아 있었다. 코 긴 사람들의 말은 쏼라쏼라 너무 이상해서 한 마디도 알아들을 수가 없었다. 하지만 그들의 표정을 보고는 악의가 없다고 판단했다. 얼마 후 그들은 토단 앞에서 춤을 추기 시작했는데, 마치 우리의 방문을 환영하는 의식 같았다. 그들의 춤은 우리 마을에서 유행하는 춤과 조금 비슷했으며 동작이 단순하고 기계적이어서 다들 꼭두각시 같았다. 그중 두 명의 코 긴 여자가 우리를 일으켜 함께 춤을 추자고 했다. 우리는 너무 먹어서 움직이기가 어려웠지만 그들의 권유를 감히 거절할 수 없었다. 잠시 춤을 추니 배가 들어가고 기분도 좋아졌다. 우리는 그들이 우리와 다른 사람이란 걸 점차 잊었고 그들의 말도 알아들을 수 있게 되었다. 춤을 추고 나서 다 함께 앉아 이야기를 나눴는데 마치 좌담회 같았다. 진바오 형이 이런 말을 했다.

"우리는 굶주린 아이들인데 오늘 운 좋게 여러분의 동굴에 와서 친절한 대접을 받았어요. 전에 먹어본 적 없는 최고로 맛있는 음식을 먹었고요. 우리는 정말 세상에서 가장 운 좋은 아이들이에요. 위로 돌아가 바로 죽어도 원이 없어요."

턱에 흰 수염이 열 가닥쯤 난 코 긴 노인이 코 긴 사람들을 대표해 말했다.

"그렇게 예의 차릴 필요 없다. 사실 우리는 너희 둘을 예전부터 알고 있었다. 너희는 본래 이곳 사람이었는데 강풍에 실려 위로 날아갔단다. 우리는 몇 년 전 너희 둘이 위에서 사는 걸 알게 되었고 너희가 고생한다는 것도 알게 되었다. 그래서 진작에 너희 둘을 놀러 오게 하려 했지만 줄곧 기회를 잡지 못하다가 오늘 드디어 기회가 온 게다. 그래서 너희가 여기 온 건 자기 집이나 친척 집에 온 것이나 마찬가지란다."

그는 자신들이 냄새를 맡는 종족이어서 아예 음식을 먹을 필요 없이 하루에 한 번만 냄새를 맡아도 된다고 했다. 그래서 싫지만 않으면 자신들이 냄새를 맡은 음식을 얼마든지 먹어도 좋으며 우리가 안 먹어도 그걸 지하 수로를 통해 푸른 강으로 흘려보내 네눈박이 물고기에게 먹일 거라고 했다. 나중에 그들은 우리를 우물가까지 배웅해주며 언제든 다시 놀러 오라고 했지만, 그곳에 관해 다른 사람에게 말하면 안 된다고 당부했다. 우리는 그들에게 맹세했다. 만약 다른 사람에게 말하면 까마귀에게 머리를 쪼일 거라고.

나는 포송령에게 처음 글쓰기를 배웠다

수십 년 전 아직 글을 쓰지 않았을 때부터 난 포송령浦松齡을 알았고 어린 시절 가장 일찍 읽은 책도 포송령의 소설이었다. 큰형은 대학에 합격한 후 내게 많은 책을 물려주었는데, 그중 고등학교 국어 교과서에 포송령의 소설 「석방평席方平」*이 실려 있었다. 당시 나는 그런 고문 소설을 읽는 게 무척 힘에 부쳤지만 반복해서 읽으니 대략 이해가 갔다. 그 소설은 내게 지울 수 없는 기억을 남겼다. 2006년 나는 장편소설 『인생은 고달파生死疲勞』를 출판했다. 그 책이 나온 후, 사람들은 내가 라틴아메리카의 마술적 리얼리즘을 사용했다고 말했지만 산둥대학의 마루이팡馬瑞芳 교수는 책을 다 보고서 내게 "모옌, 당신은 이 소설을 통해 포송령에게 경의를 표했군요"라고 말했다.

『인생은 고달파』는 맨 처음에 억울한 죽음을 당한 사람이 지옥에서 갖가지 혹형을 당하고도 굴복하지 않고 염라전에서 염라대왕과 논쟁을 벌이는 장면을 기술한다. 이 사람은 생전에 사람들에게 기꺼이 선행을 베풀었지만 토지개혁 시기에 악덕 지주로 몰려 비참한 죄

---

* 청대의 문인 포송령의 괴담집 『요재지이』 중 한 편. 아버지의 억울한 죽음을 밝히기 위해, 악인에게 매수된 저승의 관리들을 상대로 싸우는 아들 석방평의 활약상을 그렸다.

후를 맞았다. 염라대왕은 물론 그의 해명을 외면하고 강제로 그를 환생하게 한다. 그는 우선 나귀로 태어나 인간 세상에서 십수 년을 산 후 다시 소로 태어났고 그다음에는 돼지, 개, 원숭이로 태어난다. 그러고 나서 다시 머리가 큰 아기로 환생한다. 이 이야기의 틀은 바로 포송령의 「석방평」에서 배워온 것이며 나는 이런 방식으로 그 문학 선배에게 경의를 표했다.

초등학교 5학년 때 학업을 멈추고 농사일에 뛰어든 나는 마을에서 빌릴 수 있는 소설이란 소설은 죄다 빌려 읽었다. 소년기의 독서는 훗날 나의 창작에 대단히 유용하게 쓰였다. 하지만 그때 내가 빌릴 수 있는 책은 너무 적었다. 그 밖에 당시 각 마을에는 우리 할아버지와 할머니처럼 입담 좋은 사람들이 있어서 그들이 해준 이야기도 나중에 나의 글쓰기 소재가 되었다. 그래서 모든 작가에게는 이야기 잘하는 할아버지나 할머니가 있다고 누군가 말했다. 민간에 구술되는 이야기는 문학의 원천이다. 내가 어렸을 때 들은 이야기는 모두 귀신과 요괴에 관한 것이었다. 나중에『요재지이聊齋志異』를 읽은 후 나는 책 속의 많은 이야기가 어릴 적 노인들에게 들은 것임을 깨달았다. 그 이야기들은『요재지이』전에 있었던 걸까, 아니면 후에 생긴 것일까?

나는 두 가지 가능성이 있다고 본다. 하나는 농촌의 지식인들이『요재지이』를 읽은 후 고문을 구어로 바꿔 이야기를 전파한 것이다. 또 하나는 포송령이 수많은 민간 전설을 가공해『요재지이』에 수록한 것이다.

　　포송령의 작품세계를 이해하려면 먼저 그의 생애를 이해해야 한다. 그의 작품은 한편으로는 인생과 사회를 다루고 있고 다른 한편으로는 자기 자신을 다루고 있다. 포송령은 견문이 넓고 학문에 통달한 인물이었다. 그가 위로는 천문에, 아래로는 지리에 훤했다는 말은 절대 과장이 아니다. 그의 과거 응시는 처음에는 매우 순탄했다. 현縣, 부府, 도道에서 열린 하급 시험에서 연달아 일등을 차지했다. 하지만 그다음에는 그렇지 못해서 그토록 큰 학문과 훌륭한 글솜씨를 갖고도 거인이 되지 못했다. 그것은 시험관이 어리석었던 탓이기도 했고 그의 운이 나빴던 탓이기도 했다. 재능이 있는데도 펼 기회를 못 만난 그는 결국 과거에 뜻을 잃었으며 가슴속 가득한 불만을 어디에도 풀 길이 없었다. 그리고 바로 그랬기 때문에 하층 민중과 더 많은 관계를 가졌다. 그의 고통, 그의 꿈, 그의 불만, 그의 포부가 그의 글 곳곳에 표현되었다.

　　우리는 누구도 완벽하지 않다. 옛사람의 작품을 읽을 때면 역사의 한계를 보곤 하며 역사의 한계는 어떤 의미에서 옛사람의 한계이기도 하다. 옛사람의 한계에 우리는 대체로 너그럽지만 그런 너그러움 속에는 일종의 아쉬움이 섞여 있는 듯하다. 그런 한계가 없었다면 그들이 더 훌륭한 작품을 썼을 거라고 무의식적으로 생각하는 것이다. 하지만 인간의 한계에 대한 우리의 그런 부정적인 태도는 문학에서는 그리 맞아떨어지지 않는 듯하다. 한계가 없는 사람은 문학을 하지 않을 것 같기 때문이다. 작가의 한계는 문학 입장에서는 다행스러운 일이 아닐까.

포송령의 『요재지이』를 읽으면 과거제도에 대한 비판과 조롱도 보이고 과거에 실패한 자신의 감회와 아쉬움도 보인다. 물론 장원급제에 대한 동경도 보인다. 포송령이 쓴 많은 이야기 속에서 주인공의 결말은 과거시험에서 뜻을 이루는 것이다. 이로부터 그가 과거시험에 여전히 깊은 미련이 있었음을 알 수 있다.

내가 전에 쓴 풍자시에 "한 권의 『요재지이』는 길이길이 전해지고, 10만 명의 진사進士*는 먼지가 되었네"라는 구절이 있다. 만약 포송령이 전시에 급제했다면 분명 『요재지이』는 없었을 것이다. 역사적으로 볼 때 포송령이 평생 과거에서 뜻을 이루지 못한 건 사실 하늘이 그를 도운 것이었다. 포송령의 고향인 산둥성 쯔보시淄博市에서 역대로 진사가 수백 명은 나오지 않았을까? 하지만 그들 중 누구도 포송령과 비견되지 못한다. 오늘날에 이르러 포송령은 쯔보의 자랑, 산둥의 자랑일 뿐만 아니라 중국의 자랑이자 인류의 자랑이다. 몇백 년 전 이런 사람이 이렇게 빛나는 작품을 써서 자신의 상상력으로 세상 밖의 어떤 빛나는 세계를 우리에게 보여주었고 또 자신의 소설로 인간과 대자연을 연결시켰다.

『요재지이』는 생태주의를 제창한 작품이기도 하다. 수백 년 전 그는 자신만의 방식으로 인간은 스스로를 함부로 높이면 안 되며 대자연 속에서 동물과 평등하다는 사실을 사람들에게 일깨웠다. 그의 소설에 나오는, 여우가 변신한 미녀들은 용모뿐만 아니라 지혜도 인간을 훨씬 능가한다. 『요재지이』는 또 여성 해방을 제창하기도 했다. 그때 여자의 지위는 매우 낮아서 여자는 가정에서 아이 낳는 기계이자

---

* 최상급 과거시험인 전시殿試의 급제자.

일하는 노예로 취급당했다. 하지만 포송령은 소설에서 자유분방한 여성 인물을 많이 창조했다. 나는『붉은 수수밭』을 쓸 때 '우리 할머니'라는 인물을 구상하다가『요재지이』를 보고 나서야 비로소 영감을 얻었다.

동시에 우리는 여성에 대한 포송령의 태도가 미흡하기도 했다는 것을 어렵지 않게 확인할 수 있다. 그는 자유분방한 여성 인물을 많이 창조하고 그녀들을 찬미하면서도 봉건 예교의 뿌리 깊은 한계를 극복하지는 못했다. 그런 미흡함은 시대적 한계였다. 그런데 작가의 미흡함은 소설에 입체적 차원을 부여한다. 훌륭한 작품은 바로 작가의 미흡한 상태로 인해 인간에 대한 심층적인 이해와 다의성을 획득한다.

지금 사회에서는 작가에게 어떤 선명한 도덕관과 가치관을 강요할 이유가 없고 완전무결한 사람이 되라고 요구할 이유도 당연히 없다. 물론 작가는 자신에게 엄격한 요구를 해야 하지만 아무리 엄격하게 자신을 규율해도 완전무결해질 수는 없다. 이 밖에도 작가들은 저마다 시비의 기준을 가졌지만 글을 쓸 때는 상대적으로 조금 모호해져야 한다. 작품 속에서 분명한 애증을 드러내면 안 된다. 우리는 사물을 판단할 때 누구나 자기 입장에서 판단한다. 다원적인 각도로 판단하는 사람은 극히 드물다. 하지만 시간이 지나고 사회가 변화하면 본래 흑백이 분명했던 일들도 별도의 해석이 필요해지기 마련이다.

우리는 독서를 책을 읽는 걸로 여기지만 어떤 의미에서는 자기 자신을 읽는 것임을 알고 있다. 독자는 책을 읽을 때 한 권의 책 안에서 자기가 가장 좋아하는 부분을 읽어낼 수 있다. 왜냐하면 그 부분에서 자신을 읽어내기 때문이다. 독자로서의 우리와 사회 속에서의 우리는 때로 같은 사람이 아니기도 하다. 예컨대 우리는『홍루몽』을 읽을 때 대부분 임대옥林黛玉을 동정하고 설보채薛寶釵를 멸시한다. 하지만 아들에게 며느릿감을 골라줄 때는 아마도 설보채를 택할 것이다.•
또한 오늘날 교육의 문제를 평가할 때 우리는 의분에 차서 입시 위주의 교육을 성토하고 이런 교육 방식이 아이에게 나쁘다는 걸 잘 알고 있다. 하지만 자기 아이가 각종 우등반에 지원하고 참가하기 시작하면 대부분 입시 교육에 영합하는 태도를 취한다. 이것도 인간이 완벽하지 못해 나타나는 현상이다.

내가 포송령에게 배운 또 다른 점은 인물 설정의 공력이다. 성공한 작품에는 다 잊기 힘든 전형적인 캐릭터가 있다. 루쉰을 거론하면 바로 아큐가 생각나는 것처럼 좋은 소설에는 어김없이 개성이 뚜렷한 인물이 있다.

우리는 글을 쓸 때 종종 이야기에 빠져서 사람에 관해 쓰는 걸 소홀히 한다. 소설 속에서 자신의 정치관을 피력하느라 등장인물의 생각과 목소리를 소홀히 하기도 한다. 내 최근작『개구리』를 예로 들면 쓰기 전에 나는 뭘 써야 할지 명확히 알고 있었다. 그것은 가족계획이 수많은 가정과 몇 대의 사람들에게 끼친 영향이었다. 만약 내가 소설 형식으로 가족계획에 관해 썼다면 그건 르포를 써서 실제 수치와 실존 인물로 그 사건의 전후 맥락을 밝히는 것만 못했을 것이다.『개구리』를 쓴 목적은 한 인물을 그려내기 위함이었다. 내게는 본

• 임대옥과 설보채는『홍루몽』의 양대 여주인공으로 전자는 미인이고 시문에 능하지만 성격이 괴팍하고 질투와 의심이 많은 반면, 후자는 바느질에 능하고 건강하며 둥글둥글하고 붙임성 있는 성격이다.

가의 고모가 한 명 있는데 농촌의 산부인과 의사였던 그녀는 이 소설 속 인물의 원형이다. 1950년대부터 아이를 받기 시작해 퇴직 후에도 쉬지 않았다. 고모는 자기 손을 거쳐 이 세계에 온 아이가 적어도 1만 명이고 자기 손을 거쳐 유산된 아이도 몇천 명이라고 말했다. 하지만 현실에서 그녀는 자기 일에 관해 그리 많은 감회를 드러내지 않았다. 바로 이 사람이 내게 강력한 창작 충동을 불러일으켰다.

『개구리』가 출판된 후, 한 기자가 나를 인터뷰하며 "왜 가족계획이라는 민감한 소재를 다루셨죠?"라고 물었다. 이에 나는 "내 소설은 가족계획에 관해 쓴 게 아니라 어느 산부인과 의사의 일생에 관해 쓴 겁니다"라고 답했다.

소설의 성공은 디테일 묘사와 불가분의 관계가 있다. 포송령의 소설에 바로 이와 관련된 모범 사례가 있다. 한 마리 용이 하늘에서 타작마당으로 떨어졌는데, 죽지는 않았지만 꼼짝도 하지 못했고 금세 수많은 파리가 날아와 용의 몸에 달라붙는다. 그러자 용이 비늘을 열었고 이에 파리들이 비늘 밑으로 파고들자 용은 돌연 비늘을 닫아 파리들을 그 속에 끼워 죽인다. 이 이야기가 일어났을 가능성은 매우 작고 포송령도 용이 하늘에서 떨어진 걸 본 적이 없는 게 분명하지만 그의 디테일 묘사가 매우 정확하고 생생해서 우리는 정말로 용이 타작마당에서 비늘로 파리들을 없앤 걸 본 것만 같다. 이 디테일은 대단히 강력해서 허황된 일에 사실감을 부여한다. 디테일과 관련된 포송령의 상상력은 더할 나위 없이 뛰어나다. 그가 묘사한 디테일이 상식에 부합하고 모두가 삶의 경험에 근거해 상상할 수 있는 것이기 때문이다. 현실에서 일어날 수 없는 사건을 우리 눈앞에 구현해 우리가 믿게끔 하고 그 속에서 매우 구체적인 독서 효과를 얻게 한다.

「아섬阿纖」은 『요재지이』에서 유일하게 내 고향 가오미를 무대로 삼은 작품이다. 이 소설에 등장하는 쥐는 대단히 잘생겼고 선량하며 자산 관리에 밝다. 다만 평생 한 가지 버릇이 있었는데 그건 곡식을 쟁여두는 것이었다. 포송령의 이런 설정은 상당히 흥미로우면서도 의미심장하다. 이 디테일로 인해 우리는 아섬이 현실 속 여인과 외견상 별 차이가 없는데도 그녀가 쥐가 변신한 인간이라는 사실을 잊지 못한다. 이와 유사한 디테일은 아주 많으며 모두 우리가 일상생활에서 겪는 수많은 경험의 바탕 위에 구축되었다.

상상력이란 무엇일까? 설명하려니 다소 까다롭다. 어떤 사람은 늘 비현실적인 생각을 하지만 터무니없는 생각을 상상력이라 할 수는 없다. 소설가와 관련해서 말하자면 상상력은 반드시 풍부한 삶의 경험 위에 세워지고 수많은 독창적인 묘사를 통해 구현돼야 한다. 이를 위해서는 생활을 관찰하는 기술에 정통해야 하는데, 사람들은 매일 헤아릴 수 없이 많은 사물을 보지만 수박 겉핥기식 관찰은 별 쓸모가 없고 다른 사람이 관찰하지 못하는 걸 관찰해야 한다. 소설은 이야기를 서술할 뿐 아니라 플롯에 따라 한 걸음씩 나아가야 하며 더 중요하게는 상상력과 경험에 힘입어 사람들에게 깊은 인상을 남기는 디테일을 무수히 써내야 한다. 바로 그런 디테일이 이야기에 신빙성을 부여하고 인물을 살아 숨 쉬게 한다.

소설 창작에 사실 특별한 비결 같은 건 없다. 작가들이 소설을 구상하는 방식과 습관도 전부 다르다. 그리고 막 소설을 쓰기 시작할 때 보통 저지르는 실수를 보면, 우리 삶 속에는 우리를 감동시키는 일이 많고 수많은 이가 구구절절한 사연을 갖고 있는데도 말할 때는 그렇게 생동감 있던 게 글로 쓰면 따분하고 재미가 없다. 왜 그럴까? 자신만의 언어 스타일을 형성하지 못했기 때문이다. 즉, 자신의 언어를 만들어내지 못한 것이다.

어떻게 자신의 언어를 만들어낼 수 있을까? 가장 좋은 방법은 모방이다. 모방하려면 읽어야 하고 읽는 건 여러 가지로 나뉜다. 소설에서 재미나는 일을 발견하는 것도 그중 하나인데, 만약 우리가 문학 애호가라서 다 읽은 후 뭔가 써보려 한다면 그때는 읽으면서 특별히 다른 사람의 언어에 유의해야 한다.

다른 사람의 언어를 모방하는 건 국어 선생처럼 문장 구조를 분석하는 게 아니다. 핵심은 어감을 포착하는 것이고 많이 읽으면 자연히 어감을 파악할 수 있다. 그러고 나면 모방할 수 있다. 한 작가를 모방하는 건 쓸모가 없고 여러 작가를 모방해야 하는데, 이는 서예를 공부할 때 비첩碑帖을 베껴 쓰는 것과 같다. 그 과정에서 자신의 언어 스타일을 만들어낼 수 있다. 언어 공부의 시작은 바로 모방이다. 자신의 언어 스타일이 만들어지기만 하면 할 말이 생긴다. 또 이를 바탕으로 한 가지를 더 이해해야 하고 그것 역시 포송령에게 배워야 한다. 그의 소설은 다채롭고 풍부해서 시각, 후각, 촉각을 다 동원한다. 글을 쓸 때 자신의 갖가지 감각을, 심지어 육감까지 동원해 연상을 발휘하고 수많은 비유를 활용하는 건 글쓰기의 기본기에 해당된다.

그다음은 사건, 인물, 작가의 사상이다. 그런데 작가의 사상은 작품에서 직접적으로 표출되면 안 되고 은폐되면 될수록 좋다는 걸 유념해야 한다. 게다가 진정으로 사상성이 뛰어난 작품은 동시대인들에게 이해받지 못할 수도 있다. 사실 남의 생각을 무조건 추종하는 사상은 소설에 써넣을 가치가 없다.

포송령은 우리가 다시 읽을 만한 가치가 있는 작가다. 왜 그럴까? 주된 이유는 그의 언어가 훌륭하기 때문이다. 많은 이가 오늘날의 사회에서 소설은 죽을 것이라고 말하지만 난 소설이 죽을 리 없다고 생각한다. 언어가 사람들에게 주는 미감은 다른 예술이 대체하지 못한다.

훌륭한 언어작품은 우리가 반복적으로 낭독하게 하고 일종의 독특한 언어 밖의 의미, 즉 의경意境을 낳는다. 또 언어 요소 말고도 훌륭한 작품은 풍부한 인물 형상, 인물에 덧붙여진 역사 정보 등의 다양한 가치 기준을 가지며 이것들은 시대가 발전함에 따라 후대의 독자들이 그 작품을 새롭게 이해하도록 만든다.

2010년 4월

모옌

옮긴이 김택규

중국 현대문학 박사이자 전문 번역가. 중국 현대소설 시리즈 '묘보설림'을 기획한 바 있고 이중톈 중국사와 양자오의 동서양 고전 강의 시리즈 대부분을 번역했다. 이밖에 『번역가 되는 법』과 『번역가 K가 사는 법』을 썼고 『아Q정전』, 『나 제왕의 생애』, 『책물고기』 등의 문학작품을 비롯한 70여 권의 책을 우리말로 옮겼다.

모옌 기담집
기기괴괴한 열한 가지 이야기

초판인쇄 2026년 4월 20일
초판발행 2026년 4월 24일

지은이 모옌
옮긴이 김택규
펴낸이 강성민 이은혜
편집 양나래 심예진
편집보조 관리 김유나 김지우
마케팅 정민호 한민아 이민경 한경화 박진희 황승현 김경언 양지연
브랜딩 함유지 이송이 박민재 김하연 신은서 이준희
제작 강신은 김동욱 이순호

펴낸곳 (주)글항아리 | 출판등록 2009년 1월 19일 제406-2009-000002호

주소 10881 경기도 파주시 문발로 214-12, 4층
전자우편 bookpot@hanmail.net
전화번호 031-955-2690(마케팅) 031-941-5161편집부)

ISBN 979-11-6909-552-5 03820

잘못된 책은 구입하신 서점에서 교환해드립니다.
기타 교환 문의 031-955-2661, 3580

www.geulhangari.com